LA FEMME AUX DEUX VISAGES

ŒUVRES DE FRANK G. SLAUGHTER

DANS PRESSES POCKET :

DU MÊME AUTEUR
DANS CETTE COLLECTION

Les treize énigmes
Les treize mystères
Merci, colonel Flynn
Deux cœurs de femmes
Le cœur a ses raisons
Afin que nul ne meure
Bois d'ébène
Docteur Land
L'homme au masque blanc
La fin du voyage
Noirs sont les cheveux
De ma bien-aimée
Sangarée
Divine maîtresse
Hôpital général
Non pas la mort
Mais l'amour
La route de Bithynie
L'enfer des ombres
Storm Haven
Opération épidémie
Fuite sans retour
Amour aux Bahamas
Chirurgien au long cours
Le procès du Dr Scott
Lorena
Le désir est roi
Le miracle est pour demain
Le sang du dragon
Un médecin pas comme les autres
Bon sang ne peut mentir
De galère en palais
Le glaive et la croix
Capitaine Carter
La rose de Jéricho
Le salaire du pêché
La moisson du diable
Nuit des Caraïbes
L'amour est au bout du voyage
A la pointe du bistouri
Cet inconnu semmelweis
Femmes de médecins
Le cœur d'un autre
Le mirage doré
La grande peur du Dr Barnes
L'hôpital de la haine
L'hôpital perdu
Femmes en blouse blanche
Le visage du pardon
Les dieux s'affrontent
L'épée et le bistouri
La victoire du docteur Reed
Maritza

FRANK G. SLAUGHTER

LA FEMME AUX DEUX VISAGES

PRESSES DE LA CITÉ
PARIS

Le titre original de cet ouvrage est :
DEVIL'S GAMBIT

Traduit de l'américain par Marie-Alyx Revellat.

ISBN 2-266-01059-X

Il vaut mieux régner en enfer que servir au ciel...
Ainsi parla Satan.

JOHN MILTON, *Le Paradis perdu.*

LIVRE PREMIER

LE PREMIER IMPOSSIBLE

« Comme l'histoire nous le démontre constamment, l'impossible a l'étrange propriété de devenir possible pour peu qu'il en ait le temps (1). »

(1) Charles Panati, *Supersenses, our Potential for Parasensory Experience.* Anchor Press Doubleday, 1976.

1

EN prenant la bretelle qui reliait l'autoroute de Washington à l'aéroport international Dulles, le docteur Michael Kerns écoutait le bulletin d'informations de huit heures. Le lundi matin, il traversait généralement le pont Woodrow Wilson en rentrant de sa maison de campagne située sur la rive est du Potomac. Ensuite il passait sur le pont Key à Georgetown pour gagner son cabinet près de l'immense hôpital de l'Université annexé à l'École de Médecine. Ce jour-là, il prenait l'avion pour se rendre à une réunion du prestigieux congrès des spécialistes de la chirurgie plastique. C'est pourquoi il se trouvait si loin de sa route habituelle : c'est pourquoi aussi il était préoccupé par le rapport qu'il devait présenter dans l'après-midi à ses confrères.

Agé de vingt-huit ans et professeur assistant de chirurgie plastique et réparatrice à l'École de Médecine, Mike ne faisait que commencer son ascension vers le sommet de sa profession. Avec son stage d'internat à l'hôpital de l'Université et ses deux ans de résidence dans le service de chirurgie esthétique à l'hôpital Bellevue de New York, ses références étaient solides et ses perspectives d'avenir brillantes. Sa haute taille, ses cheveux ondulés, son corps d'athlète, ses yeux bleus et ses traits expressifs — qu'il tenait d'ancêtres irlandais et écossais — avaient attiré l'attention de nombreuses jeunes femmes mais, jusqu'alors, il avait réussi à préserver sa liberté. Une phrase prononcée par le commentateur de la radio l'arracha brusquement à ses réflexions pendant qu'il guidait sa petite décapotable vers l'aéroport.

« La question se pose toujours de savoir où le F.B.I. a transporté Lynne Tallman, femme fatale du culte du diable de

Chicago, à laquelle est imputée la responsabilité d'une dizaine d'attentats ayant provoqué près de cinquante morts dans cette ville au cours des six derniers mois.

« Le procès de Lynne Tallman devant un tribunal fédéral de Chicago a été brusquement interrompu hier par sa proposition sensationnelle — communiquée aux autorités par une journaliste proche de la prisonnière — de révéler des détails sur le culte, ses cérémonies, ses membres et ses rapports avec des groupes semblables. En retour, le département de la Justice aurait accepté de formuler une accusation moins grave que l'assassinat collectif. On croit aussi que les autorités fédérales appelleront bientôt miss Tallman à comparaître devant une commission spéciale chargée d'enquêter sur les actes de violence gratuits et l'assassinat d'individus innocents.

« Comme il est probable que d'autres membres de la secte tenteront de tuer Lynne Tallman avant qu'elle ne puisse témoigner, le F.B.I. envisage de prendre des précautions extraordinaires pour assurer sa protection. Pour le moment, elle est censée être à bord d'un avion quelque part entre Chicago et la capitale fédérale où le grand jury va bientôt se réunir à huis clos... »

Le vrombissement d'un avion qui descendait pour atterrir à l'aéroport international Dulles brouilla momentanément la diffusion des nouvelles. Mike passa à la fréquence 119,1 utilisée par les contrôleurs au sol de Dulles pour communiquer avec les avions en vol. Comme la capote de sa petite voiture était baissée Mike eut le temps de voir l'appareil — un Boeing 727 — passer directement au-dessus de lui. Avec un brusque frémissement d'horreur, il se rendit compte que le pilote n'avait pas encore descendu son train d'atterrissage — constatation confirmée quelques secondes plus tard lorsqu'il entendit à la radio la voix du pilote du 727.

— Tour Dulles ; ici Tri-continental Six-vingt. Mon train d'atterrissage est bloqué.

— Six-vingt ; ici Tour Dulles. Montez à sept mille et volez au-dessus de l'aéroport.

Mike se demanda si le contrôleur pouvait être vraiment aussi calme que le laissait supposer le son de sa voix, avec la perspective d'un atterrissage d'urgence pour l'avion handicapé.

— Avez-vous une idée de ce qui se passe ?

— J'ai envoyé le copilote voir s'il peut descendre le train à la main. En attendant, vous feriez bien de dégager une piste et de commencer à répandre de la neige carbonique.

— Compris, Six-vingt. Nous faisons le nécessaire pour un atterrissage d'urgence.

Le contrôleur de la navigation n'avait rien perdu de son sang-froid.

Une voix autoritaire intervint dans la conversation entre le pilote de l'avion en difficulté et la tour de contrôle.

— Ici Washington... Centre...

Mike se représenta l'un des contrôleurs de la circulation aérienne de la F.A.A. à Leesburg penché sur un radarscope et observant le clignotant vert qui indiquait la position du vol Tri-continental Six-vingt.

— Qu'est-ce qui ne va pas ?

— Le train d'atterrissage Six-vingt semble bloqué, dit la tour Dulles. Nous préparons le terrain pour un atterrissage d'urgence.

— Compris, Dulles, dit le contrôleur du Centre. Que faites-vous Six-vingt ?

— Nous montons à sept mille et nous attendons, répondit la voix un peu angoissée du pilote du Tri-continental. Mon copilote s'occupe du train d'atterrissage en ce moment.

Voyant que l'avion s'élevait au-dessus des cimes des pins dans la direction de l'aéroport pendant que le pilote cherchait à gagner de l'altitude, Mike se rangea sur le côté de la route. Prenant une paire de jumelles puissantes dans la boîte à gants, il les braqua sur le 727. Le train d'atterrissage était toujours rentré, puis il vit que les volets couvrant les roues cachées s'ouvraient lentement et le train commença à apparaître.

Le copilote mérite une médaille, se dit Mike. *Il a sans doute sauvé bien des vies.*

— Tour Dulles, ici Six-vingt. Le copilote descend le train à la main.

La voix du pilote trahissait son soulagement.

— Bien compris, dit le contrôleur. Prévenez-moi quand le train sera descendu et verrouillé.

— Compris. Voilà une cargaison dont je serai content d'être débarrassé.

La voix du pilote fut étouffée par un bruit d'explosion. Mike, qui observait l'avion géant volant juste au-dessus des pins à cet instant, n'eut pas besoin d'explications. Pendant qu'il le suivait des yeux à la jumelle, figé d'horreur et pourtant fasciné par le sombre drame qui se jouait dans le ciel au-dessus du paysage vert de la Virginie, la partie inférieure du fuselage avant s'affaissa comme un ballon qui éclate. Avant même que le bruit fût parvenu à ses oreilles, il comprit que la manœuvre du copilote avait déclenché une explosion à l'intérieur de l'avion.

Incapable de détourner son regard horrifié de l'appareil en difficulté, Mike vit une large plaque de métal formant une partie du côté inférieur de la carlingue se détacher lentement du fuselage. Au même moment, une forme — qu'il reconnut pour un homme, sans doute le copilote — fut projetée dans l'espace. Agitant frénétiquement les bras, il commença à tomber. Il paraissait exécuter les manœuvres d'un parachutiste avant l'ouverture de son parachute mais il n'en avait pas.

Détournant son regard du corps qui tombait, Mike s'aperçut que, par miracle, l'avion était entier. Qui plus est, au prix de sa vie, le copilote dont le corps avait disparu sous les arbres, semblait avoir complètement descendu le train d'atterrissage bien que Mike n'eût pu dire s'il était verrouillé.

— Six-vingt à la tour Dulles, dit la voix affolée du pilote. Nous avons eu une explosion et mon panneau d'instruments est éteint. Mon train est-il descendu ?

— Compris, Six-vingt. Votre train semble descendu et en place. Vous pouvez atterrir.

Mike entendit le gémissement des sirènes des ambulances qui se mettaient en route sur l'aérodrome pendant que le 727 se préparait à atterrir.

— Le train vient de toucher la piste, donc il est bien verrouillé, dit le pilote.

— Ralentissez progressi...

Les paroles réconfortantes du contrôleur de la tour furent soudain interrompues par une exclamation terrifiée du pilote.

— Mes freins ne fonctionnent pas et je ne puis faire machine arrière. Nous allons heurter le bâtiment principal.

Un silence suivit l'annonce tragique du pilote puis une voix de femme s'éleva. Aiguë, terrifiée, elle hurla : « Maître, sauve... » avant de pousser une plainte déchirante, dont l'accent n'avait rien d'humain. Soudain le cri fut dominé par un fracas suivi d'un silence pendant lequel Mike put entendre le gémissement des sirènes des ambulances qui se précipitaient sur les lieux du sinistre.

Il changea vivement de longueur d'ondes pour écouter le poste de la police de l'État qui diffusait la dépêche suivante :

« Une explosion et un incendie viennent de se produire à

l'aéroport international Dulles. Toutes les unités de secours sont convoquées sur-le-champ. Que les autres unités circulent jusqu'à ce que la nature et l'étendue de l'accident puissent être déterminées. Apparemment le pilote a perdu le contrôle de l'appareil qui a foncé dans l'aéroport. »

Que Dieu assiste les gens qui étaient à l'intérieur quand les cloisons vitrées du terminal se sont brisées, pensa Mike en embrayant. En arrivant sur l'autoroute heureusement déserte sur trois cents mètres environ, il s'engagea sur la voie du milieu et appuya sur l'accélérateur. La puissante petite voiture réagit et l'aiguille du compteur marqua quatre-vingts puis passa à cent et à cent quinze quand il se souvint brusquement des paroles énigmatiques du pilote : « Voilà une cargaison dont je serais content d'être débarrassé », et il se demanda ce qu'il avait voulu dire.

2

A huit cents mètres de l'entrée de l'aéroport, Mike se trouva derrière une longue file de voitures vraisemblablement arrêtées par la police. Sans hésiter, il s'engagea en sens interdit et les dépassa, accompagné par les insultes des conducteurs furieux dont la plupart n'étaient sans doute même pas au courant de l'accident quand ils avaient été brusquement obligés de faire halte. Près de l'entrée de l'aéroport, il fut arrêté par une voiture de police. Un agent à la tête de bouledogue se pencha à la portière et le regarda comme s'il voulait le dévorer vivant.

— Bon Dieu, où allez-vous donc, monsieur ?

Mike sortit ses papiers d'identité.

— On a besoin de moi là-dedans, expliqua-t-il. Je suis médecin et chirurgien de la police à Georgetown.

— Vous pourriez bien être le prési... (il s'interrompit brusquement), vous dites que vous êtes médecin ?

— Oui. Vous avez un talkie-walkie en main. Pourquoi ne pas demander à ceux qui dirigent les opérations s'ils ne préfèrent pas que je vienne les aider à l'intérieur au lieu de rester dehors à discuter avec vous ?

L'agent prit son talkie-walkie.

— Il y a ici un médecin qui propose ses services. Voulez-vous le laisser entrer ?

— Si je le veux ? répondit une voix lasse. Accompagnez-le et conduisez-le au docteur Smathers. Il est débordé.

— Ça va, docteur, dit l'agent. Suivez-moi pour que personne d'autre ne vous arrête.

En suivant la voiture de police le long de la voie d'approche incurvée, Mike remarqua que le 727 s'était encastré dans un mur de verre de l'aéroport. Il avait été arrêté dans son élan par les colonnes métalliques obliques qui non seulement formaient la charpente des baies massives mais soutenaient aussi le plafond en voûte qui donnait une grâce aérienne au bâtiment.

A travers les vitres qui n'avaient pas été défoncées par l'appareil, il put voir à l'intérieur de l'aéroport une flamme dansante entre les nuages de fumée et de vapeur pendant que les pompiers essayaient de maîtriser l'incendie. Toute la partie antérieure de l'avion brûlait encore. Avant même d'entrer, Mike eut le sentiment que les passagers de cette section n'avaient pu en sortir vivants.

Les parois vitrées de forme oblique qui distinguaient l'aéroport Dulles de tous les autres s'étaient révélées désastreuses. Le sol était jonché de débris de verre et de taches de sang, ce qui gênait la marche.

A peine plus de vingt minutes s'étaient écoulées depuis que Mike avait entendu le cri angoissé du pilote : « Nous allons heurter le bâtiment principal. » Aussi n'était-il pas surprenant qu'un désordre indescriptible régnât encore sur le théâtre de la catastrophe. Cependant, les pompiers rompus à toutes les manœuvres de sauvetage opéraient avec efficacité. De leurs longs tuyaux, des trombes d'eau se déversaient sur la carlingue défoncée. Des flammes continuaient à jaillir du cockpit et des nuages de fumée se dégageaient du métal brûlant quand l'eau venait le frapper. Des pompiers portant des combinaisons et des masques d'amiante transportaient les morts qu'ils alignaient sur un côté où un officier de police et un employé des lignes aériennes fouillaient tous les corps pour les identifier.

Les boutiques et le bar situés au centre de la salle des départs où l'accident s'était produit fumaient encore. Munis d'extincteurs, les employés de l'aéroport s'efforçaient d'éteindre ces flammes laissant aux pompiers la tâche plus importante de circonscrire l'incendie à la cabine avant de l'appareil. A l'extrémité de l'aéroport, un groupe de spectateurs se serrait, retenu par un gardien de la sécurité. Des femmes pleuraient, des enfants hurlaient mais le bruit de leurs voix était couvert par le sifflement de la vapeur et le grondement des appareils de pompage à l'extérieur.

A sa grande stupéfaction, Mike vit que certains des spectateurs qui s'apprêtaient à partir en vacances filmaient cette scène d'horreur et de mort avec des petites caméras. Presque aussi incongrue était la présence d'une équipe de télévision avec ses projecteurs, microphones et appareils de prises de vues, filmant la scène autour de l'avion encore en flammes, ignorant à la fois les ordres et les insultes des policiers et des pompiers.

Près de la rangée des corps Mike vit un homme grand, à l'air exténué, arrêter un pompier qui transportait un corps encore fumant. Il tâta le pouls de la victime, lui souleva une paupière et examina la pupille avant de laisser l'homme la coucher auprès des autres. Mike s'avança prudemment avec sa trousse sur le sol gluant à cause des caillots de sang et des tissus brûlés tombés des corps transportés. Il se fraya un chemin vers le médecin de l'aéroport.

— Docteur Smathers ? demanda-t-il.

— Oui. Que voulez-vous ?

— Docteur Michael Kerns de l'hôpital de l'Université. Puis-je vous aider ?

— Excusez-moi. Je vous prenais pour l'un de ces corbeaux de la T.V. La plupart des passagers de la cabine avant son morts. Les autres ont été évacués par les issues de l'arrière. Voulez-vous jeter un coup d'œil sur les deux femmes qui sont à côté du comptoir des assurances. L'une des deux vit peut-être encore.

— Je vais voir.

Mike traversa les quelque dix mètres qui séparaient le théâtre de l'accident du comptoir où une blonde au visage mince vendait toujours des assurances.

— Je ne les ai pas examinées, lui cria le docteur Smathers. Une équipe de secours militaire de l'aéroport d'Andrews doit arriver d'un instant à l'autre avec un équipement ultra-moderne. Aussi ai-je laissé aux experts le soin de ressusciter ces deux-là.

— Je vais m'en occuper, promit Mike.

Il savait que son confrère avait raison de s'en tenir à la tâche qui consistait à tirer les morts certains des vivants probables, laissant les cas douteux à l'équipe du service de l'aide médicale d'Andrews.

Deux formes étaient allongées sous des couvertures à côté du comptoir des assurances. La vendeuse avait les yeux fixés sur elles, fascinée comme un touriste qui regarde un charmeur de serpents.

— C'était affreux, docteur, dit-elle pendant que Mike s'agenouillait auprès des corps. Je regardais l'extrémité de l'aéroport quand l'appareil a enfoncé la paroi de verre. L'une des structures métalliques a écrasé l'avant en plexiglas du cockpit, et l'autre fille qui est là a été projetée et a atterri face contre terre. (Elle frémit.) Quand sa tête a cogné contre le sol, j'ai cru entendre le bruit d'une éponge trempée qui tombe sur le carrelage de la salle de bains.

Mike retira la couverture qui couvrait le corps le plus proche du comptoir. La vendeuse se pencha pour regarder son visage.

— Oh mon Dieu ! s'exclama-t-elle. C'est Lynne Tallman ! Il y a toujours une justice immanente.

Par miracle le visage de la morte n'avait pas été abîmé bien que ses vêtements fussent presque complètement brûlés. Les brûlures de son corps étaient si étendues qu'en la sortant de l'avion en flammes, le pompier avait arraché des lambeaux de peau par-ci par-là. Normalement avec des brûlures profondes au troisième degré, elle avait dû souffrir atrocement. Or, chose étrange, elle ne présentait aucun signe de souffrance. Au contraire, ses traits immobiles étaient figés dans une étrange expression de satisfaction malicieuse qui stupéfia le jeune médecin. Cependant, ce fut la vendeuse qui exprima ce qu'il ressentait.

— Regardez son visage, docteur. Elle avait la même expression hier soir quand je l'ai vue à la T.V. avant que le F.B.I. l'emmène de Chicago. On dirait un chat qui a volé de la crème.

Mike pensa qu'elle avait raison. Il examina rapidement le corps de Lynne Tallman et confirma qu'elle était bien morte. Il remit la couverture sur sa tête et découvrit l'autre victime. Il frémit involontairement devant le spectacle qui s'offrait à lui.

Comme l'avait dit la vendeuse, la jeune fille était manifestement venue s'écraser le visage sur le sol. Elle avait tous les os de la face broyés mais la peau ne portait qu'une petite entaille au coin de l'œil gauche. Il était impossible de savoir à quoi elle ressemblait avant l'accident mais son corps apparemment indemne était ravissant. Comme aucun des os longs n'était brisé Mike put évaluer sa taille à un mètre soixante-dix. Il était évident qu'en étant projetée à travers le nez de l'avion avant que le cockpit soit envahi par les flammes, elle avait évité les brûlures qui avaient tué l'autre fille. Néanmoins la force avec laquelle sa tête était allée heurter le carrelage avait réduit ses traits à l'état de bouillie sans compter qu'elle s'était sans doute aussi fracturé le crâne. Elle avait le nez tellement aplati qu'il était quasi impossible de le reconnaître pour tel. La mâchoire supérieure était défoncée au niveau où les couches d'os formant les parois des sinus maxillaires avaient été écrasées. La mâchoire inférieure ne semblait pas déplacée mais, lorsque Mike prit la mâchoire supérieure entre le pouce et l'index pour la bouger doucement, il perçut nettement le craquement d'os cassés.

La victime avait perdu une quantité de sang considérable par le nez et par la bouche. Le sol était rouge et gluant et sa tête baignait dans une mare de sang, mais Mike calcula que l'hémorragie n'était pas assez importante pour causer la mort. La commotion et le choc sur la tête, compte tenu de la vitesse de projection du corps, auraient dû suffire à la tuer.

Un examen plus approfondi au stéthoscope ne révéla aucun son mais quelque chose dans l'aspect des muscles et la couleur rouge vif du sang qui suintait des narines convainquit Mike qu'il restait une étincelle de vie.

— Je crois que cette femme est encore vivante, cria-t-il au directeur médical de l'aéroport. Avez-vous des nouvelles de l'équipe de secours militaire ?

Muni d'un talkie-walkie, celui-ci dirigeait l'expédition des blessés vers les ambulances.

— Un hélicoptère atterrit en ce moment même devant l'aéroport, dit une voix.

Mike leva les yeux. A côté du comptoir des assurances se tenait un homme armé d'un appareil photographique. Il braqua son objectif sur la tête mutilée de la fille et sur son propre visage. L'éclair qui jaillit l'éblouit. Furieux, Mike se redressa à demi pour invectiver le photographe puis il se ravisa en pensant que la femme avait besoin de tous ses soins, si toutefois elle était encore vivante et en état d'être sauvée.

Les équipes de secours militaire étaient composées d'un corps de médecins de l'armée équipés d'appareils ultra-modernes. Elles se portaient sur les lieux d'un sinistre survenu dans un rayon de cent cinquante kilomètres de leurs bases. Mike avait vu maintes fois opérer les équipes de la base aérienne d'Andrews et leur gros hélicoptère était un objet familier aux alentours de Washington.

— Comment vous appelez-vous, docteur? demanda le journaliste.

Mais Mike occupé à écouter la voix du médecin de l'aéroport ignora la question.

— Ils arrivent avec un respirateur et un stimulateur cardiaque, cria le docteur Smathers. Allez avec l'équipe de secours à l'hôpital, docteur Kerns. Et la jeune Tallman?

— Elle est morte.

— Voulez-vous faire transporter le corps à la morgue dans l'hélicoptère, je vous prie. Le F.B.I. me harcèle pour qu'on la sorte d'ici.

Un sergent corpulent en treillis traversa le hall en courant pendant que Mike sortait son scalpel de la trousse de trachéotomie d'urgence qu'il avait toujours dans sa serviette. L'aviateur poussait un chariot sur lequel étaient posés un respirateur et un stimulateur cardiaque portatifs ; un caporal le suivait avec un autre équipement mais l'équipe de télévision, alertée par les paroles du docteur Smathers, les devança. D'une distance de quelques mètres le photographe alluma son projecteur puissant et sa caméra se mit à bourdonner. Ébloui par l'éclat de la lumière, Mike rugit.

— Vous êtes une bande de charognards mais laissez la lampe allumée. J'ai une opération à faire et, pour l'amour du ciel, ne me gênez pas.

— Compris, docteur.

Le photographe laissa le projecteur braqué sur le visage écrasé, mettant en évidence tous les dégâts qu'il avait subis mais fournissant la lumière nécessaire pour l'opération délicate que Mike entreprenait.

— Sergent Stone, docteur Kerns, haleta le corpulent auxiliaire médical. Que pouvons-nous faire pour vous?

— Soutenez la nuque de la victime, s'il vous plaît, sergent. Je vais pratiquer une trachéotomie.

Le sergent n'eut pas besoin de plus amples instructions. Il serra le poing, le plaça sous la nuque de la blessée, de façon à faire saillir les cartilages protégeant le larynx — vulgairement appelés pomme d'Adam.

— Vous avez un tube, docteur?

— Un petit. Je ne pratiquerai qu'une coniotomie pour que nous puissions la relier au respirateur.

Tenant son scalpel entre le pouce et l'index Mike ne laissa à découvert que deux centimètres de lame et pratiqua une entaille nette en travers de la pomme d'Adam, juste au-dessous d'une boule de cartilage proéminente. La pression de ses doigts sur la lame l'empêchait de s'enfoncer trop profondément et d'endommager le larynx et les cordes vocales. Poussant ensuite la pointe directement à travers la membrane qui apparaissait au fond de la blessure, il l'enfonça dans le canal respiratoire.

Maintenant ouverte l'entaille qu'il avait pratiquée dans la trachée en tournant son scalpel, il prit un petit tube métallique incurvé et le glissa dans l'ouverture puis il fixa l'extrémité externe du tube de trachéotomie avec un ruban adhésif pour l'empêcher de glisser.

Entre-temps, le sergent Stone avait détaché un tube relié à une valve sur le réservoir d'oxygène placé à l'intérieur de la caisse du respirateur et Mike en attacha l'extrémité au tube de trachéotomie. Quand le sergent ouvrit la valve du réservoir d'oxygène, le respirateur commença à se remplir, poussant le gaz vital dans les poumons de la victime.

— Mettons aussi le stimulateur en marche avant de la transporter dans l'hélicoptère, dit Mike.

Le sergent Stone lui tendit deux électrodes reliées à l'appareil fonctionnant sur batterie.

— Il faut donc que vous filmiez absolument tout, espèces de voyeurs, gronda-t-il aux photographes.

Il se plaça devant la victime de telle sorte que sa tête et ses épaules la cachaient à l'objectif. Puis il déchira sa blouse et plaça soigneusement les deux électrodes directement sur sa poitrine à une vingtaine de centimètres au-dessus de la région du cœur. Heureusement, elle avait des seins petits pour sa taille ; il n'eut donc aucune peine à poser les électrodes convenablement. Il appuya sur un bouton et une onde de courant électrique passa brusquement d'une extrémité à l'autre, traversant le muscle cardiaque et le forçant à se contracter.

— Vous avez déclenché des battements cette fois, docteur, annonça le sergent Stone qui tenait le poignet de la victime.

— Cela signifie que le sang n'a pas commencé à se coaguler, alors elle a peut-être une chance, mais cela ne prouve pas qu'elle soit vivante.

— Quand pourrez-vous en être sûr ? demanda le journaliste de la télévision.

Mike leva la tête pour répondre et il s'aperçut qu'un groupe s'était formé autour de lui : employés des lignes aériennes, serveuses du bar, une douzaine d'autres spectateurs et un garde en uniforme.

— Dispersez tout ce monde, garde, ordonna-t-il furieux d'être un acteur dans ce qui commençait à devenir un petit cirque. Nous essayons de sauver la vie de cette femme.

— Et vous faites du beau travail, dit le journaliste en prenant une autre photographie. En moins de dix minutes vous avez remis le cœur et les poumons en marche.

Les acclamations qui suivirent ce commentaire ne firent qu'accentuer la colère de Mike.

— Allons, sergent, dit-il. Transportons-la dans votre hélicoptère. Et vous, garde, veuillez nous frayer un chemin à travers cette foule.

— Voulez-vous manœuvrer le respirateur et maintenir les électrodes en place, docteur, pendant que nous la posons sur le brancard, dit Stone. Prends-la par les pieds, Al.

Le second auxiliaire médical militaire prit la fille par les pieds pendant que Stone soulevait le tronc. Les deux appareils reposaient sur son buste : l'excitateur cardiaque stimulait le cœur et le respirateur assurait la ventilation pulmonaire pendant qu'ils la portaient sur le brancard.

Entre-temps, le corps de Lynne Tallman toujours dissimulé sous une couverture avait été transporté sur une autre civière.

A la suite du garde qui dispersait la foule, curieuse de voir la terrible Lynne Tallman, même morte, la petite procession traversa rapidement le hall et se dirigea vers l'hélicoptère posé sur la pelouse devant l'entrée de la voie d'accès à l'aéroport.

Le premier brancard fut placé à l'arrière de la cabine pour que Mike ait la place nécessaire pour continuer à opérer. Le corps toujours recouvert de Lynne Tallman fut porté à bord et déposé sur le sol derrière le siège du pilote. Un homme de haute taille en civil avec des lunettes noires entra dans la cabine derrière elle. Mike le foudroya du regard, et sa voix domina le bruit du moteur qui s'emballait.

— Qu'est-ce que vous venez faire ici ? cria-t-il. Nous sommes déjà trop nombreux.

L'homme sortit un portefeuille en cuir de sa poche et montra une carte d'identité sur laquelle Mike lut les mots « Bureau Fédéral d'Investigation ».

— Inspecteur Henry Stafford, F.B.I., dit-il.

— Pourquoi le F.B.I. doit-il monter la garde auprès d'un cadavre ?

— Deux de mes meilleurs amis qui escortaient la fille

Tallman sont morts dans cet accident. Un membre de cette secte de Chicago a voulu la faire taire avant qu'elle ne puisse parler. C'est pourquoi il a attaché deux charges de dynamite au train d'atterrissage à l'intérieur de l'avion pour qu'il explose au moment où le copilote commencerait à abaisser le train.

— Mon Dieu ! s'écria le sergent Stone. Ceux qui ont provoqué cet accident voulaient être sûrs qu'il serait spectaculaire.

— S'ils ont pu exécuter un tel plan, ils peuvent aussi kidnapper le corps de Lynne Tallman sur une ambulance entre Dulles et la ville et le dissimuler jusqu'à ce qu'ils trouvent une autre fille qui lui ressemble et proclamer qu'elle est ressuscitée ou quelque chose d'analogue. Après tout, elle était la grande prêtresse de ce culte du diable célébré à Chicago.

La petite image électronique des battements cardiaques sur l'écran du stimulateur vacilla soudain et Mike déplaça vivement les électrodes, des disques métalliques partiellement recouverts de plastique, jusqu'à ce que les pulsations aient repris leur rythme précédent.

— Nous avons eu des ennuis avec ces électrodes, dit Stone. A l'heure actuelle, on ne peut plus se fier à personne pour faire un travail convenable.

— Avez-vous un cathéter de stimulateur intraveineux à bord, sergent ?

— Je crois que oui mais je ne saurais pas l'introduire.

— Moi je sais. Avec cet appareil nous aurons une bien meilleure stimulation des battements.

Le sergent Stone fouilla dans l'un des placards situés des deux côtés de la cabine. Il en sortit un paquet enveloppé d'un linge stérile.

— Le voilà, docteur. Le matériel à incision est à l'intérieur.

— Attachez le bras droit à une planche, mais laissez-le libre au niveau de la saignée du coude.

A l'intérieur du paquet stérile, Mike trouva une paire de gants de caoutchouc ; il les enfila avec soin. Après quoi il prit un tampon d'ouate qu'il imbiba d'alcool et le passa sur une veine saillante. Enfin, il prit un morceau de gaze avec une ouverture de quelques centimètres carrés au milieu et le plaça sur la saignée du coude pour former un champ stérile.

— Pourriez-vous m'expliquer ce que vous êtes en train de faire, docteur ? demanda l'inspecteur du F.B.I.

— Nous avons ranimé le cœur artificiellement avec un

stimulateur externe mais les électrodes ne fonctionnent pas très bien. Ses poumons sont également remplis d'oxygène pur transporté à travers le corps par le courant sanguin.

— Exactement comme si elle était vivante.

— Je crois qu'elle est vivante.

Mike pratiqua une petite incision dans la peau juste au-dessus d'un faible renflement bleuté marquant la place de l'une des veines habituellement utilisées pour les prises de sang ou les injections intraveineuses.

— Chaque fois que le stimulateur transmet une excitation au cœur, il stimule aussi les muscles du thorax. Regardez comme ils sautent. Si je peux glisser une électrode-cathéter spéciale dans une veine du bras et dans le cœur de façon qu'elle touche la paroi interne, nous pourrons stimuler le muscle cardiaque avec le courant sans que le thorax soit secoué.

— Si vous réussissez, vous êtes vraiment un magicien.

Mike regarda les veines du bras de sa patiente. Elles étaient à peine visibles même avec les fortes contractions du cœur produites par les impulsions électriques fournies par le stimulateur.

— Elle a perdu beaucoup de sang et sa tension est très basse du fait qu'elle est en état de choc. Les veines sont affaissées et si nous ne lui faisons pas une transfusion au plus tôt...

Il ne termina pas sa phrase ; il entailla la paroi de la veine avec la pointe de son scalpel et posa son index sur l'incision pour empêcher l'écoulement sanguin puis, de sa main droite, il prit le cathéter. Outre l'électrode qui le traversait pour porter le courant, le tube en plastique terminé en forme d'Y contenait un second canal permettant à l'air d'être aspiré dans un ballon minuscule placé à l'extrémité. Il glissa le cathéter avec le ballon dégonflé dans la veine et le poussa à l'intérieur du canal veineux vers le cœur.

— Le courant sanguin commencera à attirer le cathéter dès que nous pourrons introduire l'extrémité du tube dans la partie plus large de la veine et gonfler le ballon, expliqua-t-il.

Le sergent Stone avait relié le bout d'une seringue stérile à l'une des extrémités en forme d'Y du cathéter pendant que Mike le poussait lentement vers le cœur, notant la distance grâce aux points de repère marqués sur le tube en plastique.

— Donnez un peu d'air, sergent, dit-il. Nous devrions être arrivés dans la sous-clavière à présent.

— Ce qui signifie ? demanda l'inspecteur.

— L'extrémité du cathéter se trouve sans doute quelque part au-dessous de la clavicule, expliqua Mike. Il doit se trouver à une vingtaine de centimètres du ventricule droit.

— Et alors ?

— Alors, l'électrode à extrémité métallique fixée au bout du cathéter peut envoyer un courant directement dans le muscle cardiaque.

— C'est clair, très clair.

— Si nous avons de la chance. Pour le moment, le choc et le traumatisme crânien travaillent contre nous.

Le cathéter continua à s'enfoncer pendant près d'une minute avant qu'un brusque changement de tension soit perçu par les doigts sensibles, marquant que l'extrémité avait traversé l'oreillette droite et la valvule tricuspide qui la sépare du ventricule correspondant où Mike espérait que l'électrode s'appliquerait contre la paroi musculaire de la cavité plus large.

— Reliez l'électrode, s'il vous plaît, sergent, dit-il posément. Je crois que nous y sommes.

Le sergent obéit aussitôt, de sorte que le courant qui était passé en pulsions régulières à travers les électrodes plates fixées sur le buste de la victime passait maintenant le long du fil qui traversait le cathéter et dans le cœur lui-même.

— Vous y êtes arrivé, docteur Kerns, s'écria-t-il quand le tracé des pulsations cardiaques reparut sur le petit écran du stimulateur. Je n'ai jamais vu une opération aussi adroitement menée.

— Je ne suis pas sûr de très bien comprendre ce que je viens de voir, dit l'inspecteur avec admiration, mais, quoi qu'il en soit, vous avez le mérite d'avoir sauvé une vie.

— Il se peut que nous ayons tous perdu notre temps, dit Mike en attachant l'électrode-cathéter au bras de sa patiente. Seul l'électro-encéphalogramme peut nous dire si elle est réellement vivante ou non.

— Je viens de prévenir le service des urgences à l'hôpital de l'Université que nous allons atterrir sur le toit dans cinq minutes, docteur Kerns, intervint le pilote. Avez-vous des instructions spéciales à transmettre ?

— Dites-leur de tenir prêts l'un des ascenseurs rapides qui mènent à la salle des urgences et un flacon de sang du groupe O. Ainsi nous pourrons pratiquer une transfusion sans perdre de temps. Si l'E.E.G. présente des ondes cérébrales, c'est qu'elle vit encore avec une chance de s'en sortir, à condition que la lésion du cerveau ne soit pas trop grave.

— Et son visage ? demanda Stafford.

— Je le réparerai plus tard. La chirurgie plastique et réparatrice est ma spécialité.

— Vous allez être légèrement secoués, annonça le pilote. Le vent souffle toujours sur le haut de ces immeubles, mais je vais essayer de me poser aussi doucement que possible.

L'atterrissage se passa sans histoire. A l'hôpital tout était prêt conformément aux instructions de Mike. La blessée fut placée sur un chariot et transportée dans la salle des urgences où le docteur Stew Porter, chef du service, attendait. Le jeune chirurgien était un ami et un condisciple de Mike. Ils avaient fait leur stage d'internat dans le même hôpital.

— Nous allons lui faire un E.E.G., Stew, pour voir si elle est ou non vivante, dit Mike. Pendant ce temps, tu commenceras la transfusion. Groupe O. Elle a perdu une grande quantité de sang à cause des blessures faciales, mais c'est le choc et la commotion que nous devons combattre.

Le docteur Porter se mit au travail pendant que Mike roulait le chariot dans la première des douze cabines de la salle des urgences où pouvaient être pratiqués des traitements efficaces et rapides appropriés aux divers cas. Celle-ci contenait un électro-encéphalographe destiné à mesurer l'activité électrique du cerveau — indice de vie ou de mort — ainsi qu'un électrocardiographe. Sans prendre le temps de tirer en arrière les cheveux blonds de sa patiente, il commença à planter les électrodes sur le cuir chevelu aussi vite qu'il le put. Mrs Saunders, l'infirmière-chef qui avait connu tous les cas d'urgence imaginables, les relia à l'appareil. En même temps, une autre infirmière fixait sur le corps de la jeune femme les petites électrodes de l'électrocardiographe, complétant les informations fournies par l'électrode introduite dans son cœur. Enfin, une fois les multiples insertions pratiquées, Mike recula et adressa un signe de tête à l'infirmière-chef.

— Mettez en marche, dit-il. Nous allons savoir tout de suite s'il est utile que nous allions plus loin.

Mrs Saunders brancha la prise et tous deux se penchèrent pour étudier l'écran. Tout d'abord ils ne virent rien et Mike éprouva le sentiment déprimant que, pendant la dernière demi-heure, il avait essayé de ranimer un cadavre. Puis, comme l'appareil chauffait, une ligne ondulante à peine perceptible s'inscrivit sur l'écran. De plus ils purent distinguer les ondes séparées indiquant différents niveaux d'activité cérébrale. A l'arrière-plan apparaissait le tracé régulier des pulsations artificielles.

— Vous l'avez ressuscitée, docteur, dit l'infirmière avec un respect admiratif. Mais je me demande si elle et son fiancé vous en sauront gré quand ils verront ce qu'est devenu son visage.

— Pourquoi pensez-vous qu'elle est fiancée ?

— Ne me dites pas que vous n'avez pas remarqué le brillant qu'elle porte à la main gauche. Il faut d'ailleurs que je le lui retire pour le mettre dans le coffre de l'hôpital avant qu'il ne disparaisse mystérieusement.

3

Pendant que Mike bouchait les voies nasales de la blessée avec des tampons de gaze pour maîtriser l'hémorragie, le docteur Stewart Porter avait pratiqué une légère incision dans une veine de la cheville gauche pour y insérer un cathéter en nylon. Le reliant à un appareil de transfusion, il entreprit une transfusion du groupe O tenu en réserve pour les cas d'urgence, car il est compatible avec les trois autres groupes et ne provoque presque jamais de réaction. Entre-temps les techniciens de laboratoire avaient pris des échantillons de sang pour établir le groupe exact et déterminer le degré de choc et d'hémorragie.

Mike essaya de remettre les os du nez en forme dans la mesure du possible. Il ne pourrait entreprendre une réparation définitive que lorsqu'elle aurait repris connaissance et qu'un examen plus approfondi permettrait de déterminer si la commotion cérébrale laisserait des séquelles permanentes.

— J'ai cru détecter quelques faibles contractions sur l'électro-encéphalogramme, dit Mrs Saunders.

— Débranchez le stimulateur et nous verrons.

Quand l'infirmière eut coupé le courant du pacemaker, tous les regards se fixèrent sur l'écran. Quelques secondes auparavant, la procession régulière des ondes cardiaques artificiellement créées s'était déplacée sur l'écran, stimulée par les passages rythmiques du courant du stimuleur à travers l'électrode dans le cœur de la patiente. Pendant un long moment, rien ne se produisit puis, juste au moment où Mike s'apprêtait à rebrancher le courant stimulant, une onde apparut. Sa présence signifiait que le cœur réagissait au stimulus naturel de son propre pacemaker, un nœud formé de tissus nerveux musculaires spéciaux situés dans la partie supérieure de l'oreillette droite. L'onde se renforça au second battement puis — comme si elle était sûre d'elle-même à la suite de cette première tentative de contraction — elle prit un rythme régulier.

— Un miracle, dit le docteur Porter d'une voix étranglée par l'émotion.

— Miracle est le mot, dit Mike. Ce n'est certainement pas nous qui l'avons fait.

Mike surveilla le transfert de la patiente dans l'une des cabines de l'unité de soins intensifs où tout le processus vital serait continuellement enregistré et où l'infirmière de service pouvait surveiller tous les patients à travers les parois de verre des petits compartiments. Quand Mike sortit, un homme grand, aux cheveux gris, avec des lunettes à lentilles épaisses, assis dans la salle d'attente, se leva et l'aborda.

— Docteur Kerns ? demanda-t-il.

— Oui.

— Je suis George Stanfield, directeur du *Star News*. Janet Burke... — Il s'interrompit en voyant l'air interrogateur de Mike. — Vous ne saviez même pas son nom ? reprit-il.

— Je n'ai pas eu le temps de m'occuper de ce détail. Je crois que, sauf complication, miss Burke pourra vivre.

— Dieu soit loué et vous aussi, docteur. Janet est ma nièce et aussi la meilleure journaliste de notre bureau de Chicago. Elle s'occupe du cas Lynne Tallman depuis le début. Elle était probablement la personne qui connaissait le mieux cette fille en dehors des membres de la secte.

— C'est un honneur qui me paraît douteux.

— Pas lorsqu'il s'agit d'une journaliste comme Janet. Elle m'a appelé hier soir de Chicago pour m'annoncer que le F.B.I. conduisait Lynne à Washington ce matin et qu'elle prenait le même avion qu'elle. Janet m'a dit qu'elle écrivait un papier concernant les motivations qui ont décidé Lynne Tallman à faire des révélations. Il devait être prêt quand elle arriverait ce matin. En fait, je parierais que Janet a réussi à la convaincre.

— Et à obtenir une interview exclusive, je suppose.

— Je sais qu'elle l'a obtenue et ne croyez pas que c'était facile quand tous les journaux de Chicago et les agences de presse étaient à l'affût d'interviews. Je l'attendais à l'aéroport quand l'accident s'est produit, mais la police n'a pas voulu me laisser entrer dans le hall pendant que les pompiers combattaient l'incendie. J'ai bien vu que l'on transportait quelqu'un d'autre dans l'hélicoptère qui emportait le corps de Lynne Tallman, mais je ne savais pas que c'était Janet. C'est le chef de la sécurité de l'aéroport qui m'a renseigné. Alors je suis arrivé aussi vite que possible. J'étais sûr qu'elle était morte.

— Je crois que votre nièce était aussi près de la mort qu'on peut l'être quand il reste une étincelle de vie, Mr Stanfield, dit Mike. Il y a une cafétéria à côté du foyer. Voulez-vous que nous allions prendre quelque chose ? Je meurs de faim.

Pendant qu'ils mangeaient, Mike informait le journaliste de la suite des événements depuis le moment où il s'était agenouillé à côté de Janet Burke.

— Alors, vous n'avez rien pu faire pour les blessures de la face ? demanda Stanfield.

— J'ai commencé par le plus pressé mais j'ai bouché les voies nasales pour maîtriser l'hémorragie. Dès qu'elle sera arrêtée je m'occuperai du visage.

— Est-elle gravement défigurée ?

— La peau ne porte qu'une déchirure au coin de l'œil droit mais les structures internes de la mâchoire supérieure sont broyées. La mâchoire inférieure est fracturée aussi mais sans déplacement, aussi l'opération ne devrait pas être trop difficile. Au fait, auriez-vous une photographie récente de la victime ? Il me sera utile de voir le visage qu'elle avait avant l'accident.

— J'en ai une en couleur chez moi et nos services de presse doivent en posséder d'autres. Gardera-t-elle des cicatrices ?

— Très peu, peut-être pas du tout, d'après mon premier examen.

— Pourtant l'opération...

— Je pense pouvoir opérer en majeure partie à l'intérieur de la bouche. Était-elle belle ?

— Pas vraiment ; elle était fraîche et sympathique surtout, mais elle était très intelligente et passionnée par son travail. Lynne Tallman semblait avoir confiance en elle et s'ouvrait à elle plus qu'à tout autre. Janet a même enregistré des interviews de Lynne et elle a déjà décroché un contrat pour la publication d'un livre sur cette vie de diablesse. Mon journal a le droit exclusif d'en imprimer certains extraits avant la sortie de l'ouvrage — si Janet le termine jamais.

— Nous devrions avoir la réponse à cette question dès demain. J'ai demandé au docteur Josh Fogarty de l'examiner. C'est le meilleur neurochirurgien de l'hôpital ; il est également expert en matière de troubles cérébraux.

— Je le connais.

— L'obstacle le plus sérieux, c'est que son cœur s'est arrêté de battre un moment pendant lequel son cerveau n'a pas été irrigué.

— Est-il vrai que si le cerveau n'est pas oxygéné pendant plus de cinq minutes, les cellules cérébrales sont définitivement endommagées ?

— C'est une idée très empirique. J'ai vu des cas où l'absence d'oxygénation avait duré plus longtemps sans que les centres supérieurs aient subi des dégâts.

— Il serait désastreux qu'elle reste handicapée sur le plan mental, docteur, pour elle, pour son fiancé et pour moi.

— Nous faisons de notre mieux, Mr Stanfield et, avec l'équipement de cet hôpital et l'École de Médecine à notre disposition, notre mieux est assez satisfaisant.

— Elle est entre vos mains, docteur. Je vais appeler Gerald Hutchinson à Chicago. C'est lui qui écrit les éditoriaux pour la région de Chicago. Il devait épouser Janet le mois prochain.

4

Dans l'après-midi les photographies que George Stanfield avait promises à Mike furent apportées par un messager spécial à son cabinet situé à quelque trois cents mètres de l'hôpital de l'Université. Comme l'avait dit son oncle, Janet Burke n'était pas précisément une jolie fille mais elle paraissait éclatante de santé et de fraîcheur. Mike fut bientôt convaincu qu'entre les mains d'un chirurgien habile son visage pourrait acquérir une beauté réelle et, plus il étudiait la question, plus il était sûr de réussir.

Quand Mike fit ses tournées du soir à l'hôpital de l'Université, il apprit que Janet avait commencé à respirer spontanément une heure environ après son départ de la salle des urgences. Le cœur s'était remis à battre et la tension atteignait un niveau normal.

Il nota toutes les mensurations du visage et de la tête de sa patiente et prit plusieurs photographies sous divers angles avec un appareil à développement instantané. Le docteur Fogarty ne l'avait pas encore examinée, mais son secrétariat assura à Mike qu'il viendrait dès qu'il aurait terminé ses propres tournées, vers dix-huit heures environ.

A peine Mike eut-il regagné son appartement de Georgetown que la sonnerie du téléphone retentit. Il décrocha et reconnut la voix du docteur Josh Fogarty du service de neurochirurgie.

— J'ai pensé que vous seriez content d'avoir mon avis sur Janet Burke dès ce soir, Mike, dit le neurochirurgien. Je viens de l'examiner et de lui faire une ponction lombaire.

— Avez-vous découvert quelque chose d'anormal ?

— Rien, sauf qu'elle est encore sans connaissance, mais la tension du liquide céphalorachidien est normale et il ne contient pas de sang.

Ces deux renseignements étaient satisfaisants. Si les blessures à la tête avaient été vraiment graves, la tension aurait été vraisemblablement plus élevée. L'absence de sang dans le liquide entourant le cerveau et la moelle épinière signifiaient que le réseau sanguin couvrant la surface cérébrale n'avait pas été endommagé par le choc crânien.

— Le plus inquiétant à mon avis, c'est que le cœur a pu s'arrêter de battre pendant plus de cinq minutes. Il est possible qu'elle s'en sorte sans dommages sur le plan mental, mais elle peut aussi être réduite à l'état de végétal.

— Espérons que c'est la première possibilité qui se réalisera. Merci Josh. Vous continuerez à la suivre, n'est-ce pas ?

— Bien entendu. Bonne nuit.

Mike entra dans la petite pièce qui lui servait d'atelier, et commença à préparer l'armature du squelette de la tête de Janet Burke qu'il se proposait de confectionner avant d'entreprendre l'opération de chirurgie réparatrice.

Au centre d'une planche de trente centimètres sur trente-six, il cloua un barreau de bois de quatre centimètres carrés et de dix-huit centimètres de haut. Il prit ensuite un tube de cuivre de cinquante centimètres de long et le tordit pour lui donner la forme d'une grosse ampoule avec un sommet arrondi et deux côtés droits. Il le cloua sur le barreau formant ainsi un centre stable sur lequel il pourrait commencer à façonner la tête.

Pour le moule lui-même, il préféra employer de la plastelline car, étant à base de pétrole, cette substance ne séchait pas aussi rapidement que l'argile et conservait mieux sa forme pendant les quelques soirées requises pour sculpter le modèle qu'il avait dans la tête. Il commença à confectionner des rouleaux de dix-huit centimètres de long chacun les appliquant à l'armature pour former une colonne constituant le cou surmonté d'un bloc informe qui deviendrait la tête.

Avant de commencer l'exécution du modèle, Mike avait placé deux photographies de Janet Burke, l'une de face l'autre de profil sur une petite table où elles étaient en pleine lumière avec le cliché en couleur que lui avait donné Stanfield. Visiblement éclatante de santé, elle devait être également intelligente et séduisante, le genre de fille qui n'aurait probablement jamais été élue reine de beauté mais était sans nul doute un boute-en-train dans les milieux qu'elle fréquentait. Pendant que ses doigts agiles commençaient à mouler la plastelline, Mike était de plus en plus convaincu que sa première impression était juste : si elle reprenait connaissance, il pourrait certainement faire de sa patiente une beauté réelle selon les normes classiques.

Il chercha dans l'Encyclopédie une certaine Aphrodite dont il se rappelait avoir vu la copie au British Museum. Il lui fallut une demi-heure pour la trouver. C'était le buste d'Aphrodite par Praxitèle, l'un des plus beaux spécimens de la statuaire grecque. Plus il étudiait la tête ravissante et la comparait avec les photographies de Janet Burke, plus il était convaincu que sa mémoire ne l'avait pas trompé en lui suggérant que le visage de la jeune fille avait une forme et des proportions assez semblables à celles de la statue.

Il posa le volume ouvert sur la table, à côté des photographies de Janet Burke et se mit au travail, s'arrêtant à chaque instant pour étudier les photographies, les mesures et la copie du buste de Praxitèle. Vers dix heures il était épuisé, mais il avait la satisfaction de voir son modèle commencer à prendre la forme à la fois du visage de la jeune fille et de la tête parfaite de la déesse de l'amour telle que l'avait créée le plus prestigieux sculpteur de l'histoire de l'art grec. Quand il posa enfin ses instruments, il était plus que satisfait du résultat de son travail. Il se versa une généreuse rasade de whisky et regarda à la T.V. les nouvelles de onze heures avant de se mettre au lit.

5

— L'état de votre patiente s'améliore de jour en jour, docteur Kerns, dit Mrs Sheftal, l'infirmière en chef de l'unité de soins intensifs. Quand pensez-vous qu'elle reprendra connaissance ?

— Le docteur Fogarty ne veut pas se hasarder à faire de pronostics. A-t-elle eu besoin du stimulateur dans la nuit ?

— Pas une fois. Son pouls est aussi régulier que le mien.

— Je pense que je vais lui retirer l'électrode-cathéter cet après-midi dans ce cas.

— Je ne serais pas fâchée de récupérer le cardiographe ; nous ne savons jamais si nous n'en aurons pas besoin pour un cas de coronaire. Et l'E.E.G. ?

— Je veux continuer à enregistrer le courant cérébral jusqu'à ce qu'elle ait repris connaissance.

Dans la cabine de l'unité de soins intensifs que Janet occupait, Mike procéda à un rapide examen de sa patiente. Il n'aurait trouvé aucune raison de s'alarmer si elle n'était pas restée plongée dans un coma persistant. C'était un signe de plus en plus inquiétant à mesure que les heures passaient. En terminant son examen, il éprouva l'étrange sensation que, bien qu'elle parût privée de connaissance, elle avait conscience de tout ce qui se passait autour d'elle. Aussi tressaillit-il quand l'infirmière lui demanda :

— Vous n'avez pas l'impression qu'elle est plus consciente qu'elle ne veut le laisser paraître, docteur Kerns ?

— Qu'est-ce qui vous le fait supposer ?

— Je fais ce métier depuis si longtemps que je commence à me demander si les gens sont réellement ce qu'ils paraissent être.

— Je viens d'avoir exactement le même sentiment, avoua Mike, et je ne vois pas pourquoi. Alors, je suppose que nous nous trompons tous les deux. L'électro-encéphalogramme présente-t-il des changements ?

— Les ondes sont plus accentuées, mais j'en ai vu apparaître deux ou trois que je n'ai pas reconnues.

— Je ne suis pas expert en matière d'ondes cérébrales, voilà le docteur Fogarty, il va peut-être pouvoir nous éclairer.

— Qu'est-ce qui vous tracasse tous les deux ? demanda le grand neurochirurgien blond.

— Ma patiente est toujours sans connaissance, répondit Mike, mais Mrs Sheftal et moi-même, nous avons l'impression qu'elle est plus consciente qu'elle n'en a l'air.

— Ce sont les ondes qui nous étonnent, expliqua l'infirmière. Quand je suis de service ici, j'ai toujours l'œil sur les enregistreurs. C'est devenu une sorte d'habitude.

— Qu'ont-elles de particulier ces ondes ?

— Elles sont différentes des ondes cérébrales ordinaires, mais je ne peux pas vous dire exactement en quoi. Oh ! tenez, s'écria-t-elle soudain, en voilà une série.

Les deux médecins tournèrent vivement leur regard vers l'écran sur lequel s'enregistraient les ondes cérébrales de Janet Burke au moyen des électrodes que Mike avaient plantées la veille dans son cuir chevelu. Mike vit aussitôt ce que Mrs Sheftal voulait dire : pendant cinq secondes environ, le rythme lent et régulier des ondes alpha normales, caractéristiques de la torpeur ou de la détente complète, se précipita : les ondes apparaissant sur l'écran étaient plus courtes et plus rapides.

— C'est ce que nous appelons le rythme *thêta,* s'exclama Fogarty. Mais le fait est particulièrement insolite quand il s'agit d'un patient inconscient.

— Pourquoi, Josh ?

— Je ne sais pas ; des phénomènes comme celui-ci sont le plus souvent associés à la parapsychologie.

— La perception extra-sensorielle ?

— C'est un aspect, mais le sujet est extrêmement complexe. La plupart des médecins conservateurs évitent ce qui a trait au paranormal. Pourtant, nous ne pouvons nier que certaines personnes sont plus sensibles que d'autres à l'imagerie mentale.

— Je comprends cela si j'en juge par mes propres expériences en sculpture, commenta Mike.

— Que savez-vous de la biorétroaction ? demanda Fogarty.

— Simplement que ceux qui travaillent sur ce terrain prétendent qu'ils sont capables d'apprendre à leurs sujets à maîtriser volontairement des fonctions autonomes telles que le rythme cardiaque, le courant sanguin et quelques autres processus physiologiques que nous avons toujours cru indépendants de la conscience.

— C'est une assez bonne définition. Étant donné que l'état émotionnel influe plus ou moins sur l'état physiologique, de nombreux chercheurs commencent à croire que ce dernier peut être modifié — ou amélioré si vous voulez — par la maîtrise du premier.

— Je l'admets volontiers, dit Mike. L'été dernier, j'ai passé quelques semaines en Inde pour participer à un séminaire sur les procédés plastiques utilisés dans le pays quelque cinq à sept siècles avant Jésus-Christ. Certaines choses que les fakirs ont faites sous mes yeux ne s'expliquent guère autrement, si tant est qu'elles s'expliquent.

— Deux ou trois programmes de recherche en parapsychologie ont révélé que les méthodes de biorétroaction ont provoqué un accroissement intense de l'imagerie — l'imagination si vous préférez — des sujets. Qui plus est, elle est accompagnée d'une augmentation du rythme thêta des ondes E.E.G. chez les sujets sous observation.

— Dans ce cas, l'imagination de Janet Burke travaille peut-être au niveau du subconscient, une imagination suffisamment vive pour entraîner un changement dans le tracé de ses ondes E.E.G., mais sans doute encore incapable de franchir le seuil de la conscience.

« Si ses cellules cérébrales sont assez saines pour faire naître des rêves, pourquoi ne stimulent-elles pas la conscience ?

— Je vous ai dit que la question était difficile à expliquer.

— Alors que pouvons-nous faire ?

— Si elle avait été initiée à la biorétroaction, nous pourrions l'utiliser bien que, pour l'instant, je ne voie pas exactement comment, mais elle n'a pas dû...

— Pour autant que nous le sachions.

Le neurochirurgien fixa Mike d'un regard surpris.

— Que pouvons-nous dire ?

— Lynne Tallman était apparemment assez liée avec Janet pour tenir à sa présence à bord de cet avion. Vraisemblablement elle avait confiance en elle et lui donnait des renseignements qu'elle n'aurait fournis à personne d'autre.

— Je me rappelle avoir lu un article dans le *Star News*, peut-être inspiré par Janet Burke, rapportant que Lynne Tallman se vantait de célébrer des rites à la gloire de Satan avec des membres de sa secte à Chicago. Pensez-vous que Janet Burke ait pu y assister ?

— D'après ce que son oncle m'a dit d'elle, c'est peu probable. Naturellement, c'est une journaliste de talent et elle pourrait avoir fait semblant... Non, je ne puis le croire. Mais elle a dû avoir une sorte de perception très aiguë de la mentalité de Lynne Tallman pour être aussi intime avec elle.

— Le genre de mentalité qui trouve son plaisir à placer des bombes et à tuer des innocents, commenta Fogarty en haussant les sourcils d'un air méprisant. Quand elle aura repris ses sens, votre patiente pourra peut-être nous apprendre des choses intéressantes.

— Sans doute les gardera-t-elle pour elle afin de les rapporter dans l'ouvrage qu'elle est en train d'écrire sur Lynne Tallman. Je dois vous dire aussi que George Stanfield croit que Janet Burke a persuadé Lynne Tallman de se rendre et de témoigner contre les membres de la secte. S'il en est ainsi et qu'elle soit assez consciente pour se rendre compte de ce qui s'est passé, elle se reproche probablement la mort de Lynne Tallman et souffre intérieurement comme une damnée.

— Ce qui expliquerait l'apparition des ondes thêta dans son E.E.G. et sa répugnance à reprendre conscience, dit Fogarty. Cette histoire de parapsychologie doit être contagieuse. Vous allez beaucoup plus loin dans votre théorie que je ne l'ai jamais fait.

— Je ne peux vraiment pas dire que c'est *ma* théorie, Platon a déclaré il y a deux mille ans : « *Pour que la tête et le corps soient sains, il faut commencer par guérir l'âme* », mais comment guérir d'un complexe de culpabilité quelqu'un qui ne veut pas devenir assez conscient pour que l'on communique avec lui.

— Je ne le sais pas moi-même mais je connais quelqu'un qui pourrait vous aider. Le professeur Randall McCarthy du service de psychiatrie a passé un diplôme de parapsychologie avant de terminer sa médecine. Il s'intéresse beaucoup au paranormal et je l'ai vu faire certaines choses étranges dans ce domaine.

— Il a dû entrer à la faculté pendant que je faisais mon stage à New York l'année dernière. Je ne me souviens pas de ce nom.

— McCarthy est venu ici il y a six mois environ, après avoir travaillé à l'Institut de Recherches Stanford, un réservoir de penseurs en Californie et au laboratoire de parapsychologie de Duke, je crois. D'après ce que j'ai entendu dire, il est remarquablement compétent en psychothérapie, même si ses méthodes sont un peu bizarres.

— Par exemple ?

— L'hypnothérapie, les hallucinogènes et ainsi de suite,

mais je suppose qu'une grande partie de ce que l'on raconte à son sujet est amplifiée par la rumeur publique.

— Je vais demander à McCarthy de l'examiner, mais je compte bien que vous continuerez à la suivre aussi, Josh. Nous ne serons pas sortis de l'auberge avant qu'elle ait repris conscience.

— Pouvez-vous lui réparer le visage pendant qu'elle est encore dans le coma ?

— George Stanfield m'en donnerait probablement l'autorisation, pourtant j'aimerais mieux pas. Je viens de terminer le moulage du modèle auquel elle pourrait ressembler quand j'aurai reconstitué l'ensemble du visage mais je préfère ne pas effectuer certains des changements nécessaires tant que je n'aurai pas sa signature sur la feuille d'autorisation.

— Même alors, il vaut mieux que vous soyez sûr qu'elle est bien au courant de tout ce que vous allez faire, conseilla le neurochirurgien. La doctrine du consentement informé ne tient pas devant un tribunal comme moyen de défense en cas de poursuites pour faute professionnelle. Le patient se plaint toujours de n'avoir pas réellement compris ce que l'opération allait donner. Et comme le jury n'y comprend généralement rien non plus, même après la production des preuves, il est enclin à sympathiser avec le plaignant.

6

Mike appela le bureau du docteur Randall McCarthy à l'École de Médecine. Averti que le psychiatre était absent pour la journée il laissa un message le priant de se rendre en consultation auprès de Janet Burke le lendemain.

George Stanfield appela Mike vers onze heures.

— Mon correspondant de presse à l'hôpital de l'Université me rapporte que le bruit court que Janet ne reprendra jamais connaissance, docteur Kerns, dit-il. Y a-t-il quelque chose de vrai là-dedans ?

— Les hôpitaux sont une source de rumeurs, Mr Stanfield. Je soupçonne les journalistes de l'avoir répandue eux-mêmes simplement pour avoir un sujet d'article.

— Vous avez peut-être raison. Comme cette « mort avec dignité » engendre une telle publicité, elle est devenue le thème favori des journalistes — mais en ce qui concerne Janet ?

— Je ne puis nier que c'est une possibilité, je vous en avais averti.

— Autrement, dans quel état est-elle ?

— Je n'ai jamais vu une patiente aussi grièvement blessée se remettre aussi bien.

— Oui mais si elle ne sort pas du coma...

— Il sera temps d'étudier la question quand nous serons fixés, dit Mike fermement.

— Je viens de parler au rédacteur en chef du *Post.* Ils vont publier un papier demain matin pour dire que Janet est maintenue en vie grâce à des appareils et qu'elle peut faire l'objet d'une autre controverse sur la prolongation ou la non-prolongation de la survie factice.

— Vous pouvez mettre un terme à certaines rumeurs et aller plus loin que le *Post,* affirma Mike. Écrivez que je vous ai dit que j'allais retirer l'électrode-cathéter cet après-midi parce que le cœur de Janet bat maintenant régulièrement par lui-même et qu'elle peut respirer sans appareil. Ajoutez que j'espère qu'elle reprendra connaissance dans les vingt-quatre heures.

— Nous allons publier ce que vous venez de dire ; nous avons encore le temps de le sortir dans la dernière édition. Au fait, le F.B.I. a-t-il pris contact avec vous ?

— Non. Pourquoi le ferait-il ?

— Dans l'épave de l'avion ils ont découvert un porte-documents qui appartient vraisemblablement à Janet. Il a été projeté de la cabine avant où elle était assise, aussi son contenu n'a-t-il pas trop souffert de l'incendie, paraît-il.

— Vous ne l'avez pas examiné ?

— Pas encore. Le F.B.I. l'a conservé en prétendant qu'il s'agit de documents importants, mais j'ai appris par une source privée que la serviette contient des notes que Janet a prises pour ses futurs articles sur Lynne Tallman et quelques enregistrements d'interviews avec elle. Mon avocat est allé au tribunal du district fédéral pour demander que tous ses objets personnels soient remis à son plus proche parent, en l'occurrence moi-même, et nous attendons une décision en notre faveur avant la fin de la journée.

— Quelqu'un a-t-il réclamé le corps de Lynne Tallman ?

— Pas que je sache. Apparemment personne ne tient à

revendiquer une parenté avec un pareil démon. Vous me tiendrez au courant, n'est-ce pas ?

— Bien entendu, dès qu'il se produira un changement.

— Au fait, Gerald Hutchinson, le fiancé de Janet, est arrivé de Chicago par un vol de nuit. Il écrit une chronique philosophico-religieuse que nous publions simultanément dans une douzaine de journaux de Chicago.

— Il est pasteur ?

— Non, mais il est membre actif de l'Église épiscopale. Il désire vous voir, je vous serais reconnaissant de minimiser l'importance des éventuelles défigurations permanentes.

— Je ne pense pas qu'elle en ait. Après-demain, j'aurai terminé un modèle qui indiquera l'aspect qu'elle pourra avoir.

— Croyez-vous qu'il soit sage d'essayer d'améliorer la nature ?

— Nous lui laisserons le choix. Je crois que les changements que je lui proposerai lui plairont.

Vers une heure, Mike s'apprêtait à aller déjeuner lorsqu'une infirmière le prévint que l'inspecteur Stafford l'attendait dehors. Il sortit de son bureau et serra la main de l'agent du F.B.I. qui était monté la veille dans l'hélicoptère avec lui.

— J'étais sur le point d'aller casser la croûte, inspecteur, dit-il. Vous avez déjeuné ?

— Pas encore.

— Alors voulez-vous me tenir compagnie. Il y a un restaurant assez correct au coin de la rue.

Stafford consulta sa montre.

— J'ai rendez-vous à trois heures avec le contrôleur de navigation qui a dirigé le vol Six-vingt hier, mais j'ai le temps de manger un morceau pendant que nous parlerons.

— Avez-vous découvert la cause de l'explosion ? demanda Mike chemin faisant.

— Quelques bâtons de dynamite et un détonateur attachés au train d'atterrissage. Le train, les commandes des volets, le gouvernail et les freins ont été détraqués quand la descente des roues a déclenché l'explosion.

— Celui qui a fait le coup devait connaître son affaire.

— Armand Descaux est expert en la matière. L'armée américaine l'avait formé avant de le congédier quand il était au Viêt-nam.

— Comment avez-vous pu découvrir l'auteur de l'accident.

— Nous savions depuis un certain temps que Descaux occupait le second rang après Tallman dans la hiérarchie de la secte de Chicago, mais nous n'avons pu mettre la main sur lui. Les attentats précédents revendiqués par la secte portaient tous les mêmes marques, aussi s'agit-il incontestablement d'une opération Descaux.

Arrivés au restaurant, ils prirent place à une table et commandèrent leur repas avant de poursuivre la conversation.

— Et le porte-documents de Janet Burke ? demanda Mike. Allez-vous le remettre à Mr Stanfield ?

— Nous avons fait un compromis : Stanfield nous autorise à faire des copies de tous les papiers qu'il contient. Malheureusement, ce que nous cherchons — les noms des autres membres de la secte — ne se trouve ni dans le manuscrit ni dans les bandes enregistrées des conversations entre Lynne Tallman et miss Burke...

— Qu'entendez-vous exactement par la secte ?

Stafford haussa les épaules.

— C'est un mot passe-partout qui désigne les radicaux, les schizoïdes et les fanatiques de toute sorte. Aussi, je crains qu'il ne signifie pas grand-chose. Il semble que Lynne Tallman ait dirigé un groupe d'adorateurs du diable qui invoquaient leur prétendue dévotion à Satan comme excuse pour justifier les attentats à la bombe et les incendies qui sont leur spécialité. Nous croyons que ces hommes sont des vétérans de la guerre du Viêt-nam qui ont été congédiés d'une façon peu honorable.

— Si c'est exact, comment Descaux a-t-il pu manigancer l'explosion sur l'avion ?

— Il a dû agir vite, expliqua Stafford. Le bureau de Chicago n'a reçu l'ordre d'expédier Lynne Tallman à Washington que vers minuit. Après quoi il a fallu la convaincre et, quand elle a refusé de venir sans Janet Burke, nos hommes ont dû aller chercher miss Burke et lui expliquer ce qui allait se passer. Pendant ce temps, il y a eu une fuite.

— De la part de miss Burke ?

— Non. Nous avons vérifié ses conversations téléphoniques dans son appartement de Chicago. Elle n'avait appelé que Mr Stanfield, ce qui signifie que la fuite vient du Bureau. Le fait est assez difficile à avaler. Avec une charge destinée à exploser en vol, tous ceux qui étaient associés à l'opération savaient que ceux des nôtres qui accompagnaient Lynne Tallman seraient tués avec une grande partie des autres passagers.

— L'attentat n'aurait-il pu avoir pour objectif entre autres de faire taire miss Burke en même temps ?

— Nous le supposons. C'est pourquoi je vous demanderai l'autorisation de la faire garder vingt-quatre heures sur vingt-quatre.

— Je vous la donne naturellement si les autorités de l'hôpital sont d'accord.

— Nous pouvons *faire* en sorte qu'elles soient d'accord.

— Alors, pourquoi demander ?

— Parce que chaque fois que nous sommes obligés d'exercer une contrainte, quelqu'un va généralement se plaindre à un membre du Congrès qui trouve immédiatement un avantage politique à fourrer son nez dans les activités du F.B.I. Alors il fait son rapport à une commission du Congrès et la chasse aux sorcières recommence.

— Je comprends la gravité de ce qui est en jeu.

— Pas tout à fait, docteur. Et maintenant pouvez-vous me promettre de garder le secret absolu sur ce que je vais vous dire ?

— Je vous le promets dans la mesure où il ne s'agit pas de faits qui risquent de mettre en danger la vie de ma patiente.

— C'est que tel est justement le cas.

— Alors, il m'appartiendra de décider ce qui peut être révélé ou pas.

Stafford hocha la tête.

— J'étais sûr que vous réagiriez ainsi. C'est pourquoi j'en ai parlé d'abord au directeur. Nous sommes disposés à vous laisser libre de prendre la décision, avec la réserve que si vous décidez de révéler tout ou partie de ce que je vais vous dire, vous nous en aviserez au préalable.

— Cette condition me paraît raisonnable. Je l'accepte.

Ils commandèrent un café et Stafford reprit :

— Voici la véritable raison de tout ce manège : miss Burke a rapporté de Chicago des documents incontestablement intéressants pour une journaliste, mais ils ne nous apprennent rien sur les associés de Tallman ni sur leurs intentions.

— Peut-être ont-ils perdu contact quand Tallman a été arrêtée. Après tout, Descaux a bâclé l'explosion de l'avion.

— Sans doute parce qu'il a agi dans des circonstances difficiles. Le plan était ingénieux et la pose de la bombe soigneusement calculée mais l'opérateur a dû entrer dans le hanger et dans l'avion, mettre son dispositif en place et ressortir en quelques minutes.

— Comment le savez-vous ?

— Plusieurs mécaniciens avaient travaillé sur cet appareil

toute la nuit, sauf pendant une quinzaine de minutes à sept heures, juste avant que l'équipage monte à bord au moment du changement d'équipes pendant que celle de onze à sept quittait le terrain et que celle de sept à onze venait la relayer. L'avion est resté sans surveillance près d'un quart d'heure et, pendant ce temps, un individu vêtu de l'uniforme de mécanicien de la compagnie Tri-continental a pu porter dans le hangar une boîte qui avait l'aspect d'une caisse à outils. Avec son habileté et son expérience, Descaux a pu poser la bombe et sortir avant l'arrivée de l'équipe de jour.

— C'est plausible.

— Pas seulement plausible, docteur, certain. Après le départ du vol Six-vingt, une combinaison de mécanicien a été trouvée dans une poubelle du parking du personnel de l'aéroport, mais personne n'a associé cette découverte à une possibilité de danger avant l'accident survenu à Dulles.

— Et personne n'avait remarqué la présence d'un individu suspect dans le voisinage du hangar ?

— Au moment du changement d'équipe il y a un tel va-et-vient qu'il est facile de passer inaperçu. Il va falloir que nous dépistions les chefs de la secte de Lynne Tallman par un autre moyen.

— Lequel ?

— Mr Stanfield est d'accord pour glisser dans l'article qu'il publie dans la dernière édition d'aujourd'hui que Lynne Tallman a révélé à Janet Burke les noms de ses complices et les lieux où ils ont commis leurs atrocités.

— Mon Dieu ! Mais alors Janet Burke va servir d'appât.

— A peu de chose près et, franchement, cette solution nous déplaît, mais ces monstres ont déjà causé plus de cinquante morts et Mr Stanfield m'affirme que, si Janet Burke était consciente, elle serait d'accord pour contribuer à leur destruction.

— En fin de compte nous nous trouvons devant ce cas de conscience : risquer une vie pour en sauver une quantité d'autres. C'est quand même dur pour celui qui prend le risque.

— Vous pouvez nous apporter une aide extrêmement précieuse, docteur Kerns, en transférant votre patiente dans une chambre particulière où il nous sera plus facile de la surveiller que dans l'unité de soins intensifs où les parents des autres patients entrent et sortent continuellement. Elle ne court pas le risque de faire une rechute, n'est-ce pas ?

— Une rechute serait sans doute moins dangereuse que le

guêpier où vous allez la fourrer. Pour l'instant nous nous contenterons de surveiller ses ondes cérébrales sur l'un des appareils enregistreurs de l'U.S.I.

— Allez-vous la transférer, docteur ? J'en ai déjà parlé à Mr Stanfield, et il est d'accord.

— Vous pensez à tout, je vois.

— Pas à tout malheureusement. Si nous pensions à tout, cet avion aurait fait l'objet d'une surveillance de tous les instants à partir du moment où nous avons reçu l'ordre de faire monter Lynne Tallman à son bord.

7

Quand Mike passa à l'hôpital pour ses tournées du soir, il constata que Janet Burke avait déjà été transportée dans une chambre particulière. Les journalistes ne rôdaient plus dans les parages, mais un jeune homme au regard perçant était assis dans une petite alcôve d'où il pouvait observer la porte de sa chambre.

Mike serra la main de l'agent du F.B.I.

— Je suis le docteur Kerns, dit-il. J'ai déjeuné avec l'inspecteur Stafford.

— Agent Jim McIvor, docteur. Enchanté de vous connaître.

— Je vais rester avec ma patiente une demi-heure environ. Si vous voulez en profiter pour aller boire un café.

— Merci, docteur, mais j'ai l'ordre de ne quitter mon poste sous aucun prétexte avant qu'un autre agent vienne me relayer à onze heures.

Une infirmière nommée Ellen Strabo était de service. C'était une amie de Mike, et ils avaient même eu des rapports plus intimes que ceux de la pure amitié. Elle l'accueillit avec un sourire radieux.

— Quelle impression cela fait-il d'être le plus célèbre spécialiste en chirurgie plastique de Washington ? demanda-t-elle.

— Je lui poserai la question quand je le verrai.

— Regarde-toi dans la glace ce soir. Si j'avais su que tu étais promis à un avenir aussi brillant, j'aurais joué les vamps quand nous roucoulions ensemble.

Elle changea brusquement de ton en voyant une autre infirmière entrer dans le secteur.

— L'état de miss Burke s'améliore de plus en plus, docteur Kerns, dit-elle. L'un des enregistreurs était libre, aussi pouvons-nous surveiller son E.E.G.

— Parfait. Je vais retirer l'électrode pendant que je suis là.

— Le matériel à incision est prêt. Mrs Sheftall m'a dit que vous en auriez besoin. Les ondes thêta sont de plus en plus fréquentes et les décharges plus longues. Elle a remué les bras et les jambes aussi.

Janet Burke ne bougea pas pendant que Mike libérait son bras de l'attelle qui le tenait. Il commença à sortir doucement le cathéter de la veine et il avait presque terminé quand il entendit une exclamation :

— Bon Dieu ! Ça fait mal.

Stupéfait, il jeta un coup d'œil sur sa patiente et la beauté de ses yeux le frappa. Les pupilles étaient encore dilatées à cause du choc qu'elle avait subi, ce qui donnait à son regard une profondeur extraordinaire tandis que l'iris qui les entourait avait une nuance violette ravissante. L'ensemble produisait un effet étrange. Il en fut d'autant plus étonné que ni les photographies en noir et blanc ni même le cliché en couleur que lui avait prêté Stanfield ne lui avaient laissé soupçonner la beauté incomparable de ses yeux.

— Décidée à vous réveiller ? dit-il en souriant. Nous nous demandions quand vous seriez disposée.

— Si vous me disiez qui vous êtes et ce qui s'est passé. Sa voix avait un son nasal à cause des tampons d'ouate qui bouchaient le nasopharynx, mais la radiographie n'avait montré aucun déplacement de fractures dans sa mâchoire inférieure aussi pouvait-elle la remuer pour parler assez intelligiblement.

— Laissez-moi finir ce que je suis en train de faire. Vous allez peut-être souffrir un petit peu, mais je tâcherai d'opérer aussi doucement que possible. Ensuite nous bavarderons.

Quelques minutes lui suffirent pour achever l'opération commencée. Il l'entendit haleter quand il retira le ballon placé à l'extrémité de cathéter par la petite ouverture pratiquée dans la peau du bras, mais elle ne cria pas. Il arrêta l'écoulement sanguin par une pression avant de coller des petits rubans adhésifs sur la légère entaille.

— Voilà qui est fait, dit-il. Cette cicatrice sera si fine que vous ne la verrez même pas.

— J'ai l'impression qu'un éléphant m'a piétiné le visage.

— C'est un peu ce qui s'est passé quand vous avez atterri la tête la première sur le carrelage de l'aéroport Dulles.

L'infirmière sortit en emportant le matériel à incision et l'électrode-cathéter ; Mike approcha une chaise du lit de Janet et manœuvra la manette qui en commandait les mouvements.

— Il vous sera plus facile de parler avec la tête un peu relevée, dit-il. Vous m'indiquerez la position qui vous paraît la plus confortable.

La tête du lit se trouvait à un angle de près de quarante-cinq degrés quand il entendit son exclamation d'horreur. Il leva les yeux et s'aperçut que cet angle était suffisant pour qu'elle puisse voir son visage dans le petit miroir placé au milieu de la table de chevet.

— C'est mon visage ça ? cria-t-elle, ou du moins ce qu'il en reste.

— Il est entier, affirma-t-il. La peau n'a qu'une petite entaille au coin de l'œil droit et quand je l'aurai arrangée vous ne vous apercevrez pas qu'elle a existé.

— Qu'êtes-vous ? Un magicien ?

— Un spécialiste en chirurgie plastique mais nous avons parfois besoin d'être magicien. Dans votre cas, je peux vous promettre de vous refaire exactement le visage que vous aviez avant votre accident.

— Personne ne m'a jamais trouvée belle, avant, *alors maintenant...*

Sa voix se brisa et elle détourna la tête.

— La situation est loin d'être aussi terrible qu'elle le paraît, assura-t-il en pliant le miroir pour qu'elle ne soit pas tentée de se regarder. J'ai réparé des visages beaucoup plus abîmés que le vôtre.

— Mais vous allez devoir le mettre en pièces et il sera couvert de cicatrices.

— C'est là que vous avez de la chance. Presque tout le travail peut se faire par l'intérieur de la bouche en une seule opération.

Il sortit un mouchoir en papier du tiroir de sa table de chevet et le lui donna pour qu'elle sèche ses larmes.

— Co... comment pouvez-vous tout réparer en une seule opération ? articula-t-elle.

— Il s'agit de relever les deux os qui forment la proéminence des joues — les arches zygomatiques — de les rendre symétriques. Le tout doit se faire ensemble. Je vous prélèverai sans doute un petit os au sommet de l'ilion — la hanche — pour vous refaire l'arête du nez.

— J'avais une petite bosse sur le nez avant. Je me l'étais cassé en jouant au base-ball quand j'avais dix ans.

— Vous tenez à la conserver ?

— Non, bien sûr.

— Alors, elle n'existera plus quand j'aurai terminé. Naturellement il faudra que vos mâchoires restent attachées pendant quelque temps et vous ne pourrez pas parler aussi aisément que vous le faites maintenant.

— Je ne reconnais pas ma voix. J'ai l'impression de manquer d'air.

— Vous respirez par un tube placé dans votre trachée depuis trente-six heures, expliqua-t-il. Tant qu'il sera là, une partie de l'air de vos poumons sera déviée au-dessous de vos cordes vocales, mais vous pourrez parler plus fort en tenant un morceau de gaze sur l'ouverture.

Il posa un tampon de gaze sur l'extrémité extérieure de la canule et sa voix devint aussitôt plus forte et plus claire.

— Je crois que je vous dois la vie, docteur... Je ne me rappelle même plus votre nom.

— Kerns. Michael Kerns.

— Je suppose que je devrais vous être reconnaissante mais quand je me vois dans le miroir... (Elle frémit). Voyez-vous, je ne peux pas arriver à croire que je ressemblerai jamais à ce que j'étais.

— Si vous voulez ressembler à quelqu'un d'autre, je peux aussi vous faire un nouveau visage ; c'est une pratique courante en chirurgie plastique.

— Toute cette histoire paraît fantastique. L'autre soir, je dormais quand le F.B.I. m'a téléphoné pour me dire que Lynne Tallmann ne voulait pas aller à Washington sans moi. Et me voilà ici, réduite en bouillie.

— Vous avez quand même eu de la chance. La cabine avant et le cockpit étaient en flammes quelques secondes après que le nez de l'avion a traversé les parois de verre de l'aéroport Dulles.

— C'est un horrible cauchemar. Avez-vous vu l'accident ?

— En partie. J'étais sur la bretelle qui mène à l'aéroport international Dulles avant-hier matin.

— Je suis restée aussi longtemps sans connaissance ?

— Oui. Nous avons craint un moment que vous ne sortiez jamais du coma.

— Il aurait peut-être mieux valu que je ne revienne jamais à moi.

— Tout ira bien. Faites-moi confiance. C'est promis ?

Elle le fixa du regard un moment puis elle hocha la tête.

— C'est promis. De toute façon je n'ai guère le choix.

— Comme je le disais, j'étais en route pour Dulles quand j'ai vu le 727 faire un atterrissage d'urgence, reprit Mike. Voulez-vous vraiment que nous parlions de cette affaire. Vous avez tout de même subi un choc grave.

— Si vous avez le temps, j'aimerais mieux en parler.

— C'est bon, mais si vous vous sentez fatiguée ou que vous ayez mal à la tête vous vous arrêterez.

— Je promets. Le F.B.I. m'a sortie du lit vers minuit quand ils ont décidé de transférer Lynne de Chicago à Washington. Je n'ai eu que le temps d'appeler oncle George et de fourrer quelques vêtements dans une valise avant de me rendre à la prison où ils la gardaient. Le F.B.I. nous a emmenées directement à l'avion.

— Mr Stanfield me l'a dit. Il s'est tourmenté pour vous et il sera heureux d'apprendre que vous avez repris vos esprits. Je vais lui téléphoner en sortant. Continuez, je vous en prie.

— L'hôtesse a apporté du champagne avec le plateau du petit déjeuner comme c'est l'usage en première classe. J'en ai bu deux coupes ; alors j'ai dû somnoler pendant le reste du trajet. Quand nous avons commencé à descendre, je me rappelle que le pilote a averti les passagers qu'ils avaient des difficultés avec le train d'atterrissage mais que le copilote le descendait à la main. Lynne a paru terrifiée et j'ai détaché ma ceinture pour m'approcher d'elle et la réconforter.

— C'est donc grâce à cette infraction au règlement que vous êtes restée en vie. Vous avez été la seule passagère projetée hors de l'appareil avant que l'incendie n'éclate.

— Puis l'explosion s'est produite et, après, j'ai senti que les roues se posaient sur la piste et j'ai éprouvé un soulagement en pensant que le copilote avait pu les descendre.

— Il a ainsi sacrifié sa vie.

— En même temps, le pilote a annoncé qu'il ne pouvait freiner et que nous allions nous écraser contre un mur. L'hôtesse était très occupée à distribuer des coussins pour que nous nous protégions la tête. Lynne criait que nous allions être brûlés vifs et j'essayais de la rassurer. C'était moi qui l'avais persuadée de venir...

— Votre oncle dit que vous étiez devenues très intimes.

— Aussi intimes qu'il était possible de l'être avec elle, je suppose. Je me sentais responsable d'elle, mais elle était absolument terrifiée à l'idée d'être brûlée et elle hurlait.

— Un hurlement qui n'avait rien d'humain, dit-il. J'écoutais la conversation entre le pilote et la tour de contrôle et j'ai entendu le cri.

Elle frissonna.

— C'était horrible. Puis j'ai vu l'aéroport qui se précipitait sur nous comme un bolide et je suppose que je me suis évanouie.

— La porte du cockpit a dû s'ouvrir sous l'effet du choc, vous avez été projetée dehors et vous avez atterri face contre terre dans le hall de l'aéroport. J'ai vu l'avion descendre et j'ai roulé vers l'aéroport aussi vite que j'ai pu. Quand je suis arrivé dans le hall vous étiez allongée à côté de Lynne Tallmann. Le pompier l'avait sortie des flammes dans la partie avant de l'appareil qui avait percé la paroi de verre, mais elle était déjà morte. Quand je me suis approché de vous, vous ne respiriez plus et votre cœur s'était arrêté de battre, mais quelque chose m'incitait à croire que vous aviez encore une chance. C'est pourquoi j'ai pratiqué une trachéotomie pour permettre à l'air de passer dans vos poumons. Heureusement, l'équipe de secours de la base aérienne d'Andrews est arrivée avec un stimulateur et un respirateur. Nous avons aussitôt assuré votre ventilation pulmonaire et déclenché les battements cardiaques. Après quoi je vous ai accompagnée à l'hôpital de l'Université.

— Comment Lynne Tallman est-elle morte ?

— Brûlée. Quand je suis arrivé près de vous, il n'était plus question de la sauver, c'est pourquoi je me suis concentré sur vous.

— Pauvre Lynne. J'avais réussi à la convaincre qu'elle pouvait encore faire quelque chose de sa vie en plaidant coupable pour des délits moins graves et en témoignant contre les autres. Et il a fallu qu'elle subisse la mort qu'elle redoutait le plus.

— Savez-vous qui étaient ses complices ?

— Non. Elle n'a pas voulu me le dire et je ne tenais pas à le savoir. Il est dangereux d'être au courant de ce genre de choses à Chicago.

A Washington aussi si les projets du F.B.I. portent des fruits, se dit Mike, mais il se garda bien de formuler ses craintes. Janet Burke avait assez de raisons de se tourmenter sans avoir à s'inquiéter pour sa vie.

— C'est une étrange ironie du sort, reprit-elle. Certains considéreraient que c'est une sinistre forme de justice immanente. Après avoir choisi la seule façon d'échapper à la prison à vie ou, au pire, à la mort, l'avion qui la transportait à Washington s'est écrasé.

— Ce n'est pas un simple accident. Quelqu'un a posé une bombe pour qu'elle éclate au moment où le train d'atterrissage descendrait. Le plan prévoyait que l'avion exploserait en vol au moment où il amorcerait sa descente sur l'aéroport.

— Pour que tous ceux qui étaient à bord soient tués et moi en particulier. Ce qui signifie que je suis censée posséder des renseignements sur les auteurs des attentats de Chicago.

— Le F.B.I. voudrait le faire croire. Votre chambre est gardée vingt-quatre heures sur vingt-quatre.

Elle frissonna involontairement.

— Quel gâchis...

— Vous êtes vivante et vous pouvez être beaucoup plus belle que vous ne l'étiez... Si vous le désirez.

— Qui êtes-vous donc ?... Un supermédecin ?

— Pas tout à fait. Je suis spécialiste en chirurgie plastique et réparatrice. C'est pourquoi je pourrai vous refaire un nouveau visage... Si vous êtes d'accord.

— Oncle George vous a-t-il chargé de vous occuper de moi ?

— Oui... à condition que vous donniez votre consentement quand vous auriez repris connaissance.

— J'aimerais que ce cauchemar soit terminé le plus tôt possible. Quand pouvez-vous opérer ?

— Avec un peu de chance après-demain. Nous n'avons que des radios provisoires car nous ne voulions pas vous bouger, mais j'aimerais en faire une série définitive demain matin. Vous vous sentez capable de fournir cet effort ?

— Je fournirai tous les efforts qu'il faudra mais, quand je pense à la tête que j'ai maintenant, je tremble à l'idée du résultat.

— Un chirurgien n'a pas souvent l'occasion de refaire un visage complètement, aussi j'ai sculpté un modèle de celui que vous pourrez avoir quand l'opération sera terminée et que les ecchymoses auront disparu. Quand vous le verrez il vous plaira, j'en suis sûr.

Mike appela George Stanfield pour l'informer que sa nièce

avait retrouvé ses facultés mentales. Il se coucha à minuit et dormit la conscience tranquille, car il était à peu près certain que le double du modèle qu'il avait terminé ce soir-là pouvait être réalisé sur la table d'opération en chair et en os.

Il n'avait éprouvé de difficultés qu'avec la bouche. On aurait dit que les muscles de sa main droite subissaient une pression qui l'obligeait à donner aux lèvres de Janet une expression sarcastique. Elles avaient beau être déformées et tuméfiées il était sûr qu'elles n'avaient pas ce pli. Il recommença à plusieurs reprises jusqu'au moment où il fut convaincu qu'après l'opération et la guérison complète, Janet Burke serait une beauté — le meilleur tribut qui pouvait être rendu au génie et à l'habileté de son créateur.

Pourtant, en jetant un dernier regard sur son modèle avant d'aller se coucher, Mike fut troublé par le sentiment qu'il lui rappelait quelqu'un qu'il avait vu dernièrement — pas Janet Burke — et qu'il ne pouvait identifier.

8

— La structure faciale antérieure de Janet Burke est réduite en bouillie, dit le docteur Thorndyke, le chef du service de radiologie, un vieil ami de Mike. Je me demande comment tu pourras lui faire une tête qui ne soit pas un *facies scaphoidea.*

L'expression latine s'appliquait à une malformation de la face généralement congénitale, mais qui pouvait résulter de blessures faciales graves et réparées n'importe comment.

— Les os du nez sont écrasés, continua le docteur Thorndyke en plaçant une série de radiographies, prises le matin même, dans une visionneuse. Sa mâchoire supérieure est broyée aussi et les nerfs et muscles zygomatiques sont aplatis contre les maxillaires sans parler des quatre fractures des mandibules heureusement sans trop de déplacement.

Mike examina attentivement les clichés.

— Est-elle encore ici ?

— Oui. Je n'ai pas voulu qu'on la ramène dans sa chambre avant de savoir si tu étais satisfait.

— Penses-tu pouvoir me montrer ce qui reste des sinus antérieurs.

— Certainement avec une radio prise à travers le haut de la voie buccale. Je vais aller placer le tube moi-même.

Pendant l'absence du radiologue, Mike étudia de nouveau toute la série des clichés en imaginant le processus de l'opération. Pour la mâchoire inférieure, c'était simple : il lui suffirait de tirer le menton en avant et de fixer devant les dents une plaque métallique incurvée avec des petits crochets placés sur la courbe extérieure ; ensuite il fixerait une plaque similaire autour de la mâchoire supérieure et l'attacherait également aux dents et il maintiendrait la mâchoire inférieure contre la supérieure en fixant des petites bandes de caoutchouc aux crochets des deux plaques. Ainsi, la mâchoire inférieure serait immobilisée pendant le processus de guérison. Il suffirait de couper les bandes s'il était nécessaire d'ouvrir la bouche rapidement : en cas de vomissements risquant de créer une possibilité d'asphyxie.

Cependant, c'était la mâchoire supérieure qui le préoccupait le plus. Il n'avait pu s'apercevoir au premier examen que les pommettes étaient aplaties. Néanmoins, bien que les parois antérieures des sinus maxillaires aient paru en partie broyés, ils pouvaient toujours être remis en place par l'intérieur des sinus eux-mêmes, un procédé assez simple.

— La paroi antérieure des sinus est un peu défoncée comme tu le supposais, Mike, dit le docteur Thorndyke en revenant dans son bureau avec les clichés développés, mais c'est loin d'être aussi catastrophique que l'état des pommettes. Je ne sais comment tu vas procéder sans intervention sanglante.

— J'opérerai en partie par l'intérieur de la bouche.

Le docteur Thorndyke haussa les sourcils.

— Comment diable veux-tu relever les pommettes sans lui mettre de crochets dans les joues ?

— As-tu vu la petite entaille à l'angle extérieur de l'œil droit ?

— Oui, mais...

— Elle est juste assez large pour permettre l'insertion d'un instrument élévateur d'un centimètre et demi de large, expliqua Mike. En l'utilisant à partir du sommet de la pommette avec un autre poussé le long du maxillaire par une incision pratiquée à l'intérieur de la bouche au pli des gencives juste au-dessus des dents du haut, je peux soulever cette pommette dans la position qui me convient.

— Et l'autre côté qui ne porte pas d'entaille ?

— Je pratiquerai une incision exactement à la même place. Quand elles seront toutes les deux suturées, elle aura les yeux très légèrement obliques comme ceux des Orientaux mais qui oserait prétendre que ce n'est pas joli ?

— Et les parois antérieures des sinus maxillaires ?

— Je dois pouvoir les remettre dans une position normale par l'intérieur de chaque sinus. Si j'y arrive, je prélèverai un morceau d'os sur la hanche et je le grefferai pour ramener la lèvre supérieure à son niveau normal. En raison de la gravité des fractures du nez, je serai obligé de lui faire une nouvelle arête, alors pendant que j'y suis je lui donnerai la forme qui lui plaira.

— Mais comment maintiendras-tu le nouveau nez en place ?

— Je prélèverai un morceau d'os sur l'os iliaque en pratiquant une petite incision sur la hanche et je le diviserai en deux. Je façonnerai l'un en forme d'L pour remplacer l'arête du nez, l'autre en forme de fer à cheval et je percerai un trou au milieu. Le tout peut être mis en place à travers l'incision pratiquée dans les gencives et une autre très légère dans la peau à l'extrémité du nez. Ainsi, je pourrai glisser la greffe en forme d'L en place. La barre perpendiculaire du L formera l'arête et l'autre soutiendra l'extrémité du nez en se fixant au milieu de la greffe en fer à cheval.

— Ne me dis pas que tu sais déjà à quoi elle ressemblera après l'opération.

— Je fais toujours un modèle à l'avance pour montrer au patient les possibilités.

Mike ouvrit une petite caisse qu'il avait apportée dans le laboratoire de radiologie et en retira le modèle en plastelline avec précaution.

— Que penses-tu de ceci ?

Le docteur Thorndyke fixa des yeux la tête que Mike avait passé deux soirées à modeler à partir de l'Aphrodite de Praxitèle et des photographies de Janet Burke avant l'accident, compte tenu des mensurations prises pendant qu'elle était encore dans le coma.

— Vas-tu lui dire que tu peux la rendre semblable à ce modèle ? demanda Thorndyke incrédule.

— Je vais certainement essayer si elle m'y autorise. Tu crois qu'il lui plaira ?

— S'il lui plaira ? N'importe quelle femme au monde

accepterait de se damner pour avoir un visage pareil, mais ne fais pas cela, Mike.

— Et pourquoi pas ?

— Si tu réussis, tu vas la transformer en déesse moderne, et les femmes de ce genre n'apportent que du malheur à ceux qui les adorent. Laisse-la telle qu'elle est maintenant...

— Avec un visage défoncé ? Elle pourrait me poursuivre en justice et j'y laisserai tout ce que j'ai — c'est-à-dire pas grand-chose.

— Alors rends-lui le visage qu'elle avait avant l'accident.

Mike sortit d'une enveloppe l'une des photographies que George Stanfield lui avait données.

— Ce visage-là ? dit-il, alors qu'elle pourrait ressembler à Aphrodite ?

Le radiologue étudia la photographie puis il examina de nouveau la tête modelée.

— Je suppose que tu dois lui offrir la possibilité de choisir, dit-il avec répugnance, mais j'espère qu'elle était satisfaite de l'apparence qu'elle avait et qu'elle s'en contentera. Si tu la rends semblable à ce modèle, elle brisera tous les cœurs... à commencer par le tien.

9

Mike accompagna le chariot sur lequel Janet Burke était couchée jusqu'à sa chambre.

— Qu'y a-t-il dans cette boîte ? demanda-t-elle quand il l'eut aidée à se remettre au lit.

— Vous ou plutôt ce que vous pourriez être.

Elle haussa les épaules.

— Eh bien, ouvrez-la pour que je me fasse tout de suite une raison.

— Fermez les yeux.

Elle obéit docilement et il posa le modèle sur la table placée en face du lit pour qu'elle le voie devant elle dès qu'elle ouvrirait les yeux.

Il vit son regard se poser sur la tête avec une expression de surprise, de plaisir et finalement d'incrédulité.

— Vous ne pouvez pas... vous ne pouvez pas me donner un

visage comme celui-là, articula-t-elle enfin. Est-ce possible ? ajouta-t-elle d'un air suppliant.

— Je suis prêt à risquer ma réputation de spécialiste en chirurgie plastique sur cette opération.

— Pourquoi ?

— C'est une sorte de défi lancé à la technique de la chirurgie classique. Voulez-vous que je vous explique ce que j'ai l'intention de faire ?

Elle secoua la tête.

— Je ne veux pas le savoir, mais supposez que ce soit un échec.

— Vous ne seriez pas pire qu'avant, ce qui n'était déjà pas mal, ajouta-t-il vivement.

— Vous pouvez être sincère avec moi, docteur Kerns. Chaque fois que je voyais Lynne Tallman, même en prison, j'avais l'impression d'être un repoussoir, mais, d'aussi loin que je m'en souvienne, j'avais décidé de tirer le meilleur parti de ce que la nature m'avait donné. Alors, je ne me suis jamais laissé aller.

— Quand votre livre sur Lynne Tallman et les atrocités de Chicago paraîtra, vous serez aussi une célébrité.

— Si vous me faites le visage que vous vous croyez capable de me faire, je serai une célébrité uniquement par ma personne.

— Ce n'est pas mal non plus.

— Je ne prétendrai pas que je n'ai jamais envié les succès des grandes beautés, mais ce que vous m'offrez me coupe le souffle.

— Vous n'êtes pas obligée de prendre une décision dès maintenant. Je vais laisser le modèle ici et vous aurez tout le loisir de l'examiner. Attendez que Mr Stanfield le voie aussi et vous pourrez décider ensemble.

— Mon fiancé, Gerald Hutchinson, est arrivé de Chicago hier soir après l'heure des visites, aussi n'ai-je pu lui parler que par téléphone. Il viendra avec mon oncle après le petit déjeuner, mais j'aimerais mieux qu'il ne me voie pas avant l'opération.

— C'est compréhensible. Heureusement, d'après le modèle, il pourra avoir une idée de ce que sera le résultat final.

Elle le regarda d'un air pensif.

— Seriez-vous content que votre femme ressemble à la déesse de l'amour ? demanda-t-elle.

— Oui. Surtout si c'était moi qui l'avais façonnée ainsi.

Elle sourit dans la mesure où le lui permettaient ses traits déformés.

— Je me demande si Gerald aura l'esprit aussi large que vous, docteur Kerns. Il tient beaucoup au *statu quo*. Dites-moi encore quelle sculpture vous avez prise pour modèle ?

— L'Aphrodite de Praxitèle. Il en existe une copie au British Museum.

— Je n'y suis jamais allée.

— J'ai apporté l'Encyclopédie.

Il ouvrit le gros volume à la page où se trouvait le buste d'Aphrodite telle que le plus célèbre des sculpteurs grecs l'avait vue, et il le cala sur la commode où elle pouvait le voir facilement.

— La voilà.

Elle examina la photographie, puis elle reporta son regard sur la tête.

— Je vois les changements que vous avez apportés au modèle tout en conservant intacte la beauté de la statue. Vous rendez-vous compte que je vais ressembler un peu à Lynne surtout pour la bouche ?

— J'ai eu des difficultés de ce côté, avoua-t-il. J'ai eu un moment l'impression que la plastelline voulait prendre une autre forme que celle que mes doigts lui donnaient.

Elle fronça les sourcils.

— Je ne comprends pas.

— Moi non plus, mais il me semblait que mes doigts essayaient malgré moi de donner aux lèvres un pli sarcastique que vous n'avez pas.

— Lynne l'avait. Où l'avez-vous connue ?

— Je ne l'ai vue qu'une fois couchée dans le hall de l'aéroport à côté de vous. Elle était morte, mais je n'oublierai jamais l'expression de son visage. Je me suis dit qu'elle devait avoir cet air-là quand elle vivait et qu'elle réussissait à jouer un bon tour à quelqu'un.

— J'ai vu cette expression plus d'une fois pendant que je l'observais à Chicago.

— Seriez-vous mécontente de lui ressembler un peu ?

— Pas vraiment... surtout si vous me faites aussi belle que le modèle, mais faut-il absolument que j'aie l'œil de biche ?

— Ce pansement au coin de votre œil droit cache une légère déchirure, expliqua-t-il. Elle a à peine deux centimètres de long, mais une partie du tissu a été arraché. Pour le suturer de façon à ne laisser qu'une cicatrice aussi légère que possible, je modifierai un peu la forme de la paupière et, naturellement, je donnerai à l'autre la même forme.

— Et ce tube que j'ai dans la gorge ? Quand allez-vous me l'enlever ?

— Dès que vous aurez surmonté les effets du léger anesthésique que nous devons vous administrer, surtout du penthotal par voie intraveineuse. J'aime mieux le laisser en place comme voie d'air supplémentaire simplement pour le cas où vous auriez des difficultés à respirer, ce qui serait un effet secondaire du choc.

— Alors laissez-le où il est. Vous m'avez ressuscitée une fois, mais nous n'aurons peut-être pas autant de chance la prochaine fois.

10

George Stanfield appela Mike vers dix heures.

— Je viens de quitter l'hôpital avec Gerald Hutchinson. Nous avons vu Janet. Il tient beaucoup à vous parler. Verriez-vous un inconvénient à ce que nous passions vous voir puisque nous sommes à deux pas de votre cabinet.

— Je n'ai pas de rendez-vous avant une demi-heure, répondit Mike. Venez donc.

Les deux hommes arrivèrent dix minutes plus tard. Grand, athlétique, Gerald Hutchinson avait des cheveux longs avec une ondulation marquée qui, d'après Mike, ne pouvait exister que par des moyens artificiels. Il avait des yeux gris derrière des lunettes à monture d'or, un air sûr de lui et une poignée de main rude mais, habitué à jouer au tennis et au handball, Mike avait des doigts puissants qui ne se laissaient pas écraser.

— Autant vous dire tout de suite que je suis allé à la bibliothèque médicale et l'hôpital de Cook Country avant de partir, docteur Kerns, et j'ai cherché votre nom dans l'annuaire des spécialistes médicaux. D'après cet annuaire, vous n'êtes diplômé dans cette spécialité que depuis l'année dernière.

— C'est exact.

A l'attitude de Hutchinson, Mike comprit les pensées qu'il avait dans la tête, mais si l'arrogant journaliste aimait sincèrement Janet et voulait l'épouser, il avait le droit de s'assurer qu'elle recevrait les meilleurs soins.

— Alors vous n'exercez pas depuis longtemps ?

— Depuis moins d'un an. J'ai commencé pendant que je faisais ma seconde année de chirurgie esthétique à Bellevue après avoir terminé mon année de résidence en chirurgie plastique et réparatrice ici à l'hôpital de l'Université.

— Je crois que le docteur Elmo Sebastian, l'une des sommités en la matière, est chef du service à l'hôpital de l'Université.

— C'est juste, Mr Hutchinson. Je suis professeur assistant dans le département du docteur Sebastian.

— Gerald, intervint George Stanfield, cet interrogatoire est-il bien nécessaire ?

— Je ne pense qu'au bien de ma fiancée, dit Hutchinson sèchement. Personne ne nie que la prompte intervention du docteur Kerns à l'aéroport a sauvé la vie de Janet et je lui en suis extrêmement reconnaissant, mais il faut infiniment plus d'habileté pour réparer les dommages qu'a subi son visage qu'il n'en faut pour faire une trachéotomie d'urgence.

— Si cela doit vous tranquilliser, je demanderai au docteur Sebastian de voir miss Burke en consultation.

— Il me semble que c'est indiqué.

Mike prit le téléphone et composa un numéro. Quand il eut le docteur Sebastian en ligne, il appuya sur le bouton du haut-parleur pour que ses visiteurs entendent la conversation.

— Que puis-je faire pour vous, Mike ? demanda le chef de service.

— J'ai une patiente qui a été blessée lors de l'accident du 727 à Dulles il y a quelques jours...

— Je sais. D'après ce que j'ai entendu dire, si vous n'aviez pas été là, elle ne vivrait plus.

— Nous avons eu tous deux de la chance. Si je vous appelle, c'est que le fiancé de miss Burke est dans mon bureau, et il semble douter que je sois qualifié pour l'opérer.

— Qualifié ? s'exclama Sebastian dont la voix retentit dans l'amplificateur. Après les deux ans que vous avez passés à Bellevue, vous en savez fichtrement plus que moi sur la partie esthétique de la chirurgie réparatrice.

— Si vous vouliez bien la voir, monsieur, nous vous en serions tous reconnaissants.

— Entendu. Je passerai avant le déjeuner et... je vous téléphonerai.

— Voudriez-vous également appeler le fiancé de miss Burke, Mr Gerald Hutchinson au *Star News*.

— D'accord. Dites-lui de ne pas s'inquiéter. Sa fiancée est entre les mains du meilleur spécialiste en chirurgie plastique et réparatrice du pays.

— Vous voyez bien, Gerald, dit George Stanfield quand Mike eut raccroché. Quand comptez-vous opérer, docteur ?

— Demain matin, si miss Burke signe les feuilles d'autorisation. L'hôpital m'a réservé une salle d'opération et le chef anesthésiste est retenu. Si tout se passe comme prévu, elle devrait être dans la salle de réanimation entre dix heures et dix heures trente. Je vous verrai tous les deux dès que tout sera terminé.

11

Il était deux heures quand Mike eut terminé ses consultations de la journée. L'infirmière raccompagna le dernier client à la porte et elle revint aussitôt.

— Un certain docteur Randall McCarthy attend dans l'antichambre, dit-elle. Dois-je le faire entrer ?

— McCarthy ? Je ne me souviens pas...

— C'est un psychiatre. Il dit que vous lui avez demandé de voir une patiente à l'hôpital.

— Ah c'est vrai ! Introduisez-le, s'il vous plaît.

Aussi grand que Mike, impeccablement vêtu, le docteur McCarthy avait environ la cinquantaine. Il entra d'un pas ferme et son corps semblait rompu aux exercices physiques, mais son visage ne paraissait pas convenir au reste de sa personne. L'œil était brillant et reflétait un esprit intelligent. Cependant les traits étaient ravagés, soit par l'âge soit par une vie dissolue. Il avait de grosses poches sous les yeux et des joues flasques, ce qui lui donnait un air de débauché qui a brûlé la chandelle par les deux bouts. Sa petite barbe pointue et son nez proéminent n'étaient pas faits pour dissiper la première impression.

— Je suis venu en ville pour une réunion, expliqua-t-il. Alors j'ai pensé qu'il valait mieux que je vous fasse un rapport oral sur votre patiente, Janet Burke. J'en ai également dicté un pour qu'il soit porté dans son dossier naturellement.

— J'espère que vous n'avez pas eu de difficulté, dit Mike en désignant un fauteuil en face de lui. Quand nous avons vu que miss Burke tardait à reprendre connaissance et que son E.E.G. présentait des ondes thêta, nous avons eu l'impression qu'elle était plus consciente qu'elle ne le paraissait.

McCarthy eut un sourire sardonique.

— En d'autres termes qu'elle simulait ? dit-il.

— Pour ainsi dire. Naturellement, maintenant qu'elle a repris connaissance, elle a l'air tout à fait normale, aussi je crains de vous avoir fait perdre votre temps.

— Pas du tout, pas du tout. Miss Burke est une jeune personne fort intelligente et j'ai été très heureux de m'entretenir avec elle, surtout au sujet de miss Tallman. Ce genre de personnalité psychopathique m'a toujours fasciné et miss Burke a été étroitement liée à Lynne Tallman pendant plusieurs semaines à Chicago.

— Avez-vous découvert une anomalie quelconque sur le plan psychique ?

— Elle est rousse, ce qui la rend automatiquement un peu schizoïde.

— Je doute que les roux soient d'accord avec vous sur ce point.

— Au contraire. La plupart des femmes aiment à croire qu'elles ont plusieurs personnalités et elles n'ont pas tort. Il y a celle qui va voir des mélos tous les après-midi et qui vit chaque incident tel qu'il se produit. Il y a celle qui envoie son mari au travail le matin, qui conduit les enfants à l'école, au cours de musique et aux réunions de scouts et qui, un beau jour, fait sa valise et quitte la maison pour aller vivre sa vie. En règle générale, les rousses sont parfaitement normales, sauf qu'elles ont tendance à l'hyperthyroïdie, ce qui fait d'elles des créatures fascinantes. Pour en revenir à votre patiente, miss Burke, je l'ai trouvée tout à fait normale.

— Voilà une bonne nouvelle.

— Je ne l'ai vue que ce matin. Je suis rentré tard hier soir d'un séminaire sur la parapsychologie à mon ancienne université de Duke.

— Comment en êtes-vous venu à vous intéresser aux sciences extrasensorielles.

— Quand j'étais à l'École de Médecine, j'ai travaillé un été avec une troupe de magiciens qui m'ont appris une série de tours classiques — lévitation, disparitions, hypnose et ainsi de suite. Une femme de la troupe savait lire dans la pensée et j'ai beaucoup travaillé avec elle.

— Tous ces tours ne sont-ils pas truqués ?

— Habituellement oui, mais il se produisait certains phénomènes que ni elle ni moi ne pouvions expliquer. Aussi, quand je suis retourné à Duke à la fin de l'été, j'ai fait des études de parapsychologie pour obtenir un diplôme en cette matière parallèlement à mon doctorat en médecine. Au fait, le modèle d'après lequel vous comptez recréer le visage de miss Burke était sans sa chambre. C'est une merveilleuse sculpture.

— Merci. La sculpture est mon dada. Je n'ai jamais eu l'intention d'en faire une carrière.

— Dommage. Vous auriez eu du succès. Enfin, si vous pouvez faire de miss Burke ce que ce modèle promet d'être, vous êtes beaucoup plus précieux pour l'humanité comme chirurgien que comme sculpteur.

— C'est bien mon avis.

— Verriez-vous une objection à ce que je soumette miss Burke à des séances de psychanalyse quand vous aurez fini de vous occuper d'elle naturellement.

— Quand j'aurais signé son bulletin de sortie de l'hôpital, miss Burke sera entièrement libre de faire ce qui lui plaît. Elle seule pourra vous donner cette autorisation.

— Je crois qu'elle me la donnera, mais je voulais m'assurer que vous ne vous opposeriez pas à ce que je vienne la voir de temps en temps pendant qu'elle est à l'hôpital.

— Je ne vois pas pourquoi je vous en empêcherais, mais je ne pourrai pas porter vos visites sur sa note de frais.

— Je n'ai jamais eu l'intention de lui demander des honoraires. Le cas m'intéresse tout simplement. Je suis curieux de voir jusqu'à quel point le fait de devenir la plus jolie femme du monde transformera sa vie.

— Croyez-vous qu'elle s'en trouvera mieux ?

— Elle est intelligente. Elle a du talent et elle est ambitieuse. Comment pourrait-elle s'en trouver plus mal ?

— Je me posais la question, dit Mike d'un air pensif.

McCarthy se leva et lui serra la main.

— Je vous remercie de m'avoir invité à voir miss Burke en consultation ; je crois qu'elle présente un cas très intéressant à étudier. Elle a eu bien de la chance que vous soyez en route pour Dulles ce matin-là.

Mike l'accompagna jusqu'à la porte. Son infirmière, une jolie femme bien faite, rangeait les fiches de la journée dans la salle d'attente. Quand Mike eut refermé la porte derrière son visiteur, elle l'interrogea du regard :

— Que pensez-vous de lui, docteur ? demanda-t-elle.

— J'allais vous poser la même question.

— Je le trouve bizarre et... il me fait l'effet d'être un libertin. Il est resté près de dix minutes ici pendant que vous receviez votre dernier patient et, pendant tout ce temps, j'ai eu l'impression qu'il me déshabillait du regard.

12

Le docteur Sebastian téléphona après le départ de McCarthy.

— J'ai vu miss Burke avant déjeuner, Mike, dit-il. Vous croyez vraiment que vous pouvez lui faire un visage semblable à celui de votre modèle ?

— J'en étais convaincu quand j'ai achevé le modèle, mais tant de personnes semblent en douter que je n'en suis plus aussi sûr.

— Il ne faut pas que ces doutes vous arrêtent. Même si vous ne réussissez qu'à moitié, ce serait une réalisation remarquable.

— Le fiancé était-il présent ?

— Il m'attendait. Il a tout de suite compris que je n'étais pas disposé à admettre que vous étiez incapable de faire le travail. Alors il a essayé de m'amener à convenir qu'après un choc aussi grave, elle n'était pas assez saine d'esprit pour signer une autorisation d'opérer. Je l'ai calmé à ce sujet également.

— Je ne comprends pas pourquoi il m'a pris en grippe. Avant-hier, je ne connaissais même pas son existence.

— Hutchinson est beau et fort, aussi je suppose que c'était lui qui imposait sa personnalité à sa fiancée. Or, si elle devient une beauté exceptionnelle, une foule d'autres hommes vont tourner autour d'elle. Il craint sûrement qu'une fois transformée en Aphrodite moderne elle ne le relègue à l'arrière-plan.

— Le docteur Randall McCarthy l'a vue cet après-midi. Il sort de chez moi.

— Un drôle de personnage n'est-ce pas ?

— C'est la première fois que je le vois. Il m'a impressionné, je l'avoue. Il trouve lui aussi que Janet Burke est assez sensée pour prendre ses décisions.

— Elle en a déjà pris une cet après-midi : elle a signé l'autorisation d'opérer en ma présence devant Hutchinson qui se rongeait les ongles. Ne sous-estimez pas Randall McCarthy parce qu'il a l'air d'un roué, ce qu'il est probablement, Mike. Dans sa spécialité, la parapsychologie, il est considéré comme une autorité. Je peux vous dire en confidence que le département de psychologie de l'Université et le département de psychiatrie de l'École de Médecine mettent au point un projet de recherche conjoint pour lui, surtout dans le domaine de la vision à distance.

— Je n'ai jamais entendu parler de cette discipline.

— C'est une forme de perception extra-sensorielle et de précognition qu'ils ont développée à l'Institut de Recherches de Stanford. J'ai vu certains des résultats expérimentaux de McCarthy et ils sont fantastiques.

— J'ai été tellement pris pendant ces deux années passées au service de chirurgie esthétique à Bellevue que je n'ai même pas eu le temps de lire un journal.

— Parlez-en à McCarthy un de ces jours. Il vous laissera ébranlé dans vos croyances concernant une foule de choses que vous admettiez comme naturelles. Oh, à propos, verriez-vous un inconvénient à ce que j'assiste à l'opération de la galerie demain matin ? Ce que Charlie Thorndyke m'a dit sur la façon dont vous comptez réparer ces arcades zygomatiques m'intrigue. Si vous y arrivez, j'aimerais inclure la description de l'opération dans la nouvelle édition du texte que j'écris.

— Venez. Peut-être que votre présence me donnera confiance.

— Vous avez acquis le droit d'avoir confiance en vous avec votre diplôme. Bonne chance.

13

Janet Burke était assise dans son lit quand Mike fit sa tournée un peu avant cinq heures. Elle l'accueillit assez froidement.

— Quelle idée avez-vous eue de m'envoyer ce bonhomme antipathique ? demanda-t-elle.

— Je l'ai priée de venir vous voir quand vous étiez encore dans le coma et que nous ne savions pas jusqu'à quel point votre cerveau avait pu être lésé par le choc. Lorsque vous êtes revenue à vous, il était évident que vous étiez parfaitement sensée. J'ai oublié d'annuler. Vous ne vous êtes pas bien entendue avec le docteur McCarthy ?

— Oh, il a été très bien. Je suppose que je suis simplement lasse de discuter avec Gerald. Il ne veut pas que vous m'opériez.

— Il ne me fait pas confiance, dit Mike avec un sourire. Il avait déjà vérifié mes qualifications dans l'annuaire des spécialistes avant de quitter Chicago et décidé que ce serait le docteur Sebastian qui ferait le travail.

— Le docteur Sebastian est venu lui aussi.

— Je le sais. Dès que votre fiancé a exprimé ses doutes quant à mes capacités, j'ai téléphoné au patron pour lui demander de vous voir. Il est très intrigué par mon plan d'opération ainsi que par le modèle.

— Gerald dit que le modèle est un appât pour me convaincre de vous laisser opérer.

— Qu'avez-vous répondu ?

Elle sourit enfin.

— Que si je pouvais être à moitié aussi belle que ce modèle, je serais encore deux fois plus jolie que je ne l'étais. Manifestement, il vous a pris en grippe avant même de vous connaître, et il a été furieux que le docteur Sebastian vous tienne en telle estime. Il m'a fait une scène terrible après son départ et si ma bague n'avait pas été enfermée dans le coffre je la lui aurais jetée à la figure.

— Attendez que l'opération soit finie avant de prendre une décision aussi importante qu'une rupture de fiançailles, conseilla-t-il. Je ne voudrais pas avoir *cela* sur la conscience.

— En réalité, je crois que si Gerald mène un tel tapage, c'est parce qu'il a peur que vous ne me fassiez réellement aussi belle que le modèle. Il ne supportera jamais de jouer les seconds rôles, surtout avec une femme aussi belle que l'Aphrodite de Praxitèle.

— Il serait relégué dans l'ombre où que vous apparaissiez ensemble.

— Est-ce que vous en seriez dépité si vous étiez à sa place ?

— Pas le moins du monde. Après tout, vous seriez une réclame vivante pour mon talent de chirurgien. Mais pour en revenir au docteur McCarthy, en quoi vous a-t-il déplu ?

— Je n'ai rien contre lui. C'est un personnage fascinant, mais il était beaucoup plus intéressé par Lynne Tallman que par moi. A la façon dont il m'a questionnée à son sujet, j'ai eu l'impression qu'il essayait de la psychanalyser à travers moi.

— Outre qu'il est psychiatre, il est spécialiste en parapsychologie — perception parasensorielle. Avant que vous n'ayez repris connaissance, votre E.E.G. présentait des décharges d'ondes insolites comme si votre inconscient essayait de se manifester. Le docteur Fogarthy a pensé que le docteur McCarthy pourrait nous renseigner à ce sujet.

— Au fait, dois-je absolument garder ces aiguilles plantées dans ma tête ? J'aimerais nettoyer un peu le sang qui me colle les cheveux.

— Bien sûr. Je vais laisser des instructions à ce sujet.

— Le bonhomme vous a-t-il parlé de moi ?

— Il a simplement dit qu'étant rousse vous étiez un peu sonizoïde ; à mon avis, c'est normal.

— Le docteur McCarthy m'a demandé où j'en étais de mon livre, mais je n'ai pu lui répondre, car je ne sais si mon porte-documents a été détruit dans l'incendie de l'avion.

— Il est intact. C'est votre oncle qui l'a en sa possession.

— Pourquoi ne m'en a-t-il rien dit ?

— Sans doute parce qu'il s'est mis d'accord avec le F.B.I. pour laisser entendre que les documents et bandes magnétiques qu'il contient comportent des renseignements importants sur les agissements de Lynne Tallman à Chicago.

— C'est faux. J'ai essayé de lui arracher des détails, elle n'a jamais voulu parler.

— Nous le savons, mais le F.B.I. veut donner l'impression, à Chicago tout au moins, qu'elle a fait des révélations. Ils essaient de dépister les associés de Lynne.

— Et je servirai d'appât.

— C'est leur projet, aussi un agent du F.B.I. est-il de service devant votre chambre vingt-quatre heures sur vingt-quatre. Vous n'êtes donc vraiment pas en danger.

— Quand même, je n'aime pas cela, dit-elle fermement. Lynne est morte par ma faute, et maintenant le F.B.I. se sert de moi en espérant attirer ses associés dans une sorte de guet-apens. Vous ne trouvez pas que c'est un peu immoral ?

— Étant donné ce que Lynne et sa bande ont fait, non, je ne le trouve pas.

— Vous avez peut-être raison.

— Le docteur McCarthy désire étudier les effets que votre

transformation produira sur vous au cours des deux prochains mois.

— Êtes-vous d'accord ?

— Si vous n'y voyez pas d'objection.

— L'expérience peut être intéressante... et puis, il a le sens de l'humour. Dites-lui que j'accepte.

— Je l'appellerai après l'opération. Et maintenant je dois vous quitter. Avez-vous autre chose à me demander ?

— Je ne vous reverrai pas avant l'opération ?

— Vous me verrez, mais vous ne vous en souviendrez peut-être pas. Le docteur Petrie vous administrera un anesthétique assez puissant pour n'avoir pas à intervenir pendant l'opération.

— Dites-lui de m'endormir complètement avant qu'ils me transportent sur le billard. Je ne veux pas savoir ce qui se passe.

— Vous ne vous rappellerez rien, promit-il en se dirigeant vers la porte.

— Docteur Kerns !

Il s'arrêta, la main sur la porte, et se demanda un instant si quelqu'un avait pu entrer dans la chambre. La voix qui venait de l'appeler était celle d'une autre femme. Cependant, quand il se retourna, Janet et lui étaient seuls dans la pièce.

Pourtant la voix n'était pas la même ; elle avait un son rauque, un peu métallique. En s'approchant du lit il remarqua que l'expression du visage avait également changé. Elle était devenue provocante et même un peu agressive. Dans son regard dansait une lueur railleuse qu'il n'avait pas remarquée auparavant. En fait, s'il n'avait pas su que la femme couchée dans ce lit était bien Janet Burke, il aurait pu croire qu'une autre avait pris sa place.

— Oui ? Que voulez-vous savoir ? demanda-t-il.

— Maintenant je me rappelle d'avoir vu cette statue d'Aphrodite. Elle est au British Museum, n'est-ce pas ?

— En effet.

— Eh bien, si vous faites de moi une déesse, vous pouvez aussi bien me faire des seins dignes d'une déesse comme ceux du buste qui est à Londres.

La voix avait un accent moqueur et ne ressemblait décidément pas du tout à celle de Janet.

— Quelle taille de soutien-gorge prenez-vous ?

— Quatre-vingts quand j'en porte ce qui est rare.

— Quelle taille voudriez-vous avoir ?

— C'est vous le médecin. Qu'en pensez-vous ?

— Le quatre-vingt-dix irait très bien pour votre poids et votre carrure.

— Va pour le quatre-vingt-dix.

La voix avait toujours le même son métallique avec une note bizarrement séduisante. En l'entendant il ne pouvait croire que c'était la même femme qui parlait, bien qu'il pût voir ses lèvres former les mots prononcés.

— Je ne puis vous promettre d'opérer vos seins demain. Cela dépendra du temps qu'il me faudra pour le visage, mais si ce n'est pas demain je le fixerai dans quelques jours. L'opération est simple, les incisions se font dans l'aisselle de sorte que les cicatrices sont invisibles.

— Je signerai la feuille d'autorisation. Ah ! et puis, docteur Kerns...

— Oui ?

— Vous ne le regretterez pas, *je vous le promets.*

Il n'était pas possible de se méprendre sur la signification de ces quatre derniers mots. Étant donné la voix et l'attitude de la fille qui les prononçait, ils ne pouvaient avoir qu'un seul sens et Mike sentit son pouls s'accélérer malgré lui.

— Sommes-nous d'accord ? reprit-elle.

— Comme vous l'avez dit, je suis le médecin.

Avant de sortir, Mike jeta un coup d'œil sur l'électroencéphalogramme et ce qu'il vit le stupéfia davantage que le brusque changement de voix et de comportement de sa patiente. La courbe régulière des ondes cérébrales qui caractérisait le tracé de l'E.E.G. depuis qu'elle avait repris ses sens était remplacé par une décharge du rythme thêta qui s'était manifesté sporadiquement pendant qu'elle était dans le coma.

A mi-chemin entre l'hôpital et son appartement, il se rappela soudain sa référence au buste du British Museum bien que, le matin même, elle ait prétendu n'y avoir jamais mis les pieds. Encore un détail troublant parmi toute la série des événements concernant Janet Burke : sa projection à travers le nez du cockpit, les ondes thêta visibles sur le E.E.G. pendant qu'elle était inconsciente et de nouveau ce soir ; le changement de voix et maintenant la référence au buste de Praxitèle qu'elle prétendait avoir vu au British Museum.

Chose plus étrange encore, Mike se rappelait avoir entendu la seconde voix de Janet Burke à la radio au moment de l'accident. La même voix avait crié : « Maître, sauve... »

Comme une prière avant de se transformer en un hurlement de terreur qui semblait sortir de la gorge d'une créature d'un autre monde.

14

Quand Mike entra dans la salle d'opération, l'anesthésiste insérait dans une veine du bras de Janet l'aiguille par laquelle il allait injecter la solution de pentothal et de sodium qui devait produire l'anesthésie. Attachant les cordons de sa bavette, Mike se dirigea vers la table et regarda sa patiente. Une infirmière lui avait lavé les cheveux après avoir retiré les électrodes du circuit de l'E.E.G. Ils étaient d'un roux plus clair qu'il ne l'avait cru, ainsi il serait plus facile de leur donner cette teinte blond vénitien qu'il avait envisagée pour elle.

— C'est le docteur Kerns, lui dit-il à l'oreille. Pouvez-vous m'entendre, miss Burke ?

Elle ouvrit les yeux et, de nouveau, il fut saisi par leur couleur violette, mais la lueur ardente et railleuse qu'ils avaient la veille avait disparu.

— Salut, docteur.

Bien qu'affaiblie par l'anesthésique, la voix était bien celle de Janet Burke.

— Tout ira très bien, lui affirma-t-il. Le docteur Petrie va vous endormir complètement.

L'anesthésiste s'apprêtait à commencer l'injection.

— Commencez à compter, miss Burke, dit-il, aussi lentement ou aussi vite que vous le voulez.

— Un... deux... trois...

Ses lèvres remuaient pendant que Petrie pressait doucement le piston de la grande seringue.

— Quatre... cinq... six...

Mike complétait ses préparatifs lorsque la voix qui comptait changea brusquement de ton lui rappelant celle qu'il avait entendue la veille. Soudain, la patiente laissa échapper un torrent de jurons et d'obscénités qui arrêta momentanément toute l'activité qui régnait dans la salle.

Stupéfait par ce chapelet de grossièretés, le docteur Petrie pressa le piston de la seringue, envoyant un jet de la solution dans le courant sanguin. La lourde dose d'anesthésique eut aussitôt pour effet d'arrêter net le flot d'incongruités.

— Seigneur Jésus ! s'exclama Petrie avec une sorte de crainte. Qu'est-ce qui lui a pris ?

— Elle a interviewé quelques personnages équivoques et notamment Lynne Tallmann, expliqua Mike vivement. Votre drogue a dû libérer un instant de sa mémoire une partie des matériaux qu'elle a récoltés.

— J'ai administré du pentothal à des centaines de patients dans des cas psychiatriques et comme « sérum de vérité » pour la police, mais je n'ai jamais rien entendu de pareil.

Les préparatifs provisoirement arrêtés par cet éclat intempestif furent repris mais, pendant que Mike se lavait les mains, il pensa qu'il aurait dû laisser Janet reliée à l'électroencéphalographe, car il était certain qu'il aurait vu s'y inscrire les mêmes décharges d'ondes thêta qui l'avaient intrigué la veille.

Mike avait placé la tête qu'il avait modelée sur une table où il pouvait la voir facilement pendant qu'il opérait.

— Vous croyez vraiment qu'elle va ressembler à ce modèle ? demanda Hal Petrie.

— C'est ce que je lui ai promis.

— Pas par écrit, j'espère.

— Devant témoins. Vous ne me croyez pas capable de réussir ?

— Si vous avez tellement confiance en vous, c'est sans doute que vous en êtes capable, mais supposez qu'en se réveillant votre patiente décide qu'elle ne veut pas ressembler à une autre personne, aussi belle soit-elle, et vous poursuive pour fausse information ?

— Son fiancé en tout cas serait très disposé à le faire.

— Je le sais. Il est entré dans la salle d'opération avec elle et le garde du F.B.I. est dans la galerie.

Mike leva les yeux et reconnut l'agent Jim McLeod assis dans la cabine vitrée qui formait la moitié d'un côté du théâtre opératoire.

— Qu'est devenu l'amoureux ? demanda Mike.

Hal Petrie se mit à rire.

— Hutchinson m'a entendu donner à l'agent l'autorisation de surveiller, mais il n'a rien demandé. Je suppose que son estomac n'est pas aussi solide que semble l'être le reste de sa personne. Croyez-vous vraiment que les complices de feue Lynne Tallmann essaieront de s'emparer de miss Burke parce qu'ils croient qu'elle connaît leur identité ?

— Le F.B.I. prend le danger suffisamment au sérieux pour la faire surveiller même dans la salle d'opération.

Ganté, masqué, vêtu d'une casaque stérile, Mike se dirigea vers la table.

— Même si vous réussissez, la fille peut avoir des réactions psychiques, insista Petri, et, dans un moment de crise, son fiancé peut la persuader de vous poursuivre pour faute professionnelle.

— Ce qui ne me laisse d'autre solution que de faire d'elle la plus belle fille du monde, dit Mike en prenant le scalpel que lui tendait l'infirmière. Alors cessez d'être aussi réjouissant et guettez ses réactions vitales.

— Elles sont parfaites. Un robot pourrait administrer cet anesthésique.

— Ne vous avisez pas d'en faire l'expérience. Vous risqueriez de vous retrouver au chômage.

Il souleva la lèvre supérieure de Janet Burke et pratiqua une incision en forme d'U dans la membrane de la gencive, juste sous le pli d'intersection des lèvres, taillant dans l'os situé au-dessous. Posant le scalpel il prit une tige d'acier immaculé avec une extrémité aplatie appelée élévateur périostal, et commença à repousser la membrane jusqu'à ce que les parois des sinus maxillaires soient complètement exposées. En même temps, le photographe de l'hôpital se plaça sur un haut tabouret d'où il pouvait prendre un cliché du champ opératoire avec un objectif télescopique. De même que les deux infirmières qui circulaient sans participer à l'opération elle-même, il portait une calotte, une bavette et une casaque.

15

— Allez-vous faire la mammoplastie aujourd'hui aussi, Mike ?

La voix de l'anesthésiste détourna Mike du cours de ses pensées qui s'étaient concentrées pendant une heure et demie sur la tâche délicate qu'il avait entreprise.

— J'aimerais bien. Comment est-elle ?

— Ce que vous avez fait jusqu'à présent ne la trouble pas le moins du monde, mais cela me trouble, moi.

— Pourquoi, Hal ?

— Avez-vous réllement recréé la tête que vous avez modelée ? Avec tout le sang accumulé sous la peau autour des yeux et sur les pommettes, je ne vois pas comment nous pourrions nous en rendre compte.

— Nous ne le saurons pas avant que l'hémorragie soit absorbée et que nous ayons retiré les pansements. Il faut compter six à huit semaines, mais je suis prêt à parier une fortune que le résultat sera celui que j'espérais.

Dès la première incision au bord de la gencive au-dessus des racines de la rangée supérieure des dents, Mike avait su exactement comment il devait procéder. Avec la surface antérieure de la mâchoire supérieure exposée, découvrant les parois broyées et défoncées des sinus à l'intérieur de l'os spongieux, il avait pratiqué une ouverture juste au-dessus des racines des dents dans les cloisons de chacun des sinus maxillaires.

A l'intérieur des sinus eux-mêmes, il n'eut guère de peine à remettre les parois défoncées dans une position normale. Il ne pouvait espérer réparer complètement des os si gravement endommagés par la pression du visage contre le carrelage de l'aéroport. Aussi ne perdit-il pas son temps à essayer, d'autant plus qu'une base solide était nécessaire pour appuyer la structure nasale qui devait convenir à la forme du visage de son modèle.

Laissant les parois antérieures des sinus approximativement dans leur position normale, il inséra un crochet — en forme de tournevis — vers le bas, à travers la légère lacération du coin de l'œil gauche. Il glissa ensuite un second crochet vers le haut à travers l'incision pratiquée dans la gencive à l'intérieur de la bouche. Utilisant ensuite les deux instruments comme leviers, un dans chaque main, il réussit à soulever l'arcade zygomatique droite pour la remettre dans sa position primitive en l'élevant légèrement pour donner plus de relief aux pommettes et, partant, remonter un peu toute la structure faciale.

Sur le côté gauche, il pratiqua dans la peau une incision correspondant exactement à la lacération de droite et il suivit le même processus. Satisfait de voir que les structures des joues étaient voisines de ce qu'il désirait, il coupa les bords de la déchirure et la referma soigneusement de façon à assurer la guérison avec une cicatrice aussi imperceptible que possible, puis il sutura également l'incision pratiquée au coin de l'œil gauche.

Avant de commencer à réparer le nez aplati, il pratiqua une

incision au niveau de l'épine iliaque qui forme la saillie visible de la hanche et préleva un morceau d'os. Pendant que le résident qui l'assistait suturait l'incision de la hanche, Mike divisait le morceau d'os en deux parties. Il découpa l'une en forme d'U et l'autre en forme d'L, comme il l'avait dit au docteur Thorndyke dans la salle de radiologie.

Il introduisit alors la greffe en U à travers l'incision pratiquée dans la muqueuse de la bouche jusqu'à ce qu'elle fût calée contre la partie antérieure fracturée de la mâchoire supérieure, lui restituant ainsi son contour normal. Il pratiqua ensuite une autre incision à l'extrémité du nez et, après avoir libéré la structure osseuse de l'arête nasale broyée, il coinça la barre courte de la greffe en L dans une minuscule cavité creusée dans le centre de la greffe en U qui servait à reconstruire la structure générale de la mâchoire supérieure. Il recréa un nez à l'arête légèrement plus haute que ne l'était celle du nez de Janet en modelant les os qu'il avait libérés pour donner à l'ensemble la forme voulue. Il referma la légère incision du bout du nez avec des fils de soie à peine visibles et une douzaine de points de suture ramenèrent les bords des gencives à leur place sous la lèvre supérieure. Avant de s'attaquer à la mâchoire inférieure, Mike façonna soigneusement un moule en plastique de son modèle en immergeant dans l'eau chaude une plaque de cette substance puis il l'appliqua sur les pansements qui couvraient les plaies.

La mâchoire inférieure s'était révélée facile à réparer. Heureusement, le dessin du menton de Janet était assez joli par lui-même, aussi se contenta-t-il de placer des crochets sur les deux mâchoires et de les relier par des bandes de caoutchouc de façon à créer une traction et à soulever la mâchoire inférieure dans une position qui la maintenait contre la supérieure.

— Je tremble toujours quand je vois un spécialiste de la chirurgie plastique opérer à l'intérieur de la bouche comme vous le faites, mais les plaies ne semblent jamais s'infecter comme le font tant d'autres plaies chirurgicales pures.

— D'abord, toute la zone du visage reçoit un apport de sang abondant, expliqua Mike. Ensuite, nous prenons soin d'administrer à nos patients une injection de pénicilline quotidienne pendant cinq jours pour prévenir tout risque d'infection.

— Un merveilleux travail, Kerns ! J'en parlerai dans la nouvelle édition de mon livre.

La voix du docteur Sebastian retentit dans le microphone de la galerie d'où les observateurs pouvaient poser des questions pendant qu'ils assistaient aux opérations.

— Merci, monsieur, dit Mike en s'écartant de la table pour changer de casaque et de gants. Elle m'a demandé aussi une mammoplastie. Combineriez-vous cette opération à celle que je viens de faire ?

— Si le docteur Petrie la juge en état de la supporter, je ne vois pas pourquoi je ne le ferais pas. Avez-vous l'intention d'utiliser la méthode axillaire que vous avez expérimentée à New York ? Vous lui épargneriez l'épreuve de deux opérations. Je vous remercie de m'avoir invité à assister à celle-ci.

— Puisque les docteurs Petrie et Sebastian nous ont donné le feu vert, nous ferons la mammoplastie aujourd'hui aussi, dit Mike à son équipe chirurgicale. Il nous faut un matériel et des vêtements stériles de rechange.

— Tout est prêt, dit l'infirmière-chef. Voulez-vous que nous remontions la table ?

— S'il vous plaît.

Mike retira sa casaque stérile en prenant soin de ne pas se contaminer les mains quand il retira les gants qu'il avait portés pendant la première phase.

Quand il se fut entièrement changé, Mike examina les seins de sa patiente. Comme il l'avait remarqué à son premier examen, ils étaient petits mais hauts et bien formés avec des aréoles foncées autour des mamelons.

— La méthode axillaires est idéale pour des seins pareils, dit-il à son équipe qui s'affairait pour la seconde phase de l'opération.

— Même sous anesthésie locale, il est facile de découvrir l'extrémité du muscle pectoral majeur et d'introduire une prothèse derrière la glande avec incision sous-mammaire.

— Si vous pouvez lui faire un buste à la façon dont vous venez de lui refaire un visage, cette fille n'aura plus besoin de porter un soutien-gorge.

— Elle en portera un ou elle m'entendra.

Mike regarda le photographe qui venait de prendre les clichés des seins « avant l'opération ».

— Prêt Joe ?

— Quand vous voudrez, docteur.

— Tout est en ordre, dit l'infirmière-chef. Nous avons fait stériliser deux jeux de prothèses de taille différente comme vous l'avez prescrit.

— Pour les spectateurs de la galerie qui sont profanes en la matière, j'explique que la méthode de l'incision transaxillaire se pratique fréquemment sous anesthésie locale. C'est la forme la plus simple de la mammoplastie. Nous pratiquerons l'incision dans l'axe long de l'aisselle où elle sera quasi invisible une fois cicatrisée. J'ajoute que, sauf accident, nous n'entaillons pas les tissus des seins et l'intervention n'a pas d'effets sur la lactation future.

Tout en parlant il pratiquait une incision derrière le pli de l'aisselle formé par le bord du large muscle pectoral. Pendant que les assistants s'occupaient de placer des pinces sur les bords de la plaie et de faire des nœuds avec du catgut, Mike dégageait un espace entre la poitrine et le large muscle plat situé au-dessous. Il élargit l'espace avec une pince et, utilisant tantôt l'instrument tantôt sa main gantée, il augmenta l'étendue de la poche ainsi créée. Il s'adressa de nouveau à la galerie.

— Vous remarquerez que je n'ouvre pas un espace au-dessus du niveau de la deuxième côte ni à moins de trois ou quatre centimètres de la ligne médiane. La dissection ne doit pas non plus descendre plus bas que la sixième côte autrement la prothèse pourrait glisser ce qui déformerait le galbe des seins.

Il finit de préparer une loge pour les seins artificiels puis il inspecta soigneusement la cavité qu'il avait créée pour vérifier si elle ne présentait aucune trace de saignement.

— Les prothèses des seins sont faites en gel de silicone avec un sac externe en silicone auquel sont fixées des pièces de dacron qui leur permettent d'être suturées en place et évitent ainsi toute possibilité de déplacement. Incidemment, le gel de silicone placé à l'intérieur du sac a sensiblement la même consistance que le tissu mammaire normal.

Soulevant le bord de l'incision avec ses doigts il commença à glisser le sac avec son contenu dans la poche.

— Vous verrez que la prothèse remplit complètement la cavité que j'ai disséquée en avant du fascia qui recouvre le muscle pectoral principal. Cependant, nous n'avons entamé le tissu mammaire en aucun point pendant la dissection, lui permettant ainsi de conserver toutes ses fonctions. Les sutures le maintiendront en place et la plaie pourra être fermée.

Laissant à ses assistants le soin de suturer les incisions, Mike recommença l'opération pour l'autre sein. Pendant que le résident terminait ses sutures sur le côté droit, Mike obturait le côté gauche. Quand il s'écarta de la table, des acclamations jaillirent de la galerie et le photographe s'approcha de la patiente pour prendre un cliché du merveilleux résultat.

— C'est vraiment une œuvre d'art ! s'exclama le docteur Petrie. Une chose est certaine : que son visage lui plaise ou non, elle ne vous poursuivra jamais pour ses seins.

16

George Stanfield et Gerald Hutchinson attendaient dans la chambre de Janet.

— Tout va bien, annonça Mike. Elle restera dans la salle de réanimation jusqu'à ce qu'elle se réveille, mais ce n'est que par précaution, de crainte qu'elle ne soit prise de nausée et qu'il faille retirer précipitamment les bandes de caoutchouc qui lui retiennent les mâchoires.

— Et elle sera tout à fait bien ?

— N'en doutez pas. Le docteur Sebastian a assisté à toute l'opération du haut de la galerie, et il m'a donné son approbation pleine et entière. En fait, il va inclure la méthode que j'ai utilisée pour élever les pommettes fracturées dans la nouvelle édition de son manuel.

— C'est merveilleux, Mike, dit Stanfield.

— La mammoplastie s'est très bien passée aussi, ajouta Mike.

Gerald Hutchinson qui regardait par la fenêtre sans mot dire, se retourna brusquement.

— Qu'entendez-vous par mammoplastie ? demanda-t-il.

— C'est une opération qui a pour but d'augmenter le volume des seins.

— Je sais ce qu'est la mammoplastie — un moyen perfide de tirer parti de la vanité féminine. Qui vous a donné l'autorisation de pratiquer cette intervention ?

— Quand je suis passé la voir hier soir, elle m'a demandé si je pouvais lui faire une mammoplastie après la réparation du visage. Elle considérait que si je faisais d'elle une déesse, je devais lui donner une poitrine en rapport.

— Elle ne m'a jamais parlé de ce désir, dit Stanfield.

— A quelle heure l'avez-vous vue hier ?

— Je suis venu vers trois heures, répondit Stanfield.

— Et moi, je suis resté avec elle jusqu'à quatre heures, dit Hutchinson. J'avais une conférence dans la soirée.

— Elle a donc dû décider qu'elle voulait une mammoplastie après votre départ. Elle a signé la formule d'autorisation vers cinq heures, aussi savait-elle manifestement ce qu'elle faisait. D'ailleurs, c'est une opération mineure. La plupart des chirurgiens l'effectuent dans leur cabinet. Elle était tout à fait en forme après la réparation faciale, aussi ai-je entrepris la mammoplastie aussitôt. Je regrette que vous n'ayez pas été au courant.

— Janet plaisantait souvent en disant qu'elle voulait porter de faux seins, dit Stanfield, mais je ne me rendais pas compte qu'elle était tellement sensibilisée à ce sujet. Je suppose qu'après notre départ, elle a réfléchi que vous pourriez corriger ce défaut également.

— Voyons George, intervint Gerald Hutchinson sur le ton d'un adulte qui raisonne un enfant, Janet a sans doute dit à Kerns que nous ne reviendrions ni vous ni moi pour l'empêcher d'agir. Alors il a profité de sa faiblesse pour l'entraîner dans une opération coûteuse qui lui rapporterait des honoraires importants. (Il se planta en face de Mike.) Vous ne pouvez plus prétendre que le choc ne l'a pas perturbée mentalement.

— Elle paraissait excitée et ne semblait pas dans son état normal, admit Mike honnêtement. Même sa voix était changée quand elle m'a demandé si je pouvais faire la mammoplastie.

— Qu'entendez-vous en disant que sa voix était changée ?

— Simplement ce que j'ai dit. J'ai mis cela sur le compte de l'embarras, mais d'autres phénomènes se sont produits.

Mike parla alors des ondes bizarres qui étaient apparues sur l'écran de l'E.E.G. et qui l'avaient amené à appeler le docteur Randall McCarthy en consultation.

— McCarthy ? dit Gerald en fronçant les sourcils. N'a-t-il pas été mêlé à un scandale dont la presse a parlé quand il a été nommé à un poste d'enseignement à l'Université ?

— Je l'ignore, dit Mike. Je travaillais à New York à l'époque.

— Je vérifierai sur les fiches que j'ai dans mes bureaux, dit George Stanfield, mais je ne me souviens pas d'un scandale.

Mike réfléchit. Une idée lui venait soudain à l'esprit.

— N'avez-vous pas dit que le F.B.I. vous avait laissé les doubles des enregistrements qui se trouvaient dans le porte-documents de Janet ? Ceux de ses interviews de Lynne Tallman ?

— J'ai les originaux, dit Stanfield. Le F.B.I. a enregistré les doubles et les a conservés.

— Pourrais-je les entendre ?

— Certainement. Venez donc dans mon bureau vers cinq heures. A ce moment-là j'aurai des renseignements au sujet de McCarthy.

— Encore un charlatan, railla Gerald Hutchinson. Pas étonnant que vous ayez pu le convaincre de certifier que Janet était sensée alors qu'elle ne l'était manifestement pas.

Mike aurait volontiers flanqué une raclée à l'impudent, mais il préféra ignorer le commentaire.

17

— Nous allons passer les bandes dans notre laboratoire d'audiovisuel, dit George Stanfield lorsque Mike entra dans son bureau. Entre-temps, vous pouvez peut-être regarder des documents qui concernent le docteur McCarthy.

Gèrald Hutchinson était dans le bureau, mais il garda le silence. Les documents relatifs à McCarthy se rapportaient à certaines expériences spectaculaires qu'il avait effectuées dans le domaine de la parapsychologie peu après son arrivée à l'Université. Mike se rappela que le docteur Sebastian avait paru impressionné par l'habileté du psychiatre dans le domaine des sciences psychiques. Il avait à peine terminé la lecture des articles de journaux citant les faits lorsque la sonnerie du téléphone retentit. Stanfield répondit.

— Si vous voulez passer dans le labo, dit-il, les enregistrements sont prêts.

Ils s'installèrent dans des fauteuils confortables.

— Vous pouvez commencer, dit Stanfield au technicien.

On entendit un déclic puis la voix de Janet Burke se fit entendre.

— Bande numéro trois. Interview de Lynne Tallman. Eh bien Lynne, voulez-vous me dire comment vous êtes entrée dans la bande qui exécutait les attentats à la bombe ?

Un flot d'obscénités jaillit du haut-parleur et Mike se raidit soudain. Il reconnaissait cette voix au son rauque, métallique ;

c'était celle qu'il avait entendue la veille dans la chambre de Janet quand elle avait demandé une mammoplastie, et de nouveau le matin quand Hal Petrie avait commencé à injecter la solution de pentothal.

— Quelque chose vous gêne, docteur ? demanda Stanfield.

— Non pourquoi ?

— On dirait que vous venez de voir un fantôme.

— Pas de le voir, de l'entendre, dit Mike en se ressaisissant. La première — et dernière fois — que je l'ai vue, Lynne Tallman gisait morte sur le carrelage du hall de l'aéroport et je suppose que le son de sa voix me produit un effet bizarre.

Il se garda bien de dire qu'il avait entendu cette voix à trois reprises : deux fois au cours des dernières vingt-quatre heures par la bouche de Janet Burke, et le jour de l'accident quand il avait écouté la conversation entre le pilote et la tour de contrôle. Cette voix était celle de la femme qui avait hurlé : « Maître, sauve... »

Et maintenant, elle sortait de la gorge de Lynne Tallman alors qu'elle était encore vivante, mais la puissance qu'elle invoquait ne pouvait être que Satan, le maître du mal. Il ne restait qu'une conclusion, une conviction que Mike avait essayé de refouler depuis le moment où il avait vu ces étranges décharges d'ondes thêta sur l'écran de l'E.E.G. relié au cerveau de Janet Burke.

Bien que le corps de Lynne Tallman fût toujours dans la chambre froide de la morgue, l'Esprit mauvais — vraisemblablement le démon qui avait incité Lynne Tallman à organiser des attentats terroristes ayant causé la mort de plus de cinquante personnes — était bel et bien vivant. En outre, par un véritable jeu du diable, la présence démoniaque qui habitait Lynne Tallman avait en quelque sorte pris possession de Janet Burke au moment où l'avion s'était écrasé. Qui plus est, transformée seulement ce matin-là par les propres mains de Mike Kerns en une reine de beauté, Janet elle-même était capable de commettre les actes les plus odieux parce que personne ne croirait ce qui était pour lui une vérité incontestable.

détail, celui qu'il avait entendu révéler dans la chambre de [illegible] que celle avait leur mort une [illegible], et [illegible] le [illegible] quand Mac Pettie avait confirmé [illegible] la solution de [illegible] pentothal.

— Quelque chose vous gêne, docteur ? demanda Standish.

— Non, pourquoi ?

— On aurait dit que vous veniez de voir un fantôme.

— Pas de le voir, de l'entendre. [illegible] — et à [illegible] fois — que [illegible] Lynne Tallman était morte sur le carrelage au pied de [illegible], je suppose que le son de sa voix me produisait un effet [illegible].

Il se garda bien de dire qu'il avait entendu cette voix à trois reprises : deux fois au cours des dernières vingt-quatre heures par la bouche de Janet Burke, et [illegible] quand il avait écouté la conversation entre le pilote et la tour de contrôle. Cette voix était celle de la femme qui avait hurlé « Salaud, [illegible] ».

Et maintenant, elle sortait de la gorge de Lynne Tallman alors qu'elle était encore vivante, mais la puissance qu'elle invoquait ne pouvait être que Satan, le maître du mal. Il ne restait qu'une conclusion, une conviction que [illegible] avait essayé de [illegible] depuis le moment où il avait vu ces étranges [illegible] d'ondes [illegible] sur l'écran de l'E.E.G. relié au cerveau de Janet Burke.

Bien que le corps de Lynne Tallman fût toujours dans la chambre froide de la morgue, l'Esprit mauvais — vraisemblablement le démon qui avait incité Lynne Tallman à organiser les attentats terroristes ayant causé la mort de plus de cinquante personnes — était bel et bien vivant. En outre, par un véritable jeu du diable, la présence démoniaque qui habitait Lynne Tallman avait en quelque sorte pris possession de Janet Burke au moment où l'avion s'était écrasé. Qui plus est, transformée totalement ce matin-là par les propres mains de Mike Kerns en une reine de beauté, Janet elle-même était capable de commettre les actes les plus odieux parce que personne ne croirait ce qui était pour lui une vérité incontestable.

LIVRE DEUX

LE DEUXIÈME IMPOSSIBLE

« Il est difficile de formuler une théorie concernant l'existence d'un esprit maléfique qui prend possession d'un être jusqu'alors porté au bien, sans réveiller dans le cœur humain quelques échos de sorcellerie et de démonologie (1). »

(1) Corbett H. Thigpen, Hervey M. Cleckley, docteurs en médecine. *The Tree Forces of Eve.* McGraw Hill Book Co., 1957.

1

DANS le hall de l'immeuble du journal, Mike Kerns chercha un nom dans l'annuaire puis il entra dans une cabine et composa un numéro de téléphone.

— Ici le cabinet du docteur McCarthy, répondit une voix masculine.

— Qui est à l'appareil ?

— C'est Randall McCarthy. Est-ce vous, docteur Kerns ? Je pensais justement à vous.

— Moi aussi. Nous n'avons peut-être même pas besoin du téléphone, mais puisque nous sommes déjà en communication autant l'utiliser. Pouvez-vous disposer d'une demi-heure ?

— Sûrement. Je mets de l'ordre dans les papiers qui se sont accumulés pendant que j'étais à Durham pour le séminaire. Mon cabinet se trouve dans le bâtiment 13 D, salle 304 du quadrilatère de l'ancienne École de Médecine. Combien de temps vous faut-il pour venir ?

— Un quart d'heure. Je suis dans l'immeuble du *Star ;* j'ai parlé à George Stanfield de sa nièce.

— Elle se remet parfaitement, n'est-ce pas ? Elle venait de se réveiller quand je suis passé la voir après déjeuner.

— Alors vous l'avez vue après moi. Je serai chez vous dans quinze minutes.

L'École de Médecine se trouvait au centre d'un immense complexe d'immeubles et Mike eut quelque difficulté à repérer le bâtiment 13 D et la salle 304. En ouvrant la porte, il fut saisi de voir une tête humaine rétrécie encadrée de cheveux longs attachée au mur au-dessus du fauteuil de McCarthy. Les yeux avaient le regard vide des morts ; le reste de la tête qui mesurait le quart de la dimension normale était desséché et la peau, qui avait l'aspect du vieux cuir, s'appliquait sur la face en suivant les contours du squelette.

— Entrez donc, docteur Kerns, dit McCarthy en tendant la main. Ne soyez pas troublé par ce genre de choses. J'ai passé un semestre chez les Indiens Jivaro de l'Amazonie supérieure. Ils ont l'habitude barbare de manger les corps des victimes tuées au combat, mais ils conservent la tête comme preuve de leurs prouesses.

— C'est un peu impressionnant.

— J'ai ramené les autres objets d'Afrique Centrale et de Haïti.

De sa main fine aux doigts longs ornés d'une chevalière sertie d'une grosse émeraude, il indiqua un étrange bric-à-brac.

Mike désigna une petite statue dont l'abdomen était traversé par plusieurs aiguilles.

— On dirait une statuette vaudou.

— C'est une statuette vaudou qui a servi. Je l'ai achetée à un médecin, sorcier à Haïti, une fois son but atteint — la mort de l'ennemi de son client — une mort étrange : il ne portait pas une trace sur lui et pourtant ses intestins étaient perforés en douze points, ce qui a provoqué une péritonite foudroyante. Le diagnostic a été vérifié au cours d'une autopsie à laquelle j'ai assisté.

— Vous ne croyez tout de même pas au vaudou.

— Non, mais j'ai remarqué que les médecins vaudou s'assurent toujours que les futurs victimes soient averties des sorts maléfiques qu'ils leur jettent. Dès qu'elles ont été mises au courant, une perforation s'opère dans la paroi intestinale. Après tout, une tension émotionnelle ou un ennui provoque souvent l'apparition d'un ulcère qui ronge la paroi de l'estomac et la perfore.

— C'est juste.

— Il est évidemment assez difficile d'expliquer comment, dans ce cas précis, avec six aiguilles plantées dans la figurine, la victime a présenté exactement douze perforations de l'intestin.

Mike haussa les épaules.

— Je suppose que, dans certains cas, il faut croire à l'impossible.

— Croire à ce qui paraissait impossible il y a une dizaine d'années, c'est mon rayon, pas le vôtre. Les chirurgiens sont censés être les individus les plus pragmatiques de tout le domaine de la médecine. Alors, quel est l'objet de vos préoccupations pour le moment ?

Mike résuma sa conversation avec George Stanfield et exposa les événements bizarres qui s'étaient produits après l'accident. Le psychiatre l'écouta attentivement. Quand Mike eut terminé son récit, McCarthy hocha la tête en remuant sa barbiche — *comme un vieux bouc rusé,* pensa Mike.

— Je vois, dit-il. La réponse est simple.

— Pour vous peut-être, mais certainement pas pour moi. Toutes les réponses que j'imagine se révèlent impossibles... à la lumière de la logique. Pour l'instant, je suis presque enclin à croire que le démon de Lynne Tallman a pris possession du corps de Janet Burke.

— Vous ne pouvez croire à cet impossible-là. Les démons et les esprits du mal n'ont de corps que dans l'imagination d'auteurs qui veulent tirer parti de la crédulité des foules. Pensez plutôt que votre patiente a une personnalité multiple. Nous voyons couramment des cas semblables en psychiatrie, et notamment chez les schizophrènes, mais ils sont beaucoup plus fréquents que vous ne le croyez chez le commun des mortels.

— Prétendez-vous que vous ne croyez absolument pas aux démons ?

— Pourquoi créer quelque chose avec de l'air, alors qu'il existe assez de crapules pour procurer au monde plus de mal qu'il n'en faut. Lynne Tallman en était l'exemple.

— Comment expliquez-vous que la voix de Janet Burke soit devenue identique à celle de Lynne Tallman ?

— Quand une seconde — ou une troisième — personnalité apparaît pour la première fois, elle adopte toujours une voix et un comportement différents de ceux de l'individu initial. Si le patient imite quelqu'un que vous connaissez, l'effet est parfois saisissant, comme ce fut le cas pour vous hier et aujourd'hui.

— Mais pourquoi Lynne Tallman ?

— A mon avis, miss Burke l'enviait secrètement.

— Sûrement pas pour ses instincts criminels.

— Probablement pas. Au cours de ma conversation avec votre patiente, j'ai décelé une note d'envie dans sa voix quand elle décrivait la beauté de Lynne Tallman et son pouvoir de séduction sur tous les hommes qu'elle désirait conquérir. Janet Burke n'était pas belle, bien qu'elle le soit probablement maintenant si j'en crois le modèle qui était dans sa chambre. Le choc qu'elle a reçu sur la tête au moment de l'accident a été suffisant pour ébranler toutes les cellules de son cerveau au point de permettre à une seconde personnalité d'émerger. Il était naturel qu'une partie au moins de cette personnalité se forme inconsciemment sur celle d'une fille aussi belle que Lynne Tallman.

C'était une explication ingénieuse et même logique de l'énigme et Mike se demandait pourquoi il ne l'admettait pas aussi facilement que le faisait apparemment l'affable psychiatre.

— Combien de temps cet état peut-il durer ? demanda-t-il.

— Pas très longtemps à mon avis. Si le processus postopératoire suit son cours normal, elle sera une beauté remarquable plus encore que ne l'était Lynne Tallman. Elle aura certainement tous les hommes à ses pieds. En fait, je me laisserais volontiers séduire moi-même à moins que vous n'ayez l'intention de jouer les Pygmalion et de garder votre œuvre pour vous.

— Ne vous inquiétez pas, répondit Mike fermement. Quand je suis allé à New York pour faire mon stage en chirurgie esthétique, je savais que la majeure partie de ma clientèle serait composée de femmes désireuses d'améliorer leur apparence pour attirer les hommes-maris, amants et ainsi de suite. Aussi je prends bien soin de séparer ma vie personnelle de ma vie professionnelle.

McCarthy haussa les épaules.

— Si les maris se comportaient en amants, nous serions moins occupés, vous et moi. Indépendamment des psychoses proprement dites, la clientèle d'un psychiatre est en majeure partie composée de femmes qui veulent être aimées — souvent par le médecin qui essaie de les guérir.

— En homme averti, j'ai décidé de ne pas me laisser entraîner dans une aventure avec mes patientes.

— La plupart de vos confrères ne peuvent en dire autant. A côté de certains spécialistes en chirurgie plastique des environs et plus encore des parages de la côte ouest, Casanova aurait l'air d'un petit saint.

— Comptez-vous traiter miss Burke pour ses troubles de personnalité si tel est son cas ?

— Naturellement. D'ailleurs si vous voulez bien de moi comme patient, je resterai à l'hôpital quelque temps. Ainsi, je pourrai la voir tous les jours.

— Que voulez-vous dire ?

— Je prends mes vacances à partir de demain et j'envisage de me faire faire un lifting. Je vous surprends ?

— Pas du tout. Beaucoup d'hommes se font opérer le visage, ils sont généralement plus âgés que vous ne semblez l'être.

— J'ai quarante-sept ans mais, pour utiliser un vieux cliché, j'ai brûlé la chandelle par les deux bouts, et c'est inscrit sur mon visage bien que, fort heureusement, le reste de ma personne se maintienne encore assez bien. Pensez-vous pouvoir rajeunir mes traits ?

Mike s'approcha et dirigea la lampe de bureau sur le visage de McCarthy pour pouvoir l'étudier attentivement.

— Quel gâchis, n'est-ce pas ? dit le psychiatre en grimaçant un sourire.

— J'ai vu pire. Pouvez-vous me dire pourquoi vous portez cette barbe à la Van Dyck ?

— C'est pour cacher un menton légèrement fuyant.

— C'est bien ce que je pensais. Tenez-vous particulièrement à cette barbe ?

— Pas plus que je ne tiens à mes poches sous les yeux, à mes joues flasques et à mon menton fuyant.

— Dans ce cas je vous conseille un lifting complet avec opération des paupières. D'autre part, vous avez une bosse sur le nez. Je vous la retirerai pour vous faire un nez droit et je l'utiliserai pour augmenter le volume du menton.

— Pouvez-vous me faire le tout en une seule séance ?

— Facilement, mais tant que vous aurez votre barbe je ne puis savoir si l'os de l'arête du nez suffira pour vous faire un menton en proportion avec le reste du visage.

— Pour le lifting, c'est d'accord, mais il faut que je réfléchisse pour la question du nez. Je me suis attaché à la forme de cet appendice, un peu comme Cyrano.

— Gardez votre nez si vous y tenez. Je peux arranger votre menton en prélevant une greffe sur la hanche.

— Quand pourrez-vous m'opérer ?

— Dès que vous serez libre, je n'ai pas encore eu le temps de constituer une clientèle importante en chirurgie esthétique.

— Lundi matin vous conviendrait ?

— Je vais voir si l'hôpital pourra disposer d'une chambre et je vais aussi réserver une salle d'opération quand j'irai voir Janet Burke en sortant d'ici. Voulez-vous que nous parlions des honoraires ?

— Il est écrit quelque part dans la Bible que toute peine

mérite salaire. Je vous laisse le soin de régler ces détails.
— Je prends généralement cinq mille dollars pour un travail aussi important, avec l'escompte que je consens aux confrères, je réduirai à trois mille.
— C'est parfait.
— Voulez-vous passez à l'hôpital pour vous entendre avec l'anesthésiste. Je serai en ville pour le week-end, alors je passerai dimanche pour prendre les photos de votre visage sans barbe.
— Je frémis en y pensant, dit McCarthy sur un ton jovial. A dimanche donc.

2

Janet Burke était réveillée quand Mike entra dans sa chambre le lendemain matin. Sa fiche indiquait qu'elle n'avait eu besoin que d'une seule piqûre hypodermique dans la nuit.
— Vous êtes magnifique, dit-il.
— Menteur ! Je ressemble au masque de fer. Combien de temps devrais-je porter ce truc-là ?
— Deux semaines environ, jusqu'à ce que les os broyés commencent à se ressouder.
— Tout s'est-il passé comme vous l'aviez prévu ?
— Parfaitement. Je vais vous enlever le tube de trachéotomie.
— J'ai vu ce matin que le modèle avait disparu, alors j'ai eu peur que vous ne l'ayez enlevé parce que je ne lui ressemblerai pas du tout quand tout sera fini.
— J'ai emporté le modèle à la fonderie pour qu'il soit moulé dans le bronze.
— Êtes-vous toujours aussi sûr de votre œuvre ?
— J'ai promis de vous rendre aussi belle que vous le souhaitiez. Avez-vous des réclamations à formuler ?
— Une seule. Pourquoi ai-je cette bande élastique autour de la poitrine ? Chaque fois que je respire profondément je la sens et parfois j'ai des élancements aux aisselles.
— C'est pour empêcher l'accumulation du sérum ou du sang autour des prothèses...
— Quelles prothèses ?
— Les implants silastiques que j'ai introduits sous vos seins.
— Je sais que les implants silastiques sont destinés à

augmenter le volume des seins. Ne me dites pas que vous m'avez fait ce que vous appelez une mammoplastie ?

— Après l'opération faciale vous étiez en excellente forme, aussi ai-je procédé à la pose des implants silastiques comme vous me l'aviez demandé.

— Je ne me rappelle pas vous avoir demandé quoi que ce soit de pareil, docteur, protesta Janet sur un ton indigné.

— La veille de l'opération faciale, juste au moment où je sortais de votre chambre, vous m'avez rappelé pour me dire textuellement : « Si vous faites de moi une déesse, vous pouvez aussi bien me faire des seins dignes d'une déesse. » D'ailleurs, vous avez signé la formule d'autorisation pour cette seconde opération.

— Montrez-la-moi. Je ne m'en souviens toujours pas.

Son ton était un peu moins irrité ou du moins il espérait que ses oreilles ne le trompaient pas.

Mike appuya sur le bouton de l'intercom. L'infirmière de service répondit.

— Voulez-vous m'apporter les formules d'autorisation d'opérer signées par miss Burke, dit-il. Toutes les deux.

Un instant plus tard, l'infirmière frappait à la porte. Elle tendit les deux formules à Mike qui les mit sous les yeux de Janet. Il lui donna le temps de les examiner puis demanda :

— C'est bien votre signature, n'est-ce pas ?

— On le dirait bien. Pourtant je ne me souviens pas d'avoir parlé d'une opération des seins ni d'avoir signé une formule d'autorisation à ce sujet.

Elle rendit les formules à l'infirmière qui sortit.

— Vous serez heureuse, une fois les bandages retirés, de vous trouver une poitrine digne d'Aphrodite elle-même.

Elle haussa les épaules et fit une petite grimace de douleur.

— Je pense que j'ai de la chance d'être encore en vie même si je dois avaler de la bouillie glissée entre mes dents et un réseau de bandes en caoutchouc. De toute façon j'avais quelques kilos à perdre. Alors les choses pourraient être pires.

— Au fait, je vais opérer lundi quelqu'un que vous connaissez. Le docteur McCarthy m'a demandé de lui faire un lifting.

— Avec la tête qu'il a, n'importe quoi ne pourra que l'améliorer. Vais-je vous porter chance, docteur Kerns ?

— Vous commencez déjà. Quand vous serez remise en circulation et que les gens verront comme vous êtes belle, les hommes vont se bousculer pour prendre un rendez-vous.

3

George Stanfield téléphona à Mike vers la fin de l'après-midi. Il paraissait soucieux.

— Pouvez-vous venir dans mon bureau vers cinq heures, Mike ? demanda-t-il.

— Certainement. Que se passe-t-il ?

— C'est au sujet de Janet, mais je préfère ne pas en parler au téléphone.

— Je serai là à cinq heures. Je n'ai plus qu'une consultation pour aujourd'hui.

Mike raccrocha et resta songeur. Pourquoi le rédacteur en chef du *Star* était-il tellement préoccupé alors que sa nièce se remettait si bien. Il s'attendait à ce que Gerald Hutchinson essaie de lui créer des ennuis mais pas Stanfield. Obéissant à une impulsion subite, il appela l'hôpital et demanda l'infirmière de service à l'étage où se trouvait la chambre de Janet. Ellen Strabo répondit.

— Ici Kerns, dit-il. Miss Burke a-t-elle eu des visites aujourd'hui ?

— Seulement son fiancé et son oncle. D'après vos consignes, elle pouvait les voir quand ils le voudraient, mais j'allais vous appeler de toute façon.

— Pourquoi ?

— En sortant de la chambre de miss Burke, Mr Stanfield m'a demandé si je pouvais faire faire des photocopies des formules d'autorisation signées par elle. Il est inscrit sur les registres de l'hôpital comme son plus proche parent et responsable de ses factures, aussi n'ai-je vu aucun inconvénient à lui remettre les photocopies qu'il demandait.

— Est-ce que cette visite a paru troubler la patiente ?

— Un peu, je crois. Après leur départ, elle m'a demandé de lui faire une piqûre hypodermique que vous avez prescrite et je la lui ai faite. Elle a dormi une grande partie de l'après-midi.

Mike ne fut pas surpris de trouver Gerald Hutchinson dans le bureau de George Stanfield, mais la présence d'un petit homme replet au nez chaussé de lunettes à verres épais l'inquiéta.

— Professeur Leibowitz, docteur Michael Kerns, dit Stanfield.

La voix du journaliste était plus sèche qu'elle ne l'avait paru au téléphone et son attitude semblait même un peu hostile. Quant à Gerald Hutchinson, son regard exprimait le plaisir anticipé d'un combattant qui voit son adversaire à terre.

— Je connais le professeur Leibowitz, dit Mike en serrant la main de l'expert en graphologie. Nous avons témoigné tous les deux dans la même affaire.

— Avant d'aller plus loin, j'ai un aveu à vous faire, dit Stanfield.

— A propos des photocopies des formules d'autorisation.

— Oui. Comment le savez-vous ?

— Après votre coup de fil, j'ai téléphoné à l'hôpital pour demander des nouvelles de miss Burke. Miss Strabo, l'infirmière de service, m'a appris que vous aviez demandé ces photocopies.

— J'aurais dû vous en parler d'abord, admit Stanfield. Au cours de notre visite à Janet, l'infirmière avait laissé ses fiches accrochées au pied du lit et Gerald les a feuilletées.

— J'ai remarqué que les signatures sur les deux formules d'autorisation d'opérer étaient différentes, intervint Hutchinson. Manifestement l'une des deux était un faux, aussi ai-je insisté pour que George les fasse photocopier en vue de les montrer à un expert.

— Naturellement, j'ai pensé au professeur Leibowitz, ajouta Stanfield. Comme vous le savez sûrement, il est reconnu comme une autorité en matière de graphologie même par la Cour Suprême.

— J'aimerais avoir l'avis du professeur, dit Mike posément mais, en dépit des différences qu'il pourrait trouver entre les deux signatures, je peux vous affirmer qu'elles sont toutes les deux de miss Burke.

Gerald Hutchinson ricana mais ne fit aucun commentaire.

— Voulez-vous nous faire part de votre opinion, professeur ? dit Stanfield.

Leibowitz posa trois photocopies sur le bureau de Stanfield et braqua une grosse lampe dessus puis il sortit une loupe de sa poche.

— J'ai intitulé ces documents A, B et C, dit-il sur le ton qu'il aurait pris pour témoigner devant un jury. Le document A est une lettre écrite par miss Burke à Mr Stanfield et datée d'il y a deux semaines. Le document B est une formule d'hôpital « Autorisation d'opérer » apparemment signée par miss Burke devant un témoin nommé Amanda Sheftal, infirmière.

— Mrs Sheftal est l'infirmière-chef de l'équipe du matin, expliqua Mike.

— Ce document autorise le docteur Kerns à pratiquer sur miss Burke toutes les interventions chirurgicales qu'il juge nécessaires et semble avoir été signé par elle puisque la signature portée sur la formule est identique à celle de la lettre adressée à Mr Stanfield.

— Voulez-vous insinuer que la seconde formule n'a pas été signée par elle ? demanda Mike.

— Elle ne l'a certainement pas été, comme le professeur Leibowitz est prêt à en témoigner, dit Gerald Hutchinson avec un accent de triomphe.

— Je vous en prie, messieurs, intervint l'expert. Laissez-moi continuer mon exposé ; ensuite nous tâcherons de voir clair dans cette affaire.

— Veuillez m'excuser, professeur, dit Mike, poursuivez, je vous en prie.

— Le document C est aussi une formule autorisant le docteur Kerns à effectuer l'opération nommée « mammoplastie bilatérale ».

— Et signée par la patiente le même après-midi, déclara Mike fermement.

— Le document est signé de son *nom*, dit Leibowitz avec une égale fermeté, mais pas de la main qui a écrit la lettre adressée à Mr Stanfield et apposé la signature sur la première autorisation qui constitue le document B.

— C'est impossible ! s'écria Mike. Absolument impossible !

— La vérité, c'est qu'il s'agit d'un faux, docteur, intervint Gerald Hutchinson avec hargne.

— Vous mentez, gronda Mike, et vous pourriez avoir à répondre de cette accusation devant un tribunal.

— Nous ne demandons pas mieux, dit Hutchinson avec conviction.

— Je vous en prie, messieurs, dit George Stanfield, il n'est pas question pour l'instant de poursuivre qui que ce soit en justice. En ma qualité de plus proche parent de Janet, j'essaie simplement de découvrir la vérité dans toute cette histoire. Continuez, professeur.

— La seconde formule a été signée en présence d'un autre témoin, Ellen Strabo.

— Miss Ellen Strabo est l'infirmière de service à l'étage entre trois et onze heures, expliqua Mike. Au moment où je m'apprêtais à quitter sa chambre, vers cinq heures de l'après-midi la veille de l'opération, miss Burke m'a demandé de lui faire une mammoplastie. J'ai prié miss Strabo de préparer la formule et de la contresigner quand la patiente aurait apposé sa signature. Ce qu'elle a fait, simple affaire de routine quotidienne. Qu'est-ce qui peut bien vous faire supposer que miss Burke n'a pas signé elle-même la seconde formule ?

— L'examen est concluant, docteur Kerns, dit le professeur Leibowitz. Quelqu'un a essayé d'imiter la signature de miss Burke, mais il existe des différences subtiles entre la dernière signature et les deux précédentes.

— Pourquoi ne pas poser la question à miss Burke elle-même ? suggéra Mike.

— Nous l'avons fait, dit Gerald Hutchinson. Je lui ai montré la seconde formule d'autorisation et elle ne se souvient absolument pas de l'avoir signée.

Déconcerté par le cours inattendu que prenaient les événements, Mike ne trouva aucune explication à donner sur le moment.

— Ce matin quand je lui ai parlé de la mammoplastie, elle a paru surprise, dit-il pensivement, mais elle n'a pas eu l'air ennuyé.

— Elle l'est maintenant, affirma Gerald.

— Quoi qu'il en soit, la première autorisation qu'elle a signée me permettait de faire tout ce qui me semblait indiqué.

— Je ne suis pas certain que cet argument soit valable devant un tribunal en ce qui concerne la seconde opération, dit le professeur Leibowitz.

— Pourquoi non ?

— La mammoplastie était-elle réellement indiquée ?

— Sur le plan purement plastique certainement.

— Était-elle associée à la réparation des dommages corporels causés par l'accident ?

— Non. Je n'ai pratiqué la mammoplastie que parce qu'elle l'a demandée. Mais attendez donc. Nous pouvons résoudre ce problème en faisant appel au témoignage de miss Strabo. Puis-je utiliser votre téléphone, George ?

— Certainement.

— Voulez-vous brancher le haut-parleur, s'il vous plaît. Je tiens à ce que vous entendiez tous.

Mike composa le numéro de l'hôpital et demanda la

communication avec l'étage où se trouvait la chambre de Janet Burke.

— Miss Strabo ? Pouvez-vous me dire exactement ce qui s'est passé quand vous avez présenté à miss Burke la formule d'autorisation de procéder à une mammoplastie, la veille de l'opération.

— J'ai indiqué par écrit la nature de l'opération et le nom de la patiente comme je le fais toujours quand un médecin me le demande, et je l'ai apportée dans la chambre de la patiente.

— A-t-elle hésité à la signer ?

— Pas du tout, mais elle paraissait surexcitée. Elle riait toute seule et ses yeux brillaient d'un éclat étrange.

— Étrange en quoi ?

— Nous... je, j'ai cru y voir une lueur diabolique.

Mike se raidit involontairement. Il parut saisi.

— Diabolique, avez-vous dit ? demanda-t-il vivement.

— Oui, vous savez comme si elle jouait un bon tour à quelqu'un. Sa voix était changée, un peu rauque, et sa main tremblait pendant qu'elle signait la formule.

— Mais elle n'a pas refusé de la signer ?

— Oh ! non. En fait, elle l'a parcourue hâtivement. Pendant que je la contresignais, elle riait en disant : « Et maintenant, je vais avoir les plus beaux nichons du monde. »

— C'est absurde, s'exclama Gerald Hutchinson. Jamais Janet n'aurait dit une chose pareille.

— N'a-t-elle rien dit d'autre, miss Strabo ?

— Si. Elle m'a fait promettre de ne pas parler de l'opération des seins à son oncle ni à son fiancé s'ils venaient dans la soirée.

— Lui avez-vous demandé pourquoi ?

— Non. Elle avait des seins plutôt petits pour sa taille. Alors j'ai pensé que les nouveaux étaient peut-être un cadeau de mariage.

Gerald Hutchinson parut prêt à exploser. Il s'approcha du téléphone et gronda :

— Ici, Mr Hutchinson. Ne serait-ce pas plutôt le docteur Kerns qui vous a demandé de ne pas parler de l'opération ?

— Jamais de la vie, répondit Ellen Strabo sans la moindre hésitation. Le docteur Kerns avait déjà quitté l'étage. Il faut que je signale un détail. La patiente était encore reliée à l'E.E.G. et le docteur Kerns m'avait demandé de guetter l'apparition des ondes thêta que nous avions déjà observées. Or, j'en ai remarqué une quantité sur l'écran à ce moment-là.

— Merci, miss Strabo, dit Mike en raccrochant.

— Qu'est-ce que c'est que cette histoire d'ondes thêta ? demanda Gerald Hutchinson d'un air méfiant.

— Nous avons remarqué l'apparition sporadique d'ondes anormales sur l'électro-encéphalogramme. Apparemment, elles sont provoquées par le choc grave qu'elle a subi.

Il espérait que les deux hommes accepteraient cette explication plausible mais très éloignée de celle qui se formait dans son esprit.

— L'infirmière est manifestement de connivence avec vous, dit Hutchinson.

Mike se contint au prix de violents efforts sur lui-même.

— Vous avez entendu miss Strabo dire que miss Burke avait l'air surexcitée, ce qui expliquerait la différence entre les signatures.

— Je ne suis pas d'accord, intervint l'expert. La différence est beaucoup plus prononcée qu'elle ne le serait pour des raisons d'ordre émotionnel.

— Montrez-moi cela, dit Mike fermement. Un accusé a le droit de voir les preuves produites contre lui.

— Je ne vous accuse de rien, Mike, dit George Stanfield. En ce qui me concerne, votre explication est valable.

— Elle n'est pas valable pour moi, dit Gerald Hutchinson. Donnez-nous votre point de vue, professeur.

L'expert plaça les trois documents l'un contre l'autre et tendit la loupe à Mike.

— Examinez la première autorisation d'opérer, docteur, dit-il. Vous remarquerez que la signature est nette et ferme. Le J majuscule est symétrique, l'a et le n minuscules sont bien formés, l'e et le t se tiennent. Il en va de même pour les lettres du nom Burke surtout pour le k qui est généralement illisible dans une signature.

— Je vous suis très bien.

— Et maintenant regardez la signature apposée sur la seconde formule. Notez que le J majuscule est écrit comme une lettre d'imprimerie alors qu'il est en script sur la première feuille. De plus, l'n et le t ne se tiennent pas. Dans la lettre de miss Burke à Mr Stanfield le t de Janet est barré horizontalement comme sur la première formule alors que, sur la seconde, la barre du t est oblique et presque deux fois plus longue.

— Et vous en concluez que les deux formules ont été signées par deux personnes différentes.

— L'écriture est différente en tout cas. La preuve est indiscutable et je suis prêt à en témoigner devant un tribunal.

— J'espère que vous ne vous offenserez pas, Mike, mais il y a une question que tout avocat intelligent poserait certainement dans un procès pour faute professionnelle, dit George Stanfield gravement.

— Je sais que je peux être la cible de questions de toute sorte, dit Mike avec résignation. Allez-y, tirez.

— Quelle est la nature de vos relations avec Ellen Strabo ?

— Je suis sorti de temps en temps avec elle. Maintenant, voulez-vous me demander si elle serait capable de m'aider à falsifier une autorisation d'opérer pour que je puisse augmenter mes honoraires, je vous réponds carrément non. Si deux personnes ont signé deux formules différentes ce jour-là, elles occupaient le même corps... (Mike s'interrompit brusquement.) Bien sûr, voilà l'explication, reprit-il. Professeur, avez-vous déjà vu le cas... deux personnalités habitant le même individu ?

— J'ai déjà eu l'occasion de témoigner dans une affaire de schizophrénie... de double personnalité. Le patient était tantôt une personne tantôt une autre.

— Son écriture était-elle la même dans les deux cas ?

— Non. Elle était complètement différente, comme l'est celle de ces signatures.

— Alors ! s'exclama Mike triomphant. Voilà qui explique tout.

— Sauf que Janet n'a jamais présenté aucun signe de troubles mentaux, objecta Gerald Hutchinson. Je crois que vous aurez du mal à prouver le contraire devant le tribunal.

— Pas après le choc qu'elle a subi. Le docteur Randall McCarthy croit qu'elle présente nettement des symptômes de personnalités multiples.

— McCarthy ! s'écria Gerald. Nous y revoilà.

— Que voulez-vous dire, Mike ? demanda Stanfield.

— Je vous ai informé que j'avais prié McCarthy de la voir...

— Oui, je m'en souviens, mais il a dit que le choc ne laisserait pas de séquelles qui pourraient rendre une opération esthétique contre-indiquée.

— Elle ne présentait pas de symptômes de multiples personnalités alors. Mais, ce matin, j'ai parlé au docteur McCarthy de l'étrange comportement de Janet Burke quand elle m'a demandé de lui faire une mammoplastie et il m'a dit que l'existence provisoire d'une double personnalité pouvait tout expliquer.

— Dans ce cas, il nous faut une étude plus approfondie de McCarthy et un rapport pour le dossier.

— A quoi bon ? intervint Gerald Hutchinson. Il sera d'accord avec Kerns. Vous savez très bien que les médecins sont solidaires...

George Stanfield l'interrompit vivement.

— Mike, voulez-vous demander au docteur McCarthy d'examiner Janet aussitôt que possible.

— Certainement. Il pourra sans doute la voir dans la matinée.

Gerald Hutchinson ouvrit la bouche pour protester, mais George Stanfield lui imposa silence.

— Ça suffit, Gerald. Nous avons déjà causé assez d'ennuis au docteur Kerns pour aujourd'hui.

4

Ellen Strabo travaillait dans le poste des infirmières quand Mike arriva à l'étage un peu avant six heures. Blonde, vive, élancée, elle jouissait d'une grande popularité, surtout auprès de l'élément masculin de l'hôpital.

— Qu'est-ce que c'est que cette histoire de signature sur la formule d'autorisation de miss Burke ? demanda-t-elle.

— Un expert en écriture affirme que les signatures ne sont pas les mêmes sur les deux feuilles.

— J'ai vu miss Burke signer la formule. Je l'ai vue de mes yeux et je sais que c'était bien elle. Pourtant, j'avais l'impression qu'en même temps elle était quelqu'un d'autre.

— Comment cela ?

— C'est difficile à expliquer mais le son de sa voix, ses gestes, son regard...

— Au téléphone, tu as employé le mot « diabolique ».

— C'est exactement le terme qui convient. Ses yeux avaient un éclat bizarre et tout en elle semblait différent.

— Je me suis fait la même réflexion quand elle m'a rappelé le même jour pour me demander de pratiquer la mammoplastie.

— Dieu sait pourtant qu'elle avait besoin de cette seconde opération. Alors, de quoi se plaint-elle ?

— Je ne suis pas sûr que ce soit elle qui s'en plaigne. As-tu porté une remarque sur sa fiche concernant son attitude et sa surexcitation ?

L'infirmière secoua la tête.

— Je n'ai pas cru nécessaire de le faire, surtout qu'elle me demandait de ne pas en parler à son oncle ni à son pompeux crétin de fiancé. D'ailleurs, j'avais les yeux fixés sur elle quand elle a signé la formule, et je savais tout de même que c'était bien elle.

Peut-être que nous ne savions ni l'un ni l'autre qui elle était alors, pensa Mike en se dirigeant vers la chambre de Janet Burke.

Elle était assise sur son lit, le dos calé par des oreillers. Elle venait de se brosser les cheveux et se regardait dans le miroir installé sur la table articulée placée en travers du lit. Une brosse à manche d'ivoire et un peigne portant les initiales *J. B.* étaient placés à côté du miroir.

— Vous vous sentez mieux ? demanda-t-il.

— Oui, mais je suis faible comme un bébé-chat. Miss Strabo m'a aidée à marcher jusqu'à la salle de bains. Je n'aurais jamais pu y aller toute seule.

— Vous avez perdu plus de sang que nous ne vous en avons transfusé, mais vos forces reviendront vite quand vous pourrez manger autre chose que de la bouillie.

Elle consulta sa montre.

— Vous êtes en retard pour vos tournées.

— Je viens d'avoir une discussion à votre sujet dans le bureau de votre oncle.

— A mon sujet ? répéta-t-elle, sincèrement surprise.

— Votre fiancé essaie de prouver que vous ne m'avez pas donné l'autorisation de vous opérer les seins.

— Pauvre Gerald ! Quand nous sommes ensemble, il essaie toujours de me reléguer à l'arrière-plan, mais si je dois vraiment ressembler au modèle que vous m'avez montré, il va falloir qu'il se résigne à jouer les seconds violons.

— Cette volonté de domination ne vous inquiète-t-elle pas chez votre futur mari ?

— Je ne me suis jamais posé la question. Il est tellement dynamique que je trouvais sans doute normal de vivre dans son ombre mais à présent...

Elle s'interrompit et ajouta :

— Quelle différence cela fait-il que j'aie signé ou pas, maintenant que l'opération est terminée et que je suis contente du résultat ?

— Miss Strabo était présente quand vous avez signé la seconde formule, mais elle n'a pas remarqué qu'elle était différente de la première.

— En quoi ?

Mike sortit d'une enveloppe en papier de riz les photocopies des formules d'autorisation ainsi que le rapport du professeur Leibowitz que George Stanfield lui avait remis pour le communiquer au docteur Randall MacCarthy.

— Regardez d'abord le rapport de l'expert, dit-il. Vous verrez mieux les différences si vous êtes avertie.

— Je les vois déjà. On dirait que quelqu'un a essayé d'imiter ma signature. C'est du beau travail. Sauf pour quelques détails, je m'y tromperais moi-même.

— Par exemple ?

— Le J de Janet. L'un est écrit comme j'ai l'habitude de le faire, l'autre est une majuscule d'imprimerie avec une barre en haut — le genre de J que traçait cette pauvre Lynne Tallman. Les *a* et les *e* sont différents aussi.

— L'expert a signalé tous ces détails dans son rapport.

— Et alors ? A quoi rime ce rapport ?

— Si réellement vous ne vous rappelez pas m'avoir demandé de procéder à la mammoplastie...

— Je ne savais même pas que vous aviez touché à mes seins avant que vous ne me l'ayez dit ce matin.

La nuance d'inquiétude qui perçait dans sa voix semblait sincère mais, pendant qu'il la fixait du regard, un changement soudain se produisit. Il eut l'impression qu'elle devenait brusquement une autre personne. La lueur bizarre qu'il avait vue dans ses yeux la veille de l'opération apparut de nouveau. La voix avait repris le même son rauque, légèrement métallique, et toute son attitude s'était complètement transformée d'un instant à l'autre.

— Dites donc, s'écria-t-elle sur un ton excité, je pourrais vous faire un procès, hein ?

— Si vous le voulez, répondit Mike un peu sèchement, bien que je ne...

— Je pourrais vous en faire baver, ricana-t-elle. Il doit bien y avoir une photo quelque part montrant qu'elle... que j'avais la poitrine plate. Si je la produis comme preuve A et que j'exhibe le nouveau buste que vous m'avez fait comme preuve B devant les jurés, ils vous condamneront sans délibération.

— Vous n'avez pas encore vu le résultat de la mammoplastie, lui rappela-t-il.

— Au fait, à quelle pointure de soutien-gorge correspond ma nouvelle poitrine ?

— Quatre-vingt-dix.

— Vous avez été généreux, railla-t-elle. Si je vous poursuis en justice, ma parole l'emportera sur la vôtre, car un jury est toujours plus enclin à croire une femme, surtout si je montre ces rembourrages en silastic que vous m'avez collés à la place des seins.

— Vous oubliez que miss Strabo a contresigné la formule et qu'elle témoignera que vous avez signé l'autorisation sous ses yeux.

— Un avocat habile peut réduire son témoignage à néant, dit-elle sur un ton cynique. Cette fille est folle de vous, Mike. Elle sautera dans votre lit à la première occasion si ce n'est déjà fait.

La rougeur qui monta au visage de Mike le trahit avant qu'il ait eu le temps de protester. Le rire métallique de la fille retentit de nouveau avec un son grinçant qui le fit frémir.

— Ha, ha, voilà que je vous ai choqué, s'exclama-t-elle avec un accent de triomphe.

— Sûrement pas, je ne suis pas naïf à ce point.

Elle le regarda un instant avec un air provocant qui lui fit passer un frisson dans l'épine dorsale par un réflexe aussi vieux que l'homme.

— Non, je ne le crois pas et vous n'avez pas non plus l'air d'être le genre de type qui dédaigne ce genre de volupté, n'est-ce pas ?

— Si vous en avez fini avec le chapitre de ma vie sexuelle...

— Ne vous vexez pas, mon chou. Je constate simplement que vous avez des instincts mâles tout à fait normaux.

Mike tourna les talons et sortit poursuivi par son rire moqueur. Bien que frémissant de colère, il ne pouvait croire que les paroles qu'il venait d'entendre soient réellement sorties de la bouche de la Janet Burke qu'il avait connue avant l'opération.

Au poste des infirmières, il écrivit sur la fiche que l'état de la patiente était satisfaisant. Il ne fit pas mention du changement intervenu dans son comportement au cours de sa conversation avec elle.

— Tu n'as pas l'air particulièrement réjoui, remarqua Ellen Strabo.

— Je ne comprends pas comment elle peut être deux personnes différentes quand on la regarde et qu'on lui parle.

— Une fois par semaine, je remplace une infirmière du service psychiatrique, dit Ellen. Ils ont là deux patients qui sont de véritables girouettes. A un moment, ils sont doux comme des agneaux et l'instant d'après ils sont déchaînés. Si ta patiente à des tendances à la psychopathie, il vaudrait peut-être mieux la transférer en psychiatrie avant qu'elle ne fasse quelque chose de vraiment dément.

— Surveille-la un peu plus attentivement que tu ne le ferais pour un cas normal et si la seconde personnalité se manifeste, signale-le-moi.

— Dois-je noter ses changements de comportement sur sa fiche ?

— J'aimerais mieux que tu ne le fasses pas.

— Comme tu voudras. C'est toi le médecin.

Cependant, en rentrant chez lui au milieu du flot de voitures de l'après-midi, il se dit que si le diagnostic de McCarthy concluant à la double personnalité avait satisfait Stanfield, il ne le satisfaisait pas lui-même.

Il acheta une pizza à la pizzeria du coin et alla la manger chez lui.

Avant de tourner le bouton de la télévision, il posa son regard sur l'Encyclopédie. Le volume était encore ouvert à la page où se trouvait la reproduction de l'Aphrodite de Praxitèle. En examinant l'illustration de la merveilleuse statue, il eut un instant l'impression de voir apparaître dans les yeux de la déesse la lueur quasi démoniaque qui dansait dans les yeux de Janet Burke à l'hôpital. Puis, soudain, la lueur imaginaire disparut et il ne vit plus que le visage et le buste admirables de la déesse de l'amour sculptés dans le marbre froid.

Cependant, elle était loin d'être froide quand elle vint l'enlacer en rêve dans la nuit. Au lieu d'être une statue de marbre, elle était une femme de chair et de sang qui avait exactement l'apparence qu'aurait Janet Burke quand les effets de l'opération pratiquée sur elle seraient complètement effacés. En outre, dans son rêve, le corps nu de l'Aphrodite répondait passionnément à ses caresses, exigeant le seul véritable hommage que ses fanatiques peuvent rendre à la déesse de l'amour.

5

— Pas étonnant qu'avec un menton pareil, ce type ait toujours porté un bouc, dit le docteur Hal Petrie quand Mike entra dans la salle d'opération le lundi à sept heures du matin.

— Il préfère garder son nez. Il prétend qu'il lui donne une personnalité.

— C'est un noble appendice en effet. Avec ce nez et ces sourcils en broussaille, il pourrait doubler Satan en personne.

Saisi, Mike lâcha la brosse avec laquelle il se frictionnait les mains. Le lendemain de l'entretien qui s'était déroulé dans le bureau de George Stanfield, le docteur Randall McCarthy avait examiné Janet Burke et diagnostiqué un cas de multiple personnalité temporaire à la suite d'une commotion, sortant ainsi Mike du pétrin en ce qui concernait les accusations de Gerald Hutchinson. La réflexion de Hal Petrie soulevait une nouvelle question troublante. Si Janet était vraiment possédée par le démon qui avait entraîné Lynne Tallman à assassiner des innocents en organisant les attentats de Chicago et que le patient qu'il allait opérer était du même acabit, le diagnostic de McCarthy n'aurait pas été différent de celui qu'il avait formulé. Mike avait déjà assez de mal à lutter contre un démon ; or, à présent, il semblait qu'il allait en avoir deux sur les bras.

Après avoir revêtu sa tenue stérile, Mike s'approcha de la table. Randall McCarthy était allongé, le corps presque complètement caché par des draps stériles. Seules deux zones étaient découvertes : le visage et un rectangle de peau nue en haut de la hanche où la greffe osseuse allait être prélevée pour renforcer le menton.

L'infirmière lui tendit un écouvillon trempé dans une solution violette et il entreprit de marquer soigneusement les incisions qu'il comptait pratiquer. Pour commencer, il entoura les paupières inférieures d'un dessin en forme de quartier de lune englobant les poches situées sous les yeux. Ensuite il traça une ligne verticale partant de l'angle supérieur de l'oreille, descendant jusqu'au lobe et le contournant pour suivre la ligne des cheveux le long de la nuque. Il prit ensuite une aiguille très fine attachée à un fil de soie noire et la poussa à travers le lobe puis il plaça un second fil au milieu de la ligne qui longeait l'oreille, tous deux devaient être utilisés comme points de traction pendant qu'il travaillerait et retirés quand il aurait terminé.

Tournant la tête de son patient, il fit de même de l'autre côté avant de pratiquer une légère incision au sommet de la hanche pour prélever un morceau d'os de trois centimètres de long sur la crête de l'os iliaque. Il le tailla très soigneusement avant de repousser la lèvre pour inciser la membrane située à la base des dents de la mâchoire inférieure.

Prenant les écarteurs périostaux, il repoussa les tissus et mit à nu les os de la mâchoire jusqu'au point où ils formaient le menton. Il fixa ensuite la greffe osseuse prélevée sur la hanche en travers de leurs extrémités pour donner au patient un menton de dimension normale. Il ferma la plaie de la muqueuse avec quelques points de suture. Quand il eut terminé cette phase de l'opération, les membres de l'équipe chirurgicale changèrent de casaque et de gants pour passer à la phase principale : le lifting.

Mike commença par pratiquer deux incisions sous l'œil droit en suivant le dessin en forme de quartier de lune qu'il avait tracé. Repoussant la peau, il retira la graisse qui s'était accumulée sous la paupière inférieure, puis il sutura et renouvela l'opération pour le côté gauche.

Changeant de bistouri, Mike entreprit le lifting proprement dit. Il incisa la peau le long de la ligne violette qu'il avait tracée autour de l'oreille. Assisté du résident, il plaça une dizaine de fils sur les bords de la plaie. Les utilisant pour tirer la peau vers le nez de sa main gauche, Mike commença à la détacher avec une paire de petits ciseaux, cherchant l'un des plans faciaux normaux sous le derme puis il prit des ciseaux plus grands et plus étroits pour décoller la peau de la joue presque au niveau du coin extérieur de l'œil et à mi-chemin de la tempe.

Pendant que Mike libérait la peau des muscles et du fascia, le résident pinçait rapidement tous les points hémostatiques puis il obturait les petits vaisseaux sanguins par électrocoagulation. Mike continuait à détacher la peau presque jusqu'au niveau du pli naso-buccal en prenant soin de ne pas toucher les nerfs et les gros vaisseaux sanguins.

— Pratiquée par des experts comme le docteur Cardoza à Bellevue où j'ai passé les deux dernières années, la rhytidoplastie est très extensive, expliqua Mike aux spectateurs. A l'origine, la peau n'était décollée que sur une courte distance entre l'avant de l'oreille et la joue. En outre, on ne touchait pas aux rides des tissus sous-jacents de sorte que le bénéfice acquis disparaissait souvent au bout d'un an ou deux, parfois moins.

— Combien de temps peut-il durer avec cette technique, demanda l'anesthésiste ?

— Dix ans en moyenne, parfois davantage. Et maintenant, ajouta-t-il, il s'agit de déterminer la quantité de peau à enlever.

Il inséra une large lame sous la peau décollée et la tira sur l'oreille, puis il coupa celle qui était en excès avant de refermer l'incision sur toute sa longueur avec de minuscules points de suture en soie noire. Il ne consulta la pendule qu'après avoir tout recousu.

— Quarante minutes, dit-il. Cardoza a fait un côté en vingt-cinq minutes.

— Quand vous aurez autant de pratique que lui vous irez aussi vite, affirma Petrie.

— Il me faudra peut-être moins de temps pour le second côté.

Il ne lui fallut que trente minutes. Quand il s'écarta de la table, un murmure d'admiration vint de la galerie où une douzaine d'étudiants assistaient à l'opération.

— Dans six semaines, trois pour la cicatrisation et trois autres pour la disparition des ecchymoses, il paraîtra dix ans de moins, dit Mike en ôtant ses gants.

— Voilà qui ira avec le personnage, dit l'infirmière qui s'occupait des instruments. J'ai suivi ses cours l'année dernière, et toute fille qui sortait de son bureau sans qu'il l'ait pelotée avait de la chance.

— Ou de la malchance, ajouta une deuxième infirmière. Chacun sait que le degré de pelotage intervenait pour beaucoup dans la mention obtenue à l'examen.

— Au fait, miss Scarlet, quelle mention avez-vous obtenue ? demanda Petrie d'un air innocent.

— Passable, avoua-t-elle en riant. Si j'avais été moins chatouilleuse, j'aurais eu « Bien ».

6

Mike laissa les consignes nécessaires sur la fiche du patient, puis il se doucha et se changea avant d'aller voir Janet Burke. Il hésita un instant devant sa porte en pensant à leur entrevue de la veille et surtout à son rêve de la nuit. Cependant, quand il entra, il constata avec plaisir qu'elle était redevenue elle-même. La créature sarcastique et cynique au regard inquiétant avait disparu. Elle lisait, assise dans un fauteuil à côté de son lit.

— Je viens de terminer le lifting de notre ami, le docteur McCarthy, dit-il.

— Je sais. Il est à l'étage. Hier soir, il est venu me voir et il m'a dit que vous lui aviez proposé de lui diminuer le nez et de renforcer son menton fuyant avec la partie de l'os en excès.

— Il a décidé de garder l'appendice, alors j'ai dû prélever un morceau d'os sur la hanche pour lui refaire le menton. Comment l'avez-vous trouvé ?

— Il était tout à fait charmant hier soir. Nous avons surtout parlé de Lynne. Il m'a expliqué pourquoi elle était telle qu'elle était.

— Ah, oui ? Qu'a-t-il dit ?

— D'après lui, c'était une psychopathe née, sans aucun sens moral, et son enfance n'a fait qu'accentuer les mauvais côtés de sa personnalité. Ces remarques concordent avec ce que je sais d'elle.

— Je suppose que les circonstances l'ont portée à devenir une sorte de rebelle sans cause.

— Oh, Lynne avait une cause : elle haïssait tous ceux qui ne partageaient pas ses opinions.

— Pourtant, vous ne pensiez pas comme elle. Pourquoi vous faisait-elle confiance ?

— En fait, nous avons bien des points communs.

Il lui lança un regard interrogateur.

— Expliquez-vous.

— Mes parents ont été tués quand je n'avais que trois ans et, bien qu'oncle George ait été merveilleux pour moi, je leur en ai voulu de m'avoir abandonnée. Bien sûr, j'ai compris par la suite que cette rancune était absurde, mais il m'a fallu longtemps pour la surmonter et pour ne pas en vouloir au monde entier. Lynne n'a sans doute jamais essayé de refouler ses sentiments de haine. Elle les manifestait en organisant des attentats de plus en plus destructeurs.

— C'est ce que vous dites dans votre livre ?

— Oui.

— Vous n'avez jamais pensé qu'elle pouvait se servir de vous pour que vous la décriviez telle qu'elle voulait paraître aux yeux du public.

— Je suis sûre qu'elle avait cette intention — du moins au début — mais, à mesure que nos relations progressaient pendant qu'elle était en prison, elle comprenait que je m'intéressais réellement à elle en tant que personne et pas simplement comme à une bête sauvage qu'il faut tenir en cage. C'est alors qu'elle a vraiment commencé à s'ouvrir à moi. Au fait, quand saurons-nous dans quelle mesure la « réparation » de mon visage est réussie ?

— Après-demain, quand j'enlèverai les fils. Vous aurez la figure encore un peu enflée avec des bleus, mais nous verrons sans doute jusqu'à quel point vous vous rapprochez de l'idéal féminin que j'ai pris pour modèle.

— Votre idéal... ou celui de Praxitèle ?

— Un mélange des deux, je pense. Une grande partie de ce que j'ai mis dans le modèle et dans la reconstitution de votre visage m'a été inspirée par un artiste qui a certainement été le plus grand sculpteur de l'histoire. Cependant, chaque fois qu'un chirurgien accomplit ce genre de travail, il donne inconsciemment au visage une certaine ressemblance avec son propre idéal.

— Étant donné la beauté du modèle que vous avez créé, c'est un vrai compliment.

— Alors vous avez changé de sentiments à mon sujet ?

— Que voulez-vous dire ?

— Vendredi, quand je vous ai montré les signatures sur les formules d'autorisation, vous m'avez menacé de me faire un procès.

Elle fronça les sourcils.

— Je me souviens d'avoir vu les formules et remarqué les différences existant dans les signatures, mais je ne me rappelle pas du tout ce qui s'est passé ensuite. Je trouve que vous avez eu une idée de génie en m'opérant les seins. J'étais même assez embêtée d'être obligée de porter des rembourrages dans mes soutiens-gorge.

— Vous n'aurez plus besoin d'en porter, je vous l'assure.

— Je m'en rends compte même avec les bandes élastiques.

— Il me semble parfois qu'il y a en vous deux personnes, avoua-t-il. L'une est celle à laquelle je parle en ce moment, une fille charmante, sympathique à tout le monde, l'autre est une créature cynique, effrontée et même assez antipathique.

Elle parut saisie.

— Vous voulez dire que j'ai une double personnalité ? J'ai étudié un cas pareil une fois.

— Le professeur McCarthy prétend que nous avons tous plusieurs personnalités plus ou moins marquées.

— Je n'ai jamais rien constaté de tel en moi et aucun de mes amis non plus.

— Posez donc la question à votre oncle quand il viendra. Il vous connaît mieux que moi.

— L'idée d'être double ne me plaît pas tellement, surtout si l'une des deux personnes qui sont en moi vous a menacé de vous poursuivre alors que vous m'avez sauvé la vie après l'accident d'avion.

7

Mike avait promis à Janet de lui retirer quelques fils cinq jours après l'opération. Quand il arriva à l'hôpital ce matin-là, il la trouva dans un état d'appréhension extrême.

— J'ai à peine fermé l'œil de la nuit, avoua-t-elle quand il entra avec une infirmière qui poussait un chariot. Je n'ai cessé de me demander si les incisions n'allaient pas me laisser le visage couvert de cicatrices comme celui d'une femme que j'ai vue à Chicago après un lifting.

— Rassurez-vous. Il ne vous arrivera rien de pareil.

Il commença à enlever les pansements qui couvraient les incisions aux coins des yeux. La cicatrisation se faisait aussi bien que possible. Après avoir retiré les points de suture, il enleva avec précaution le masque en plastique et les tampons d'ouate placés dessous. Puis il détacha le pansement qui cachait la légère incision pratiquée à l'extrémité du nez et ôta les deux fils qui la fermaient.

— Voulez-vous voir ? demanda-t-il en ajustant le miroir inclinable au milieu de la table articulée placée en travers du lit.

— Vous ne m'avez pas retiré les fils de la bouche.

— Ils sont absorbables et tomberont d'eux-mêmes dans quelques jours.

— Pouah ! au milieu de mes aliments !

— Ils sont aussi digestibles. Ne vous tracassez pas à ce sujet.

Comme elle n'avait toujours pas ouvert les yeux, il insista.

— Je vous assure que vous devriez regarder avant que je vous remette votre masque. Votre nouveau visage est une véritable œuvre d'art.

Elle allongea le bras pour lui prendre la main et la serra très fort avant d'ouvrir les yeux. Puis, quand elle aperçut son reflet dans le miroir, elle poussa un soupir qui exprimait à la fois la surprise, le plaisir et l'incrédulité.

— Je ressemble vraiment à l'Aphrodite de Praxitèle ! s'écria-t-elle. J'étais sûre que vous ne pourriez jamais y arriver avec ce qui me restait de visage.

— Satisfaite ?

— Oh, Mike ! Je suis belle, je suis belle ! Même avec les ecchymoses, je peux me rendre compte que mon nouveau visage va être ravissant. Faut-il absolument que vous me remettiez ce masque ?

— Encore une semaine. Si vous vous heurtiez contre quelque chose ou si vous tombiez, vous risqueriez de gâcher le délicat travail que j'ai fait sur ce joli nez.

— Vous êtes prodigieux. Quand je suis revenue à moi et que j'ai compris l'étendue des dégâts, j'ai souhaité mourir, mais maintenant...

— Vous pouvez prétendre à tous les succès. Avez-vous imaginé ce que peut être la vie quand on est une beauté éblouissante ?

— Comme toutes les filles, j'ai souvent rêvé que je pouvais être belle mais, en me regardant dans la glace, je me disais que j'étais folle et voilà que vous réalisez mon rêve. (Elle lui prit la main.) J'espère que vous demanderez des honoraires considérables à la Compagnie Transcontinentale. Votre travail n'a pas de prix.

— Je vais vous remettre le masque, mais maintenant que vous savez ce qu'il y a dessous, vous ne vous tourmenterez plus.

Il remit rapidement les pansements et fixa le masque pour soutenir les pommettes et le nez.

— Maintenant, si vous voulez vous asseoir, l'infirmière va

vous enlever cette cuirasse, lui dit-il, lorsque le masque fut ajusté. Nous allons voir si la phase suivante de l'opération est en aussi bonne voie que la première. Vous pourrez vous couvrir la poitrine avec cette serviette quand la bande sera enlevée.

— Pourquoi faire ?

— Je suis assez vieux jeu pour penser qu'une femme a le droit d'être pudique si elle le veut, même devant son médecin.

Janet se mit à rire.

— C'est évidemment vieux jeu, surtout quand on pense à ce que sont les costumes de bain aujourd'hui. Mais je suis sûre que vous êtes aussi pressé que moi de voir le résultat de votre travail.

La bande venait de tomber et, comme les pansements se trouvaient sous les aisselles où avaient été pratiquées les incisions, les seins apparurent dans leur merveilleuse symétrie. Aucune ecchymose n'abîmait l'aspect de la peau et son exclamation de surprise extasiée le paya amplement de ses peines.

— Vous m'avez donné un buste de déesse ! s'écria-t-elle.

— Palpez, dit-il. Je doute que vous puissiez déceler la présence des prothèses.

Elle palpa doucement chaque sein et ses yeux s'agrandirent d'étonnement.

— Je ne sens aucune différence entre mes tissus et le silicone.

— Les seins sont parfaitement symétriques, les proportions ne sont pas tout à fait celles de la Vénus de Milo, mais elles correspondent aux canons de la beauté d'aujourd'hui. Ah, pendant que j'y pense, je tiens à ce que vous portiez un soutien-gorge pour empêcher que les prothèses n'aient tendance à glisser.

— Rassurez-vous. Je ne veux pas que le moindre changement intervienne dans ce que vous avez fait de moi. Pouvez-vous me dire combien de temps je devrai encore rester à l'hôpital.

— Vos mâchoires doivent rester attachées l'une contre l'autre pendant quatre semaines environ, mais vous n'êtes pas obligée de rester ici aussi longtemps. Deux autres semaines d'hospitalisation suffiront. Quand comptez-vous vous marier ?

— Je ne me marie plus. Vous n'aviez pas remarqué ?

Elle allongea sa main gauche, et il vit que sa bague de fiançailles n'était plus à l'annulaire.

— Il paraît que j'ai rompu, ajouta-t-elle.

— Comment il paraît? Vous ne le savez donc pas? demanda-t-il, stupéfait.

— C'est sans doute mon autre moi qui a rompu. Celui qui, d'après le docteur McCarthy, apparaît de temps en temps. Pourtant, ajouta-t-elle d'une voix angoissée, je ne peux avoir en moi quelqu'un qui dirige ma vie sans savoir ce qu'il va faire.

— Le docteur McCarthy pense que cette seconde personnalité est un effet de la commotion et qu'elle s'effacera bientôt.

— Et si elle ne disparaît pas?

— Avez-vous des raisons de supposer qu'elle pourrait rester?

— Le pire, c'est que je ne le sais pas. Jusqu'à présent, tout s'est passé pour le mieux. J'ai un visage ravissant et des seins magnifiques. Quant à Gerald, j'envisageais de rompre de toute façon. Cependant, quoi que puisse faire mon autre moi, je suis toujours responsable de lui, n'est-ce pas?

— Je le crains. A moins qu'il n'y ait une autre explication.

— Que voulez-vous dire?

— J'ai une théorie à ce sujet, mais je ne suis pas sûr de ce que je crois. Quand elle se présentera sous une forme logique, je vous l'exposerai. Que ferez-vous quand vous serez complètement rétablie? Vous retournerez à Chicago?

— Pas tout de suite. Oncle George désire que je m'installe à Washington et maintenant que j'y suis, je crois que je vais y rester. D'ailleurs, il craint que Chicago ne soit dangereux pour moi en ce moment, avec la bande de Lynne Tallman qui est probablement toujours là-bas.

— Il a sûrement raison. Le F.B.I. veille encore sur vous nuit et jour.

— Oncle George croit que je devrais me cacher quelque part jusqu'à ce que j'aie fini mon livre, mais l'idée de rester enfermée dans son appartement ne me plaît pas du tout.

Mike eut une inspiration soudaine.

— J'ai un bungalow dans le Maryland sur la rive est du Potomac. C'est de là que je partais pour l'aéroport quand j'ai vu votre avion descendre. L'endroit est isolé et la maison très confortable, et vous aurez tout le temps de travailler ou de vous reposer et personne ne saura que vous êtes là.

— Ce serait merveilleux mais je n'irai que si vous me la louez.

— Si vous insistez. Je n'y vais moi-même que pour le week-end.

« Les points de suture retirés, les plaies se cicatrisent parfaitement bien », écrivit Mike sur la fiche de Janet avant de quitter l'hôpital, mais, s'il était satisfait du présent état clinique de sa patiente, il envisageait son avenir avec moins de sérénité.

Si le démon qui avait conduit la prêtresse du culte de Satan à des excès destructeurs s'était vraiment introduit dans le corps de Janet Burke — comme il le soupçonnait —, personne ne pouvait prévoir à quel moment la seconde personnalité se transformerait. Jusqu'alors elle s'était montrée simplement « diabolique » selon l'expression d'Ellen Strabo et encline à des caprices sans gravité tels que la rupture de fiançailles que Janet Burke avait envisagée de toute façon. Le danger viendrait si elle prenait totalement possession du corps ravissant avec toute sa capacité de dépravation intacte.

8

Mike appela George Stanfield à son bureau du journal.

— Je suis heureux de vous avoir au bout du fil, dit le journaliste. J'aurais dû vous téléphoner moi-même pour vous prier d'excuser la grossièreté de Gerald Hutchinson.

— Heureusement, il n'a rien pu prouver. Je n'ai appris que ce matin que Janet lui avait rendu sa bague. Savez-vous que c'est sa seconde personnalité qui l'a envoyé promener ?

— Non, dit Stanfield sur un ton grave. Pensez-vous qu'elle commence à s'emparer de la vie de Janet ?

— J'espère que non. Elle m'a avoué qu'elle aurait rompu elle-même si son double ne l'avait pas fait. Alors peut-être que je me fais une montagne d'une taupinière.

— Que voulez-vous dire exactement ?

— En fait, je ne suis pas sûr du tout que ce que j'imagine ait un sens. C'est tellement invraisemblable.

— Dites toujours. J'ai vu assez de choses étranges dans ma carrière de journaliste pour ouvrir mon esprit à celles qui semblent les plus aberrantes.

— Je suis obsédé par l'idée qu'au moment de la mort de Lynne Tallman, le démon qui la possédait s'est introduit dans le corps de Janet, avoua Mike.

— Mais... c'est impossible.

— L'un de mes patients, le père Julian O'Meara, est le grand exorciste du diocèse. Nous avons parlé de quelques-uns des cas qu'il a traités et, d'après lui, une lutte se déroule entre le démon et l'exorciste pour savoir lequel est le plus fort.

— C'est une histoire qui a pris fin avec le Moyen Age, protesta Stanfield.

— Selon le père Julian, les démons veulent nous faire croire que c'est de la vieille histoire mais, si vous lisez certains comptes rendus officiels d'exorcismes pratiqués par lui et son équipe, et si vous écoutez les enregistrements des séances, vous trouverez que c'est tout à fait croyable.

— Certainement pas dans le cas de Janet. Je la connais depuis sa naissance.

— N'oubliez pas que vous ne l'avez vue que très rapidement depuis qu'elle est possédée — si tant est qu'elle le soit.

— Lui avez-vous soumis votre hypothèse ?

— Non. Je ne veux rien lui dire tant que je n'aurai pas de preuves plus solides, mais j'ai l'impression qu'elle a quelques soupçons. Elle a probablement fermé les portes de son inconscient à cette seconde personnalité, sauf en de rares occasions comme lors de la première phase de l'anesthésie...

— Expliquez-vous, Mike.

— Je ne vous ai rien dit peut-être parce que je me refusais à en admettre le sens.

Il parla alors du flot d'obscénités qui était sorti de la bouche de Janet pendant qu'elle était sous l'effet du penthotal.

— Est-ce pourquoi vous avez demandé à écouter les enregistrements ?

— Oui, la voix et les expressions étaient les mêmes. On aurait dit que Lynne Tallman s'exprimait par la bouche de Janet.

— Je suis stupéfait, confessa Stanfield. Je ne puis croire une chose pareille et pourtant je ne peux pas l'ignorer.

— Je crois que le démon gagne du terrain. Janet admet que c'est sa seconde personnalité qui a rompu avec Gerald.

— Cette fois, démoniaque ou pas, elle nous a rendu un fier service. Mais maintenant, qu'allons-nous faire ?

— Rien pour le moment. Il se peut que je me trompe complètement. Si c'est le cas, je serais heureux d'admettre que McCarthy a raison et que le diagnostic de la double personnalité est juste.

— Prions Dieu que ce soit vrai.

— Ce matin, j'ai dit à Janet qu'elle pourrait quitter l'hôpital dans une quinzaine de jours et rester dans votre appartement deux semaines pour que je puisse la surveiller et m'assurer qu'il ne se produit aucune accumulation de sérum sous les aisselles. Après quoi, je suggère qu'elle se retire quelque temps dans un endroit isolé et je lui ai offert un bungalow sur la rive est du Potomac, au nord d'Indian Head.

— C'est une région ravissante. Le shérif James Knott de Charles Country est un vieil ami et il a une propriété sur le fleuve. Nous allons souvent pêcher dans ce coin-là.

— Je suis sûr qu'elle sera en sécurité là-bas. Elle pourra y rester jusqu'à ce que toutes les enflures et ecchymoses aient disparu.

— Quand les tissus auront repris leur aspect normal, je ferai un papier sur votre merveilleux travail de réparation. Mais comment allez-vous prouver ou réfuter votre théorie de possession démoniaque ?

— J'ai opéré le visage du docteur McCarthy ce matin. Il a une chambre à l'étage de Janet. Je pense que, d'ici une dizaine de jours, il pourra nous donner une réponse définitive.

9

A la fin de la deuxième semaine qui suivit l'opération, Mike retira le masque en plastique qui couvrait le visage de Janet. Il constata avec plaisir que les ecchymoses commençaient déjà à disparaître et qu'elle était encore plus belle que le modèle qu'il avait sculpté.

Un lundi matin, Mike apporta un moule de bronze de la fonderie. Janet était assise dans le salon d'été situé au bout de la véranda. Elle bavardait avec Randall McCarthy qui s'était levé trois jours après son opération. Il portait encore une bande autour du visage sous les yeux et son grand nez saillant lui donnait un air assez impressionnant.

— Nous avons l'intention de collaborer à un ouvrage, le professeur et moi, annonça Janet. Nous commencerons dès que j'aurai terminé mon livre sur Lynne Tallman.

— Nous allons dire toute la vérité sur le phénomène *Psi* qui rend possible la perception extrasensorielle, expliqua McCarthy. Aussi bien le charlatanisme que le fait réel.

— Avec toutes les sectes qui fleurissent un peu partout,

vous pourriez utiliser votre expérience et vos talents pour en créer une nouvelle.

— Ce serait facile maintenant que vous avez fait de moi un mélange d'Adonis et de Cyrano.

— Si j'en crois mes souvenirs, le noble appendice de Cyrano ne l'a pas aidé à avoir du succès en amour.

— Parce qu'il ne voulait que Roxane, ma chère. Mes propres désirs sont moins limités. Les femmes ont du goût pour ce genre de particularité. Pourquoi croyez-vous que j'aie demandé à Mike de le laisser tel qu'il est ?

— J'ai écrit quelques articles sur ces sectes dingues dont vous parliez, Mike. Pour moi, c'est du chiqué, pas autre chose.

— Et celle dont Lynne Tallman était la grande prêtresse ?

— Je ne suis pas convaincue que Lynne était une simulatrice, elle prétendait être une forme terrestre du mal incarné, une épouse du Démon lui-même.

— Le Démon existe-t-il ?

— D'après ce que Lynne m'a raconté, elle avait possédé plusieurs autres corps que celui qu'elle habitait alors. Vous rappelez-vous ces quatre assassinats en Alabama au moment où la lutte raciale battait son plein dans cet État ?

— Vaguement.

— Lynne en a revendiqué la responsabilité. Elle m'a dit qu'elle travaillait comme serveuse dans une gargote à l'époque et qu'elle a persuadé les hommes qui les ont commis en leur promettant de coucher avec eux.

— Pourquoi n'est-elle pas restée ?

— Elle prétendait qu'elle avait le pouvoir de passer d'un corps dans un autre, mais je ne l'ai jamais vraiment crue.

— Pouvait-elle opérer le changement à volonté ?

— Je ne sais si l'individu qui recevait son esprit devait être consentant ou non, mais Lynne avait une volonté de fer. Je suppose qu'elle obtenait généralement ce qu'elle voulait, même dans un cas pareil.

Elle se tourna vers McCarthy.

— Vous êtes une autorité en matière de phénomènes paranormaux Randall ! Les démons existent-ils ?

— Ma chère, nous ne sommes sûrs de rien dans ce monde tordu, répondit le psychiatre d'un air indulgent. Si je croyais en Dieu — ce qui n'est pas le cas —, je croirais probablement aussi à cette histoire absurde de la Genèse où il est dit qu'après avoir créé le monde, Dieu a conféré à un ange rebelle nommé

Lucifer le pouvoir de lutter avec lui pour la possession des âmes.

— Selon une théorie, Dieu aurait envoyé Jésus de Nazareth combattre Lucifer pour la récupération de ces mêmes âmes, dit Mike, c'est du moins ce que croit un prêtre que je connais.

— Balivernes ! dit McCarthy. Il n'existe pas de mauvais esprits. Seules les influences bonnes ou mauvaises se disputent la priorité dans l'âme de l'homme.

— Alors vous admettez l'existence de l'âme bien que vous ne croyiez pas en Dieu ? dit Janet avec un accent de triomphe.

— L'âme est essence, une sorte de charge électrique. Elle est tout au plus capable de galvaniser un groupe de cellules pour les transformer en un corps vivant au lieu de les laisser à l'état de molécules chimiques. Quand ce corps est usé ou détruit, la charge, que vous l'appeliez âme ou tout autre chose, doit entrer dans la terre — ou dans les flammes — avec les molécules chimiques qui composaient le corps jusqu'à ce qu'elle trouve un autre corps à habiter.

— C'est là une théorie fondamentaliste, dit Mike avec un sourire. J'avoue que je ne m'attendais pas à vous entendre parler ainsi.

— En parapsychologie avancée, nous ne nous intéressons pas à ce que devient l'âme après la mort. Une fois que nous serons capables d'identifier la source où elle puise la charge électrique qui fait fonctionner les cellules humaines, nous pourrons nous libérer de l'enveloppe que constitue le corps. Grâce aux secrets de phénomènes tels que le voyage astral, nous pourrons permettre à nos corps éthériques d'aller où bon leur semble.

— Et de faire aussi ce que bon leur semble ? demanda Mike.

— Naturellement. C'est le plus intéressant.

Mike interrogea Janet du regard.

— Vous croyez à ces balivernes, comme il dit ?

— Quand je l'entends parler, je crois pratiquement tout ce qu'il dit, avoua-t-elle en souriant. Il est extrêmement convaincant. Dommage que je n'aie pas eu des professeurs tels que lui à l'université. Cependant, quand il n'est plus près de moi, tout ce qu'il a raconté semble s'effacer spontanément de mon esprit.

— Janet m'a appris qu'elle allait habiter dans votre bungalow du Maryland, dit McCarthy.

— Elle me le loue pendant le temps qu'il lui faudra pour terminer son livre, confirma Mike.

— Deux de mes amis, Roger et Rita Coven cherchent un bungalow à louer pour juillet et août dans cette région, et ils m'invitent à habiter chez eux jusqu'à ce que mon visage soit devenu présentable, mais ils n'ont encore rien trouvé. Y aurait-il par hasard une maison à louer dans les parages du vôtre ?

— Je n'en sais rien, mais je peux vous donner le nom de l'agent qui a loué le mien pendant l'année d'internat que j'ai passée à New York. C'est Maggie Persons et son bureau se trouve à Indian Head.

— Je vais téléphoner à Rita pour qu'elle prenne contact avec votre agent. Roger est membre de la commission pour l'énergie atomique et Rita est sténotypiste. Ils ont travaillé tous les deux avec moi à Duke il y a quelques années.

— Et maintenant, il faut que je m'en aille, dit Mike. Voulez-vous retourner dans votre chambre avec moi, Janet ? Vous me montrerez où je dois placer cette tête.

Elle se leva.

— Avec plaisir. A tout à l'heure, Randall.

— Prenez votre temps. Je vais me reposer un peu. A moins que ma force psychique ne soit assez puissante pour me permettre d'attirer une certaine infirmière particulièrement appétissante dans une chambre inoccupée.

— L'idée de voir McCarthy passer ses vacances dans le voisinage de votre bungalow ne vous sourit guère, n'est-ce pas, Mike ? dit Janet pendant qu'ils se dirigeaient vers sa chambre.

— Pourquoi me demandez-vous cela ?

— Je l'ai compris au son de votre voix. Je commence à vous connaître, vous savez.

— Et moi je ne sais rien de la Janet Burke qui existait avant l'accident, à part ce que votre oncle m'en a dit.

— En tout cas, vous savez tout de celle qui existe depuis.

— Je tâcherai de vous consacrer un peu plus de temps quand vous serez au bungalow — à moins que vous n'aspiriez à la solitude complète.

— Oh non ! Je compte bien que vous viendrez pour le week-end et chaque fois que vous pourrez vous échapper.

— J'espérais que vous m'inviteriez. Si McCarthy est là-bas, lui aussi, je pourrai suivre les progrès de votre cicatrisation à tous les deux. Je ne sais trop pourquoi, mais il ne m'inspire guère confiance.

— Je me méfiais de lui moi aussi au début, mais il a été absolument charmant depuis qu'il est à l'étage. Alors, peut-être ma première impression était-elle fausse. Avant l'opération, il avait l'air d'appartenir à cette catégorie d'individus qui pincent les fesses des serveuses et regardent par le trou des serrures.

— J'ai changé son visage mais je n'ai pas changé le reste.

— Pourquoi ne pas lui laisser le bénéfice du doute ? Nous verrons à l'usage.

Mike venait de rentrer dans son cabinet après un déjeuner rapide quand Maggie Persons, son agent immobilier d'Indian Head, l'appela au téléphone.

— Je vous remercie de m'avoir recommandée aux Coven, Mike, dit-elle. Mrs Coven m'a demandé de leur louer une maison aussi proche que possible de la vôtre. Je leur ai trouvé celle des Lane qui est à moins de quatre cents mètres.

— Vous l'avez louée par téléphone ?

— Mrs Coven m'a téléphoné, puis elle est venue aussitôt après et m'a apporté un chèque pour le premier mois.

— Je ne connais pas les Coven. Un de mes patients, le docteur McCarthy, va habiter chez eux pendant sa convalescence.

— Vous avez dit McCarthy ?

— Oui, pourquoi ?

— Le chèque qu'elle m'a donné était signé Randall McCarthy. Je suppose qu'il désire habiter près de vous si vous l'avez opéré.

— Pourquoi ? Je ne lui ai fait qu'un lifting.

— Vous en faites donc aux hommes aussi ? Il faudra que je l'examine discrètement, car je songe à me faire rafistoler moi-même.

— Quand vous voudrez, Maggie. Je vous ferai un prix. Au fait, miss Burke va s'installer chez moi dans une quinzaine de jours. Ne dites à personne qui elle est. Elle va là-bas pour terminer un livre, et elle a besoin de solitude.

10

Mike accompagna Janet dans son bungalow par un bel après-midi de juillet. Elle avait loué une voiture et il la suivait dans sa Porsche en longeant le cours du Potomac. Le soleil était encore haut quand ils s'arrêtèrent au magasin du carrefour situé à trois kilomètres de la maison. Mike entra pour acheter les provisions dont ils auraient besoin pour le week-end.

La seconde personnalité de Janet ne s'était pas manifestée depuis qu'elle avait rompu avec Gerald Hutchinson et Mike espérait qu'elle ne réapparaîtrait plus.

Ils arrivèrent à l'extrémité d'un chemin privé, situé sur la rive du fleuve ; le bungalow avait une terrasse qui se prolongeait par un petit ponton auquel était amarré un canot à moteur.

— Vous ne m'aviez pas dit que le coin était aussi beau ! s'exclama Janet.

— Je l'adore, dit-il. C'était la maison de campagne de mes parents. Après leur mort, je l'ai conservée. Le bois qui jouxte ma propriété fait partie d'une forêt d'État et la maison la plus proche se trouve à plus de cent mètres ; alors, je ne suis pas ennuyé par les voisins.

— Comment pouvez-vous supporter de louer ?

— Je ne loue pas d'habitude. Pendant mon année d'internat à New York, j'ai dû louer pour faire face à mes dépenses. Depuis que je suis revenu, j'ai passé tous mes week-ends ici.

— J'espère que vous continuerez.

— Votre oncle George n'a-t-il pas été mécontent que nous passions le week-end seuls tous les deux ?

— Pour mon oncle, vous ne pouvez rien faire de répréhensible. D'ailleurs, je suis très capable de me défendre. Au lycée, le programme comprenait un cours de karaté et de judo.

— Je m'en souviendrai et je me tiendrai sur mes gardes, promit-il.

— D'après les infirmières, vous n'avez aucune difficulté à trouver une compagnie féminine.

— Ne croyez pas tous les ragots de l'hôpital, mais ne vous

fiez pas trop à moi. Je ne suis qu'un homme après tout et vous m'avez promis que vous coucheriez avec moi.

— Quoi ?

— C'était la veille de votre opération, quand vous m'avez demandé de faire la mammoplastie.

— Je ne me rappelle absolument rien mais, étant donné le résultat de la mammoplastie, je suis heureuse que vous l'ayez faite.

— Je vous ai dit alors, que, si vous étiez en état de la supporter, je la pratiquerais après la réparation du visage et vous m'avez répondu : « Vous ne le regretterez pas, Mike, je vous le promets. »

— Vous n'avez pas trouvé bizarre que je m'exprime de cette façon ?

— Je n'arrivais pas à croire que ces paroles sortaient de votre bouche. Lorsque j'ai entendu les enregistrements de vos interviews de Lynne Tallman, sa voix ressemblait exactement à celle que vous aviez en me disant que je ne regretterais pas de vous avoir opéré les seins et en lâchant une bordée d'obscénités au moment où Hal Petrie vous a injecté le pentothal pour vous anesthésier.

Janet s'assit brusquement. Son visage était devenu couleur de cendre et ses mains tremblaient en agrippant les bras du fauteuil.

— Voulez-vous voir s'il y a des boissons fraîches dans le réfrigérateur, Mike ? demanda-t-elle. Vous me racontez des choses qui me paraissent incroyables. Pourtant, je sais que vous ne pouvez pas me tromper et j'ai peur, surtout quand je me rappelle le langage que Lynne employait. Je vois d'ici l'impression qu'il a dû produire dans la salle d'opération.

Il se hâta d'ouvrir une bouteille de Coca-Cola et lui en versa un verre.

— Je pense que j'ai gaffé en vous racontant cela, dit-il.

— Vous dites que mon attitude et ma voix étaient différentes quand je vous ai demandé de me faire l'opération des seins. Et quand j'ai proféré les obscénités dont vous parlez ?

— C'était la voix de Lynne Tallman et vous avez employé la plupart des mots enregistrés sur la bande.

— Mais comment ai-je pu... ?

— Votre oncle pense que vous avez adopté les expressions et la voix de Lynne parce que vous étiez en contact étroit avec elle à Chicago. Quand votre cerveau a été ébranlé par le choc, des fragments de souvenirs ont vraisemblablement jailli de temps en temps dans votre mémoire, et vous les avez mis en mots sans en prendre conscience.

— Si c'est vrai, combien de temps cet état de choses peut-il durer ?

— Je crois que c'est fini maintenant. Quand votre cerveau s'est remis du choc, votre volonté a repris les commandes et empêché les souvenirs de refaire surface. D'ailleurs, je n'ai rien remarqué d'insolite dans votre comportement depuis que vous m'avez menacé de me faire un procès, et il y a plusieurs semaines de cela.

— Si je me faufilais dans votre lit cette nuit, rappelez-vous que je ne serais pas moi-même, et jetez-moi dehors. J'aimerais bien nager avant dîner, ajouta-t-elle. Pensez-vous que mes bras puissent faire l'effort nécessaire. Avons-nous le temps ?

— Ici, le temps ne compte pas. Quant aux incisions des aisselles, elles sont cicatrisées depuis longtemps. Je vais passer mon maillot de bain et poser le filet à crabes pour que nous ayons de quoi manger quand nous sortirons de l'eau. Vous pouvez vous changer dans la chambre d'amis. C'est la seule qui ne soit pas encombrée par mes vêtements.

Il attachait le filet à crabes à l'extrémité du ponton après l'avoir garni de têtes de poissons pour servir d'appâts lorsque Janet sortit de la maison. Elle portait un bikini blanc et, en la voyant apparaître, Mike resta un moment fasciné.

— Vénus en personne, dit-il enfin.

— J'ai l'impression de n'être guère plus vêtue que Vénus ne l'est généralement, dit-elle en rougissant sous son regard admiratif. J'ai donné mes mesures par téléphone à la vendeuse d'un magasin de sport et j'ai commandé deux costumes de bain, un blanc et un bleu. Je ne les ai pas essayés, aussi n'ai-je pu me rendre compte qu'elle m'avait envoyé des mini-bikinis.

— Le shérif Knott a promis à votre oncle d'envoyer un agent une fois par jour pour veiller à votre sécurité, mais évitez de porter ce costume quand il viendra, autrement il est fort capable de vous arrêter pour tenue indécente.

L'incroyable beauté de son visage encadré de cheveux blond vénitien, la merveilleuse symétrie des seins, des bras et des épaules, la courbe de la taille et des hanches, le léger renflement du *mons veneris* devant le pubis à peine caché par le bikini, les cuisses minces et musclées, les attaches délicates, tout en elle semblait conçu pour émerveiller un artiste... ou un amoureux.

— Il vaut mieux ne pas plonger, dit-il. L'eau est assez

profonde à l'extrémité du ponton, mais je ne veux pas que vous aplatissiez le ravissant petit nez que je vous ai fait. Il y a une échelle. Vous pourrez entrer dans l'eau sans endommager votre joli profil, mais c'est peut-être un peu glissant. Je vais entrer le premier pour vous soutenir quand vous descendrez.

Il plongea et nagea jusqu'à l'échelle. Posant les pieds sur l'un des barreaux, il leva les mains pour l'aider à descendre. Quand elle arriva à son niveau, elle était pratiquement dans ses bras.

— Jolie ruse, docteur, dit-elle en souriant. Vous méritez une récompense pour votre peine.

Avant qu'il ait pu comprendre son intention, elle approcha sa tête de la sienne et l'embrassa sur les lèvres, puis elle échappa à l'étreinte des bras prêts à se refermer sur elle. Prenant son élan, elle se mit à nager avec un mouvement de crawl souple et rapide vers un radeau ancré à une trentaine de mètres de l'extrémité du ponton. Mike la suivit mais, quand il eut atteint le radeau, elle s'était assise dessus, les pieds pendants, et se moquait de lui :

— Quelle tortue ! vous n'avez pas honte de vous laisser distancer par une fille ?

— Je manque d'entraînement, dit-il, le souffle court.

Ils nagèrent une demi-heure, puis ils prirent le canot et descendirent vers l'aval en passant devant le cap qui cachait la vue du Mount Vernon sur la rive ouest du fleuve. La nuit commençait à tomber lorsqu'ils regagnèrent le bungalow. Mike vida le filet qui contenait une douzaine de gros crabes. Pendant que Janet se changeait et se séchait les cheveux, il mit l'eau à bouillir pour ébouillanter ses proies.

— Je trouve cruel de plonger ces pauvres bêtes dans l'eau bouillante, dit-elle mais, d'après oncle George, elles meurent aussitôt qu'elles sont trempées.

— Je crois qu'il a raison. Vous avez faim ?

— Je les mangerais bien entières avec les carapaces et les pinces.

— Je ne crois pas que ce soit très indiqué pour une mâchoire en voie de guérison.

Il prit un objet de bois en forme de batte de base-ball et l'utilisa pour taper sur une grosse pince qui se cassa facilement puis il lui tendit une cuiller pour recueillir la chair succulente du gros crabe. Il leur fallut quarante-cinq minutes pour consommer leurs victimes. Quand ils eurent terminé leur repas, Mike jeta les carapaces dans le fleuve.

— Elles attirent le poisson, expliqua-t-il.

La nuit était tiède et la lune éclairait le paysage, aussi s'installèrent-ils dehors sur des bancs garnis de coussins.

— Quand je prendrai ma retraite, je viendrai habiter ici, dit Mike. Ma grand-mère m'a laissé un vieux fauteuil à bascule — il est dans votre chambre — et je passerai mes journées assis devant le fleuve en regardant passer les bateaux.

— C'est un coin merveilleux. Je serai navrée de le perdre quand j'aurai terminé mon livre.

— Vous pouvez rester autant de temps que vous le désirez. Je ne viens que pour le week-end et le mercredi après-midi quand je le peux.

— Il faut que je travaille moi aussi vous savez. L'éditeur veut mon livre le plus tôt possible et oncle George a l'intention de commencer à en publier des extraits dans l'édition du dimanche du *Star News*.

— Quand comptez-vous l'avoir terminé ?

— Dans un mois ou deux. Je dois encore mettre au point les chapitres concernant l'arrestation et le procès de Lynne à Chicago et corriger les épreuves.

— La majeure partie de mes lectures se limite à mes journaux médicaux, aussi je ne suis pas très au courant de cette histoire. Dans quelles circonstances a-t-elle été capturée ?

— Lynne pensait qu'un membre de son groupe était jaloux de la voir à la tête de la secte et l'a trahie. Elle occupait une position analogue à celle de Charles Manson dans sa « famille », aussi chacun était censé lui obéir inconditionnellement. Elle m'a confié que certains des hommes semblaient lui en vouloir d'être le chef. Elle soupçonnait entre autres son amant, Armand Descaux.

— Comment est-il ?

— Je ne l'ai jamais vu, mais je sais qu'il était l'amant de Lynne depuis longtemps. Elle disait qu'il se considérait comme le grand prêtre de la secte. Alors, peut-être que fatigué de n'être en fait que le prince consort, il l'aurait trahie. En tout cas, il savait qu'elle allait souvent se promener près du lac au milieu de la nuit et qu'elle entrait de temps en temps dans un bar où elle draguait les hommes qui lui plaisaient.

— Peut-être Descaux était-il jaloux ?

— Je n'ai jamais réussi à la faire parler sur le groupe lui-même, mais elle m'a dit qu'il ne pratiquait pas la monogamie.

Elle m'a laissé entendre aussi qu'ils préparaient une action de grande envergure et que les autres devraient l'exécuter.

— Avez-vous une idée de leurs projets ?

— Elle n'a rien voulu me dire à ce sujet, mais elle prétendait qu'elle serait élevée à un niveau supérieur de puissance et de responsabilité dans ce qu'elle appelait le royaume des ténèbres.

— Qu'entendait-elle par là ?

— Dans son esprit, du moins, elle était une authentique grande prêtresse de Lucifer sur la terre.

— Et vous l'avez crue ?

— Je n'ai ni cru ni refusé de croire mais, d'après certaines de ses confidences, il est difficile de nier qu'elle était, en tout cas, possédée par un démon. Bien des gens croient à l'existence de tels phénomènes de nos jours.

— Un prêtre de mes amis est l'exorciste officiel du diocèse de Washington, il exige toujours la présence d'un médecin quand il procède aux cérémonies d'exorcisme, et il m'a souvent demandé de l'assister.

— Pourquoi n'avez-vous pas accepté ? Vous semblez curieux de savoir s'il existe autour de nous un monde invisible.

— Je n'étais pas particulièrement curieux de ce genre de choses avant d'être mêlé à l'histoire de Lynne Tallman, avoua-t-il. Je n'oublierai jamais l'expression de son visage malgré les souffrances qu'elle a dû endurer avant de mourir. On aurait dit qu'elle avait joué un bon tour à quelqu'un et qu'elle s'en réjouissait.

Janet se leva.

— Si vous n'y voyez pas d'inconvénient, je vais aller me coucher. Je n'ai pas encore récupéré toutes mes forces.

— Pardonnez-moi d'avoir oublié, dit-il contrit. Préférez-vous vous lever de bonne heure ou faire la grasse matinée ?

— Par habitude, sinon par goût, je suis assez matinale, mais nous nous lèverons quand nous nous réveillerons. Bonne nuit, Mike.

— Je vais laisser ma porte ouverte pour le cas où vous entendriez un bruit qui vous trouble au milieu de la nuit. Il y a souvent des grenouilles sur la rive qui font « croa croa ». De temps en temps, un gentil petit raton laveur vient gratter à la porte pour essayer de trouver quelque chose à manger.

— Je crois que je n'entendrai rien du tout. Je vous remercie de bien vouloir me louer votre ravissante maison. Je l'adore.

— Vous pouvez reporter un peu de cette affection sur son propriétaire quand vous le voudrez.

— Je n'aurai pas beaucoup de mal à le faire, dit-elle avec un accent sincère mais grave. Seulement, ne me pressez pas, Mike. Il faut que je m'habitue à mon nouveau moi. C'est déjà assez difficile.

11

Mike se réveilla le corps baigné de sueur bien qu'il eût dormi nu comme il le faisait toujours dans sa maison de campagne en été. Un coup d'œil sur le cadran lumineux de sa pendule de chevet lui apprit qu'il n'était que minuit quinze. La brise du fleuve, qui maintenait généralement une agréable fraîcheur dans la maison, avait cessé de souffler, signe précurseur de l'orage dont il pouvait entendre les grondements lointains. D'habitude, il dormait à poings fermés et il se demandait ce qui l'avait réveillé quand il entendit un bruit de plongeon dans l'eau. Il se leva et se dirigea vers la fenêtre. Des nuages se pressaient au sud-ouest, mais ils ne cachaient pas encore la lune qui éclairait le paysage. Il promenait son regard sur le fleuve au-delà du ponton quand soudain il aperçut deux bras blancs qui fendaient l'eau avec un gracieux mouvement de crawl. Pendant qu'il l'observait, la nageuse atteignait l'échelle qui menait au radeau et une ravissante silhouette facilement reconnaissable émergea hors de l'eau. Il vit alors qu'elle était entièrement nue et il sentit son pouls s'accélérer. Il supposa qu'incommodée par la chaleur, elle avait simplement enlevé sa chemise de nuit et était allée faire un plongeon pour se rafraîchir. Elle rejeta ses cheveux en arrière et s'assit. Elle balança ses pieds dans l'eau avec un air de béatitude parfaite. Il la contempla, le souffle coupé. Il pensa un instant à la rejoindre mais, bien qu'il en mourût d'envie, il renonça à cette idée.

Elle resta quelques minutes assise sur le radeau puis elle se laissa glisser dans l'eau et reprit la direction du ponton. Il attendit qu'elle eût grimpé sur les planches de bois pour contempler sa silhouette plus charmante encore de près. Ramassant une serviette qu'elle avait posée sur le ponton, elle s'essuya les cheveux. Quand elle passa devant la fenêtre de sa chambre, il recula et se remit au lit pour ne pas la gêner. Il entendit la porte de la maison se fermer et le bruit léger de ses pas dans l'étroit couloir qui séparait les deux chambres à coucher. Elle entra dans la chambre de Mike, s'approcha de son lit, et contempla un moment son corps nu. Il dut se maîtriser pour rester immobile et éviter de révéler qu'il l'avait épiée.

Pendant un instant angoissant il crut qu'elle allait le rejoindre dans son lit, puis il entendit un rire de gorge qu'il reconnut. C'était ainsi qu'elle riait le jour où elle l'avait rappelé pour lui demander la mammoplastie. Cependant, elle quitta la pièce et, un peu plus tard, le lit craqua dans la chambre voisine ce qui lui indiqua qu'elle s'était couchée.

Pendant une demi-heure, Mike réfléchit à la scène à laquelle il venait d'assister. Il était convaincu que l'autre avait repris les commandes. Le rire de gorge était incontestablement celui de l'étrange créature — ou du démon — qui l'habitait et qui semblait capable de se manifester quand il lui plaisait. Or, compte tenu de l'origine possible de l'autre créature, cette perspective était des plus effrayantes.

Une bonne odeur de bacon frit vint chatouiller les narines de Mike, et il se réveilla au son d'une voix féminine qui chantonnait doucement. Il enfila son maillot de bain et entra dans la cuisine. Janet l'accueillit avec un sourire. Elle portait un short, un soutien-gorge et des sandales.

— Bonjour, dit-il. Si cela ne vous ennuie pas, je vais piquer une tête pour me mettre en forme.

— Prenez votre temps. Comment voulez-vous vos œufs ?

— A peine cuits. Je reviens tout de suite.

Mike nagea jusqu'au radeau et revint. Il grimpa à l'échelle et alla prendre une douche. Quand il retourna dans la cuisine vêtu d'un short et d'un polo, Janet glissait les œufs sur une assiette où quatre tranches de bacon étaient déjà étalées. Le grille-pain était sur la table avec des tartines ; un verre de jus d'orange était placé à côté de chaque assiette.

Ils avaient faim tous les deux, aussi bornèrent-ils leur conversation à quelques monosyllabes jusqu'au moment où Janet versa une seconde tasse de café à chacun.

— Que faites-vous à part écrire, nager, cuisiner merveilleusement, être belle même à une heure aussi matinale ? demanda Mike.

Elle se mit à rire.

— Pour ce qui est d'être belle, c'est vous qui en êtes

entièrement responsable. J'espère que vous allez envoyer une facture bien assaisonnée à la compagnie d'aviation. L'oncle George dit que je dois toucher une petite fortune moi-même. Mais quand je me regarde dans la glace et que je vois ce que je suis en comparaison de ce que j'étais, j'ai un peu honte de leur demander une indemnité.

— N'oubliez pas que vous avez failli perdre la vie sans compter tout ce que vous avez souffert.

— Pour ma vie, c'est vous que je dois remercier.

— En Orient, cela voudrait dire que je serais responsable de vous pour le reste de mes jours, dit-il sur le ton de la plaisanterie, mais il reprit d'une voix grave : Plus j'y pense, plus je suis convaincu que c'est ce que je veux faire.

Elle allongea le bras pour lui couvrir la main dans un geste d'affection.

— Adorable Mike, dit-elle. Je crois que ce qu'une fille peut désirer de mieux, ce serait de vous voir tomber amoureux d'elle.

— Alors, pourquoi résister ?

— Qui parle de résister ? Mais n'allons pas trop vite. Après tout, je viens de me débarrasser d'un fiancé que je croyais vouloir épouser jusqu'au jour où je vous ai connu. D'ailleurs, j'ignore si vous êtes prêt à vous attacher à une seule femme.

— Je viens de vous dire que je suis tombé amoureux de vous — une chose que je me suis promis de ne jamais faire avec l'une de mes patientes. Quelle autre preuve voulez-vous ?

— Peut-être une période probatoire pour voir si vous êtes prêt à pratiquer la monogamie. Après tout, vous avez déjà tout ce que peut désirer un charmant célibataire.

— Sauf vous.

— Vous survivrez. J'ai trouvé une culotte dans le tiroir du bureau de ma chambre et un flacon de pilules contraceptives à moitié vide dans l'armoire à pharmacie de la salle de bains.

— Ce sont les anciens locataires qui ont dû les laisser.

Elle se mit à rire.

— C'est possible, mais j'en doute. J'ai un livre à terminer et un procès contre la compagnie d'aviation à liquider et d'ailleurs nous avons besoin de nous connaître davantage. J'ai cru que Gerald était mon idéal, rappelez-vous. Il est vrai que maintenant je n'arrive pas à comprendre comment j'ai pu être aussi bête. Donnons-nous quelques mois pour nous connaître. Ainsi nous serons sûrs que les facteurs extérieurs n'influeront pas sur des décisions qui doivent être mûrement réfléchies.

— Par exemple ?

— N'oubliez pas que je suis votre création, ce qui fait que vous vous croyez responsable de moi. Vous embellissez d'autres femmes aussi et, beau garçon comme vous l'êtes, elles ne demanderont pas mieux que de vous donner tout ce que vous désirez — en dehors du mariage.

— Avec Aphrodite pour épouse, comment pourrais-je m'intéresser à une autre femme ?

— Pensez que je suis peut-être aussi décevante sur le plan charnel que je suis une réussite sur le plan décoratif — et simplement à cause de vous.

— Nous pouvons régler cette question assez facilement.

— Pas si vite, jeune homme. Les mariages avec les médecins sont remarquablement instables, probablement parce que tant de leurs patientes tombent amoureuses d'eux et veulent le leur prouver. D'ailleurs, tant que je ne suis pas sûre de mon identité, je ne puis vous imposer une femme qui n'est pas tout à fait elle-même.

— Alors, qu'allons-nous faire ?

— Ce que nous faisons : profiter de notre compagnie mutuelle, partager des plaisirs moins excitants que de coucher ensemble.

— Vers minuit trente cette nuit, j'ai pensé que nous pourrions être plus intimes que...

Il vit ses yeux s'agrandir de surprise — et d'effroi.

— Que voulez-vous dire ?

— Vous ne vous rappelez pas que vous avez pris un bain de minuit ni que vous êtes restée près de mon lit comme si vous aviez envie de m'y rejoindre.

— Ainsi, c'est pourquoi j'avais les cheveux tout mouillés ce matin ?

Son visage était devenu d'une pâleur de cire et elle s'agrippa à la table comme pour se retenir.

— Qu'est-il arrivé ? demanda-t-elle angoissée.

— Rien, dit-il avec une pointe de regret, mais, d'après ce que vous venez de dire, vous me désirez autant que je vous désire ; alors, qu'y aurait-il eu de mal si nous avions couché ensemble.

— Mike, je ne me souviens absolument de rien.

— Vous croyez donc que je mens ?

— Bien sûr que non, mon chéri, dit-elle vivement. Mais si nous avions fait l'amour, ce n'est pas moi que vous auriez tenue dans vos bras. Dites-moi tout.

Il lui raconta succinctement ce qui s'était passé : son plongeon qui l'avait réveillé et attiré près de la fenêtre d'où il avait pu la voir nager nue au clair de lune, monter sur le radeau, revenir jusqu'au ponton, grimper l'échelle et rentrer dans la maison.

— Vous dites que je suis entrée dans votre chambre ?

— Vous êtes restée à deux pas de mon lit. La lune brillait encore et je vous ai vue distinctement. Je suis resté immobile, pensant que vous étiez peut-être somnambule — bien que je n'aie jamais entendu parler de somnambules qui plongeaient — vous êtes restée au moins une minute à me regarder.

— Vous étiez… ?

— Aussi nu que vous l'étiez vous-même. Je dors toujours nu en été. Vous m'examiniez comme si j'étais un cheval à vendre, puis vous vous êtes approchée. J'étais persuadé que vous alliez vous glisser à côté de moi, mais vous vous êtes éloignée en riant de ce même rire de gorge…

— Le même ? Quand m'aviez-vous entendu rire ainsi ?

— La veille de votre opération. Quand vous m'avez demandé une mammoplastie. J'avoue que cette nuit j'étais vraiment excité et prêt à faire tout ce que vous vouliez, mais vous êtes sortie de ma chambre et je ne vous ai revue que ce matin dans la cuisine.

— Je ne pouvais pas le croire, dit-elle avec une sorte de sanglot. Mais comment nier maintenant que j'ai une double personnalité, une que je connais et une de gourgandine.

Mike lui prit la main. Il sentit sa paume humide de sueur.

— Ne vous tourmentez pas à ce point. Quelqu'un a dit un jour que l'épouse idéale devait être une grande dame au salon, un cordon bleu à la cuisine et une gourgandine au lit.

— Mais je ne suis rien de tout cela, s'écria-t-elle au bord des larmes. Je suis deux personnes et aucune ne sait ce que fait l'autre quand elle prend les commandes.

Il se leva et fit rapidement le tour de la table pour la prendre dans ses bras.

— Si vous êtes une gourgandine, di-il doucement, soyez-le avec moi.

— Voilà le plus terrible ! Je n'ai aucune influence sur mon *alter ergo.*

— Pourtant, cette nuit, vous en avez eu, bien que cela n'ait pas fait mon affaire.

— Ne plaisantez pas, Mike. Quand ces choses arrivent — et

que je redeviens moi-même —, je me demande si je n'ai pas l'esprit dérangé.

— Vous avez l'esprit tout à fait sain... en tant que Janet Burke, affirma-t-il. Vous avez eu une grande commotion et les cellules de votre cerveau sont restées privées d'oxygène pendant plusieurs minutes. En raison de cette carence en oxygène, des troubles de fonctionnement étaient à prévoir par la suite, mais vous avez été parfaitement normale depuis.

— Sauf cette nuit.

— Mettons cela sur le compte d'une crise de somnambulisme. C'est l'explication la plus simple. Il faisait chaud et vous saviez déjà que l'eau de la rivière était fraîche et agréable. Alors vous avez tout simplement pris plaisir à ce bain de minuit.

— Et après, quand je suis venue dans votre chambre ?

Il sourit.

— Il se peut que vous ayez des appétits charnels plus forts que vous ne le supposez. Masters et Johnson ont prouvé que la plupart des femmes sont portées à la sensualité si elles réussissent à se libérer des inhibitions et des tabous que leurs mères leur ont imposés dans leur enfance. Je confesse qu'en vous voyant sur le radeau, nue et radieuse comme Vénus sortant de l'onde, j'ai été fortement tenté d'aller vous rejoindre. Et quand vous vous êtes approchée de mon lit, si belle que j'en ai eu le souffle coupé, j'ai dû agripper mon matelas pour ne pas vous prendre dans mes bras. Mais vous êtes repartie dans votre chambre, ce qui prouve que votre volonté est dominée par vous et non par une autre personnalité momentanément créée par quelques cellules lésées et qui disparaîtra à la longue.

— Vous avez sans doute raison, admit-elle. D'ailleurs Randall McCarthy m'a promis de m'aider puisque nous allons être voisins. Vous savez que ses amis, les Coven, ont loué une maison dans les parages ?

Il hocha la tête d'un air un peu ennuyé.

— Je ne suis pas tellement ravi à l'idée qu'il va venir par ici tous les jours alors que je ne pourrai vous voir que le mercredi et pendant le week-end.

— Si Randall peut m'aider à me débarrasser de ma bête noire pendant que nous récupérons tous les deux, tant mieux pour moi, n'est-ce pas ?

— A propos de bête noire, savez-vous vous servir d'une arme à feu ?

— Assez bien, pourquoi ?

— Les hommes du shérif Knott passent une fois par jour en semaine. Alors il serait bon que vous soyez capable de vous protéger entre-temps. Attendez une minute. Nous allons nous entraîner au tir.

Il alla dans sa chambre et en revint avec un calibre 22 et une boîte de balles.

— Je m'en sers surtout pour les tortues qui effraient les poissons, expliqua-t-il, mais il arrive que les voleurs viennent faire des incursions dans les maisons de la rive surtout en hiver quand elles sont inoccupées pour la plupart. Ils cherchent des radios, des télévisions et ce genre de choses. Je viens souvent en hiver pour le week-end simplement pour fuir la ville.

— Mais pas seul d'après ce que j'ai compris. Quand j'ai annoncé à Ellen Strabo que je louais votre maison, elle m'a dit que l'endroit était ravissant.

— Venez sur le ponton. Nous allons voir si vous êtes bon tireur.

En sortant, il prit quelques boîtes de bière dans la poubelle placée devant la porte de la cuisine.

— Au fait, dit-il en désignant un extincteur rouge accroché au mur, en cas d'incendie, décrochez cet engin, arrachez la goupille qui se trouve sous le levier, appuyez sur la poignée et dirigez le jet de CO_2 vers la base de la flamme.

— Je connais ce genre d'appareil. J'en ai un chez moi.

Sur le ponton, il glissa un chargeur plein dans le pistolet et le lui tendit avant de jeter une boîte de bière vide dans le fleuve.

— Vous croyez que vous pourrez atteindre cette cible ?

— Je peux toujours essayer. Oncle George m'a appris à tirer avant de m'envoyer dans son bureau de Chicago.

Levant l'arme, elle tira et la boîte flottante vola au-dessus de la surface de l'eau.

— Bravo. Je ne sais pas si j'aurais fait aussi bien.

Elle lui tendit le pistolet et il tira : la boîte s'enfonça.

— Je vais laisser cette arme dans le tiroir du bureau de votre chambre avec des munitions et un chargeur plein, lui dit-il. Vous pourrez contribuer à chasser la population des tortues si vous voulez et si des gens suspects apparaissent à l'horizon, tirez en l'air. Ils se sauveront. Il est possible que vous fassiez fuir un couple d'amoureux en quête d'un coin isolé.

— Que voulez-vous faire ce matin ? demanda-t-elle.

— J'attends vos propositions.

— Si vous avez de quoi vous occuper, j'aimerais bien m'atteler à mon livre, du moins pour quelques heures.

— Je vais prendre mes instruments de pêche et attraper une collection de poissons pour le dîner.

— Vous ne m'en voudrez pas ?

— Pas du tout. J'ai un peu négligé la pêche ces derniers temps. Ne vous occupez pas du déjeuner. Je vous appellerai vers une heure quand les sandwiches seront prêts.

Janet travailla jusqu'à quatre heures. Pendant ce temps, Mike avait pêché, nettoyé et découpé en filets une bonne quantité de poissons qu'il mit dans le réfrigérateur. Ils prirent le canot à moteur et descendirent jusqu'au pont où l'autoroute 301 traversait une partie du fleuve. Au retour, le disque rouge du soleil, au-dessus de Mount Vernon, ressemblait à une boule de feu, ce qui laissait présager que la journée du lendemain serait belle.

— J'ai parfois l'impression que je rêve, dit Janet en l'aidant à amarrer le bateau au ponton. Cet accident et puis cette opération qui m'a rendue belle me font penser à ces romans pour midinettes qui se vendent dans les gares.

— Et tout cela parce que vous avez reçu la mission d'interviewer Lynne Tallman en prison après son arrestation.

— En vérité, ce n'est pas moi qui en ai été chargée. Paul Maast, le chef du bureau de Chicago, l'avait confiée à un journaliste plus expérimenté mais Lynne, qui avait lu certains de mes articles, a refusé de parler à tout autre qu'à moi.

— Depuis quand la connaissiez-vous lorsque la requête est arrivée ?

— Je l'ai vue pour la première fois à la télévision. On la montrait escortée par le F.B.I. Nous avons été stupéfaits, Paul Maast et moi, en apprenant qu'elle me réclamait. Chose bizarre, elle semblait tout savoir de moi : ma parenté avec oncle George, ma formation de journaliste à Northwestern ; en somme, elle connaissait ma vie presque autant que je pouvais la connaître moi-même.

— J'ai lu certains des articles que vous avez écrits sur elle. Votre livre est-il une reprise de ce qui a déjà paru ?

— Les mêmes matériaux, mais mieux disposés, je l'espère. Quand on écrit pour un journal, il faut se dépêcher et condenser. Vous plairait-il de lire mon manuscrit ?

— J'en serais ravi. Mais je vous préviens que je ne suis pas un critique littéraire.

— Mon livre n'est pas un ouvrage littéraire, plutôt un rapport de ce que Lynne elle-même m'a raconté. Naturellement, j'ai vérifié les faits l'un après l'autre mais ils se tiennent.

— Je serai prêt à commencer la lecture dès que j'aurais pris une douche et changé de vêtements. Si vous voulez bien nous préparer un casse-croûte un peu plus tard.

— Je ferai mieux qu'un casse-croûte. Cependant, je ne promets pas que je préparerai un repas selon la technique du cordon bleu que vous exigez chez une femme.

— Je n'ai jamais dit que je l'exigeais, mais que certains hommes y tenaient.

— Oh, dit-elle en riant, c'était la troisième condition qui vous intéressait : avoir une gourgandine dans la chambre à coucher. Allez donc prendre votre douche mais n'usez pas toute l'eau chaude.

La longueur du manuscrit le surprit. Il comprenait plus de deux cents pages. Quand il eut terminé sa lecture, Mike comprit pourquoi Janet s'était élevée si rapidement dans sa profession. Des pages dactylographiées, Lynne Tallman surgissait comme un être humain complexe, cruel, indifférent à l'opinion d'autrui et même comme une meurtrière lorsqu'il s'agissait de diriger un mouvement qui était monstrueux selon tous les principes qui lui avaient été inculqués.

Mike posa la dernière page du manuscrit et consulta la pendule de la cheminée. Il fut stupéfait de voir qu'elle marquait une heure du matin. Janet était restée assise dans un fauteuil en face de lui une grande partie de la soirée et il ne s'était pas aperçu qu'elle était allée se coucher. Il sortit dans le couloir sur la pointe des pieds. Elle avait laissé la porte de sa chambre ouverte, une preuve de confiance qui renforça encore l'amour qu'elle lui inspirait. Elle portait une chemise de nuit blanche transparente ; ses épaules nues semblaient faites de marbre rose au clair de lune, mais il savait qu'elle était une adorable créature de chair et de sang et qu'il la désirait du plus profond de son être. La seule pensée qu'il pourrait ne jamais la posséder lui était intolérable.

Obéissant à une impulsion soudaine, il entra dans sa chambre et se pencha sur le lit pour l'embrasser sur les lèvres. La bouche de Janet mollit sous son baiser et elle lui entoura le cou de ses bras pour le serrer contre sa poitrine puis le sommeil calma toute velléité de passion et elle le libéra.

12

Le lendemain, dimanche, Mike et Janet dormirent tard et ne se levèrent qu'à dix heures. Mike prépara le café et un petit déjeuner composé de crêpes et de saucisses, de tartines de beurre et de confiture pendant que Janet prenait sa douche après leur bain du matin.

— Vous pouvez prononcer votre verdict sur le manuscrit, dit Janet quand ils furent rassasiés. A présent que j'ai pris des forces, je suis prête à l'entendre.

— Je n'ai jamais rien lu d'aussi passionnant. Vous allez être riche et célèbre. Avec votre style vous pourrez facilement devenir un auteur à succès si vous en avez envie.

— Voilà bien ce qui me tourmente, Mike. Avant, j'étais contente de mon sort et la perspective d'épouser Gerald me satisfaïsait. Maintenant, je ne suis plus sûre de rien et, pour aggraver la situation, je ne sais même pas qui je suis vraiment.

— Une grave commotion peut provoquer ce genre de trouble.

— C'est ce que vous m'assurez, Randall McCarthy et vous-même. Comme vous êtes tous deux d'éminents spécialistes, je devrais en être convaincue mais...

La sonnerie du téléphone retentit.

— Bon Dieu ! gronda-t-il en se levant. C'est sans doute mon service de réponse. Ils ont ce numéro pour les cas d'urgence.

— Êtes-vous levés, demanda la voix sonore de Randall McCarthy.

— Et comment ! nous avons déjà piqué une tête et nous finissons de déjeuner. Quand êtes-vous arrivés ?

— Vendredi soir. Hier après-midi nous sommes allés chez vous dans le canot de Roger Coven. Le vôtre n'était plus là et personne n'a répondu à mon appel.

— Nous étions allés nous promener et nous sommes rentrés à la tombée de la nuit.

— Ne vous occupez pas de votre déjeuner de midi, vous êtes invités tous les deux à un repas froid. Nous pourrons nous baigner et faire du ski nautique si ça vous chante. Venez en maillot de bain. C'est notre uniforme de la journée.

— Il faut que je consulte Janet.

— Naturellement, mais arrangez-vous pour qu'elle accepte. Je veux qu'elle fasse la connaissance des Coven puisque nous allons être voisins pendant un certain temps. Je leur ai parlé du merveilleux travail que vous avez fait sur elle. D'ailleurs, malgré les ecchymoses, ils peuvent se rendre compte de ce que vous avez accompli pour moi. Ils meurent d'envie de vous connaître tous les deux.

Mike mit sa main sur le microphone et s'adressa à Janet qui s'était approchée.

— C'est McCarthy. Les Coven nous invitent à déjeuner. Ça vous dit ?

— Oui, si vous êtes d'accord.

— J'aimerais beaucoup mieux rester seul avec vous, mais je ne serais pas fâché de voir le genre de voisins que vous allez avoir. (Il ôta sa main du micro.) Janet est d'accord. Nous arriverons dans une heure environ.

— Quand vous voudrez. Nous vous attendons.

Trois personnes à la silhouette élégante se doraient au soleil sur la terrasse de la villa Lane, à moins de quatre cents mètres du refuge de Mike, quand il approcha son canot du ponton. Janet lança la corde d'amarrage à un homme au corps élancé vêtu d'un maillot de bain. Randall McCarthy se leva de sa chaise longue et lui tendit la main pour l'aider à sortir du canot.

— Voici Roger Coven, dit-il, et la blonde voluptueuse qui est là-bas, c'est Rita, sa charmante épouse. Mes amis, voilà Mike et Janet. Je crois que nous pouvons tout de suite nous appeler par nos prénoms.

Randall McCarthy avait employé l'adjectif qui convenait exactement à Rita Coven, se dit Mike. Blonde, aux yeux bleus, juste assez en chair pour être désirable, elle portait un bikini encore plus exigu que celui de Janet. Son mari était un grand garçon aux épaules larges et aux traits tourmentés avec des yeux gris acier au regard dur, bien qu'il les accueillît très cordialement.

— Randall m'a raconté que Mike vous avait fait le visage de l'Aphrodite de Praxitèle, Janet, dit Rita Coven avec un accent d'envie. Je me rappelle avoir vu une reproduction du buste au British Museum il y a quelques années. J'ai répondu à Randall qu'il était cinglé, mais maintenant que je vous vois, je retire ce que j'ai dit. Vous êtes un véritable artiste, ajouta-t-elle en se tournant vers Mike, un artiste dans toute l'acception du terme.

— Je disposais de bons matériaux, répondit Mike. Bien que

Janet ait eu les os broyés, la charpente était de bonne qualité. Je n'ai eu qu'à tout reconstituer avec quelques modifications par-ci par-là.

— Et le travail que vous avez effectué sur Randall ! Il avait l'air d'un vieux concupiscent mais vous en avez fait un croisement d'Adonis et de Cyrano de Bergerac. J'en suis encore médusée.

— Sa rhytidoplastie n'est pas mal réussie.

— Comme vous dites. Il n'y a qu'une chose qui cloche.

— Quoi donc ?

— Il était assez infatué de sa personne avant ; maintenant, il est devenu impossible. Il a dû vous dire que nous travaillions ensemble à Duke il y a quelques années.

— Roger et Rita sont deux des meilleurs sujets que j'aie jamais eus pour la recherche en matière de perception extrasensorielle, dit McCarthy. Pendant que j'étais en Angleterre pour un séminaire, nous avons tenté une expérience : il m'a transmis l'image mentale d'une espèce d'orchidée rare qui fleurissait dans les jardins de Duke, et je l'ai dessinée parfaitement d'après l'image que j'ai reçue.

— Vous devez vous sentir nue, entourée d'hommes qui peuvent ainsi lire dans vos pensées, dit Janet à Rita.

— Oh, vous savez, la plupart du temps nos pensées se rencontrent, répondit Rita en riant.

Le sens de ces paroles était parfaitement clair et Janet ne put s'empêcher de rougir.

— Ne vous laissez pas impressionner par la franchise de Rita, intervint McCarthy. Elle pratique elle-même la télépathie et elle est très douée en la matière. Au fait, où en est votre livre ?

— Je vais m'atteler aux derniers chapitres dès demain après le départ de Mike.

— C'est-à-dire de très bonne heure. J'ai une greffe de cheveux prévue à dix heures, dit Mike.

— Heureusement que je n'ai pas eu besoin d'une opération de ce genre, dit McCarthy.

— Mike a lu la partie de mon manuscrit qui est déjà terminée. Il trouve que c'est assez bon.

— Assez bon ! s'exclama Mike. Vous êtes modeste. Je l'ai trouvé absolument passionnant.

— J'aimerais beaucoup que vous me permettiez de le lire quand vous l'aurez fini.

Roger Coven n'avait pas encore soufflé mot et l'intérêt intense qui perçait dans sa voix surprit Mike et Janet.

— Je suis sûr que Lynne Tallman assistait à un cours de physique de première année que je donnais à l'Université de Chicago quand j'étais professeur assistant à la Faculté de cette ville.

— Quel souvenir avez-vous gardé d'elle ? demanda Janet avec un vif intérêt.

— Pendant que vous parlez d'histoire ancienne, je vais faire un peu de ski nautique, dit Rita. A moins que ces deux messieurs n'aient pas la complaisance de me draguer.

— Nous pouvons prendre mon canot, proposa Mike.

— Je conduirai, dit McCarthy, et vous pourrez skier avec Rita, Mike.

— Peut-être que Janet aimerait venir aussi, dit Rita.

— Je ne skie pas très bien et Mike ne tient pas à ce que je me livre à ce genre d'exercice pour le moment. Il a peur d'avoir à recommencer toute l'opération si je tombe la tête la première à toute allure. D'ailleurs, je préfère parler de Lynne avec Roger.

McCarthy pilotait parfaitement bien. Ils firent un bref parcours vers l'aval et remontèrent le fleuve. Quand ils revinrent près du ponton, Roger et Janet étaient toujours en grande conversation.

— Où avez-vous appris à skier aussi bien ? demanda Mike à Rita en l'aidant à remonter sur la terre ferme.

— J'ai fait beaucoup de ski nautique sur les lacs de la Tennessee Valley Authority quand nous étions à Oak Ridge. Vous savez que Roger est membre de la commission de l'énergie atomique, n'est-ce pas ?

— Randall me l'a dit en effet.

— Roger est ingénieur et il se passionne pour son travail. Je pourrais m'absenter de la maison toute la journée et même toute la nuit sans qu'il s'en aperçoive, sauf peut-être le samedi.

L'instinct mâle de Mike était assez développé pour que le sous-entendu ne lui échappe pas.

— J'espère que j'aurai le temps de venir assez souvent au cours des prochains mois, dit-il. Il y a un bar qui s'appelle la Taverne Milano un peu au-delà du carrefour, nous pourrions aller y prendre un verre tous ensemble, un de ces jours.

— Tous ? demanda-t-elle en haussant les sourcils. Je ne pensais pas à une réunion mondaine.

Mike changea vivement de sujet.

— Je ne suis jamais allé à Oak Ridge. Comment est-ce ?

— Ennuyeux. Une foule de mesures de sécurité inutiles et des femmes qui essaient de s'occuper sans prendre d'amants — du moins au début. Après, elles apprennent à connaître les ficelles. La vie sociale est horriblement fastidieuse : des maris complètement dépourvus de romantisme, séances de bridges monotones, accompagnement des gosses à l'école, réunions au club. Vous connaissez la chanson.

— Vous n'avez pas d'enfants, n'est-ce pas ?

— Non et je m'en félicite. Roger me satisfait physiquement quand l'envie lui prend de faire l'amour, ce qui n'est pas très fréquent à vrai dire.

— Je crains que vous ne trouviez la vie plus monotone encore ici qu'à Oak Ridge en ce qui concerne les distractions.

Rita se mit à rire.

— Vous sous-estimez notre ami Randall McCarthy. N'oubliez pas qu'un psychiatre a écrit un ouvrage sur « les jeux auxquels les gens s'amusent ». Randall en connaît quelques-uns dont l'auteur de ce livre ne soupçonne même pas l'existence.

Le déjeuner était délicieux. Janet et Mike prirent congé un peu après sous le prétexte que Mike devait partir le lendemain de très bonne heure.

— Vous avez eu l'air de sympathiser avec Rita, remarqua Janet sur le trajet du retour. Elle est très séduisante.

— Quand on aime les blondes appétissantes qui ne demandent qu'à coucher avec vous !

— J'ai eu l'impression que cette idée ne vous aurait pas déplu... en d'autres circonstances.

— Un homme doit se tenir à carreau s'il n'est pas un idiot. D'ailleurs je suis sûr que vous ne vous priverez pas de voir l'érudit professeur McCarthy pendant que je serai en train de trimer dans les salles d'opérations.

— En tout cas, il m'a accordé une certaine dose d'attention. Je ne puis en dire autant de vous pour cet après-midi.

— J'ai essayé de me renseigner sur certaines choses. Rita est assez portée aux confidences quand elle a quelques verres dans le nez.

— Qu'a-t-elle bien pu vous apprendre ?

— Peut-être est-ce simple curiosité de ma part, mais je me suis demandé pourquoi les Coven ont tenu à s'installer par ici simplement pour le plaisir de loger un vieil ami.

— Ne m'avez-vous pas dit que c'était Randall qui payait la location ?

— Voilà qui me surprend également. En sa qualité d'ingénieur employé par le gouvernement à un poste important, Roger Coven a un traitement élevé, et il gagne sans doute plus d'argent que Randall. Leur arrangement a sûrement une autre raison d'être que celle qu'elle m'a donnée.

— Vous lui avez donc posé la question ?

— Non. Elle ne m'a pas caché qu'ils éprouvaient du plaisir à être ensemble et je parle de plaisir dans toute l'acception du terme.

— Vous voulez dire qu'ils forment un ménage à trois ?

— Quelque chose d'approchant.

— J'ai lu des histoires là-dessus, mais je ne connais personne qui vive dans cette situation. Comment cela se passe-t-il ?

— Si vous ne le savez pas, ce n'est pas moi qui vous l'apprendrai. Je préfère que ma fiancée ignore ce genre de choses.

— Je suis très ignorante en réalité. Un jour, Lynne m'a parlé de la « posture du missionnaire » et je lui ai demandé des explications. Elle n'a cessé de me taquiner à ce sujet par la suite.

— Faites-moi plaisir, dit-il en amarrant le canot. Essayez de fréquenter ce trio le moins possible.

— Seriez-vous jaloux de Randall McCarthy par hasard ?

— Naturellement, mais ce n'est pas aussi simple. Dès le début, j'ai compris qu'il y a chez lui et les Coven quelque chose qui sonne faux.

— Alors pourqoui avez-vous accepté de l'opérer ?

— Qui peut se permettre de refuser trois mille dollars surtout que j'ai l'intention de me marier dès que la jeune fille que j'aime acceptera de m'épouser ? Au fait, pouvez-vous me dire si Roger vous a appris des détails que vous ignoriez sur Lynne Tallman.

Elle fronça les sourcils.

— Que voulez-vous dire ?

— N'a-t-il pas prétendu qu'il l'avait connue à Chicago et vous sembliez engagés dans une conversation passionnante.

— C'est étrange, dit-elle d'un air troublé. Je me rappelle lui avoir entendu dire qu'il l'avait eue comme élève à la Faculté mais je ne me souviens absolument pas de ce qu'il a bien pu me raconter après. Pensez-vous que...

Elle s'interrompit et le regarda d'un air suppliant.

— Quelle explication voyez-vous à cela, Mike ?

— Je ne sais pas, avoua-t-il. L'autre personnalité a pu reprendre le dessus à ce moment-là, mais je ne comprends pas pourquoi. Ouvrez vos yeux et vos oreilles et appelez-moi s'il se passe quelque chose d'insolite.

— Comment puis-je me garder d'un danger quand vous ignorez vous-même ce qu'il peut être.

— Si mes soupçons sont exacts et que nous sommes vigilants tous les deux, nous découvrirons peut-être la réponse... et la question. Quand nous les connaîtrons je suis sûr que vous serez concernée, et c'est bien ce qui m'inquiète. Ah, pendant que j'y pense, j'ai un bidon plein d'essence dans le hangar du coin qui donne sur le fleuve pour le cas où vous voudriez faire un tour en canot.

— Je ne m'en servirai probablement pas avant votre retour. Rita Coven m'a proposé de m'apporter les provisions dont j'aurai besoin. Ainsi je pourrai me concentrer sur mon travail.

— Je vous téléphonerai tous les deux jours, promit-il le lendemain matin au petit déjeuner. Surtout n'accueillez pas l'agent du shérif Knott avec votre mini-bikini. Il irait le raconter en ville et vous attireriez une foule de mâles libidineux.

— Je me baignerai après la visite de l'agent, dit-elle. Je ne voudrais surtout pas risquer de nuire à votre réputation de citoyen respectable.

En passant devant la bretelle qui menait à l'aéroport Dulles, Mike ne put s'empêcher de penser que sa vie aurait été totalement différente s'il était arrivé quinze minutes plus tard le lundi de l'accident.

A présent, un sixième sens l'avertissait que Janet était en danger, mais il ne pouvait imaginer ce qui la menaçait. Il était possible évidemment que les membres de la secte de Lynne Tallman cherchent à les faire disparaître, elle et son manuscrit, en raison des révélations qu'elle pourrait apporter sur le groupe et ses activités criminelles. Cependant, il était peu probable qu'ils puissent échapper à la surveillance dont la police du comté l'entourait.

13

Pendant les deux semaines suivantes, Mike plana au septième ciel. Il allait passer tous les mercredis après-midi et les week-ends auprès de la femme qu'il avait contribué à créer et son amour pour elle grandissait jour après jour. Il était sûr qu'elle était également amoureuse de lui. Comme ils préféraient être seuls ensemble, ils ne voyaient guère le trio Coven McCarthy.

Le mercredi de la troisième semaine, comme il se préparait à partir, une urgence le retint à l'hôpital jusqu'à la fin de l'après-midi. Il était près de neuf heures lorsqu'il sortit de la salle d'opération. Il se hâta d'appeler Janet mais la ligne était occupée. Il ne put la joindre qu'une demi-heure plus tard.

— Je me demandais ce qui vous était arrivé, Mike, répondit-elle.

— J'ai dû opérer un garçon qui s'était brûlé le visage et je viens de terminer la greffe de la peau.

— Oh ! ne me rappelez pas que j'ai failli moi-même être brûlée vive.

— Tout va bien ?

— Parfaitement bien. Je travaille dix heures par jour et je me mets au lit à onze heures sans même écouter les dernières nouvelles à la T.V. Oncle George a téléphoné ce matin pour me dire que l'éditeur attend mon manuscrit avec impatience pour le donner à l'imprimeur. A ce rythme, le livre sera terminé dans une dizaine de jours. Il faut qu'il paraisse en librairie avant que le public ait eu le temps d'oublier les événements tragiques qui ont entouré la mort de Lynne.

— Voyez-vous souvent le docteur McCarthy ?

— Il a le bon goût de ne pas venir me déranger quand je travaille. Il fait une chaleur torride par ici, ajouta-t-elle, et je travaille en monokini.

— Essayez de dormir en tenue d'Ève sur la terrasse s'il fait trop chaud la nuit. C'est ce que je fais quand les moustiques veulent bien me laisser tranquille.

— Je l'ai fait hier soir. C'est voluptueux.

— Si j'avais su, je serais venu.

— Vous viendrez vendredi, n'est-ce pas ?

— A moins que l'enfer ne gèle, pourquoi ?

— J'allais me confectionner un double whisky ce soir pour me consoler de votre absence et je me suis aperçu que nous sommes presque en panne d'alcool.

— Il y a un débit de boissons sur la route. Je m'arrêterai vendredi pour en acheter. Et maintenant je vous laisse dormir. Ne travaillez pas trop quand même.

— Soyez tranquille. Rita Coven m'a invitée à aller guincher — comme elle dit — demain soir. Je ne crois pas que j'ai envie de les accompagner.

— Cela vous distrairait, mais méfiez-vous de ce McCarthy, il a des vues sur vous et je ne suis pas sûr qu'elles soient parfaitement honorables.

Elle se mit à rire.

— Je vous ai dit que j'avais suivi des cours de karaté et de judo. Si Randall fait des tentatives d'approche, je lui donnerai un coup de pied dans l'aine. Notre prof disait que c'était le meilleur moyen de mettre un agresseur hors de combat.

— Vos nouveaux voisins sont de drôles de particuliers, docteur Kerns, dit Jake, le barman de la Taverne Milano, lorsque Mike s'arrêta le vendredi matin pour s'approvisionner en alcool. Ils sont venus l'autre soir avec miss Burke. Ça, c'est une poupée !

— Oui, elle est très belle.

— Elle ressemble à l'une de ces statues que j'ai vues en Grèce quand j'étais dans l'armée là-bas. Mais elle était drôlement déchaînée. Et le professeur donc ! Il m'a dit que vous l'aviez rajeuni de dix ans.

— A peu près.

— Tout le monde racontait que vous lui aviez refait le visage et que vous aviez réparé celui de miss Burke après l'accident. Est-il vrai qu'elle écrit un livre sur la fille Tallman ?

— C'est vrai. Elle a loué ma maison pour le terminer. Il va être publié très prochainement.

— C'est un bouquin que je veux lire. Si quelqu'un a jamais mérité le nom de salope, c'est bien cette garce de Lynne Tallman.

Janet sortit de la maison pour accueillir Mike. Elle portait une robe d'été avec un sac assorti. Il pensa qu'il n'avait jamais rien vu d'aussi beau que cette apparition.

— Oncle George nous attend à Alexandria pour dîner, dit-elle. Nous avons tout juste le temps.

— Que se passe-t-il ? demanda-t-il en l'embrassant.

— Je dois avouer que je me suis assez mal tenue. Il paraît

que l'autre soir, avec Roger, Randall et Rita, j'avais bu quelques verres de trop. Quand ça m'arrive, je parle toujours trop et quelqu'un a averti oncle George.

— Je me suis arrêté à la taverne pour acheter quelques bouteilles et le barman m'a dit que vous étiez déchaînée avec notre ami McCarthy et les Coven. Mais vous ne vous en souvenez donc pas ?

— Je n'ai aucun souvenir d'être allée à la Taverne Milano.

— C'est vraiment dommage de s'amuser à ce point et de n'en garder aucun souvenir. Pourtant vous y êtes bien allée. Le barman m'a dit que vous étiez le boute-en-train du groupe.

— Vous êtes jaloux ?

Elle l'embrassa avec tant de tendresse qu'il voulut l'entraîner dans la maison, mais elle se mit à rire et le poussa vers la voiture.

— Vous devez vous contenter de ça pour le moment, dit-elle, et rien d'autre au retour si vous ne vous conduisez pas convenablement. Mais surtout ne soyez pas jaloux de Randall McCarthy. Son seul désir est de me séduire.

— Et vous trouvez que ce n'est pas assez ?

— Je vous ai dit que j'étais capable de me défendre. Si Randall devient trop entreprenant, je saurai l'envoyer au bain. Pour l'instant, il m'amuse quand je suis fatiguée de travailler, alors je lui dois bien quelque chose.

— Et Roger et Rita ? demanda Mike en faisant demi-tour pour regagner l'autoroute.

— Roger est un intellectuel, un ingénieur en physique nucléaire, diplômé de l'Université de Chicago, mais il n'en parle pas beaucoup.

— Il ne m'a pas paru très loquace en effet.

— Vous avez peut-être raison de penser qu'ils font ménage à trois, parce que j'ai l'impression que Rita est très intime avec Randall. Il y a certainement quelque chose entre eux depuis longtemps et Roger n'a pas l'air de s'en soucier.

— Je comprends que vous soyez une sacrée journaliste si vous avez appris tout cela alors que vous étiez en état d'ébriété.

— Je vous répète que je ne me souviens même pas d'être allée dans ce bistrot. Rita m'a raconté une partie de ce qui s'était passé quand elle m'a apporté mon ravitaillement l'autre jour. D'ailleurs, depuis, elle ne m'a pas téléphoné pour me demander si j'avais besoin de quelque chose.

— Vous avez sûrement dû allumer Randall alors.

— Je vous adore quand vous êtes jaloux, mon chéri, dit-elle en lui pressant tendrement la main. Je pense que si je me suis retenue de vous faire part de mes sentiments, c'est que j'ai craint que vous ne me considériez comme un être que vous avez créé et sur lequel vous avez droit de propriété.

— Ai-je ce droit ?

— Pas tout à fait. Mais quand vous l'aurez, je vous le dirai... peut-être quand j'aurai terminé mon livre sur Lynne Tallman.

— Et quand l'aurez-vous terminé ?

— Dans une dizaine de jours. Rita m'interroge sur Lynne chaque fois qu'elle me voit.

— Peut-être que Roger et Lynne ont eu une aventure à Chicago. Il nous a dit qu'il l'avait connue là-bas.

Une sonnette d'alarme se mit soudain à fonctionner dans le cerveau de Mike.

— A-t-il reparlé d'elle ? demanda-t-il.

— Maintenant que j'y pense, pendant que nous buvions un verre avant de partir pour la Taverne Milano, il m'a demandé de lui raconter en détail ce qui s'est passé entre le moment où le pilote a annoncé qu'il avait des difficultés à descendre le train d'atterrissage et celui où j'ai été projetée de l'avion. Compte tenu de ses relations avec Lynne, cet intérêt peut-il avoir un sens spécial ?

— Peut-être est-ce simplement le fait d'une curiosité morbide.

Elle secoua la tête.

— Je ne pense pas que la réponse soit aussi simple, Mike. Je crois que Roger connaissait Lynne depuis longtemps — probablement même avant son mariage avec Rita. Il m'a dit aussi qu'il avait eu une commotion en jouant au football quand il était étudiant et qu'il avait eu des absences pendant des mois à la suite de cet accident.

— Quel genre d'absences ?

— Des amnésies. Il ne pouvait se souvenir de ce qui s'était passé ni comment il était arrivé à l'endroit où il se trouvait... exactement ce qui m'arrive parfois.

14

George Stanfield faisait les cent pas devant le parking du restaurant Johnson quand Mike et Janet arrivèrent.

— Que se passe-t-il ? demanda Mike en descendant de voiture.

— Venez à l'intérieur. Nous trouverons du café et des hamburgers. Je crains que nous n'ayons pas autre chose à manger pour le moment.

— Si c'est à cause de ce qui est arrivé l'autre jour à la Taverne Milano, dit Janet, je regrette d'avoir été éméchée, surtout si j'ai trop parlé.

— Ne te fais pas de reproches, dit Stanfield. J'ai eu tort de te laisser vivre aussi longtemps en recluse, mais j'espérais combiner la sortie de ton livre avec l'inauguration, pour ainsi dire, de la nouvelle Janet Burke.

— Je ne me souviens de rien sinon que j'ai bu deux verres chez les Coven. L'alcool a toujours un effet excitant sur moi.

Stanfield fit signe à la serveuse.

— Des hamburgers et du café pour trois ; nous sommes pressés, lui dit-il.

Puis il se tourna vers ses compagnons.

— Notre correspondant de la côte Ouest se trouvait à la taverne l'autre soir et il a téléphoné à notre chroniqueur mondain pour le mettre au courant de ta présence et de la sensation que tu as créée. Comme nous ne savons pas si d'autres journalistes étaient présents également, j'ai décidé de te mettre en vedette dans l'édition de dimanche avant que tu trouves une équipe de concurrents sur le seuil de ton refuge. Au fait, Mike, pensez-vous vous procurer certains des documents contenus dans les dossiers de l'hôpital ?

— Vous n'en aurez pas besoin. Le photographe de l'hôpital a filmé toute l'opération et j'ai des photographies en couleur de tout ce qu'il a pris. Elles sont dans mon bureau et j'ai l'autorisation de les utiliser.

— Parfait. Voilà qui servira de base à notre récit. Nous allons donner un compte rendu détaillé du miracle chirurgical qui, non seulement a sauvé Janet, mais l'a transformée en reine de beauté. Qu'est devenu le bronze que vous avez fait couler d'après votre modèle ?

— Il est dans mon appartement avec tous les matériaux que je possède concernant Janet. J'ai commencé à rédiger un rapport sur son cas pour le congrès des spécialistes en chirurgie plastique et réparatrice.

— Pourriez-vous aller chercher le tout pendant que j'emmène Janet au bureau du journal où le maquilleur nous attend, dit Stanfield. As-tu apporté ton maillot comme je te l'ai demandé, ma chérie ?

— Oui, mais il est très déshabillé.

— Plus tu seras déshabillée, mieux les journaux se vendront dimanche. Nous serons dans le studio du *Star News,* Mike. Dites au gardien qui vous êtes et il vous aidera à porter le matériel. N'oubliez pas le bronze.

— J'apporterai aussi une photo en couleur de l'Aphrodite de Praxitèle qui se trouve au British Museum.

— Très bien. Molly Walker est notre meilleure rédactrice en matière de description de personnalités. Elle va interviewer Janet pendant que nous ferons tirer les photos la représentant « après ». Le cliché que je vous ai prêté quand vous confectionniez le modèle la représentera « avant ». N'oubliez pas de l'apporter, Mike.

— Dites donc, intervint Janet. Je n'ai pas voix au chapitre moi dans tout cela ?

— Bien sûr que si. As-tu une objection à formuler ?

— Non, évidemment. En somme je suis responsable de l'affaire.

Janet posait dans son bikini blanc quand Mike entra dans le studio brillamment éclairé. Il portait le buste de bronze et le gardien qui le suivait avait les bras chargés de boîtes contenant les reproductions des radios et des photographies prises dans la salle d'opération.

— Vous avez fait vite, Mike, dit Stanfield en sortant de la chambre noire. Les premières photographies en noir et blanc sont parfaites. Avez-vous celle que je vous ai donnée avant l'opération ?

— La voici dit Mike en la tendant au photographe qui suivait Stanfield.

Le photographe l'examina un moment puis il vit le bronze et les reproductions de l'illustration de l'Encyclopédie.

— Savez-vous ce qui serait sensationnel ? dit-il. Une photo d'ensemble englobant cette illustration, le bronze du docteur Kerns et un cliché de miss Burke sur trois colonnes. Vous voyez ça d'ici : une beauté vieille de deux mille ans, le modèle sculpté par le docteur Kerns montrant ce qu'il avait l'intention de faire de vous et le résultat final, une moderne Aphrodite.

— Mais vêtue du minimum que je porte maintenant, dit Janet.

— D'accord, si vous y tenez, admit le photographe avec un haussement d'épaules.

— Un nu de ce buste splendide aurait été une formidable réclame pour le docteur Kerns, dit Mollie Walker. Lundi matin, les femmes auraient fait la queue dans son antichambre pour lui demander des seins pareils.

— Mademoiselle a dit non et c'est non, dit Mike fermement. D'ailleurs je gagne bien assez d'argent.

Il était plus de minuit quand Mike et Janet reprirent la route du Maryland. George Stanfield leur avait suggéré de passer la nuit à Washington, mais Janet tenait à se mettre au travail de bonne heure le lendemain, aussi étaient-ils repartis dès les photographies terminées. La nuit était magnifique. Elle se blottit contre lui et s'endormit la tête sur son épaule. Elle ne se réveilla qu'au moment où il arrêta la voiture dans la cour de la maison.

— Vous tombiez de sommeil, lui dit-il. Vous vous êtes endormie à l'entrée de l'autoroute du Maryland.

— Je suis encore éreintée, répondit-elle, mais je me demande si je pourrai me rendormir.

— Je vais vous préparer un double scotch pendant que vous vous déshabillerez. Cela vous aidera à vous détendre et vous dormirez debout.

Il lui prépara un verre et frappa à sa porte mais il la trouva profondément endormie. Sa robe était froissée après le trajet en voiture, il était donc inutile de la réveiller pour qu'elle se change. Il laissa la porte ouverte afin qu'elle ait assez d'air puis il retourna dans la cuisine où il avala les deux doubles whiskies et se mit au lit.

Il fut réveillé par l'odeur du café et le bruit de la machine à écrire qui dominait le chant des oiseaux et le clapotis de l'eau. Il regarda par la fenêtre de sa chambre et vit Janet assise devant sa machine sur la terrasse. Elle portait un short et un bain de soleil. Comme d'habitude elle était l'image même de la beauté.

— Bonjour, cria-t-il, il reste du café ?

— Regardez dans la cuisine sur le bar, dit-elle. Quand j'ai vu que vous vous étiez enfilé les deux verres hier soir, j'ai pensé que vous auriez la gueule de bois, aussi ai-je rempli le percolateur. Il y a aussi de l'aspirine dans l'armoire à pharmacie.

— Je vais faire un plongeon, je prendrai du café ensuite.

Il enfila son maillot, sortit et se pencha pour l'embrasser.

— Allez prendre votre bain pendant que je prépare le petit déjeuner, dit-elle après lui avoir rendu ses baisers. Je vous ai attendu pour le prendre, mais je ne peux rien faire avant d'avoir bu mon café. C'est pourquoi j'en ai avalé une tasse pendant que vous dormiez encore.

Quand il revint un quart d'heure plus tard après s'être changé, le petit déjeuner était prêt.

— J'ai pensé que vous voudriez travailler aujourd'hui, c'est pourquoi j'ai mis des vêtements de travail moi aussi, expliqua-t-il en montrant le vieux jean délavé qu'il portait. J'ai l'intention de nettoyer la cour.

— Vous allez avoir chaud.

— Si je transpire trop je peux toujours piquer une tête pour me rafraîchir. J'ai une tondeuse à gazon dans le hangar. Je vais couper l'herbe, je l'entasserai sur la rive et je la jetterai dans l'eau. Ainsi les poissons trouveront une bonne couche qui les attirera et nous en aurons à foison pour nos vieux jours.

— Vous pensez à tout.

— Non pas à tout. La perspective de passer le reste de ma vie avec la plus belle fille du monde et de lui donner deux petites divinités comme elle m'empêche de penser à autre chose.

— Si je décidais de vous épouser, la fille pourrait me ressembler, mais je voudrais que le garçon soit un bel homme et un grand chirurgien comme son père. Mais si je continue à faire des projets d'avenir, je ne finirai jamais mon livre et quelqu'un d'autre me devancera.

— Pourquoi ne pas cesser de refouler vos désirs, vous feriez mieux de m'épouser tout de suite.

— Je vous répète que je dois d'abord découvrir qui je suis réellement, dit-elle, l'air tendu. Voyez-vous, je ne puis m'empêcher de croire que je suis aussi quelqu'un d'autre et je ne suis pas sûre que cette autre soit une personne bien.

En la voyant trembler il s'approcha d'elle et la serra dans ses bras.

— J'espère que vous n'êtes pas obsédée par la pensée de votre conduite à la Taverne Milano.

— Il n'y a pas que cela. Un matin de la semaine dernière, je me suis encore une fois réveillée les cheveux mouillés comme si j'étais allée me baigner dans la nuit.

— Dommage que je n'aie pas été là.

— Ne plaisantez pas, mon chéri. D'abord le bain, ensuite ce trou de mémoire pour la taverne. Que vais-je faire si ces phénomènes bizarres se reproduisent constamment ?

— Épousez-moi. C'est la solution.

— Je ne peux pas me marier sans savoir si brusquement je ne vais pas me transformer en une autre femme et vous être infidèle.

— J'ai idée que cette autre personnalité n'est pas assez forte pour vous obliger à faire quelque chose qui soit contraire à votre code de morale. Ce qui m'inquiète le plus, c'est que vous risquez de vous noyer ou d'avoir un accident si vous prenez la voiture. Peut-être vaudrait-il mieux que vous reveniez dans la capitale où nous pourrions veiller sur vous, votre oncle et moi.

Elle secoua la tête énergiquement.

— Je travaille beaucoup mieux ici. D'ailleurs, j'adore cet endroit, la maison, le fleuve et tout. Quelle que soit cette autre personnalité, il faut que je m'en débarrasse par moi-même,

— Mais...

— Vous venez de dire que mon code de morale est fort... et il l'est. Même pendant mes absences, aucun homme ne s'attaquera à moi.

— Certains peuvent essayer, surtout après la publication de votre histoire dans le *Star News*. Le pistolet est-il à votre portée ?

— Il est dans le tiroir de la commode où vous l'avez laissé.

— Il vaut mieux que je le charge avant de partir par mesure de précaution.

— C'est fait. L'autre soir j'avais installé des lignes pour pouvoir manger du poisson au déjeuner. Quand je me suis levée j'ai vu que j'avais attrapé deux magnifiques truites, mais une maudite tortue leur avait dévoré la tête à toutes les deux. Elle continuait à nager la tête hors de l'eau comme pour me narguer, alors je suis allée chercher le pistolet et j'ai tiré. Elle a explosé comme un ballon.

Mike se mit à rire.

— Il faudra que je m'annonce désormais avant d'arriver, dit-il, autrement je risque d'avoir la peau trouée si je venais vous surprendre à l'improviste.

15

Mike tondait le gazon près de la rive lorsque le canot des Coven s'arrêta devant le ponton. Randall McCarthy était seul à bord.

— Roger et Rita sont partis pour Washington, annonça-t-il. J'entends Janet qui tape à la machine. Que diriez-vous d'aller à la pêche avec moi puisque nous sommes délaissés tous les deux ?

— Je n'ai pas le temps. Quand j'ai coupé l'herbe, il faut que je la ratisse tout de suite pour la jeter à l'eau afin de faire un lit pour les poissons.

— Je vais vous aider. De toute façon ce n'est pas drôle de pêcher seul, dit McCarthy en amarrant le canot. Voulez-vous de la bière ? J'en ai six caisses dans le réfrigérateur.

— Je ne dis pas non.

Mike coupa le moteur de la tondeuse, prit la boîte que McCarthy avait ouverte pour lui et but avidement.

— C'est bon, merci, dit-il sans pouvoir réprimer une légère note d'agacement.

— Je sens que quelque chose vous tracasse, remarqua McCarthy, et manifestement à cause de moi. Vous ne voulez pas me dire ce que vous avez sur le cœur ?

— Commencez par m'expliquer pourquoi vous avez tenu à venir vous reposer si près de l'endroit où Janet avait l'intention de s'installer.

— C'est bien facile. J'avais déjà passé quelque temps sur les rives du Potomac et le coin me plaisait. Janet est une fille ravissante et n'importe quel homme serait attiré par elle pour des raisons purement physiques comme vous l'êtes vous-même. En outre, elle est extrêmement intelligente et franche aussi — des qualités rares chez une jolie fille. J'aime la compagnie de Janet et j'espère qu'elle apprécie la mienne. Alors, comme nous sommes tous deux condamnés à l'isolement pendant au moins un mois, pourquoi n'entretiendrions-nous pas des relations amicales ?

— Ce rapprochement vous convenait tellement que c'est vous qui payez le loyer des Coven.

— Vous avez fait votre enquête et je ne vous en blâme pas, dit McCarthy sur un ton toujours cordial. Les Coven sont de vieux amis. Nous avons travaillé ensemble au laboratoire de parapsychologie de l'Université de Duke pendant plusieurs années. Nous étions au mieux Rita et moi quand elle était célibataire, mais elle a compris que je n'étais pas homme à convoler en justes noces, aussi a-t-elle choisi Roger. Quand ils sont venus à Washington, nous avons renoué. Roger travaille très tard à un projet secret que la commission de l'Énergie atomique l'a chargé de mettre au point. Alors je passe pas mal de temps avec Rita, et très agréablement je vous assure.

— Coven le sait-il ?

— Voyons. Mike, vous n'êtes tout de même pas aussi naïf. Ce genre d'arrangement est courant quand le mari n'a ni le temps ni le désir de satisfaire une jeune femme séduisante et passionnée.

— Je dois être trop vieux jeu pour ce genre de choses.

— Restez comme vous êtes. Vous êtes trop bon chirurgien pour vous compliquer l'existence avec des divorces, des maîtresses, la pratique de techniques que la canaille appelle perversion sexuelle. D'ailleurs, l'éducation de Janet lui a laissé des principes beaucoup trop stricts pour qu'elle accepte moins que le mariage. Quoi qu'il en soit, comme je vous le disais, les Coven sont des amis de longue date, aussi, quand j'ai eu besoin d'un coin tranquille pour me remettre, et eux de vacances, j'ai loué la maison et ils me traitent en invité. Autrement dit, je n'ai que les frais de location.

— L'arrangement paraît intéressant.

— Il nous convient. Et maintenant que vous savez tout, dites-moi ce qui vous tracasse.

— J'ai besoin de votre avis en tant que psychiatre.

— Certainement pas pour vous. Je n'ai jamais connu d'homme plus normal.

— C'est pour Janet. Comme vous le savez déjà, depuis son accident elle est sujette à ce qu'elle appelle des absences, comme celle qui a provoqué toute cette histoire au sujet des feuilles d'autorisation qu'elle ne se rappelle pas avoir signées.

— Les périodes d'inconscience sont courantes après une commotion grave. Je n'ai pas besoin de vous le dire. Rappelez-vous aussi qu'elle est restée dans le coma environ quarante heures ; alors il se peut que quelques cellules de son cerveau aient été lésées.

— Ce sont ces périodes d'absences qui nous inquiètent le plus, Janet et moi.

— Expliquez-moi ce que vous entendez par ce terme,

Mike. Il couvre plusieurs formes de troubles, vous savez.
Mike lui fit un bref résumé des faits : les plongeons nocturnes de Janet et son trou de mémoire en ce qui concernait sa soirée à la Taverne Milano.

— Pour l'autre soir, l'explication est simple, dit McCarthy. Comme Janet vous l'a dit, nous sommes allés la chercher pour l'emmener à la taverne. Elle hésitait à venir, alors nous avons tous bu un ou deux verres de ce puissant et délicieux bourbon que vous avez en réserve, un nectar des dieux en vérité. Alors Janet s'est décidée et, croyez-moi, elle est vite devenue le boute-en-train de la compagnie.

— Vous n'avez pas trouvé que son attitude n'était pas très conforme à son caractère ?

— Bien des gens ont un comportement totalement différent sous l'influence de l'alcool, mon ami, et elle en avait absorbé une dose suffisante pour sortir d'elle-même, d'autant plus qu'elle n'a pas l'habitude de boire. J'avoue que j'ai été surpris de la voir dépasser la mesure à ce point, mais c'est assez fréquent chez les filles qui ont été très inhibées.

— Elle ne se rappelle même pas être sortie avec vous. Comment expliquez-vous cette amnésie ?

McCarthy fronça les sourcils.

— Elle ne se souvient absolument de rien, dites-vous ?

— Rien à partir du moment où vous avez quitté la maison tous ensemble.

— C'est curieux. Elle semblait en pleine possession de ses facultés à la taverne. Nous avons un peu dansé Rita et moi et, pendant ce temps, elle bavardait avec Roger, mais sa conversation était sensée.

— Ce qui m'inquiète le plus c'est que, dans un cas pareil, elle risque de se laisser entraîner, sur le plan sexuel.

— Ce n'était pas le cas, l'autre soir, je vous en donne ma parole. Je ne suis pas prude mais je ne m'amuse pas à séduire les filles quand elles sont trop éméchées pour savoir ce qu'elles font.

— Et Roger ?

— Aucun danger. Janet peut être très provocante quand elle a bu un verre de trop, mais c'est une allumeuse... le genre de fille qui vous entraîne jusque sur le seuil de la chambre à coucher et qui, brusquement, vous met dehors d'un air outragé. C'est très bien tant qu'elle se trouve avec des gens convenables, mais avec d'autres, elle risque de se faire violer.

— C'est bien ce que je redoute.

— Si j'étais vous, je lui conseillerais de ne pas jouer les affranchies si elle ne tient pas à aller jusqu'au bout, sinon elle pourrait bien être victime d'un viol collectif. J'ai vu en consultation des filles qui ont subi des assauts de ce genre, et les troubles qui en résultent sur le plan psychique sont plus graves encore que les dommages physiques.

— Pensez-vous que nous nous trouvions devant un cas de multiple personnalité ?

— C'est possible mais je ne puis en être sûr sans un examen psychique approfondi... et encore. Il existe des cas de deux ou plusieurs personnalités occupant le même corps et émergeant à tour de rôle. Généralement, elles sont totalement différentes de la personnalité d'origine et leur comportement est insolite. Exactement ce qui s'est produit pour Janet à la Taverne Milano l'autre soir.

— Quand une personnalité prend les commandes, l'autre sait-elle ce qui se passe ?

— Généralement il y a un trou de mémoire complet, mais je crois que certains mécanismes modérateurs de la personnalité submergée fonctionnent encore. Il est certain que, quant au comportement de Janet l'autre soir, c'était le cas.

— Que voulez-vous dire ?

— Si *vous* aviez été là, étant donné que Janet est amoureuse de vous, la conclusion aurait pu avoir un caractère tout différent. Cependant, en principe, le changement d'une personnalité à une autre est subit et la seconde personnalité ne sait absolument pas comment elle est arrivée où elle se trouve. En fait, la personnalité anormale — si tant est que vous puissiez savoir laquelle est normale et laquelle ne l'est pas — bat souvent en retraite quand elle s'engage sur un terrain brûlant.

— Alors selon vous, Janet ne présenterait pas un cas de multiple personnalité ?

— Je viens de vous dire qu'il me faudrait une étude approfondie. Jusqu'à ce matin, j'aurais considéré Janet comme une fille ravissante qui n'est pas habituée à boire et qui a abusé de la boisson l'autre soir sans bien savoir ce qui se passait. Heureusement elle était avec des amis, aussi quand nous sommes rentrés, Rita l'a mise au lit.

— Dieu soit loué !

— Je ne suis pas tellement surpris que Janet ne se souvienne de rien. La première fois qu'on prend une biture, on a fréquemment un trou de mémoire ou bien on est si désireux d'oublier que l'on efface le souvenir.

— Et les autres faits que je vous ai cités : l'oubli de la demande de mammoplastie et des plongeons.

— Mettez-les sur le compte d'un cerveau ébranlé par la commotion et qui ne s'est pas complètement remis en place. Vous êtes satisfait ?

— Non, mais je vous sais gré de votre franchise et aussi des assurances que vous m'avez données sur ce qui s'est passé ce soir-là.

— Écoutez-moi, je suis un débauché et je n'en ai pas la moindre honte. Je m'occupe de ce que les profanes en parapsychologie nomment phénomènes occultes, mais je ne suis pas en cheville avec le diable.

Janet sortit pendant que Mike entassait l'herbe tondue après le départ du psychiatre.

— Vous êtes prêt à déjeuner ? demanda-t-elle. Vous étiez engagés dans une conversation tellement animée, Randall et vous, que je n'ai pas osé vous interrompre. D'ailleurs nous n'avons que du jambon pour deux.

— Je vais attraper des crabes pour dîner, promit-il, et j'achèterai une provision de jambon en allant prendre le journal demain matin.

— Je ne vais pas oser le regarder, avoua-t-elle.

— C'est stupide. Demain, à l'heure qu'il est, le monde saura que vous êtes l'une des plus belles créatures qui l'habitent. Au fait, ajouta-t-il une fois assis devant une assiette de charcuterie, vous n'avez pas besoin de vous tracasser pour ce qui a pu se passer à la Taverne Milano l'autre soir. McCarthy a dit que vous aviez été assez provocante pour allumer tous les hommes présents, mais que ce n'est pas allé plus loin. Malgré ses habitudes de libertinage c'est un gentleman, et il m'a affirmé que votre vertu est restée intacte.

— Quelle autre question de nature intime avez-vous abordée à mon sujet ? demanda-t-elle un peu sèchement.

— Il m'a simplement conseillé de vous mettre en garde contre ce qui pouvait vous arriver si vous vous conduisiez comme ce soir-là avec un autre genre d'hommes. Ce que je trouve bizarre, c'est que vous n'êtes jamais provocante avec moi.

— La vérité, c'est que j'avais trop bu, c'est pourquoi je me suis donnée en spectacle. Pardonnez-moi ; je ne recommencerai plus.

Il sourit.

— Si vous recommenciez, assurez-vous que je suis présent.

— Vous seriez-vous conduit aussi noblement que l'a fait McCarthy ?

— Franchement, je ne le crois pas mais, heureusement, cette phase de double personnalité dans un seul corps ne va pas durer. C'est un phénomène temporaire dû à la commotion.

— Je voudrais en être aussi sûre que vous l'êtes, dit-elle gravement.

Mike se réveilla à huit heures le dimanche matin. Comme Janet dormait encore il ne voulut pas la réveiller ; il enfila son short et un polo et alla acheter du ravitaillement au magasin du carrefour ainsi que plusieurs exemplaires du *Star News*. Il ouvrit le journal à la seconde page et émit un sifflement d'admiration.

Randy Strez, le photographe, était incontestablement un artiste dans sa spécialité. La photographie en couleur de Janet dans son bikini blanc était prodigieuse ainsi que les trois reproductions en noir et blanc représentant le buste de Praxitèle, son propre modèle et l'image de Janet. Sous les trois clichés se trouvait la question imprimée en gros caractères :

LAQUELLE EST LA VÉRITABLE APHRODITE ?

Molly Walker avait fait un travail remarquable elle aussi. Sa chronique remplissait le reste de la page avec une petite photographie de Mike dans le coin. Au cours de l'interview, Janet avait déclaré que c'était grâce à lui qu'elle était encore vivante et qu'il avait transformé une fille aux traits ingrats en beauté exceptionnelle. Quand il revint, Janet dormait encore. Il frappa à sa porte :

— Je suis allé chercher le journal, cria-t-il. Nous faisons l'objet de toutes les conversations.

— Entrez, répondit-elle.

Assise sur le lit, les yeux un peu embués par le sommeil et les cheveux épars, elle serrait le haut du drap sur sa poitrine. Mike la trouva plus belle que jamais.

— Votre oncle George a mis le paquet, dit-il en étalant les pages du journal sur le lit. Vous devez être enviée par toutes les femmes qui ont ouvert le *Star News* ce matin.

— Oh Mike, s'exclama-t-elle, je suis vraiment splendide.

— Aucun doute là-dessus. Il va falloir vous habituer à être

admirée par tous les hommes, y compris par un chirurgien laborieux.

— Mon créateur, vous voulez dire. Cette page, c'est votre œuvre.

— Pas au-dessous de la ceinture. Vous possédiez tous ces attraits auparavant, mais vous étiez tellement convaincue d'être moche que vous ne faisiez rien pour mettre vos atouts en valeur.

— Maintenant je saurai.

— Si seulement je pouvais me servir d'un scalpel pour extirper cet autre vous, celui qui agit malgré vous.

— Si vous croyez qu'il ne m'inquiète pas moi aussi. Comment puis-je savoir s'il ne me fera pas faire ce qu'il veut... ? Peut-être même...

Elle s'interrompit mais il comprit ce qui la tourmentait.

— Je ne suis pas sûr que l'autre vous entraînerait jusqu'au bout de l'acte sexuel avec n'importe qui, dit-il. Du moins, je prie pour qu'il ne le puisse pas.

— Comment pouvons-nous en être sûrs ?

— Bien que vous ne l'admettiez pas encore, au fond de vous-même vous m'aimez, et cet amour peut retenir l'autre dans les limites que vous ne voulez pas dépasser. Quoi qu'il en soit, il vous faut l'avis d'un psychiatre. Randall McCarthy a rendez-vous dans mon cabinet lundi après-midi. Il a vu votre autre personnalité à l'œuvre et je suis sûr qu'il aimerait vous observer du point de vue purement psychiatrique.

— Mais si l'autre émerge de nouveau, pouvons-nous nous fier à Randall ?

— Je le crois, En dehors de la solution qui consisterait à vous mettre dans une clinique psychiatrique, c'est le meilleur moyen, pour le moment du moins. Je vais demander à Randall de passer vous voir de temps en temps, mais évitez Roger et Rita, ils ne m'inspirent aucune confiance.

— Tranquillisez-vous, dit-elle avec un sourire malicieux. Après la séance de la Taverne Milano, Rita ne tient pas du tout à se trouver dans la même pièce que moi quand d'autres hommes sont présents. Quant à Roger, il paraît qu'il passe son temps soit à Washington soit dans le laboratoire qu'il a aménagé dans le garage des Lane.

— Je vais être de service pour les urgences à l'hôpital les prochains week-ends mais vous ne resterez pas seule. J'ai demandé à votre oncle George de venir vous tenir compagnie.

— Excellente idée. Nous n'avons pas passé beaucoup de temps ensemble depuis des années.

16

— Vous avez fait une conquête, annonça Mike à McCarthy quand celui-ci fut introduit dans son cabinet. Mon infirmière.

— Les vibrations sont excellentes. Vous ne voyez pas d'objection à ce que je l'invite à déjeuner et pour... la bagatelle.

— Pour déjeuner si vous voulez mais pour la bagatelle non, dit Mike fermement. Elle a un excellent mari et deux charmants enfants. Voyons un peu cette excroissance au-dessous de l'oreille droite. Mes ciseaux ont dû glisser quand j'ai coupé l'excédent de peau.

Il ne fallut que deux minutes pour injecter une dose de novocaïne à l'endroit voulu, couper l'excédent et suturer la plaie.

— Vous avez quelques minutes à me consacrer ? demanda Mike, une fois l'intervention terminée.

— Certainement. Rita est chez le coiffeur et Roger à la commission de l'Énergie atomique. J'ai rendez-vous avec eux devant la gare de l'Union à cinq heures.

— C'est un couple intéressant. Vous dites que vous les connaissez depuis longtemps ?

— Depuis plus de dix ans. Comme je vous l'ai laissé entendre, nous avons eu une liaison, Rita et moi, et elle est toujours une merveilleuse partenaire.

— Elle m'a parlé d'Oak Ridge un jour.

— Ils sont allés là-bas après leur séjour à Duke et y sont restés plusieurs années, jusqu'au jour où Roger a été chargé de travaux supplémentaires à l'Université de Chicago. Oak Ridge est un centre de physique atomique depuis les premiers essais d'explosion au cours de la Seconde Guerre mondiale.

— Ils ont l'air d'avoir réussi dans la vie.

— Les gens doués réussissent généralement dans le monde des sciences. D'ailleurs, Roger et le sénateur Magnes étaient amis d'enfance. Or Magnes est un gros bonnet à la commission de l'Énergie atomique depuis sa défaite aux élections, il y a deux ans ; Roger obtient les postes qu'il veut et il a choisi Washington.

— Je me souviens de cette élection. Magnes a été très déçu, n'est-ce pas ?

— Il avait lieu de l'être ; il a été battu à huit voix près et toutes étaient sujettes à caution. Mais Magnes est un républicain et, avec un Congrès démocrate au pouvoir, il n'avait guère de chances. Il a laissé son État à Nixon ; en récompense, il a obtenu un siège à la commission. Mais j'abuse de votre précieux temps et je dois aussi m'arrêter à l'Université. Alors quel est votre problème ?

— Cette seconde personnalité qui s'empare du corps de Janet à certains moments. Est-il possible qu'elle ait toujours été latente en elle et n'ait jamais émergé avant son accident ?

— C'est ce qui se passe souvent, mais j'admets que c'est difficile à expliquer, aussi difficile que de comprendre comment l'une peut s'imposer sans que l'autre garde aucun souvenir de ce qui s'est passé quand le retour se fait.

— C'est bien ce qui me déroute.

— J'ai eu de longues conversations avec Janet pendant que nous étions tous deux hospitalisés. D'après ce qu'elle m'a raconté, elle a toujours été une fille énergique en ce qui concerne son travail, la parfaite antithèse du type de femme qui papillonne à droite et à gauche. Il n'est pas surprenant que les organisations auxquelles elle appartenait au lycée ou à la faculté aient été composées des meilleurs éléments. Elle ne sortait pas beaucoup avec les garçons parce qu'elle n'était pas une beauté conventionnelle, ce qui montre à quel point les hommes sont stupides dans leur évaluation de la beauté. Sauf pour les seins que vous avez merveilleusement arrangés, c'était un morceau de roi. Je suppose que son manque de succès venait de ce que, contrairement à la plupart des étudiantes, elle n'était pas disposée à se laisser rouler dans le foin par n'importe quel garçon. Elle sentait très bien qu'elle aurait pu être populaire si elle l'avait voulu, et une partie de son moi affectif ne cessait de lui reprocher sa pruderie. Mais sa volonté tenait cette partie sous contrôle en concentrant son énergie sur l'édification d'une carrière de journaliste de premier plan. Elle était d'ailleurs en passe de le devenir avant même que l'affaire Tallman la mette en vedette. Elle était donc sur le point de gravir les échelons de sa profession tout en enviant secrètement les autres filles lorsque Gerald Hutchinson se présente sur sa route. C'est le premier homme qui semble réellement se mettre en frais pour elle et elle se fiance à lui.

— Je ne comprends pas qu'elle ne se soit pas rendu compte dès le début que c'était un faux jeton.

— Peut-être l'avait-elle compris, mais elle s'est laissée embobiner parce qu'il était beau garçon et qu'il l'avait distinguée. Après quoi, elle est projetée à travers le pare-brise du cockpit. Elle est sous l'effet de la commotion quand le prince charmant se présente pour la transformer en déesse de beauté. Elle sait dès lors qu'elle peut avoir tous les hommes à ses pieds, y compris vous-même. Évidemment elle est déchirée entre ce qu'elle était et ce qu'elle pourrait être : une idole du public dans tous les domaines où il lui plairait d'entrer : spectacle, politique, tout ce que vous voudrez.

— Ce que je voudrais, c'est qu'elle soit une épouse et une mère mais, d'après ce que vous dites, il y a peu de chance, dit Mike d'un air sombre.

— Avec la seconde personnalité, non. Celle-ci a peut-être été tout simplement libérée quand sa tête est allée heurter le sol de l'aéroport. Une fois que nous en serons débarrassés, Janet est une fille trop sensée pour ne pas se rendre compte de ce que vous représentez pour elle.

— Voulez-vous l'aider à expulser l'autre ? En votre qualité de psychiatre, j'entends.

— Naturellement. Elle constitue l'un des problèmes les plus passionnants qu'il m'ait été donné de traiter. Mais pourrez-vous vous fier à moi ?

— Chose curieuse, malgré votre réputation à la Faculté et au-dehors, j'ai confiance en vous. Cependant, je mise aussi sur l'amour de Janet pour l'empêcher de faire le saut avec un autre.

— Vous avez peut-être raison, mais si vous aviez vu l'autre en pleine action...

McCarthy s'interrompit brusquement puis il reprit avec une note d'excitation dans la voix :

— La voilà la solution à votre problème.

— Que diable voulez-vous dire ?

— Vous avez peur qu'un homme ne séduise Janet Deux, pourquoi le séducteur ne serait-il pas vous ?

— Mais comment... ?

— Deux cocktails corsés ont suffi l'autre soir, et vous disposez de tous les moyens nécessaires pour créer un interlude romantique.

— Ça ne marchera pas.

— Pourquoi ?

— Je le lui ai déjà suggéré et elle m'a envoyé promener.
— Pas Janet Deux.
— Non.
— Alors, il serait bon pour vous et pour elle aussi d'ailleurs que vous essayiez avec Janet Deux. Et croyez-moi, mon vieux, mon expérience des femmes me permet de présumer que le jeu en vaudra la chandelle.
— Ce n'est pas très loyal.
— Voyons, Mike, amener une femme qui veut être prise à se dépouiller de ses scrupules en même temps que de son slip, c'est lui rendre service.
— Quelle autre solution voyez-vous ?
— Aucune... les ceintures de chasteté sont démodées depuis des siècles et, même à l'époque, les serruriers habiles ne devaient pas manquer. Janet sait-elle que vous m'avez demandé de la traiter ? Jusqu'à présent je n'ai fait que quelques vagues essais d'hypnotisme, surtout pour l'impressionner.
— Je lui en ai parlé avant de la quitter. Au fait, George Stanfield ira passer le week-end avec elle. Je l'ai appelé ce matin. Il n'est pas convaincu de l'existence de la seconde personnalité.
— Il le sera quand il la verra.
— Comment allez-vous la faire apparaître ?
— Je vais essayer l'hypnose. Si ça ne marche pas, je peux toujours la pousser à boire. Votre bourbon est capable de faire naître des appétits sexuels chez un bonhomme de neige.

17

Le lundi de la semaine suivante, George Stanfield appela Mike pour l'inviter à déjeuner au Grill Club à midi trente
Le journaliste était au bar quand le chirurgien arriva :
— Heureux que vous ayez pu vous libérer, dit-il. Vous prenez un verre ? J'en boirai volontiers un autre.
— Bourbon et soda, dit Mike. A la façon dont Janet m'a répondu au téléphone samedi après-midi, j'ai eu l'impression que vous aviez eu une soirée de gala, enchaîna-t-il.
— C'était merveilleux. Janet est manifestement enchantée de son séjour chez vous et son livre progresse à pas de géant.

J'ai eu l'occasion de parler au docteur McCarthy et je dois avouer que je l'avais sans doute mal jugé. Il a un sens de l'humour prononcé et, bien que ses mœurs semblent assez relâchées, il est intelligent et remarquablement intéressant.

Ils burent leurs verres et commandèrent leur menu : un steak avec une pomme de terre au four pour Mike ; Stanfield qui était enclin à l'embonpoint se contenta d'une salade Julienne.

— Que pensez-vous des Coven ? demanda Mike.

— Elle cherche visiblement l'aventure, même quand il s'agit d'un vieux type comme moi, et son mari n'a pas l'air de s'en soucier. Dans ma jeunesse, ils auraient été tenus à l'écart de la bonne société mais, aujourd'hui, tout est admis. Roger Coven est peut-être un sage à moins que ce ne soit un misanthrope. Quoi qu'il en soit, quelque chose en lui me déplaît, seulement je ne sais pas au juste quoi.

— J'éprouve exactement le même sentiment, mais ils sont très gentils pour Janet.

— Elle semble se plaire en leur compagnie et, après tout, c'est elle qui est avec eux.

— L'autre personnalité a-t-elle apparu pendant que vous étiez là-bas ?

— Non et je me demande si vous ne vous faites pas des idées simplement parce que Janet ne supporte pas très bien la boisson. En fait, je crois qu'elle ne buvait pratiquement pas d'alcool à Chicago, de sorte qu'elle n'a pas l'habitude. Deux verres suffisent à rendre certaines femmes assez provocantes et elles peuvent donner l'impression d'être ce qu'elles ne sont pas.

— J'espère que vous avez raison.

— McCarthy a essayé un traitement expérimental sur Janet en utilisant l'hypnose, je ne crois pas qu'il soit allé très loin. Il a dit qu'il vous en parlerait.

— Je dois le voir mardi à mon cabinet pour lui enlever quelques fils. J'en profiterai pour l'interroger sur Janet.

— Vous avez vraiment fait un travail remarquable sur lui. Je ne l'aurais jamais reconnu. Au fait, j'ai remarqué la carte fixée au-dessus de l'évier sur laquelle vous avez inscrit les numéros de téléphone de la police et des pompiers. En la voyant, j'ai pensé à appeler mon ami le shérif. Il m'a affirmé que ses hommes n'avaient repéré aucun personnage suspect dans les parages, mais je lui ai demandé d'envoyer un agent voir Janet tous les jours. L'inspecteur Stafford ne croit pas que les membres de la secte Tallman aient la possibilité d'arriver jusqu'à elle, je ne suis pas tranquille pourtant de la savoir seule là-bas.

— J'ai demandé à McCarthy et aux Coven de veiller sur elle. Il n'y a guère de rôdeurs par là mais il arrive que des hippies campent dans la forêt voisine. J'ai constaté la disparition d'une radio ou d'une petite T.V. chaque année, et des couples d'amoureux viennent souvent dans l'impasse qui aboutit à la maison.

— Janet compte avoir terminé son manuscrit pour le prochain week-end et je vais organiser une conférence de presse vendredi après-midi pour annoncer sa prochaine parution, juste dans les délais nécessaires pour l'impression de l'édition du dimanche. Nous publierons aussi une biographie succincte de Lynne Tallman par Janet. Elle servira d'introduction à la série d'extraits qui paraîtront le dimanche avant la sortie du livre.

— Parfait. Elle sera donc en ville au cours du prochain week-end où je suis obligé d'assurer le service des urgences.

— Vous êtes invité à la conférence de presse naturellement. Je suis sûr que les journalistes voudront vous poser quelques questions sur la méthode que vous avez employée pour refaire le visage de Janet. Je ne pense pas que la publicité puisse vous nuire sur le plan de la clientèle.

— Ma clientèle augmente de jour en jour grâce à l'opération que j'ai pratiquée sur Janet. Il semble que la moitié des femmes de la ville aient la poitrine tombante.

18

En retournant dans son cabinet après déjeuner, Mike trouva Randall McCarthy en conversation avec Mrs Fenters, son infirmière. Après lui avoir retiré ses fils, il le fit passer dans son bureau.

— George Stanfield a dû vous apprendre que je n'avais pas réussi à faire émerger l'*alter ego* de votre amie par l'hypnose, dit McCarthy.

— Savez-vous pourquoi la seconde personnalité n'a pas fait surface ?

— Tant que Janet est la personnalité dominante, elle peut

peut-être refouler l'autre... à moins qu'elle ne boive assez pour que sa volonté faiblisse momentanément.

— Qu'entendez-vous par « tant qu'elle est la personnalité dominante » ?

— L'autre jour, je suis allé consulter des livres et des journaux à la bibliothèque médicale pour me rafraîchir la mémoire. L'apparition d'une seconde personnalité signifie généralement que le sujet n'est pas satisfait de son sort. La plupart des patients hésitent quelque temps avant de laisser l'autre se manifester... généralement pour des raisons de conscience ou même par crainte des conséquences. Cependant, quand le numéro deux est finalement autorisé à émerger, la situation est souvent plus agréable pour eux que lorsque le numéro un domine complètement. Dans ces conditions, la première s'efface lentement à l'arrière-plan pour laisser la place à la seconde.

— Vous voulez dire que le patient combine tout cela ?

— Pas du tout. Les changements de ce genre sont toujours inconscients.

— Toujours ? demanda Mike en haussant les sourcils d'un air incrédule.

— Forcément. Autrement l'un serait conscient de la présence de l'autre.

— L'un des premiers principes qui m'ont été inculqués en médecine, c'est de ne jamais dire « toujours » ou « jamais ».

— Oh, je suppose que si vous pouviez étudier le cheminement de la mémoire dans la substance cérébrale, vous trouveriez des traces des matériaux oubliés, concéda McCarthy. D'autant plus que nous présumons que nos actes et nos pensées ne sont jamais réellement oubliés. C'est pourquoi j'ai essayé l'hypnose sur Janet, mais je n'ai pu l'amener à un niveau assez profond pour explorer ces cheminements.

— Qu'espériez-vous obtenir ?

— Chez un sujet exceptionnellement émotif — ce qui n'est pas son cas —, l'hypnose profonde ramène à la surface les souvenirs des existences passées.

— Comme dans le cas de Birdey Murphy ?

— Celui-là a fait l'objet d'une publicité à grand tapage mais il y en a eu d'autres. A mon avis, si Janet Un refuse d'être Janet Deux en présence de son oncle, c'est qu'elle veut lui cacher l'existence de cette seconde personnalité si différente de celle qu'il connaît.

— Si nous pouvions mettre Janet Un en face de Janet Deux

en la filmant pendant qu'elle agit dans la seconde phase, ne serait-il pas possible de la guérir ?

— Peut-être... si vous voulez vraiment qu'elle guérisse.

— Que voulez-vous dire ?

— Vous espérez l'épouser, non ?

— Naturellement. Le seul empêchement à notre mariage, c'est justement l'éventualité de l'apparition de Janet Deux qui pourrait m'embarrasser... ou m'être infidèle.

— Pourquoi ne pas la convaincre que vous la voulez avec sa double personnalité. Ainsi vous auriez l'oiseau rare que la plupart des hommes cherchent mais trouvent rarement : une femme conventionnelle pour la vie sociale et une femme très affranchie pour le plaisir.

— Ne soyez pas absurde.

McCarthy haussa les épaules.

— En ce qui me concerne, je prendrais bien Janet Deux n'importe quand. Elle est assez excitante pour l'homme le plus blasé.

— Vous devriez connaître la vraie Janet assez bien pour comprendre qu'elle ne sera jamais heureuse en sachant qu'elle peut se transformer à tout moment en une créature dont elle aurait honte.

— Dommage qu'elle ne soit pas véritablement deux personnes au lieu d'être deux personnalités dans un seul corps. La seule pensée d'avoir à détruire la séduisante créature que j'ai vue à la Taverne Milano me bouleverse. Elle a tout de même de la chance de vivre aujourd'hui et non il y a trois siècles.

— Pourquoi ?

— A l'époque, les individus à personnalités multiples étaient considérés comme des sorciers ou des possédés du démon et exorcisés par le feu.

La réception donnée en l'honneur de Janet pour annoncer la publication en feuilleton de l'histoire de Lynne Tallman dans le *Star News* avant la parution du livre eut lieu dans l'immeuble du journal, le vendredi à quinze heures trente. Une foule de journalistes et de photographes se pressait dans la salle où un somptueux buffet était dressé. Mike restait à l'arrière-plan mais Janet alla le prendre par la main pour le faire sortir de l'ombre. Elle déclara que non seulement elle lui devait la vie, mais qu'il avait fait d'elle la beauté qu'elle était devenue.

Il avait espéré qu'elle profiterait de l'occasion pour annoncer leurs fiançailles, elle n'en fit rien et il sentit qu'elle était toujours tourmentée par la pensée de l'autre Janet. Il remarqua aussi qu'elle n'avait pas bu une goutte d'alcool pendant la réception.

McCarthy était également présent. Les Coven avaient été invités eux aussi, ils s'étaient fait excuser. Comme d'habitude, le galant psychiatre était entouré par un groupe de joyeux compagnons qu'il régalait d'une série d'histoires grivoises. Enfin, la réception prit fin et le manuscrit qui avait été exposé sous bonne garde fut replacé dans le coffre-fort.

— Que diriez-vous si un aspirant fiancé vous emmenait dîner dans un endroit calme, vous et votre oncle ? demanda Mike.

— Allez-y tous les deux, j'en ai ma claque pour aujourd'hui, dit Stanfield. Tu as toujours ta clé de l'appartement, Janet ?

— Elle est dans mon sac. Vous êtes sûr que vous ne voulez pas venir, oncle George ? Vous ne refusez pas une invitation d'habitude, surtout quand elle est faite par quelqu'un que vous aimez bien comme Mike.

— Tâche de ne pas me réveiller en rentrant. J'ai le sommeil lourd mais une fois que je suis réveillé, je n'arrive plus à me rendormir.

— Je prendrai bien soin d'elle, soyez tranquille. Où voulez-vous aller, Janet ?

— Pourquoi pas au parc de la Ferme du Loup ? Je regardais avec plaisir leurs spectacles musicaux à la T.V. de Chicago.

— Je vais téléphoner pour savoir quel est leur programme de ce soir. En tout cas ils ont un buffet excellent.

Il sortit pour téléphoner et revint quelques minutes plus tard.

— Nous avons de la chance, dit-il, ils donnent une soirée de musique folklorique sous les étoiles. J'ai réservé une table pour le dîner et deux places dans la zone couverte en cas d'averse. Je crois que vous feriez mieux de changer votre robe longue pour une tenue moins cérémonieuse.

— J'en ai pour une minute, dit-elle.

Et elle disparut dans la chambre qu'elle occupait dans l'appartement de son oncle. Mike et George Stanfield avaient à peine eu le temps de vider leur verre quand elle revint, plus jolie que jamais, vêtue d'un costume, veste et pantalon jaune, coiffée d'un foulard de la même couleur. Ils arrivèrent au célèbre parc de la Ferme du Loup à temps pour le buffet. La chère était excellente et le spectacle les enchanta. Le public, composé en majeure partie de jeunes gens, était aussi enthousiaste que Janet.

— Je n'ai jamais passé une aussi bonne soirée, confia-t-elle à Mike quand ils se dirigèrent vers la voiture.

— Maintenant que votre livre est fini, retournerez-vous au bungalow ?

— Dès lundi je pense. Oncle George veut que je me repose un mois avant de commencer à travailler au journal à Washington, et je me plais là-bas plus que n'importe où. D'ailleurs Randall McCarthy voudrait me suivre pendant deux semaines encore pour voir s'il peut remettre de l'ordre dans la confusion que la commotion a créée dans mon cerveau.

— Quelles explications vous a-t-il données jusqu'à présent ?

— Simplement que celle qu'il nomme Janet Deux est complètement différente de mon moi réel. Ce que je ne comprends pas, c'est qu'elle puisse exister et agir à mon insu. Existe-t-elle vraiment, Mike ? ajouta-t-elle d'une voix angoissée, ou est-ce que je deviens dingue ?

— Elle existe, j'en suis convaincu bien que je ne sois pas d'accord avec McCarthy sur le mécanisme du fonctionnement.

— J'ai interrogé Rita sur la soirée de la Taverne Milano. Elle m'a dit que j'étais simplement un peu saoule. Elle prétend que l'alcool lui fait le même effet... il lui donne envie de faire l'amour.

— Avec cette différence que Rita ne doit pas se borner à en avoir envie.

— Je n'ai aucun souvenir de mon comportement quand Janet Deux apparaît. Comment puis-je l'empêcher de commettre ce qui déplaît à Janet Un ?

— Votre vrai *vous* ne laissera pas l'autre accomplir des actes absolument contraires à vos principes.

Elle secoua la tête. Il était visible que cette explication ne lui semblait pas satisfaisante.

— Je voudrais en être sûre, dit-elle. Mais j'y pense, nous avons un moyen de vérifier si vous avez raison.

— Lequel ?

— Il y a bien une boîte de nuit sur la route... ?

— Oui, un endroit très connu : *Le Chat Pourpre.*

— Arrêtons-nous là pour boire un verre. Vous ne m'avez pas offert une goutte d'alcool de toute la soirée.

— Pour une raison très simple, je suis parfaitement heureux avec Janet Un, et l'alcool semble faire surgir Janet Deux.

— Tant que je suis avec vous, je suis en sécurité même si je deviens Janet Deux.

La boîte de nuit baignait dans une ambiance de rêve : musique douce, lumières tamisées, banquettes disposées de façon à préserver l'intimité des clients. Ils s'assirent et Mike commanda des whiskies. Janet jeta un regard autour d'elle et ses yeux brillèrent de plaisir.

— C'est merveilleux, dit-elle. Ils ont tous l'air si absorbés l'un par l'autre qu'on se sent l'âme romantique.

— Je n'ai aucun besoin d'encouragement pour me sentir l'âme romantique quand je suis près de vous, déclara Mike en approchant son verre du sien.

— Je me demande si les temples dédiés à Aphrodite ne ressemblaient pas à cet endroit.

— L'idée générale était la même, mais je crois que le rituel du culte était un peu plus érotique.

— Il faut que je me documente sur la question du rituel ; maintenant que vous avez fait de moi une déesse, je dois me mettre au courant des habitudes des déesses.

— J'aimerais mieux que vous ne vous comportiez pas comme le faisait la déesse sur laquelle vous avez été modelée... du moins pas avec d'autres que moi.

Quand elle eut terminé son whisky, le garçon réapparut avec un plateau garni de deux autres verres.

— Avec les compliments de la direction pour la ravissante miss Burke, dit-il, avant que Mike ait eu le temps de protester.

— Il a dû lire dans ma pensée, dit Janet. J'allais justement vous demander de commander un autre whisky. Il est excellent.

— Et aussi très fort.

— Qu'importe.

Mike perçut trop tard la voix de gorge et la lueur inquiétante qui annonçaient l'apparition soudaine de son *alter ego.*

— Vous opérez demain matin, mon chou ? demanda-t-elle.

— N... non, répondit-il un peu à contrecœur, se doutant de ce qui allait suivre et ne sachant trop s'il désirait ou non l'entendre.

— Alors, vivons une nuit de folie, si vous avez le cran de m'emmener dans votre appartement.

— Que va penser votre oncle ?

— Que nous avons fait l'amour. C'est courant de nos jours. Vous n'avez pas envie de moi ?

Elle lui lança un regard provocant qui le fit frémir de la nuque aux talons.

— Bien sûr que j'ai envie de vous, mais je ne vais pas séduire…

— Séduire !

Son rire retentit si fort que le couple assis à la table voisine sourit d'un air entendu. L'homme leva le pouce dans un geste d'approbation universellement employé.

Mike comprit alors qu'il fallait qu'il l'emmène avant qu'elle se donne en spectacle.

— C'est bien, nous allons chez moi, dit-il. Il faut que je m'arrête dans une pharmacie en route.

— Innocent, roucoula-t-elle. Tu ne penses pas à prendre des précautions quand tu es avec cette mijaurée qui est mon autre moi. Quelle bonne farce si elle se réveillait enceinte sans savoir comment elle s'est fait engrosser.

Avant qu'il ait pu l'en empêcher, elle avait vidé son second verre et s'était levée. Elle chancelait et il dut la prendre par le bras pour lui éviter une chute. Il la conduisit à grand-peine jusqu'à la voiture tandis qu'elle s'accrochait à lui en l'embrassant passionnément. Il s'arrêta dans une pharmacie de nuit et ses achats furent rapidement expédiés, mais Janet était déjà endormie quand il remonta dans sa voiture. Il craignait de la réveiller ne sachant s'il allait retrouver la fille qu'il aimait ou l'étrange mais excitante créature qu'il commençait à détester. Conduisant lentement d'une main tandis que Janet était affalée contre lui, il prit le chemin de l'appartement de George Stanfield. Elle ne se réveilla qu'au moment où la voiture s'arrêta.

— Nom de Dieu, s'exclama Janet Deux, nous ne sommes pas chez toi ici.

— Vous vous êtes endormie si vite que je vous ai crue trop ivre pour réagir. J'ai donc pensé qu'il valait mieux vous ramener chez votre oncle.

— Eh bien, tu vois, je suis tout à fait réveillée. Alors montons.

Elle se mit à rire et sortit en titubant.

— Tu m'as fait tellement boire que tu vas être obligé de me porter, reprit-elle. Mais, une fois là-haut, je vais te montrer si je réagis bien, comme tu dis. Et ne te tracasse pas, oncle George nous a dit qu'il avait le sommeil lourd.

Mike lui passa un bras autour de la taille et réussit à la traîner jusqu'à l'ascenseur en priant le ciel que personne d'autre ne rentre à cette heure tardive. A la porte de l'appartement de Stanfield, elle fouilla dans son sac et lui tendit la clé.

— C'est avec Lynne que tu es, mon amour.

Les mots étaient bafouillés mais parfaitement compréhensibles.

— Avec le corps que vous m'avez donné, Janet et toi, comparée à moi, la véritable Aphrodite a l'air d'une collégienne qui fait l'amour pour la première fois sur le siège arrière d'une voiture.

Mike la porta dans l'appartement et ferma la porte derrière eux.

— Ne faites pas de bruit, chuchota-t-il, ne réveillez pas votre oncle.

Elle mit son doigt sur ses lèvres dans un geste de complicité.

— Prépare-moi encore un verre pendant que j'enfile des fringues plus confortables, dit-elle.

Elle se dirigea en chancelant vers sa chambre, ouvrit la porte et disparut.

Mike versa une dose de bourbon avec de la glace et du soda dans deux verres et les porta sur une petite table placée devant le sofa. Quelques minutes plus tard, Janet sortit de sa chambre sans se donner la peine de fermer la porte ni d'éteindre la lumière dans la pièce qu'elle quittait. Mike oublia aussitôt son intention de l'enivrer pour l'endormir.

Elle ne portait qu'une nuisette en nylon transparent et, vue dans la lumière de sa chambre à coucher, elle semblait plus nue qu'Ève avant le péché. Traversant le salon, elle prit le verre qu'il lui tendait et le vida d'un trait comme un homme assoiffé vide un verre de bière par un chaud après-midi d'été.

— Je suis contente que tu m'aies amenée ici, chéri, dit-elle, sur ce ton qui le faisait frémir de la nuque aux talons. Ainsi tu n'auras pas besoin de me faire sortir subrepticement de ton appartement à l'aube pour sauvegarder ta réputation.

Elle lui passa les bras autour du cou et il aurait fallu qu'il fût de marbre pour résister. D'ailleurs, il n'en avait aucune envie. Il la serra contre lui et leurs lèvres se joignirent, sa bouche voluptueuse lui promettait une félicité ineffable et sa langue explora avidemment la sienne en un long baiser qu'il n'interrompit que pour la soulever sur le seuil de sa chambre.

— Ce n'est qu'un hors-d'œuvre, mon amour, dit-elle en riant. Attends de goûter au plat de résistance.

Au même moment une clé grinça dans la serrure et il sentit

le corps de Janet se raidir. Elle se dégagea et resta un instant immobile. La porte d'entrée s'ouvrit et George Stanfield parut ; elle se retira immédiatement dans sa chambre et ferma la porte, laissant Mike face à face avec son oncle.

— Salut, Mike, dit Stanfield. Quand êtes-vous rentrés tous les deux ?

— A l'instant, répondit Mike d'une voix un peu rauque.

Il se demanda si Stanfield avait remarqué son trouble et deviné ce qui était sur le point de se passer quand il était entré.

— Nous avons bu un verre et Janet est allée... dans la salle de bains.

— Ne l'appelez pas. Je vais me coucher tout de suite, je suis vanné.

— Il n'est rien arrivé de fâcheux ? demanda Mike en s'efforçant de prendre un ton normal.

— L'une des presses s'est détraquée et j'ai dû m'arranger avec le *Post* pour qu'il publie notre édition de demain matin. Dites bonsoir à Janet pour moi.

— Je n'y manquerai pas. Bonne nuit.

Quand George Stanfield eut disparu dans sa propre chambre, Mike s'appuya sur le bar et s'épongea le visage avec son mouchoir. Il ne pensait pas que le journaliste ait pu voir Janet avant qu'elle n'ait refermé sa porte, mais il s'en était fallu de peu.

Mike frappa doucement chez Janet. Ne recevant pas de réponse, il ouvrit et la vit couchée en travers du lit, toujours vêtue de sa chemise transparente, profondément endormie. Il s'approcha et la secoua par l'épaule : sans résultat. Il insista sans plus d'effet. Alors il comprit ce qui s'était passé. Quand Randall McCarthy avait essayé de faire surgir l'autre Janet — celle qu'elle avait appelé elle-même Lynne pour la première fois ce soir-là — pendant le séjour de Stanfield au bungalow, il avait échoué vraisemblablement parce que la seconde personnalité refusait de se révéler en présence de Stanfield. Elle s'était donc retirée dès que celui-ci était entré dans la pièce, et la vraie Janet s'était effondrée sur le lit complètement abrutie par tout l'alcool qu'elle avait bu depuis leur entrée au *Chat Pourpre.* Mike contempla un long moment la fille ravissante qui dormait paisiblement. Il était peu probable qu'elle reprendrait la fascinante personnalité qui lui avait promis une nuit si enivrante. Il se pencha et l'embrassa sur les lèvres mais elle ne réagit pas. Il quitta la pièce et repartit tristement pour son appartement solitaire.

19

Mike termina ses tournées du matin vers six heures trente et il alla aussitôt après chez George Stanfield. Il dut sonner deux fois avant qu'elle vienne lui ouvrir. Elle avait les cheveux flottants, les yeux encore embués de sommeil et une légère robe de chambre moulant son corps superbe.

— Allez-vous-en, gémit-elle. Je ne veux plus jamais vous revoir.

Elle essaya de lui fermer la porte au nez mais il la bloqua avec son pied et se glissa à l'intérieur. Il s'avança vers Janet et la prit dans ses bras. Elle commença par se raidir puis, abandonnant toute velléité de résistance, elle se laissa aller contre lui en sanglotant, le visage enfoui dans son cou. Quand il la sentit un peu calmée, il lui leva le menton pour embrasser ses lèvres gonflées avant de lui essuyer les yeux avec son mouchoir.

— Je... je me suis réveillée avec une nuisette en nylon, balbutia-t-elle. Alors, vous m'avez déshabillée ! Que s'est-il passé ?

— C'est vous qui vous êtes déshabillée avant de m'avoir pratiquement violé. Vous aviez bu deux verres au *Chat Pourpre* et un autre ici. C'est pourquoi vous avez la gueule de bois.

— Comment pouvez-vous me regarder encore après la façon dont j'ai dû me conduire ?

— Pas vous. L'autre. Allez vite prendre une douche et vous coiffer. Pendant ce temps, je vais voir dans le réfrigérateur ce que je peux trouver pour votre petit déjeuner. Pour l'instant ce qu'il vous faut, c'est un chevalier servant, une bonne tasse de café et de quoi manger.

— Mais...

— Pas de mais. Allez, filez.

Elle obéit. Il alla dans la cuisine où il trouva du café instantané et mit de l'eau à bouillir. Après quoi, il fit frire six tranches de bacon et disposa deux couverts sur la table dans le coin du petit déjeuner. Il s'apprêtait à faire cuire les œufs quand Janet revint, beaucoup plus en forme après la douche.

— Je vous retrouve, dit-il en lui remplissant une tasse de

café. Vous avez l'apparence que toute femme souhaite avoir le matin et d'ailleurs à tout moment de la journée.

— Je suppose que vous savez maintenant à quoi ressemble la courtisane que tout homme voudrait avoir dans son lit... et ce qu'elle fait.

— Seulement à quoi elle ressemble. Votre oncle a dû aller à l'imprimerie hier soir, et il est revenu juste à temps pour m'empêcher de découvrir ce que vous pouviez être en tant que maîtresse.

— Que vais-je faire, Mike ? dit-elle avec un accent désespéré. Vous avez vu hier soir ce que l'autre est capable de faire.

— Épousez-moi. C'est encore la meilleure solution.

— Je ne peux pas vous imposer une chose pareille.

— J'en prends la responsabilité.

— Dites-moi la vérité, Mike. Supposez que j'aie été seule au *Chat Pourpre* la nuit dernière et qu'un homme ou même des hommes m'aient invitée... l'aient invitée. Pensez-vous qu'elle les aurait suivis ?

— Je...

Il s'interrompit préférant ne pas répondre à la question.

— Dites-moi la vérité, Mike, c'est très important.

— Je crains que la réponse ne soit affirmative, reconnut-il, mais si nous étions mariés...

— Vous ne seriez jamais sûr de ce que je ferais si je ne suis pas avec vous. Et vous ne pourriez me surveiller constamment. Elle a sa volonté propre et j'ai peur qu'elle ne soit plus forte que la mienne.

Mike se souvint que Randall McCarthy avait soulevé exactement cette même question et les œufs qu'il était en train de manger perdirent soudain toute leur saveur.

— Je vais retourner au bungalow, dit-elle. C'est le seul endroit où je me sente libérée d'elle.

— C'est une bonne idée. Randall McCarthy pense encore qu'il peut vous aider à vous débarrasser d'elle. Au fait, elle s'est donné un nom la nuit dernière.

— Quel nom ?

— Lynne.

Ses yeux s'agrandirent de surprise et de peur.

— Pourquoi me serais-je... se serait-elle appelée ainsi ?

— McCarthy pense que vous enviiez Lynne Tallman à votre insu.

— C'est absurde.

— Comment se comportait-elle avec les hommes ?

— Les gardiens m'ont raconté qu'elle les rendait tous fous tant elle essayait de flirter avec eux — et quand je dis flirter... elle les invitait à entrer dans sa cellule la nuit après l'extinction des feux, et je ne suis pas sûre que certains ne se soient pas laissé tenter.

— Le dites-vous dans votre livre ?

— Oui. Pourquoi ?

— D'après moi, dans votre subconscient, vous avez toujours rêvé d'être l'une de ces femmes fatales qui ont tous les hommes à leurs pieds. La plupart des jeunes filles ont des phantasmes de ce genre. Aussi lorsque votre seconde personnalité a émergé après l'accident, elle a naturellement pris le nom de Lynne parce qu'elle a pris Lynne pour modèle. En tout cas, c'est ce que pense McCarthy.

— Alors pourquoi n'a-t-elle pas couché avec lui ?

— Je crois que votre amour pour moi vous empêcherait de la laisser vous entraîner trop loin, mais...

— Mais après la nuit dernière, vous n'en êtes pas sûr, n'est-ce pas ?

— Je le crains.

— Que dois-je faire, Mike ? implora-t-elle d'un ton si pitoyable qu'il en fut bouleversé. Mon comportement de la nuit dernière prouve que je ne suis pas capable de la maîtriser.

— La nuit dernière, vous étiez avec moi et j'espère que c'était moi qui vous inspirais votre attitude. Je vous demande encore une fois de m'épouser et je me charge de l'avenir.

— Je ne puis vous imposer ce fardeau, dit-elle fermement. Il faut que je règle cette question moi-même.

— Alors le traitement psychiatrique reste notre seul espoir.

— Voulez-vous dire que je suis une psychopathe ? Peut-être une autre Lynne Tallman ?

— Non. Sûrement pas.

— Comment pouvez-vous en être sûr quand moi je ne le puis pas.

— D'abord, même la pire partie de vous-même, celle qui se nomme Lynne, ne peut être ce qu'elle était vraiment. Votre moi réel a une fibre morale trop puissante pour laisser Janet Deux — je préfère cela à Lynne — prendre possession de vous au point de vous inciter à poser des bombes pour le simple plaisir de détruire la propriété et de tuer des êtres humains.

— C'est désespérant, dit-elle en repoussant son assiette à moitié pleine. Je vais retourner au bungalow. Je me sens mieux là-bas.

— Je ne pourrai pas vous rejoindre avant deux semaines, objecta-t-il. Je serai de service aux urgences.

— La séparation me donnera le temps de réfléchir et peut-être de trouver une solution. Je serai délivrée de Janet Deux là-bas. Randall MacCarthy n'essaiera pas d'abuser de moi et Roger Coven non plus. Rita dit qu'elle ne le voit pratiquement pas en semaine avant l'heure du dîner. D'ailleurs, je crois que même Lynne ne marcherait pas avec lui. Entre-temps je vais faire tout ce que je pourrai pour empêcher Janet Deux de se manifester. Je commencerai par supprimer l'alcool puisque c'est le moyen qu'elle semble préférer pour faire surface.

— J'ai mon idée personnelle sur ce qui se passe en vous. Si elle est exacte, nous pourrons peut-être nous débarrasser du personnage de Lynne une fois pour toutes.

— Oh Mike ! dit-elle en se penchant en avant pour l'embrasser. Si vous réussissez, je vous aimerai à en mourir.

— Arrêtez-vous un peu avant l'issue fatale, dit-il en esquissant un sourire, mais jusque-là vous avez carte blanche.

Avant que Mike ait pu donner un commencement d'exécution à son projet de chasser la personnalité de Lynne, le toit lui tomba sur la tête, au figuré tout au moins. Il s'endormait sur un journal médical dans son appartement, un peu avant dix heures et demie, quand la sonnerie du téléphone retentit. Il alla dans sa chambre et décrocha :

— Mike ! Pouvez-vous venir immédiatement.

La voix affolée de Janet le réveilla instantanément. Il était techniquement obligé d'être présent pour répondre à tout appel de l'hôpital, mais l'anxiété de Janet le bouleversa à tel point qu'il décida de lui donner la priorité sur les urgences problématiques qui pouvaient se présenter entre-temps.

— Que se passe-t-il ? demanda-t-il avec inquiétude.

— Je viens de tirer sur un rôdeur avec votre vingt-deux et... il est mort, acheva-t-elle dans un sanglot.

— Je ne pourrai pas vous rejoindre avant deux semaines, objecta-t-il. Je serai débordé aux urgences.

— La séparation me donnera le temps de réfléchir et peut-être de trouver une solution. Je serai délivrée du fait d'être là-bas. Randall MacCauley n'aura plus l'occasion d'approcher de moi et Roger Cowan non plus, vu qu'il ne me voit pratiquement pas en semaine avant l'heure du dîner. D'ailleurs, je crois que même Lynne ne marchera pas avec lui. Entre-temps je vais faire tout ce que je pourrai pour empêcher Janet Henry de se manifester. Je commencerai par supprimer l'alcool puisque c'est le moyen qu'elle semble préférer pour faire surface.

— J'aime l'idée personnelle que tu te fais de nous. Si elle est exacte, nous pourrons peut-être nous débarrasser du personnage de Lynne une fois pour toutes.

— Oh, Mike ! dit-elle en se penchant en avant pour l'embrasser. Si vous réussissez, je vous aimerai encore mieux.

— Arrêtez-vous un peu avant l'issue fatale, dit-il en esquissant un sourire, mais jusque-là vous avez carte blanche.

Avant que Mike ait pu donner un commencement d'exécution à son projet de chasser la personnalité de Lynne, le ciel lui tomba sur la tête, au figuré tout au moins. Il s'endormait sur un journal médical dans son appartement, un peu avant dix heures et demie, quand la sonnerie du téléphone retentit. Il alla dans sa chambre et décrocha.

— Mike ! Pouvez-vous venir immédiatement ?

La voix affolée de Janet le réveilla instantanément. Il était théoriquement obligé d'être présent pour répondre à tout appel de l'hôpital, mais l'anxiété de Janet le bouleversa à tel point qu'il décida de lui donner la priorité sur les urgences problématiques qui pouvaient se présenter entre-temps.

— Que se passe-t-il ? demanda-t-il avec inquiétude.

— Je viens de tirer sur un rôdeur avec votre vingt-deux et il est mort, acheva-t-elle dans un sanglot.

LIVRE TROIS

LE TROISIÈME IMPOSSIBLE

« L'esprit du mal est personnel et il est intelligent. Il est préternaturel en ce sens qu'il n'appartient pas à ce monde matériel mais il est dans ce monde matériel (1). »

(1) Malachi Martin, *Hostage to the devil.* Reader's Digest Press.

1

— SAVEZ-VOUS qui est le mort ? fut la première question que posa Mike.

— Personne que je connaisse, dit Janet d'une voix plus assurée. Il a fait sauter la serrure de la porte de derrière et il s'est faufilé à l'intérieur pendant que je regardais la télévision. Il... il a essayé de me violer.

— Où est le pistolet ?

— Par terre. Je l'ai laissé tomber quand j'ai vu l'homme s'écrouler.

— Et vous êtes sûre qu'il est mort...

— Il l'est sûrement. Il a un trou dans le front et le tapis sur lequel il est tombé est couvert de sang et de morceaux de cervelle. Je n'avais pas le choix, Mike, reprit-elle de nouveau, saisie de panique. Quand il m'a vu sortir le vingt-deux du tiroir de la commode, il a saisi un petit revolver. Il est ici sur le sol à l'endroit où il l'a lâché.

— Ne touchez à rien, ordonna-t-il. Vous vous rappelez la carte qui est au-dessus de l'évier avec les numéros de téléphone du shérif et des pompiers ?

— Oui.

— Appelez le bureau du shérif et dites-leur ce qui s'est passé. Téléphonez ensuite à McCarthy chez les Coven ; demandez-lui de venir et de rester près de vous jusqu'à ce que nous arrivions votre oncle George et moi. Compris ?

— Ou... oui. Je vous en supplie, faites vite.

— Pas de panique. Vous avez agi pour le mieux. Votre agresseur vous a menacée d'une arme, aussi vous étiez parfaitement dans votre droit. Tout se passera bien.

— Je... je l'espère. Il vaut mieux que je raccroche pour appeler le shérif.

— A la bonne heure. Je serai là dans quarante-cinq minutes.

Il ne s'était écoulé que quarante minutes entre l'appel de Janet et l'arrivée de Mike et de George Stanfield devant le bungalow. Un corbillard était déjà rangé devant l'entrée avec trois voitures de police. Lorsque Mike et Stanfield mirent pied à terre, un policier en uniforme projeta sur eux une puissante torche électrique.

— Je suis le docteur Kerns, cria Mike et voici Mr George Stanfield, l'oncle de miss Burke et un ami du shérif Knott.

— Entrez, dit l'officier de police. Les employés de la morgue viennent d'arriver ; ils vont emporter le corps aussitôt que l'inspecteur Thornton aura fini de prendre les photographies.

Ils entrèrent dans la maison ; Janet courut vers Mike en sanglotant. Il la prit dans ses bras et réussit à l'apaiser. Randall McCarthy et les Coven étaient dans un coin de la pièce. George Stanfield alla serrer la main du shérif, un homme corpulent qui portait un insigne sur la poitrine.

— Qu'est-il arrivé, Jim ? demanda-t-il.

— Heureusement que votre nièce est aussi brave que belle, George, dit le shérif. Sinon nous aurions eu à déplorer un événement plus tragique que l'accident survenu à un rôdeur hippie abattu d'un coup de feu. Grâce au ciel, le docteur Kerns avait un pistolet dans la maison et miss Burke savait s'en servir.

— Savez-vous qui est ou, plutôt, qui était l'homme ?

— Il est inconnu dans la région. Sans doute un de ces vagabonds qui campent dans la forêt voisine. Ils rôdent souvent la nuit en quête d'une maison inoccupée à cambrioler... ou d'une femme seule.

— Pourquoi pensez-vous qu'il ne faisait que passer ? demanda Stanfield.

— Nous avons découvert une motocyclette avec une plaque minéralogique de l'Illinois dans la forêt. Peut-être les autorités de l'Illinois pourront-elles nous renseigner sur son identité à moins qu'il n'ait volé l'engin.

— Je peux jeter un coup d'œil sur l'individu ? demanda Stanfield.

— Allez-y. L'agent Thornton doit avoir fini de prendre ses photographies. Nous allons remettre le corps aux employés de la morgue pour le tenir à la disposition du coroner.

Mike et Stanfield entrèrent dans la pièce où se trouvait le

corps d'un homme d'une trentaine d'années à la barbe hirsute et aux cheveux blonds crasseux attachés sur la nuque. Il portait un blue jean délavé, une chemise kaki et des sandales sans chaussettes.

La cause de la mort était évidente : il avait le front troué d'une balle provenant du calibre vingt-deux.

— Je n'ai jamais vu cette tête-là, dit Mike.

George Stanfield s'entretenait à voix basse avec un policier qui portait un appareil photographique muni d'un flash électronique. Mike vit un billet de banque changer de main. Après quoi, Stanfield s'approcha pour examiner le cadavre de plus près.

— Je ne le connais pas non plus, dit-il en passant dans l'autre pièce. Avez-vous besoin de retenir Janet ? demanda-t-il au shérif : il s'agit d'un cas de légitime défense pur et simple, et je prends la responsabilité de conduire ma nièce à l'enquête en cas de nécessité.

— Le coroner se contentera sans doute de constater le décès causé par une balle dans la tête. Au fait, pourquoi vous servez-vous de ce genre de balles, docteur Kerns ?

— Pour tirer sur les tortues qui dévorent tous mes poissons.

— C'est une idée. Le type portait un revolver et miss Burke a déclaré qu'il l'avait braqué sur elle. Heureusement qu'elle avait eu le temps de sortir votre vingt-deux de son tiroir.

Les employés de la morgue arrivèrent avec une civière pour transporter le corps enveloppé dans une couverture. Le shérif et ses collaborateurs les suivirent, laissant Mike, Janet, Stanfield, Randall McCarthy et les Coven dans le living-room.

— Nous allons partir aussi, dit McCarthy. Quand Janet nous a appelés, nous avons sauté dans le bateau et nous sommes arrivés en moins de temps qu'il n'en faut pour le dire.

— C'était... c'était horrible tout ce sang et ces débris de cervelle sur le sol, dit Rita Coven avec un frémissement d'horreur. J'ai besoin de boire quelque chose pour me remonter.

— Tu peux boire à la maison, dit Roger Coven d'un ton rude en la prenant par le bras. Vous venez, Randall ?

— J'arrive. Bonne nuit à tous.

— Comme vous êtes arrivés ici les premiers, le coroner peut avoir besoin de vous trois en cas d'enquête, dit Mike, mais le shérif Knott vous préviendra. Merci d'être venus aussi vite au secours de Janet. Elle a été très choquée.

— Elle a été très courageuse, dit McCarthy. Je ne sais si

j'aurais eu autant de cran dans les mêmes circonstances. Bonsoir.

Quand les autres furent partis, Stanfield se tourna vers Janet.

— Tu ne crois pas que tu ferais mieux de retourner en ville avec nous ! demanda-t-il.

— J'irai n'importe où sauf dans cette chambre. Rita a raison, tout ce sang...

— Il n'en restera pas trace, promit Mike. Je reviendrai dimanche pour tout nettoyer. Vous voulez emporter vos affaires de toilette pour la nuit ?

— J'ai tout ce qu'il me faut à l'appartement. Partons tout de suite, je vous en prie.

Pendant que Stanfield sortait avec Janet, Mike alla chercher son sac dans sa chambre, il éteignit la lumière, ferma la porte à clé et les rejoignit.

— Je vais prendre la voiture de Janet et je vous suivrai, dit Stanfield. Mais ne vous inquiétez pas si je vous quitte en route. J'ai glissé un billet de cinquante dollars au policier qui a pris les photographies, et il doit me remettre quelques clichés qu'ils vont développer dans le laboratoire des bureaux de Jim Knott. Après quoi je passerai au journal pour dicter un compte rendu des événements à l'un de nos rédacteurs. Je ne rentrerai donc pas chez moi avant deux heures. L'édition matinale du *Post* sera déjà sous presse aussi le *Star News* sera-t-il le premier à relater l'incident.

— Oh, oncle George ! s'exclama Janet, faut-il absolument publier cette histoire.

— Je suis journaliste, ma chérie, et toi aussi. Elle sera communiquée par tous les services télégraphiques. Tu vas être l'héroïne du jour.

2

En reprenant la route de Washington, Mike Kerns conduisit beaucoup plus lentement qu'il ne l'avait fait deux heures auparavant en sens inverse. Janet n'avait pas soufflé mot pendant la moitié du trajet et il espérait qu'elle dormait quand soudain elle rompit le silence.

— Mike, il y a quelque chose de bizarre dans l'incident de

cette nuit, dit-elle. Cet homme est arrivé dans le bungalow comme s'il avait été invité.

— Que voulez-vous dire ?

— Il m'a appelé par un nom...

Ces paroles lui firent l'effet d'une douche.

— Était-ce Lynne ? demanda-t-il.

— Oui. Comment pouvez-vous le savoir ? dit-elle en l'agrippant par le bras avec une telle force que la voiture fit une légère embardée.

— Avant que j'essaie de répondre, racontez-moi tout ce qui s'est passé sans omettre un détail.

— Comme je l'ai dit au shérif, je regardais la T.V. et je n'entendais que le croassement des grenouilles et tous ces bruits de la nuit que j'aime tant. A un moment, j'ai levé les yeux et il était debout dans la pièce.

— A-t-il eu l'air de vous reconnaître ?

— Pas exactement, on aurait dit qu'il s'attendait à trouver quelqu'un d'autre. Je me rappelle qu'il m'a dit : « Poupée, les photos des journaux ne t'ont pas rendu justice. » Alors je lui ai demandé ce qu'il voulait et il m'a répondu : « Toi, poupée. C'est toi que je veux. »

Elle frissonna et poursuivit.

— Je n'avais jamais perçu ce désir brutal dans une voix d'homme, mais j'ai dû le sentir à cause de cet instinct qui avertit une femme sur le point d'être...

— Violée ?

— Non. Ce n'était pas tout à fait cela. En réalité, il semblait s'attendre à être accueilli les bras ouverts avec autant d'enthousiasme qu'il en avait lui-même.

— Vous sous-estimez l'effet que votre beauté produit sur les hommes, chérie. Si vous m'aviez écouté le jour où je vous ai ramenée du *Chat Pourpre,* vous auriez perçu le même accent dans ma voix.

— Non, Mike. Il grondait comme un fauve, comme s'il voulait se ruer sur moi. Quand j'ai commencé à reculer vers la chambre pour prendre le pistolet, il a dit : « Ne joue pas les coquettes, diablesse. Tu t'appelles toujours Lynne quel que soit le nom que tu te donnes à présent. J'ai roulé nuit et jour pour t'avoir et je t'aurai. »

— Vous êtes sûre qu'il a dit Lynne ?

— Oui. C'est ce que je n'ai pas compris. Bien que vous m'ayez dit que mon second moi s'était appelé Lynne l'autre soir. Comment un parfait étranger pouvait-il le savoir ?

Mike ne répondit pas. Il ne voulait pas admettre l'affreuse réalité qui commençait à prendre forme dans son esprit.

— Qu'est-il arrivé ensuite, demanda-t-il.

— J'ai continué à reculer vers la chambre et il me suivait. Il riait comme si nous jouions à un jeu qui l'amusait parce qu'il savait qu'il finirait par gagner. Quand j'ai atteint la commode, il se trouvait peut-être à dix pas de moi. « Ah, c'est là que tu m'emmènes, petite coquine, a-t-il dit. On voit que tu as fait ton chemin dans le monde. Le plancher te suffisait quand tu étais vraiment en chaleur. — C'est ce que tu crois », ai-je réussi à dire pendant que je cherchais le vingt-deux à tâtons dans le tiroir. Puis quand je l'ai sorti et enlevé le cran d'arrêt, il a dû comprendre que je n'étais pas celle qu'il croyait car il a brandi son revolver. Je savais qu'il m'abattrait si je ne tirais pas la première. Quand j'ai appuyé sur la gâchette il n'était pas à plus de six pas.

Soudain, elle s'effondra et se serra contre lui.

— Mon Dieu ! c'était horrible ce trou qui est apparu dans sa tête et cette balle qui a explosé dans son crâne comme un écho de la détonation.

— Cessez d'y penser, ordonna-t-il en arrêtant la voiture devant l'immeuble de George Stanfield. Je vais vous donner un somnifère et vous mettre au lit.

— Ne me quittez pas avant l'arrivée d'oncle George, implora-t-elle. J'ai été suffisamment secouée pour ce soir.

— Je vais vous border et je vous tiendrai la main, promit-il. Quel changement avec la dernière fois que je vous ai accompagnée dans cette chambre.

Pendant qu'elle se changeait, Mike se versa une bonne dose de bourbon, et s'assit pour réfléchir. En récapitulant la série des événements que lui avait racontés Janet, il aboutissait à une conclusion qu'il avait peine à admettre mais, aussi terrible qu'elle fût, il n'en voyait pas d'autre.

— Vous pouvez venir, cria Janet. Je suis couchée.

Il se leva et entra dans sa chambre. Elle était en pyjama et sa robe de chambre était au pied du lit. Il se pencha pour l'embrasser et la sentit déjà toute somnolente.

— Vous m'avez donné un soporifique puissant, dit-elle à moitié endormie. J'étais tellement écœurée après ce qui s'est passé que j'ai pris une douche et j'ai failli me trouver mal. Ce comprimé me donne la sensation merveilleuse de flotter dans l'air.

— Flottez dans le pays des rêves alors. Je ne vous quitterai pas avant le retour de votre oncle.

— Vous m'appellerez demain matin, n'est-ce pas? Vous m'aiderez à mettre de l'ordre dans ma tête.

— Vers onze heures, promit-il. Nous pourrons peut-être déjeuner ensemble si les journalistes et les photographes ont terminé leur travail à temps. Vous allez encore avoir les honneurs de la première page.

— J'aimerais mieux que mon nom soit dans les échos mondains à la rubrique des mariages, murmura-t-elle en s'endormant.

Mike vida son verre et le remplit de nouveau, mais l'alcool ne lui fit pas oublier que la femme qui dormait à quelques pas de lui et qu'il aimait plus que tout au monde était menacée par une force mauvaise dont il devait la protéger, il ne savait comment.

George Stanfield arriva un peu après trois heures. Il semblait épuisé. Il se versa à boire et se laissa tomber dans un fauteuil.

— Rien de nouveau ? demanda Mike.

Le journaliste secoua la tête.

— Le policier qui a pris les photographies dit que le shérif Knott espère identifier la victime demain matin.

— D'après la plaque de la moto ?

— Si elle n'a pas été volée. Il a autorisé les journaux à publier les photographies dans l'espoir que quelqu'un reconnaîtra le mort et il a pris des empreintes digitales qui seront envoyées au F.B.I. dès l'ouverture de leur laboratoire. Si le rôdeur a un casier judiciaire ou a jamais appartenu aux forces armées ou aux services publics, l'ordinateur l'identifiera en quelques minutes. Janet vous a-t-elle appris quelque chose que nous ne sachions pas encore ?

Mike hésita un instant à répéter l'histoire qu'elle lui avait racontée puis il pensa qu'en journaliste consciencieux, Stanfield se croirait obligé de le publier et il renonça à cette idée.

— Rien d'important, répondit-il. Je lui ai donné un sédatif puissant, aussi dormira-t-elle sans doute jusqu'à midi.

— Parfait. Ainsi j'aurai une bonne excuse pour empêcher les journalistes du *Post* de venir l'ennuyer. Je leur dirai qu'elle a été traumatisée et que son médecin lui a administré un somnifère.

Pendant qu'il roulait pour regagner son appartement, Mike continuait à se poser des questions. Comment était-il possible que l'intrus qu'elle avait abattu ait pu s'imaginer, comme Janet le croyait, qu'il était attendu au bungalow. Ce n'est que dans la matinée, après ses tournées à l'hôpital, qu'il trouva un moyen d'élucider ce mystère.

Arrivé dans son cabinet Mike composa le numéro du bureau de la comptabilité de la compagnie du téléphone. Il fut mis en communication avec une jeune femme aimable qui était chargée des relevés téléphoniques du secteur de son bungalow.

— Ici le docteur Michael Kerns, lui dit-il. Je crois que quelqu'un s'est servi de ma ligne pour faire des appels à longue distance depuis mon bungalow. Pourriez-vous vérifier le relevé de ce mois et me dire si vous trouvez des communications hors de la région de Washington.

— Certainement, docteur, quel est votre numéro ?

— Sept cent soixante-quatorze, vingt-sept, zéro un.

— Ne quittez pas s'il vous plaît.

Au bout d'un moment elle revint en ligne.

— Il y a eu un appel pour Chicago lundi après vingt heures au numéro 555.76.77. Il a duré dix minutes et le prix est de 3 dollars 65 sans compter la taxe.

— Merci.

Mike raccrocha et fixa l'appareil des yeux un long moment sans le voir. Puis il prit l'annuaire du téléphone de Washington et chercha le numéro du quartier général du F.B.I. Quand il l'eut obtenu, il donna son nom et demanda à parler à l'inspecteur Stafford.

— Docteur Kerns ? dit la voix cordiale de l'officier du F.B.I. Je viens de lire le rapport du shérif Knott sur les événements de la nuit dernière. Il est accompagné d'une demande d'identification du corps. Désolé d'apprendre que miss Burke s'est encore trouvée mêlée à un incident pénible.

— C'est pourquoi je vous appelle, dit Mike. J'ai un service à vous demander.

— Je suis à votre disposition dans la mesure où je puis vous être utile.

— D'abord, quelqu'un s'est servi du téléphone de mon bungalow situé sur les rives du Potomac pour appeler Chicago, lundi après huit heures du soir. Mon numéro est 774.27.01 et celui du correspondant 555.76.77. Je voudrais connaître le nom et l'adresse de ce correspondant.

— C'est assez facile. Est-ce miss Burke qui a appelé ?

— C'est possible. Je n'en suis pas sûr.

— Je vais m'en occuper mais officieusement, à titre amical.

— Deuxièmement, est-il exact qu'il existe à Washington un ordinateur spécial programmé avec le dossier complet de tous les individus possédant un casier judiciaire ou ayant appartenu aux services publics ou aux forces armées ?

— Vous touchez au domaine des services secrets, docteur. Même s'il existait un ordinateur central de ce genre, je ne pourrais vous le révéler.

— Je ne vous demande aucune révélation en dehors de ce qui concerne miss Burke, Lynne Tallman, l'homme qui a été abattu hier soir et peut-être encore trois autres personnes.

— C'est déjà beaucoup. Qui sont ces trois autres ? demanda Stafford sur un ton professionnel.

— Un employé à la commission de l'Énergie atomique nommé Roger Coven, sa femme Rita qui a été sténotypiste à Oak Ridge et Randall McCarthy, un professeur de psychiatrie et de parapsychologie à l'École de Médecine de Washington. Quoi que vous puissiez découvrir sur eux, je ne demande que les renseignements qui peuvent se rapporter au cas Tallman ou à l'homme qui a été tué hier par miss Burke.

— A part la requête du shérif Knott pour une vérification d'empreintes, nous n'avons officiellement rien à voir avec cette affaire.

— Sauf erreur de ma part, inspecteur, quand cette identification sera faite, vous serez plongés dans cette affaire jusqu'au cou.

Il y eut un moment de silence puis l'homme du F.B.I. reprit d'un ton décidé :

— Dans ce cas, docteur, je crois que nous aurions intérêt à avoir un entretien privé. Je vais m'occuper de vos requêtes...

— Faites vite, je vous en prie. La vie de miss Burke — ou son état mental — est peut-être en jeu.

3

Un peu avant midi, l'infirmière de Mike apporta un numéro de la dernière édition du *Star News* de Washington.

— Mr Stanfield a envoyé ce journal par porteur spécial, expliqua-t-elle. On dirait que vous avez eu une nuit mouvementée.

L'événement était relaté en première page avec les photographies du mort, de Janet en bikini blanc et de Mike lui-même. Cependant George Stanfield avait pris soin de rapporter les faits sobrement en évitant de leur donner un caractère sensationnel : Un rôdeur avait tenté de violer une jeune femme qui n'avait pas craint d'utiliser l'arme que tout propriétaire ou locataire a le droit de détenir dans sa maison pour assurer sa protection. L'article était néanmoins percutant et constituait un réquisitoire en règle contre les bandes de vagabonds qui représentaient une menace pour tous les citoyens pacifiques.

Le téléphone sonna un peu avant midi. L'inspecteur Stafford était en ligne.

— Vous êtes en passe de devenir un nouveau Sherlock Holmes, docteur Kerns, dit-il cordialement. Le rôdeur que miss Burke a abattu n'est autre qu'Armand Descaux.

— L'homme qui a vraisemblablement placé la bombe dans l'avion et tué Lynne Tallman.

— Il est aussi l'un des dix criminels qui figurent en tête de la liste des hommes recherchés par le F.B.I. pour délits majeurs : pose de bombes, incendies, viols, cambriolages et j'en passe. Incidemment, il avait volé la motocyclette dans une petite ville au sud de Chicago deux jours avant sa mort. Descaux était l'associé et l'amant en titre de Lynne Tallman avant l'arrestation de celle-ci, ainsi que le grand prêtre de la secte du Diable dont elle-même était la grande prêtresse.

Mike se sentit défaillir bien qu'il eût prévu la réponse que venait de lui faire l'inspecteur.

— Et l'appel téléphonique ?

— Nous connaissons l'adresse du correspondant que le demandeur a appelé mais pas son nom. Cependant comme l'appel a été fait par l'automatique et de poste à poste, il est évident que le demandeur connaissait le numéro. De plus elle...

— Vos conclusions ne sont-elles pas un peu hâtives, inspecteur ?

— Peut-être. J'allais dire que le demandeur a presque certainement invité Descaux à venir le rejoindre dans votre bungalow, docteur. C'est là un fait rudement déconcertant, de quelque côté qu'on l'examine. Sur ma demande le bureau de Chicago a fait une incursion à l'adresse correspondant au numéro de téléphone ce matin à la première heure. C'est un entrepôt abandonné et un seul membre de la bande a pu être capturé, mais l'endroit servait manifestement de quartier général à Descaux et à un certain nombre d'autres terroristes associés à Lynne Tallman.

— Vous dites que vous en avez pris un ?

— Seulement un petit gibier, un drogué nommé Frelinghausen qui s'est mis à table sans difficulté. La secte a été avertie de la mort de Descaux par un coup de téléphone émanant de Washington et leur conseillant de décamper avant que la source du premier appel ait pu être décelée. En fait, ils ont dû être si affolés qu'ils ont filé en toute hâte laissant une partie du haschich qu'ils fumaient.

— Beau travail.

— Insuffisant, dit l'homme du F.B.I. sèchement. Vous rappelez-vous qui se trouvait au bungalow quand vous êtes arrivés hier soir à part le shérif Knott et ses collaborateurs ?

— Le docteur McCarthy et les Coven sont arrivés en canot dès que Janet les a appelés. Quand je suis entré avec Mr Stanfield, il y avait aussi deux employés de la morgue.

— Une minute, docteur. Je vais prendre une autre ligne. Vous restez au bout du fil ou je vous rappelle ?

— Je reste, dit Mike. Je suis aussi désireux que vous de connaître l'explication de ces coups de téléphone.

L'inspecteur revint en ligne moins de cinq minutes plus tard.

— La compagnie de téléphone n'a enregistré aucun appel de longue distance émanant du bungalow des Coven la nuit dernière. Alors nous sommes devant un mur.

— Je suis heureux que vous ne soupçonniez pas Janet...

— Pas d'avoir donné le second coup de fil mais la question se pose de savoir qui a donné le premier ? J'ai appris par la T.V. ce matin qu'elle se repose dans l'appartement de son oncle sous l'effet d'un sédatif prescrit par son médecin, c'est-à-dire vous. Ne pourrais-je lui parler aujourd'hui ?

— Un journaliste du *Post* m'a téléphoné dans la matinée. Ils sont furieux que George Stanfield se soit réservé l'exclusivité de la nouvelle. Je suis sûr que les journalistes surveillent l'appartement, dit Mike. Si vous apparaissez là-bas, ils vont certainement avoir des soupçons et faire un rapprochement avec le cas Tallman.

— J'aimerais mieux éviter d'aiguiller la presse sur cette piste.

— Je vais voir ce que je peux faire, Mike. Je n'ai pas parlé avec Janet ce matin. Elle dort peut-être encore. Je suis sûr qu'elle est aussi désireuse que moi de voir clair dans cette histoire. Si je peux la faire sortir discrètement par la porte de service cet après-midi, où voulez-vous que je la conduise ?

— Ici dans le bureau où ses déclarations pourront être enregistrées. Elle peut se faire assister d'un avocat, si elle le veut.

— Nous coopérons à cent pour cent. Alors quel besoin a-t-elle de prendre un avocat ?

— Aucun, puisqu'elle a sûrement tué Descaux en état de légitime défense. Pouvez-vous la conduire ici à deux heures ?

— Nous y serons. Mais je vous en prie, inspecteur, ménagez-la. Ce cas présente des aspects — des aspects d'ordre médical — que je ne comprends pas moi-même.

— Ne vous inquiétez pas si vous vous sentez suivi en venant ici, dit Stafford. Depuis l'incursion du Bureau de Chicago dans l'entrepôt, miss Burke est sous la surveillance — et la protection — du F.B.I.

— Mais...

— Le menu fretin que nous avons attrapé nous a dit que la secte Tallman-Descaux est en route pour Washington. Tels que nous les connaissons, ils peuvent décider de descendre miss Burke pour venger la mort de leur grand prêtre Descaux. Ils peuvent avoir aussi d'autres intentions criminelles. Nous ne savons pas ce qu'ils complotent pour le moment et peut-être ne le saurons-nous même pas avant que le fait se produise mais nous allons essayer de protéger miss Burke.

4

Il était près de deux heures quand Mike et George Stanfield accompagnèrent Janet dans le bureau de l'inspecteur Stafford.

— J'ai préféré que Mr Stanfield soit présent, expliqua Mike. Il est le tuteur légal de miss Burke et représente son employeur, le *Washington Star News*.

— Vous avez bien fait, dit Stafford. Il faut que je vous avertisse que toute cette conversation va être enregistrée. Je dois m'assurer aussi que miss Burke est au courant de ses droits.

— Suis-je accusée d'un délit, inspecteur ? demanda Janet parfaitement à l'aise.

Mike admira la façon dont elle avait repris possession d'elle-même après une bonne nuit de sommeil à la suite de l'épreuve qu'elle avait subie la veille.

— Pas par le Bureau, miss Burke, mais le coup de feu a été tiré dans un comté voisin et nous ne savons jamais comment un magistrat trop zélé...

— Peut réagir dans l'espoir que la publicité l'aidera à se frayer un chemin dans la politique, intervint George Stanfield. En notre qualité de journalistes nous connaissons bien ce type d'individus, ma nièce et moi. Mais quel chef d'accusation aurait-il ?

— Les autorités locales du Maryland pourraient accuser miss Burke d'avoir attiré un criminel dans un piège où il a trouvé la mort.

— Quel piège, protesta Janet avec indignation. Je n'avais jamais vu cet individu.

— Pourtant, lundi dernier dans la soirée, quelqu'un a téléphoné du bungalow du docteur Kerns dont vous êtes locataire, miss Burke. Le numéro appelé est celui d'un téléphone de Chicago situé dans un entrepôt qui abritait Armand Descaux et la secte qu'il dirigeait avec Lynne Tallman avant la mort de celle-ci. Descaux a quitté Chicago aussitôt après cet appel. Il a volé une motocyclette dans les faubourgs et s'est rendu directement au bungalow du docteur Kerns où vous vous trouviez.

Janet chercha la main de Mike et lui enfonça ses ongles dans la paume.

— Mon Dieu, murmura-t-elle. Alors il a bien dit la vérité. Elle *l'avait* appelé.

— Que veux-tu dire ? questionna George Stanfield.

— Écoutez le récit de Janet sur ce qui s'est passé la nuit dernière et vous y verrez plus clair, suggéra Mike.

— Ainsi vous m'auriez caché des détails importants ? gronda Stanfield.

— Pendant le trajet de retour, Janet m'a parlé du comportement de Descaux, expliqua Mike. J'ai réfléchi que des informations de cette nature risquaient de donner matière à des élucubrations plus ou moins scabreuses et, partant, de créer une publicité déplaisante. J'ai attendu de pouvoir me renseigner sur les appels éventuels émanant du bungalow. Or, ce matin, j'ai appris que quelqu'un avait téléphoné à Chicago lundi soir. J'ai donc demandé à l'inspecteur Stafford d'essayer de découvrir l'identité du correspondant.

— Je vais vous raconter l'histoire en détail, oncle George, promit Janet. Comptez-vous l'enregistrer, inspecteur ?

— Avec votre permission, miss Burke.

— Vous l'avez, inspecteur. J'ai dit toute la vérité au docteur Kerns et je vais vous la répéter.

— Vous pouvez commencer, dit Stafford en introduisant une fiche dans une prise placée sur son bureau. Je précise que miss Burke fait cette déclaration spontanément. Allez-y, miss Burke.

Lentement, distinctement, Janet répéta tout ce qu'elle avait raconté à Mike la veille, décrivant de nouveau en détail tous les faits, gestes et paroles d'Armand Descaux à partir du moment où elle l'avait vu surgir devant elle.

— Merci, miss Burke, dit Stafford quand elle eut fini. Avez-vous téléphoné à Descaux avant son arrivée ? Ou à son quartier général de Chicago après ?

— Je n'ai appelé personne, déclara-t-elle d'un ton ferme. Et je suis prête à répéter sous la foi du serment tout ce que je viens de dire.

— Pourtant, le registre de la compagnie du téléphone indique qu'un appel en provenance du bungalow du docteur Kerns a été adressé au quartier général de la bande de Descaux.

— Ce n'est pas moi qui ai téléphoné.

— Étiez-vous seule lundi soir ?

— Oui.

— Cependant, d'après votre propre récit, Descaux s'attendait à être accueilli par vous à bras ouverts.

— Ne réponds pas à cette question, Janet, intervint George Stanfield vivement.

— Je ne peux pas mentir à ce sujet, oncle George. Il a même prétendu qu'il avait été invité à venir au bungalow.

— Comment expliquez-vous cette attitude si vous n'avez pas téléphoné à Chicago et que vous étiez seule au bungalow lundi soir ?

Janet regarda Mike qui l'avait soigneusement mise en garde contre ce genre de question.

— Le docteur Kerns me soigne, dit-elle. J'aimerais mieux que ce soit lui qui vous explique.

— Le pouvez-vous, docteur ? demanda Stafford.

— Je le crois, si vous me permettez de récapituler un peu la situation.

— Bien entendu.

— Je soigne miss Burke pour les dommages physiques dus à l'accident d'avion de Dulles. Or elle a subi, entre autres, une commotion grave qui l'a laissée dans le coma pendant près de trente-six heures. J'ai craint alors une lésion cérébrale permanente. Aussi ai-je fait venir en consultation le docteur Josh Fogarty, un neurochirurgien, et le docteur Randall McCarthy, un psychiatre.

— Pourquoi un psychiatre ?

— Le docteur Fogarty a décelé l'apparition d'ondes inhabituelles dans l'électro-encéphalogramme de miss Burke avant qu'elle ait repris connaissance, inspecteur. Comme les troubles de la personnalité ne sont pas rares à la suite d'une commotion cérébrale violente, nous voulions pouvoir les dominer s'ils survenaient. Et maintenant qu'ils sont...

— Mais Janet ne présente aucun trouble, interrompit George Stanfield.

— Nous ne voulions pas vous alarmer avant que Mike et McCarthy aient acquis une certitude, oncle George, dit Janet posément. Je n'arrive pas à le comprendre moi-même, mais il semble que je sois deux personnes.

— Multiple personnalité ! s'exclama Stafford. Nous avons eu affaire à un cas de ce genre quand je dirigeais le Bureau de Birmingham.

— Alors vous savez de quoi il s'agit, reprit Mike d'un air soulagé. Selon le docteur McCarthy, la commotion a troublé la fonction cérébrale de Janet au point que son corps abrite actuellement deux personnalités absolument différentes. L'une est la Janet Burke que vous avez sous les yeux mais l'autre — une garce perverse qui se nomme Lynne — prend de temps en temps possession du corps de miss Burke.

— Avez-vous vu cette autre personnalité, docteur ? demanda Stafford.

— Oui, je l'ai vue. Ses actes sont assez conformes à la description que donne Janet du comportement de Lynne Tallman à Chicago.

— Dieu du ciel, gémit Stanfield. C'est incroyable.

— Alors, selon vous, docteur Kerns, ce serait la personnalité nommée Lynne qui aurait téléphoné à Chicago lundi soir ? demanda Stafford.

— Je ne vois pas d'autre explication. Au fait, comment connaissiez-vous le numéro de téléphone de la secte ? demanda-t-il à Janet. Peut-être Lynne vous l'a-t-elle dit avant que vous ne quittiez Chicago ?

— Non. Elle ne m'a rien dit. Chaque fois que j'essayais de l'interroger sur les autres membres de la secte, elle se taisait.

— Pouvez-*vous* expliquer qu'elle ait connu le numéro exact, docteur.

— Je le crois, mais je préfère attendre avant de vous dire pourquoi.

— Que voulez-vous dire Mike ? s'écria Janet.

— Simplement que j'ai une théorie sur toute cette affaire que je ne puis révéler avant de pouvoir la prouver.

— Et quand vous l'*aurez* prouvée, vous me l'exposerez, n'est-ce pas docteur ? dit Stafford sur un ton soudain impérieux.

— Immédiatement.

— Parfait, docteur. Vous nous avez dit que vous aviez vu miss Burke quand l'autre personnalité faisait surface. Pouvez-vous nous décrire son comportement ?

Mike relata succinctement l'incident du *Chat Pourpre,* sans parler de l'attitude de Janet dans l'appartement, avant que l'arrivée inopinée de George Stanfield ait forcé la personnalité de Lynne à se retirer.

— Deux personnes en un seul corps et l'une agissant comme une criminelle ! murmura George Stanfield, en s'épongeant le front avec un mouchoir. Si je publiais une histoire pareille, tout le monde penserait qu'il s'agit d'une pure invention.

— Supposez que nous acceptions la théorie de la double personnalité, docteur Kerns, dit Stafford pendant que le magnétophone continuait à ronronner doucement. Si la personnalité de Lynne a téléphoné lundi soir comme nous le pensons, comment se fait-il que miss Burke ne s'en souvienne pas.

— En cas de multiple personnalité, aucune ne se souvient des actes ou des paroles de l'autre.

— La personnalité nommée Lynne peut-elle émerger à volonté.

— Pas à *ma* volonté, dit Janet fermement, mais apparemment à la *sienne*.

— Quelle différence y aurait-il ? demanda George Stanfield.

— Une différence importante, dit Stafford. Frelinghausen, le coquin que nous avons arrêté à Chicago, a révélé que le second coup de téléphone, celui qui annonçait la mort de Descaux, est parvenu au quartier général de la secte hier un peu avant minuit. En quittant Chicago, Descaux avait ordonné à ses complices de le rejoindre à la fin de la semaine. Il leur avait même fixé un lieu de rendez-vous.

— Était-ce mon bungalow ? demanda Mike.

— Frelinghausen était trop défoncé pour se rappeler l'endroit précis, mais ce qu'il décrit correspond à la situation de votre maison.

Janet frissonna.

— Alors, ce Descaux s'attendait à être accueilli par quelqu'un...

— Probablement par la personnalité de Lynne qui devait vouloir reprendre la place que Lynne Tallman occupait dans la secte avant sa mort, dit Mike.

— C'est monstrueux, Mike, protesta Janet.

— Nous devons être réalistes, chérie. Vous n'avez jamais vu cette partie de vous-même en action, alors vous ne savez pas à quel point elle peut être dangereuse. Si elle a décidé de reprendre le petit empire que Lynne Tallman avait édifié de son vivant, il fallait avant tout qu'elle se débarrasse d'Armand Descaux, son seul rival pour l'accession au pouvoir.

— En l'attirant à Washington par un coup de téléphone, remarqua l'inspecteur Stafford, et en créant une situation qui obligerait miss Burke à le tuer. Votre théorie est logique, docteur.

— Eh bien, elle ne l'est pas pour moi, dit Janet avec indignation. Vous faites de moi une meurtrière.

— Pas vous... Lynne, dit Mike. En ce qui vous concerne, vous avez agi en état de légitime défense ; vous ne pouvez donc être coupable d'avoir tué Descaux. Ai-je raison, inspecteur ?

— Techniquement oui.

— Voyez-vous un jury acceptant la théorie que je viens d'établir et condamnant Janet pour un délit qu'elle n'a pas commis en tant qu'elle-même ?

— Non. (Stafford débrancha le magnétophone.) Mais il m'est encore difficile de croire que miss Burke peut abriter une autre personnalité capable des méfaits commis par Lynne Tallman.

— Vous oubliez encore une chose, dit Janet d'une voix si bouleversée que Mike lui prit instinctivement la main. Comment puis-je continuer à vivre en tant que deux personnes en sachant que l'une d'elles a abusé de la confiance d'un homme pour l'attirer sciemment dans un guet-apens où il a trouvé la mort ?

5

Mike déposa Janet dans l'appartement de son oncle et rejoignit Stanfield dans l'immeuble du journal.

— Je suis comme l'inspecteur, dit le journaliste. Je n'arrive pas à avaler votre histoire de double personnalité en ce qui concerne Janet.

— Moi non plus, répondit Mike.

Stanfield resta interloqué.

— Mais vous avez dit...

— Je ne faisais que répéter la théorie de McCarthy et ses explications sur le comportement de Janet pour empêcher l'inspecteur de lui imputer la responsabilité de la mort de Descaux. Mon hypothèse personnelle vous paraîtra sans doute plus invraisemblable encore, bien que je la trouve plus logique.

— Expliquez-vous.

— Je suis convaincu que Janet est possédée par un démon.

— Vous avez fait allusion à cette possibilité il y a six semaines et je reste tout aussi sceptique aujourd'hui. Ce genre de phénomènes ne se produit plus de nos jours, sauf dans les films et les romans à sensation.

— C'est ce que je croyais jusqu'au jour où j'ai eu l'occasion d'aborder le sujet avec un patient très spécial, le père Julian O'Meara...

— Je n'en ai jamais entendu parler.

— Sur les registres de l'Église catholique, il est curé d'une petite paroisse de la banlieue de Washington. En réalité, il exerce la fonction d'exorciste du diocèse. Selon lui, la possession par les démons va en augmentant à des époques troublées comme la nôtre. Peut-être les gens sont-ils si désemparés sur le plan affectif qu'ils n'ont pas la force morale de lutter contre les agents de Satan.

— J'aime Janet comme ma fille, dit George Stanfield dont le visage reflétait les tourments. Ne me demandez pas de croire qu'elle pourrait devenir la créature démoniaque qu'était Lynne Tallman.

— Janet non, mais l'esprit du mal qui la possède le peut. C'est ce que nous avons le plus à craindre.

— Mais pourquoi ?

— Lynne Tallman n'était pas une imbécile. Tout ce que Janet a écrit sur elle le prouve. Elle était très capable de prendre possession du corps de Janet pendant que la volonté de celle-ci ne pouvait l'en empêcher. Or le meilleur moment n'était-il pas celui où Janet était sans connaissance et Lynne elle-même menacée de destruction par les flammes ?

— Un démon de l'enfer aurait-il peur du feu ?

— Vous avez oublié votre Dante : le septième seuil de l'enfer, le pire et probablement celui d'où viennent les esprits mauvais comme celui qui dominait Lynne Tallman, est terriblement froid. Le père O'Meara dit, lui aussi, que, pendant les exorcismes, la température de la pièce tombe rapidement même s'il fait une chaleur torride dehors.

— Je ne prétends ni comprendre ni croire, mais je sais que Janet vous aime et vous fait confiance, Mike, et, comme vous l'aimez aussi, il semble que vous seul puissiez la protéger de la créature démoniaque qui l'habite.

— J'en ai bien l'intention mais il faut d'abord prouver que le corps de Janet est vraiment habité par un esprit du mal. Heureusement, le père O'Meara pourra faire cette preuve.

6

Samedi à douze heures trente Mike entra avec un invité dans la salle Falstaff de l'hôtel Sheraton à Washington. Son compagnon était un homme grand, aux cheveux grisonnants et aux larges épaules, vêtu d'un costume sport et d'un pull-over marron à col roulé. Il avait un visage intelligent et un regard empreint de bonté. Un maître d'hôtel les guida vers une table.

— Miss Burke va arriver d'une minute à l'autre, père, dit Mike. Pourriez-vous m'expliquer comment vous comptez procéder ?

— Ces démons ont le pouvoir de lire dans la pensée ; si vous étiez averti, votre fiancée le saurait et serait aussitôt mise en garde.

— Quand le test lui-même aura-t-il lieu ?

— Je peux simplement vous affirmer que, si elle est vraiment possédée, il ne restera aucun doute dans votre esprit à ce sujet. (Les yeux du père O'Meara s'agrandirent soudain.) La voilà sans doute. Quelle beauté extraordinaire !

Le murmure qui se propagea dans la salle aurait annoncé l'arrivée de Janet même si Mike ne l'avait pas vue apparaître sur le seuil. Il se leva pour aller à sa rencontre. Plus séduisante que jamais dans sa robe d'été, elle n'avait pu s'empêcher de rougir en sentant les regards admiratifs des hommes et les coups d'œil envieux des femmes.

— Bonjour, chérie, dit Mike, en lui prenant le coude pour la conduire vers la table. Voici un vieil ami, le père Julian O'Meara.

Mike sentit que Janet se raidissait en apprenant que son hôte était prêtre puis elle se détendit et serra la main d'O'Meara.

— Enchantée de vous connaître, père, dit-elle.

— Je suis très heureux de vous rencontrer, répondit le prêtre. Comme vous, j'ai eu affaire au scalpel de votre fiancé, mais le résultat n'a rien de comparable avec celui qu'il a obtenu dans votre cas.

Ils commandèrent des apéritifs : du sherry pour O'Meara et Janet, du bourbon pour Mike. Le repas fut agréable et se déroula sans incident. O'Meara avait un charme typiquement irlandais et il raconta des anecdotes intéressantes sur ses expériences de joueur de football professionnel au cours des années qui précédèrent son entrée dans les ordres.

Le déjeuner se terminait et Mike commençait à s'énerver quand le père dit d'un ton détaché :

— Je dirige une petite paroisse dans l'un des vieux quartiers de la ville, miss Burke, c'est une sorte de bidonville. Nous nous efforçons d'intéresser les jeunes aux sports de toute sorte et nous obtenons de merveilleux résultats. Vous pourriez peut-être nous rendre visite un de ces jours. Je suis sûr que vous trouveriez là matière à écrire un article.

— C'est une excellente idée.

— Lundi dernier, c'était mon anniversaire. Regardez ce que l'équipe masculine de basket-ball m'a offert.

Le prêtre sortit de sa poche un crucifix en or serti de pierres précieuses. Le retournant dans sa main, il désigna du doigt un acrostiche en forme de poisson avec des caractères que Mike reconnut pour des lettres grecques mais dont le symbolisme lui échappait.

— Le signe du Poisson, un ancien symbole, désignant le nom du fils de Dieu, dit O'Meara en plaçant le crucifix en face de Janet. Connaissez-vous cette histoire, miss Burke ?

Averti par le ton du prêtre qu'il soumettait enfin Janet au

test qu'il attendait depuis le début du repas, Mike leva les yeux sur la jeune fille et ce qu'il vit le laissa figé de stupeur.

A la vue du crucifix, Janet était devenue couleur de cendre et une lueur qu'il commençait à reconnaître s'était allumée dans son regard. Elle ne resta assise qu'un instant, puis elle repoussa brusquement sa chaise qui se renversa.

— Excusez-moi, dit-elle d'une voix tremblante de peur et de colère, incontestablement celle de la personnalité de Lynne. Il faut que j'aille aux toilettes.

Elle était déjà à dix pas de la table avant que Mike ait eu le temps de se lever. Elle s'enfuit presque en courant, bousculant les clients assis aux autres tables sans prendre la peine de dire un mot d'excuse. Il ne lui fallut pas plus de trente secondes pour atteindre la porte du hall et disparaître. Un silence profond régna quelques instants dans la salle.

— C'était le test, n'est-ce pas ? demanda Mike au père O'Meara quand les conversations eurent repris.

O'Meara fit un signe affirmatif. Une expression de compassion apparut dans ses beaux yeux sombres.

— Il n'y a plus aucun doute, Mike, dit-il. Votre bien-aimée est possédée par un esprit mauvais.

— Le Troisième Impossible, murmura Mike d'une voix rauque.

Bien qu'il eût soupçonné la vérité depuis le début, la certitude lui broyait le cœur.

7

— Que pouvons-nous faire, père ? demanda Mike avec l'accent du désespoir.

— Pour l'instant, vous feriez mieux de la rattraper avant qu'elle ne sorte d'ici avec la personnalité de Lynne. Autrement, elle risque de ne jamais réintégrer son moi réel.

— Êtes-vous sûr que l'esprit qui la possède est celui qui dirigeait Lynne Tallman avant sa mort ?

— Lucifer a pu envoyer un autre agent pour continuer l'œuvre commencée par la fille Tallman et sa secte d'adorateurs du démon mais le résultat est le même.

Le père Julian se leva, reprit le crucifix qui avait provoqué une telle réaction chez Janet et le glissa dans sa poche.

— Si miss Burke ne me voit pas avant de quitter le restaurant, vous pouvez peut-être l'aider à redevenir elle-même et lui expliquer ce qui s'est passé, reprit-il. A mon avis, elle n'en aura gardé aucun souvenir ou tout au moins elle ne l'admettra pas.

Mike paya l'addition et attendit dans le salon. Janet sortit du lavabo et passa à côté de lui sans avoir l'air de le reconnaître. Mais pendant le court instant où elle lui fit face, il aperçut dans son regard une expression d'effroi qu'il n'avait jamais vue auparavant. Il en déduisit que, malgré toute son audace, Lynne-Janet avait peur du crucifix, de la présence du prêtre et, par-dessus tout, du pouvoir qu'il représentait. Cette pensée lui rendit l'espoir : peut-être que l'esprit du mal qui s'était introduit dans le corps de Janet pendant l'incendie de l'aéroport pourrait être chassé définitivement.

Elle était près de la porte quand il la saisit par le bras. Il crut un instant qu'elle allait se débattre même dans le hall animé de l'hôtel ; puis ses muscles se détendirent et il sentit le courant d'air glacial qu'il avait remarqué quand le démon nommé Lynne cédait la place à Janet Un. Elle se tourna vers lui avec un regard de désespoir tel qu'il eut envie de la serrer dans ses bras.

— Que s'est-il passé dans le restaurant, Mike ? articula-t-elle avec effort.

— Je vous l'expliquerai quand nous serons dehors. Il... elle est partie, n'est-ce pas ?

— Oui, mais je ne comprends toujours pas.

Mike aida Janet à monter dans la Porsche et lui attacha sa ceinture de sécurité avant de prendre le volant. La voiture était restée au soleil et l'intérieur ressemblait à une fournaise mais la température se rafraîchit rapidement quand il eut mis le moteur en marche et tourné la manette du climatiseur.

Janet appuya sa nuque sur le repose-tête et ferma les yeux. Aussi garda-t-il le silence jusqu'au moment où il arrêta la voiture à l'ombre d'un chêne, sur la rive, à l'écart de la route. Il coupa le moteur et abaissa les vitres pour que la brise qui caressait les feuilles de l'arbre géant souffle dans la voiture.

Il pensa que Janet dormait ; la tranformation d'une personnalité en l'autre la plongeait dans un semi-coma, mais elle demanda sans ouvrir les yeux :

— Qui était l'homme avec lequel nous avons déjeuné, chéri ? Je ne me rappelle pas son nom.

— Le père Julian O'Meara. Il est à la tête d'une petite

paroisse située dans un quartier sordide de la capitale. En réalité, il est le collaborateur de l'évêque du diocèse. Je le connais depuis l'époque où j'étais résident à l'hôpital de l'Université.

— Il est très sympathique, je m'en souviens ; puis il s'est passé quelque chose et je...

Elle s'interrompit et garda le silence un moment ; elle ajouta enfin :

— L'autre personnalité a dû refaire surface. J'espère qu'elle n'a pas été désagréable avec votre ami.

— En fait, je vous ai joué un tour, avoua-t-il. Je ne voyais pas d'autre moyen de connaître la vérité...

— A propos de Lynne ? demanda-t-elle d'une voix étouffée.

— Oui. Dès le début il m'a été difficile de croire la théorie de Randall McCarthy, à savoir que vous présentiez une double personnalité mais la seconde solution possible me paraissait encore plus insensée. Pourtant, au fond du cœur, j'étais presque certain que c'était la seule explication à l'existence des deux personnes qui sont en vous.

— L'une assez bonne, l'autre terriblement mauvaise ?

— L'une que j'aime, l'autre qui m'effraie à cause du mal qu'elle peut faire à votre vrai moi. J'étais au bout de mon rouleau quand j'ai eu l'idée de m'adresser au père Julian.

— Mais vous n'êtes pas catholique et moi non plus.

— La différence de religion est sans importance dans le cas qui nous intéresse car le père Julian a un double emploi pour ainsi dire. Ses fonctions de curé d'une paroisse servent de couverture à son activité réelle... Il est exorciste pour le diocèse.

Il sentit qu'elle retenait son souffle et vit qu'elle avait compris ses intentions.

— Alors je vous ai invités ensemble mais il ne m'a pas mis au courant de ses projets.

— Pourquoi ?

— Les esprits du mal sont capables de lire dans la pensée mieux encore que ne le ferait McCarthy. Si j'avais su ce qu'il voulait faire, Lynne aurait appris par moi qui était le père Julian et ce qu'il comptait tenter pendant le déjeuner. Alors elle n'aurait jamais accepté de venir.

— J'avais peur, avoua-t-elle. J'ai même essayé de vous téléphoner vers onze heures à votre cabinet pour me décommander mais votre assistante m'a répondu que vous ne reviendriez que cet après-midi ; alors j'ai décidé de venir quand même. Qu'a bien pu faire le prêtre pour troubler Lynne à ce point ? Je ne me rappelle rien de ce qui s'est passé après le dessert.

— Le père Julian a eu une conversation très intéressante et vous paraissiez suspendue à ses lèvres. Puis il a sorti de sa poche un crucifix que les jeunes de sa paroisse lui ont offert pour son anniversaire.

Elle frissonna, bien que la brise fût tiède.

— Je me rappelle le crucifix, dit-elle ; il était serti de pierreries et il portait un emblème sur le dos...

— Un acrostiche ancien. Le nom de Jésus en lettres grecques arrangées en forme de poisson. Le père Julian dit que c'était un symbole sacré dans l'Église primitive.

— Je crois que c'est au moment où j'ai vu l'acrostiche que j'ai perdu connaissance.

— C'est alors que Lynne a refait surface, elle avait une peur panique du crucifix et peut-être plus encore de l'acrostiche. Elle a repoussé sa chaise et s'est littéralement enfuie.

— Le premier souvenir qui me revient après l'apparition du crucifix, c'est le contact de votre main sur mon bras dans le hall de l'hôtel quand vous m'avez ramenée... à la raison je suppose.

— A votre vrai moi à la place de Lynne Tallman qui s'est pour ainsi dire emparée de votre corps.

— Pas pour ainsi dire : elle s'en est emparée.

— Je ne suis pas tout à fait d'accord.

— Autrement comment aurait-elle pu me forcer à attirer Armand Descaux dans un piège pour que je puisse le tuer quand il s'attendait à être accueilli à bras ouverts ?

— Ce n'est pas vous qui avez appelé Descaux, c'est Lynne, corrigea-t-il ; et elle ne vous domine pas entièrement... du moins pas encore.

— Pourtant elle me fait faire tout ce qu'elle veut.

— Vous n'êtes pas sortie de l'hôtel sans moi comme Lynne voulait que vous le fassiez.

— Seulement parce que vous m'avez retenue.

— D'après ce que j'ai lu et certaines choses que m'a apprises le père Julian sur les événements qui se produisent durant les exorcismes, les démons sont des êtres puissants bien qu'ils ne possèdent pas d'enveloppe corporelle. Si Lynne vous avait dominée complètement et qu'elle ait véritablement voulu sortir, elle aurait pu facilement me repousser au milieu du hall mais la vraie Janet n'a pas voulu la laisser faire. Cela signifie que, si une partie de vous-même est incontestablement possédée par le démon de Lynne Tallman, votre autre moi qui m'aime peut encore la tenir en échec.

— Elle devient de plus en plus forte. Chaque fois qu'elle prend les commandes, il m'est plus difficile de les lui reprendre.

— Nous allons bientôt remédier à cela.

— Comment ?

— Par l'exorcisme.

— Personne ne croit plus à ces procédés, Mike, pas plus qu'à la sorcellerie.

— Le père Julian y croit ainsi que les personnes qu'il a délivrées des mauvais esprits. J'ai discuté avec certaines d'entre elles et un ouvrage récent décrit au moins cinq cas d'exorcisme avec documents à l'appui.

— Des documents ?

— Enregistrements, témoignages et même, dans certains cas, films.

— Vous ne pouvez pas savoir à quel point elle est forte, Mike. Elle est même capable de me tuer si j'essaie de l'empêcher de faire ce qu'elle veut ou de vous supprimer, vous, parce que je vous aime assez pour lui résister.

— Vous admettez donc que le père Julian a raison de penser que vous êtes possédée par un esprit du mal ?

— Si je l'admets ? J'en suis sûre depuis que j'ai tué Armand Descaux en l'attirant dans un piège.

— Pas vous... Lynne.

— Nous formons deux parties d'un même corps et maintenant d'un même esprit...

— Dont aucune ne peut se rappeler ce que l'autre a fait.

Elle secoua lentement la tête.

— Je n'en suis plus très sûre. Il est vrai que je n'ai aucun souvenir de ce qu'*elle* fait sinon des fragments qui ressemblent à des séquences de rêve sans lien entre eux. Cependant, je crois parfois que Lynne sait ce qui se passe dans mon esprit quand ce n'est pas elle qui agit et qu'elle en sait de plus en plus à mesure qu'elle devient plus forte.

— C'est bien pourquoi il faut procéder à l'exorcisme aussitôt que possible. L'important c'est de savoir si vous êtes disposée à en passer par là.

— Je ferais n'importe quoi pour me retrouver telle que j'étais, même si elle doit me tuer.

— Si elle vous tue, elle perdra votre corps ; or, elle en a absolument besoin, en ce moment en tout cas, pour les crimes qu'elle a l'intention de perpétrer.

— Comment pouvez-vous en être sûr ?

— Le piège qu'elle a tendu à Armand Descaux — qui était sans doute le seul obstacle à la domination de Lynne sur la secte —, l'ordre de départ donné aux autres membres du culte du Diable semblent indiquer qu'elle complote un nouvel acte de terrorisme.

— En se servant de mon corps, protesta Janet. Et je ne peux l'arrêter qu'en me suicidant.

— Gardez-vous bien de penser à une chose pareille, ordonna-t-il. Vous avez un important avantage en ce sens qu'elle a besoin de votre corps pour exécuter son projet quel qu'il soit. Et quand nous aurons chassé le démon, c'est-à-dire la seule partie qui reste de la véritable Lynne Tallman, elle sera impuissante.

— Jusqu'à ce qu'elle prenne possession de quelqu'un d'autre.

— D'après ce que m'a dit le père Julian, quand le rite de l'exorcisme est efficace, le démon est non seulement dépossédé mais affaibli et paralysé. Qui plus est, au cours de l'exorcisme, un esprit du mal se vante souvent des atrocités qu'il compte commettre. Ainsi, il se pourrait que non seulement nous nous débarrassions du côté Lynne de Janet-Lynne mais que nous déjouions ses projets.

— Demandez au père Julian de commencer tout de suite, je vous en prie. J'ai le sentiment que, si nous ne la chassons pas d'ici peu, il pourrait bien être trop tard.

8

— Janet est consentante, téléphona Mike au père Julian. Nous voudrions commencer immédiatement.

— Attendez que je regarde mon agenda. J'ai plusieurs cas déjà prévus avant miss Burke.

— Ne pourriez-vous changer l'ordre ?

— Un exorcisme ne peut être précipité, Mike. Les préparations nécessaires nous mettraient au plus tôt à la semaine qui suit la fête du Travail.

— Des préparatifs ? Quel genre de préparatifs ?

— Nous n'entreprenons pas un exorcisme sans préparation physique ; la tension sur le cœur du patient et, en fait, sur le corps tout entier, est souvent dangereux pour un individu qui n'est pas en parfaite santé.

— Vous l'avez vue cet après-midi. Elle est l'image même de la santé.

— Oui... maintenant mais, il y a trois mois, un médecin la considérait comme morte à l'aéroport. Ne pourrait-il exister des séquelles qui ne se sont pas encore manifestées.

— C'est possible, admit Mike à contrecœur.

— De plus, nous n'entreprenons jamais un exorcisme sans un examen psychiatrique approfondi.

— Le docteur McCarthy l'a déjà commencé. Je suis sûr qu'il pourrait le terminer en quelques jours.

— Eh bien, préparez-la alors, je vais l'inscrire provisoirement pour le milieu de septembre.

— Elle ne voudra jamais attendre jusque-là. Enfin, je vais essayer de la persuader.

Il eut moins de peine à la convaincre qu'il ne l'avait prévu. Quand il l'appela après sa conversation avec le père Julian, elle débordait l'enthousiasme alors qu'il l'avait quittée déprimée dans l'après-midi.

— Vous êtes bien excitée ! remarqua-t-il.

— Il m'arrive quelque chose d'extraordinaire, Mike. Vous rappelez-vous l'article que j'ai fait il y a deux semaines sur la « vision à distance ». Randall McCarthy avait pris part à certaines expériences de ce genre à l'Institut de Recherches Stanford.

— Oui. C'était assez difficile à croire.

— Si vous aviez lu les rapports que Randall m'a montrés sur les travaux effectués à l'Institut — c'est un grand réservoir de pensée en Californie — vous seriez convaincu. Eh bien, j'essaie de percer dans le domaine des revues à grand tirage depuis que j'ai obtenu mon diplôme de journaliste mais sans beaucoup de succès. Enfin, figurez-vous que, ce matin, le directeur du *Ladies Home Journal* a téléphoné de New York pour me demander si j'accepterais de collaborer avec Randall à un article sur la « vision à distance » pour son journal. Bien entendu, j'ai sauté sur l'occasion.

— C'est merveilleux, chérie, mais alors, l'exorcisme ? Je me suis déjà entendu avec le père Julian à ce sujet.

— L'exorcisme peut attendre, non ? Le *Journal* veut cette

interview le plus tôt possible. Quelle date le père Julian a-t-il prévue ?

— Le plus tôt serait le milieu de septembre.

— J'aurai terminé l'article avant. La date limite est le mardi qui suit la fête du Travail.

— Il insiste pour que vous fassiez faire un examen médical et psychique approfondi.

— Pour la question psychique, Randall en a déjà fait une bonne partie et je me porte comme un charme. Après deux jours de tests à la clinique privée de l'hôpital de l'Université, je serai fin prête.

— Vous avez raison. Cependant, ce délai m'inquiète. Votre côté Lynne est devenu étrangement habile à imiter votre voix et même votre attitude. J'espère qu'elle ne réussira pas à me tromper sur son identité.

— *Vous ?* Je ne me fais aucun souci à ce sujet. Vous pensez sans doute que je suis impudente, mais il m'arrive parfois de regretter qu'oncle George soit arrivé le soir où vous m'avez ramenée du *Chat Pourpre*.

Il se mit à rire.

— Il me semble que je vais bientôt avoir dans mon lit la gourgandine que tout homme serait heureux de posséder, qu'elle s'appelle Lynne ou Janet.

— Il ne faut pas que ce soit Lynne, chéri, surtout pas Lynne.

9

Les consultations étaient terminées. Mike portait quelques notes sur les fiches des patients qu'il avait reçus dans la journée quand le téléphone sonna. C'était l'inspecteur Stafford.

— J'ai quelques renseignements sur les personnes que vous m'avez signalées l'autre jour, dit-il. Voulez-vous en prendre connaissance ?

— Certainement. J'aimerais aussi aborder une autre question mais je crois qu'il vaut mieux ne pas en parler au téléphone.

— Je sors du bureau dans une demi-heure. Pouvez-vous me retrouver chez Hennessy ?

— J'y serai.

Mike était assis dans l'une des cabines du fond de la célèbre taverne quand Stafford entra. Avec ses cloisons en bois foncé, ses sièges garnis de coussins et ses lustres faits avec des vieilles roues de charrette, Hennessy était un coin de détente idéal après la journée de travail. Il était encore tôt, aussi la salle n'était-elle qu'à moitié pleine.

Stafford se fit remplir un verre de whisky au bar et alla rejoindre Mike.

— Je n'ai pas beaucoup de temps, dit-il. J'avais oublié que j'ai promis à ma femme de l'accompagner à un repas de mariage. (Il sortit une feuille dactylographiée de sa poche.) Votre ami McCarthy ne présente rien de suspect. Il possède le sens de la publicité et apparemment certains pouvoirs psychiques bien que je ne puisse l'affirmer puisque je n'y crois pas.

— Il en a fait la démonstration à Duke, à l'Institut de Recherches Stanford et à l'Université de Washington. Janet rédige un article pour le *Ladies Home Journal* sur la « vision à distance ». Toute cette question de parapsychologie est fantastique mais il n'est plus douteux que c'est une science en soi.

— Enfin, quoi qu'il en soit, McCarthy est sans reproche.

— Et les Coven ?

— C'est un couple intéressant. La femme est une grue mais elle a de la classe. Elle a eu d'innombrables aventures depuis qu'elle est mariée à Coven, apparemment avec son accord. L'un de ces amants occupe une position importante à Washington. C'est pourquoi nous avons eu les mains quelque peu liées quand nous avons voulu enquêter sur eux.

— Le sénateur Magnes ?

Stafford fit un signe affirmatif.

— Apparemment, Roger Coven n'en prend pas ombrage. En fait, il semble que son avancement ait été deux fois plus rapide que la normale parce que sa femme couche avec le président de la commission de l'Énergie atomique.

— D'après les bruits qui courent, ils formeraient une sorte de ménage à trois. C'est du moins ce que Randall McCarthy laisse entendre.

— Tout ce que nous savons confirme ces bruits mais c'est leur droit le plus strict. Roger et Rita Coven assistaient eux aussi aux cours de McCarthy à Duke ; je suppose que vous le saviez.

— Je pense que c'est là qu'ils se sont connus tous les trois.

— Ce que vous ne savez sans doute pas, c'est qu'ils ont

participé tous deux aux émeutes d'étudiants qui ont failli détruire Duke il y a quelques années. Pendant un moment, le diplôme de Roger fut remis en question, mais il était tellement brillant en matière d'énergie atomique qu'il l'a finalement obtenu. Il a passé aussi un doctorat en philosophie à l'Université de Chicago et il semble que lui et Rita aient connu le sénateur Magnes là-bas, au cours d'un séminaire sur l'énergie atomique.

— Saviez-vous qu'il avait connu Lynne Tallman à Chicago ?

Stafford parut surpris.

— Oui, mais vous, comment le savez-vous ?

— Roger l'a dit un jour au bungalow, il a prétendu qu'elle n'était qu'une étudiante qui assistait à ses cours.

— Mais qui restait aussi après les autres. Roger et Rita ont failli rompre à cause d'elle, puis Roger a obtenu un poste à Oak Ridge. Rita a quitté l'Université pour devenir sténotypiste, une sténotypiste excellente d'ailleurs. Elle n'a eu aucune peine à se faire engager dans les laboratoires de la commission de l'Énergie atomique à Oak Ridge. On la voyait beaucoup avec Magnes quand il allait là-bas en tournée d'inspection.

— Ce qui était fréquent, je suppose.

— Il venait généralement pour le week-end et il passait beaucoup plus de temps avec Rita que dans les laboratoires. A l'époque où les Coven se trouvaient à Oak Ridge, de petites quantités de matériaux ont commencé à disparaître. Sur la proposition de Magnes, Roger fut chargé de découvrir le ou les coupables.

— Pourquoi lui et pas le F.B.I. ?

— Le Bureau n'est pas aussi puissant qu'il l'était du temps de Hoover. D'ailleurs, Roger Coven était spécialisé dans la détection de petites quantités de matériaux radioactifs surtout dans l'espace aérien mais aussi aux environs des réacteurs atomiques générateurs d'électricité. Il était donc tout indiqué pour cette mission et il a épinglé le voleur, un technicien du laboratoire d'isotopes. L'accusé a proclamé qu'il était victime d'une machination. Il a juré que les matériaux avaient été introduits dans son placard et qu'il ne savait comment ils y étaient venus.

— Que lui est-il arrivé ?

— Il a été fusillé.

— Sans autre forme de procès ?

— Un procès aurait eu un trop grand retentissement et les gens sont déjà assez traumatisés par la crainte d'accidents.

— Roger Coven a dû être furieux.

— Pas visiblement, en tout cas. Il s'est acquis une réputation d'expert chevronné sur la détection des matériaux fissiles et la commission l'a envoyé à Chicago pour surveiller le laboratoire de cette ville. Il lui a fallu près de six mois pour épingler un espion qui vendait des petites doses de plutonium à un agent pour un dictateur sud-américain.

— Je ne me rappelle pas avoir lu quelque chose à ce sujet.

— Personne ne peut s'en souvenir parce que l'idée qu'une nation ennemie des Yankees, située au sud des États-Unis, est capable de fabriquer la bombe atomique aurait épouvanté la moitié du pays. Ainsi, Coven a été muté comme chef de ce secteur ici à Washington.

— Et le sénateur Magnes file de nouveau le parfait amour avec Rita.

— Pas de nouveau, toujours. Je crains que la seule chose que nous puissions retenir contre Roger Coven soit cette petite affaire de Duke au cours des années soixante mais, comme la plupart des jeunes radicaux de cette époque, il s'est assagi.

Stafford se leva.

— Je regrette de n'avoir rien de plus à vous apprendre.

— Ce sont des indices en tout cas. Avez-vous des nouvelles de la bande Tallman-Descaux ?

— Ils ont dû venir par ici mais il n'est pas difficile de se perdre dans le tohu-bohu d'une ville comme Washington. Je suppose que la perte de leurs deux chefs en quelques mois a dû les démoraliser.

A moins qu'ils ne trouvent un autre chef, se dit Mike en suivant du regard la haute silhouette de l'agent du F.B.I. qui s'éloignait dans la salle maintenant envahie par une foule de clients.

Mika vida son verre et fit signe au garçon de lui en apporter un autre. Il le but à petites gorgées pendant qu'il revoyait en esprit le film des événements depuis le moment où il avait vu la petite silhouette d'un homme tomber du 727 aux abords de l'aéroport Dulles. Il lui semblait que des années s'étaient écoulées. Chaque fois qu'il récapitulait les faits, ils se réduisaient tous à un seul problème — le démon qui résidait dans le corps de la femme qu'il aimait. Et il ne voyait que deux moyens de le supprimer : l'exorcisme ou l'exercice du droit qu'un homme a d'abattre un chien malade qu'il aime pour lui épargner de plus grandes souffrances.

10

Randall McCarthy alla voir Mike dans son bureau dans l'après-midi du lendemain. Les incisions étaient parfaitement cicatrisées et son hâle dissimulait les teintes violacées de l'ecchymose encore apparente sous le menton.

— Je crois que vous allez avoir du travail du côté de la Faculté, dit-il à Mike ; trois femmes de professeurs essaient de se décider. Si vous combinez à votre travail un peu de gynécologie plastique je suis sûr que vous allez faire fortune. Janet vous a-t-elle dit que nous écrivions un article sur la « vision à distance » pour le *Ladies Home Journal ?*

— Oui. Elle dit que vous êtes très doué.

— Je pense que tous les spécialistes en sciences psychiques le sont. Seulement, jusqu'à présent, nous nous sommes concentrés surtout sur la perception extrasensorielle, la télépathie, la clairvoyance.

— Pourquoi ne pas combiner les deux et voir les choses avant qu'elles ne se produisent? demanda Mike en plaisantant.

Mais McCarthy ne parut pas amusé.

— Des expériences de ce genre ont été faites également à Stanford. Prise au sérieux, comme le fait un véritable parapsychologue, la vision de l'avenir est une terrible responsabilité.

— Vous pourriez peut-être prédire la venue d'une tragédie à temps pour l'empêcher de se produire.

— Je ne le crois pas, Mike, ce serait vouloir jouer le rôle de Dieu. Or, que l'on croie ou non à l'existence d'une divinité, tous ceux qui ont essayé se sont cassé le nez. Rappelez-vous les tragédies grecques : Médée, Œdipe et les autres.

— A propos de tragédies, Janet se tracasse toujours pour l'affaire Descaux.

— Je sais et je ne suis pas sûr que votre dernière idée de la persuader qu'elle est possédée par un démon va l'aider à se remettre.

— Vous ne douteriez pas qu'elle est possédée si vous aviez été présent quand le père Julian lui a montré le crucifix. Elle m'a fait une peur bleue.

— Malheureusement, le crucifix n'a pas chassé l'autre personnalité. Il m'a fallu plusieurs mois pour convaincre Janet qu'elle a une double personnalité et qu'elle peut se libérer de l'autre si elle fait suffisamment d'efforts sur elle-même. Et voilà que vous la persuadez, vous et votre psychologue amateur avec son col à l'envers, qu'elle peut être libérée par des patenôtres et de l'eau bénite.

— Le père Julian a exorcisé d'autres démons...

— J'ai assisté à des séances d'exorcisme. Donnez-moi quelques jours pour m'exercer avec le matériel du magicien et je pourrai faire exactement ce que fait un exorciste.

— Alors vous ne voulez pas rédiger le rapport psychiatrique que demande le père Julian ?

— Je n'ai pas dit cela. En réalité, il suffit de lui faire subir encore quelques tests psychométriques et formuler des conclusions détaillées. Je refuserais de le faire si vous n'étiez pas le genre de lascar têtu qui la convaincrait d'aller consulter un autre psychiatre.

— Je ne suis pas sûr que je la confierais à un autre, admit Mike, surtout en ce qui concerne son côté Lynne.

— Autre chose, dit soudain le psychiatre. Je veux être présent à la séance d'exorcisme. Pouvez-vous arranger cela ?

— Je ne sais pas, je vais voir.

Mike consulta le carnet où étaient notés les numéros de téléphone qu'il appelait le plus souvent et composa celui du père Julian. La conversation ne dura que quelques minutes, mais, quand il raccrocha, il paraissait satisfait.

— Le père Julian tient beaucoup à la présence d'un médecin pendant les séances d'exorcisme, et il serait très heureux que vous veniez. Il a ajouté qu'il s'intéressait à vos travaux et qu'il aimerait vous connaître.

— Ce n'est pas dans cette intention que j'irai. Ma tâche sera de protéger Janet.

— Voyons, si quelqu'un lui cause un dommage physique, ce sera le démon de Lynne Tallman.

— Je ne m'inquiète pas des dommages physiques, c'est son esprit que je veux protéger. Si vous aviez vu certains des effets que peut produire cette folie de la possession des démons qui envahit le pays depuis la publication de *L'Exorciste* et la sortie du film, vous ne l'auriez jamais amenée à ce prêtre. Mais maintenant que c'est fait, il faut que je protège ma patiente contre des traumatismes d'ordre émotionnel qui pourraient transformer son simple cas de multiples personnalités en schizophrénie pure et simple.

— L'exorcisme n'est tout de même pas dangereux à ce point.

— J'en parle dans mon livre. Janet se contentait de se créer inconsciemment des phantasmes quand elle a commencé à adopter les allures extravagantes de Lynne Tallman.

— Pourquoi aurait-elle fait cela ?

— Qui sait exactement pourquoi certaines idées tordues surgissent dans la psyché d'un malade ? Il est possible qu'en reprenant conscience après l'accident et se trouvant entre les mains d'un jeune et beau médecin qui s'intéressait visiblement à elle, elle ait décidé inconsciemment de lâcher la bride à l'intérêt physique que vous lui inspirez et de se débarrasser en même temps d'un fâcheux nommé Gerald Hutchinson. Alors elle a tout simplement laissé à la partie de son inconscient qui enviait Lynne la liberté de s'offrir toutes les aventures qui se présentaient. Ainsi Janet pouvait apaiser sa conscience de petite Américaine moyenne du Midwest tout en prenant le bon temps qu'elle lui avait refusé...

— Je n'ai jamais rien entendu d'aussi aberrant.

— Je vous répète que ce sont des choses inexplicables, mais je peux vous donner un conseil en ma qualité de psychiatre et d'homme à femmes dans ma jeunesse. Quand l'occasion se présentera, saisissez-la, autrement elle pourrait implanter dans son inconscient l'idée que vous ne voulez pas réellement faire l'amour avec elle.

— Bien sûr que je le veux mais pas quand elle n'est pas dans son état normal.

McCarthy grimaça un sourire et Mike pensa qu'il ressemblait encore plus à un satyre qu'avant son lifting.

— Quand elles sont prêtes à être tombées, les femmes sont dans leur état normal. Croyez-en l'expérience d'un vieux roué.

— Vous parlez de la femme que j'aime, protesta Mike, de celle que je veux épouser mais en tant que Janet, pas en tant que Lynne.

— Je me tue à vous dire que Janet et Lynne ne sont qu'une seule et même personne : celle qu'elle est réellement et celle qu'elle voudrait être. Épousez-la dans l'un ou l'autre cas et persuadez-la qu'elle est la meilleure baiseuse qu'un homme puisse désirer et elle enterrera l'autre pour toujours.

— Elle refuse de m'épouser tant que Lynne existe.

— C'est *votre* problème mais je m'efforce de vous aider en essayant de lui faire comprendre les deux aspects de sa personnalité pour qu'elle les fusionne et se transforme en femme parfaite.

— Je vous seconderai de mon mieux, mais si elle est réellement possédée et que le père Julian ne réussisse pas à chasser le démon...

Il laissa sa phrase en suspens.

McCarty le fixa d'un regard songeur. Mike se demanda si le psychiatre lisait dans sa pensée et il s'aperçut que c'était le cas.

— Alliez-vous dire qu'après avoir ressuscité Janet, vous auriez le devoir de la détruire si vous étiez réellement convaincu que le démon de Lynne Tallman s'est emparé de son corps ?

— C'est à peu près cela.

— On dirait que je vais devoir assumer la tâche de vous sauver tous les deux, dit le psychiatre, d'un air soucieux, mais je ne peux aboutir à rien si vous continuez à me couper l'herbe sous les pieds.

— Voulez-vous dire que je ne devrais pas voir Janet ?

— Aussi peu que possible.

— Elle va penser...

— Je lui donnerai toutes les explications voulues quand elle viendra demain pour travailler à l'article du *Journal.* Je sais qu'elle tient autant que vous à retrouver son moi normal. Alors, si je ne l'ai pas guérie de ses troubles de personnalité dans les quatre semaines qui nous séparent du milieu de septembre, je céderai la place au père Julian.

11

Fidèle à sa promesse, Mike évita Janet, mais elle l'appela quinze jours plus tard pour lui demander de l'inviter à dîner et il ne poussa pas l'héroïsme jusqu'à refuser.

— Que diriez-vous du *Havre* sur le quai de la vieille ville à Annapolis ?

— Excellente idée. Oncle George m'y emmenait quand j'étais au lycée. A propos j'ai loué l'appartement 257 dans l'immeuble d'oncle George. Disons six heures trente ?

— Parfait. Je vous retrouve dans le hall.

Une averse était tombée dans l'après-midi et le paysage verdoyant était reposant avec ses champs de tabac à demi moissonnés, et l'odeur des feuilles qui séchaient dans les granges le long de la route mettait dans l'air un parfum âcre.

Dans le vieux restaurant ils commandèrent une soupe de tortue à la Maryland et une bouteille de vin du Rhin.

— J'aimerais bien faire une croisière sur le Rhin pour notre voyage de noces, dit Janet quand ils eurent vidé la bouteille.

— J'ai parcouru le nord de l'Europe à bicyclette quand j'étais étudiant. Je n'avais pas les moyens de m'offrir la croisière du Rhin à l'époque, maintenant je les ai et nous la ferons pour notre voyage de noces.

— S'il a jamais lieu.

Elle semblait déprimée et, quand elle lui prit la main, il sentit ses ongles s'enfoncer dans sa paume comme le soir où elle avait tué Armand Descaux.

— Dites-moi qu'il aura lieu, mon chéri, implora-t-elle ; persuadez-moi qu'il aura bien lieu.

— Que s'est-il passé. Lynne est-elle revenue vous perturber ?

— Je ne m'en souviens pas : c'est bien ce qui m'ennuie le plus. Samedi à midi, j'ai vérifié le kilométrage à mon compteur après un voyage à Baltimore et de nouveau avant de partir pour le bureau le lundi matin. Il marquait soixante-quinze kilomètres de plus.

— La distance du bungalow aller-retour.

— A peu près, mais Randall dit qu'il ne m'a pas vue là-bas dimanche, pas plus que ma voiture.

— Les Coven sont-ils toujours là-bas ?

— Randall dit qu'il a loué jusqu'à la fin de septembre. Il était seul avec Rita : Roger était absent.

— Je ne lui ai pas parlé de vos progrès ces derniers temps.

— Je suis convaincue que Lynne devient plus forte de jour en jour. Parfois je ne sais même plus laquelle des deux je suis.

— Qu'en dit Randall ?

— Il pense que c'est le signe que j'atteins un point de crise émotionnelle où je vais me décider à être une seule personne.

— Nous travaillons tous à cette fin.

— Mais supposez que j'opte pour la personnalité de Lynne ?

— Au fond de vous-même, si votre état de double personnalité est vraiment un syndrome consécutif à la commotion, vous ne le voulez pas. Et si c'est un cas de possession, l'exorcisme chassera Lynne.

— Je voudrais bien en être aussi sûre que vous.

— Je ne vous ai pas sauvé la vie et fait de vous la plus jolie femme du monde pour vous abandonner maintenant. Quand nous serons mariés...

— Vous voulez dire *si* nous nous marions. Vous ne savez pas ce que c'est que de vivre dans le noir sans savoir qui vous êtes ou ce que vous êtes susceptible de faire.

— Votre article avance ? demanda-t-il pour détourner le cours de ses pensées.

— Il est fini. Je ne m'étais pas rendu compte que Randall était un être aussi remarquable avant d'avoir lu les résultats de ses expériences et assisté à certaines d'entre elles.

— Je suis très ignorant en la matière.

— Je vais vous donner un exemple. La semaine dernière, Randall est resté dans son bureau pendant que je me promenais à l'aventure jusqu'à trois heures précises, heure dont nous étions convenus à l'avance. Je me suis arrêtée devant un magasin d'Oxon Hill à une quinzaine de kilomètres de son laboratoire. Je suis restée le temps de regarder une robe sur un mannequin en vitrine et de prendre une photographie avec mon appareil polaroïd. Quand je suis entrée dans son labo, il faisait le croquis de la façade du magasin devant lequel je m'étais arrêtée, avec le nom écrit au-dessus et la robe de la vitrine.

— Randall est un hypnotiseur expérimenté. Il a très bien pu vous implanter une suggestion post-hypnotique dans l'esprit pour que vous vous rendiez devant ce magasin précis.

— J'y ai bien pensé ; alors, nous avons fait une autre expérience. Cette fois, j'ai pris une adresse dans un annuaire tout à fait au hasard et je suis allée visiter la nouvelle exposition de l'Espace sans que Randall le sache. Pourtant, il a dessiné la capsule Apollo que j'ai regardée. Il a aussi catalogué les résultats d'une foule d'autres expériences et j'ai lu l'article écrit par les chercheurs de Stanford qui ont entrepris ces études.

Sa voix avait perdu sa note de lassitude et elle parlait avec animation. Aussi hésita-t-il avant de poser la question suivante :

— Vous a-t-il jamais vue et observée pendant que vous étiez Lynne ?

— Une fois pendant la période dont je n'ai aucun souvenir au cours du dernier week-end. Randall m'a appelée et, comme je n'étais pas chez moi, il a essayé de « voir » où j'étais. Il a découvert que j'étais quelque part avec un homme mais il n'a pu reconnaître l'endroit.

— Ni l'homme.

— Randall n'a pas vu son visage mais il avait à peu près la taille de Roger Coven et des cheveux grisonnants comme les siens.

— Vous et Roger Coven ! s'exclama Mike surpris.

— Je ne le crois pas. Je n'aime pas Roger bien qu'il ait toujours été aimable avec moi. Randall a appelé le bungalow Lane ; Rita a répondu que Roger était allé chercher de la bière au carrefour. Roger l'a rappelé une demi-heure plus tard et confirmé ce qu'avait dit Rita.

— Randall a-t-il donné une explication ?

Janet secoua la tête.

— Il dit que l'homme auquel je parlais — auquel Lynne parlait — ressemblait à Roger de dos.

Mike fronça les sourcils.

— Je n'aime pas que vous rencontriez des inconnus et que vous n'en ayez aucun souvenir.

— Mais ce n'était pas moi, Janet. C'était Lynne.

— Et vous n'avez pas le moindre souvenir de cette rencontre ?

— La seule chose que j'ai dans l'esprit, c'est la conviction que Lynne se prépare à commettre un nouveau méfait et j'ai l'impression de quelque chose de vraiment important et même dangereux.

— Je n'aime pas cela, chérie, pas du tout.

— Que pouvons-nous faire ?

— Voulez-vous venir voir le père Julian avec moi ?

— A cette heure-ci ?

— Oui. J'ai le sentiment que nous n'avons pas de temps à perdre.

Mike téléphona du restaurant au père Julian. Malgré l'heure tardive, le prêtre répondit qu'il serait heureux de les recevoir. Une demi-heure plus tard, Mike et Janet arrivaient au presbytère. Le père Julian portait un vieux pantalon, une chemise à col roulé et des pantoufles. Il les introduisit dans son bureau et leur désigna des sièges confortables. Il écouta en silence le récit de Janet qui lui expliquait que Randall McCarthy l'avait « vue » avec un homme apparemment inconnu.

— Les gens d'église se rendent compte que de nombreux aspects de l'expérience humaine n'ont pas d'explication logique ni par la médecine ni par la religion, reconnut-il. Quant à moi, j'étais trop intéressé par un ballon sphérique pendant que j'étais à Notre-Dame pour m'occuper de questions parasensorielles.

— J'ai essayé de développer cette forme de prescience au lycée, dit Mike, mais je n'ai pas eu de succès apparent.

— Le docteur McCarthy a eu l'amabilité de m'envoyer un rapport de son étude sur votre état affectif, dit O'Meara à Janet. Je dois admettre qu'il vous présente d'une façon très convaincante comme un cas de double personnalité.

— Appelez-moi Janet, s'il vous plaît, père.

Elle semblait beaucoup plus détendue qu'au restaurant maintenant qu'elle était sûre que le prêtre n'avait nullement l'intention d'user d'artifices avec elle.

— Alors, vous n'êtes pas convaincu qu'elle n'est pas... commença Mike.

— Je ne suis convaincu de rien sauf que Janet est une jeune femme ravissante qui a besoin de l'aide à la fois de la médecine et de la religion. (Il tourna une page du rapport.) Au fait, les résultats des études psychométriques du docteur McCarthy prouvent que vous êtes très intelligente. C'est pourquoi il se sent encore plus concerné par votre guérison complète. Lors de notre première rencontre je n'ai pas été très loyal à votre égard, Janet, ajouta-t-il, mais il fallait que j'utilise la seule méthode dont je dispose pour obtenir une certitude.

— La certitude que je suis possédée par un démon.

— Oui mais, avant d'aller plus loin, il serait bon que je vous explique ce qu'est la possession telle que la voit mon Église.

Voyant Janet se raidir, Mike lui prit la main et la serra. Les ongles de Janet s'enfoncèrent si profondément dans sa paume qu'il faillit crier de douleur. Il sentit alors la force physique de l'Esprit du mal qui essayait de s'emparer de l'esprit et du corps de Janet. Cependant, au bout d'un moment tandis que le prêtre parlait d'un ton calme et net, ses doigts se détendirent.

— Aux yeux de Dieu, tout être est capable de bien et de mal, dit le prêtre. Autrement dit, nous avons tous en nous un esprit virtuellement bon et un esprit virtuellement mauvais. Dans la mesure où ils sont tous deux en harmonie, l'individu est dans un état d'équilibre spirituel et affectif et, partant, capable d'accepter la grâce bienfaisante de Dieu et de mener une vie qui peut lui gagner l'approbation divine. Celui chez qui le bien domine complètement est un saint, chose malheureusement très rare. Celui qui est dominé par le mal est un individu sans conscience et enclin à détruire le sens et le but de la vie.

— C'est-à-dire ? demanda Mike.

— Un ancien prophète nommé Michée l'a décrit en meilleurs termes que je ne saurais le faire quand il a dit : « *On t'a fait savoir, homme, ce qui est bien, ce que Yahvé réclame de toi, rien d'autre que d'accomplir la justice, d'aimer la bonté et de marcher humblement avec ton Dieu* (1). »

— C'est assez simple.

— Cela paraît simple mais, malheureusement, même les anges du ciel ne sont pas parfaits. L'un d'entre eux, Lucifer, le plus beau de tous, est tombé en disgrâce il y a des éternités et il a entraîné les esprits les plus faibles avec lui. Au lieu de les détruire, Dieu les a bannis du ciel. Alors, ils cherchent constamment à se faire des adeptes en prenant possession de ceux qui ont le malheur de leur tomber dans les mains comme par exemple Lynne Tallman.

Les yeux fixés sur Janet et prêt à la retenir si elle essayait de se sauver, Mike sentit ses ongles s'enfoncer de nouveau dans sa chair. Cependant, cette fois il était sur ses gardes, et il lui saisit fermement la main quand elle tenta de se dégager. Il sentit soudain un courant d'air froid balayer la pièce et une odeur qui lui rappela celle de la salle de dissection de l'École de Médecine lui monta aux narines, cette odeur putride de chair humaine qui se dégage quand la substance embaumante injectée dans les veines et les artères n'atteint pas les extrémités des membres. Elle disparut aussi vite qu'elle était venue et ni Janet ni le père Julian ne semblaient l'avoir remarquée.

— Continuez, je vous en prie, murmura-t-elle, les lèvres pâlies par la tension des muscles qui les contrôlaient.

— Les esprits du mal — une multitude de formes variées et de forces inégales — nous entourent, reprit le prêtre. Ils cherchent constamment à gouverner nos corps et nos âmes, les utilisant à des fins mauvaises. Ceux d'entre nous qui n'acceptent pas le bouclier protecteur de la grâce et de l'amour infinis de Dieu succombent au mal et sont détruits tandis que d'autres deviennent des agents de Lucifer en chair et en os. Les uns et les autres sont condamnés à la mort et à la damnation éternelle dans le feu de l'enfer.

— N'y a-t-il pas moyen de détruire un démon totalement ? demanda Mike.

(1) Michée, III, 6, 8-9.

— Seulement si l'esprit du mal ne peut quitter le corps qu'il a habité juste avant la mort pour s'emparer d'un autre. Comme des carnivores ils doivent se nourrir de chair et de sang pour continuer à exister. Autrefois, les corps des possédés étaient détruits par le feu à cause de l'idée fausse que le feu pouvait anéantir les esprits mauvais.

— Il ne le peut donc pas ? demanda Mike.

— D'après Dante, le septième seuil, le plus bas de l'enfer, est froid alors que les âmes de ceux qui meurent possédés souffrent éternellement dans les flammes. Non, Mike, un démon ne peut périr complètement que s'il est enfermé et brûlé dans le corps de sa victime sans issue possible.

— Qu'advient-il de ceux que vous exorcisez ? dit Janet sur un ton étrangement monocorde.

— Hélas, ils se joignent aux hordes de leurs frères qui infestent le monde. Nous savons cependant que, dans le rite d'exorcisme, quand le possédé est pénétré de sa propre force d'enfant de Dieu en acceptant sa grâce salvatrice, l'immunité lui est accordée contre une nouvelle attaque des esprits du mal.

Le prêtre posa sa main sur la tête de Janet dans un geste de bénédiction.

— Ne craignez rien, ajouta-t-il, je peux voir votre vrai moi dans vos yeux et il est fort. L'épreuve de l'exorcisme est toujours pénible, mais vous la surmonterez et vous retrouverez la santé de l'âme comme vous avez retrouvé la santé du corps grâce à l'homme que vous aimez.

12

Pour respecter la promesse faite à Randall McCarthy, Mike ne vit pas Janet cette semaine-là. Il passa ses soirées chez lui en espérant qu'elle téléphonerait mais en vain. Dans l'après-midi du samedi, ce fut la voix du père O'Meara qui lui parvint à l'oreille.

— Avez-vous vu Janet dernièrement, Mike ? demanda le prêtre avec un accent d'inquiétude.

— Pas depuis que nous sommes venus ensemble au presbytère il y a une semaine. Pourquoi ?

— Je suis arrivé de Baltimore il y a quelques minutes et j'ai trouvé une note près du téléphone m'informant que Janet avait appelé ce matin pour annuler la séance d'exorcisme.

— C'est impossible, voyons. Avez-vous essayé de la joindre ?

— Oui, mais personne n'a répondu.

— Vous êtes sûr que vous avez le bon numéro ?

— Oui. Il est indiqué sur le rapport psychiatrique que le docteur McCarthy m'a envoyé. J'ai aussi appelé Mr Stanfield à son appartement ; il ne sait où elle peut être.

— Ne prenez pas cette annulation comme un refus définitif, dit Mike d'un ton pressant. Il se peut que je réussisse à la retrouver et à la convaincre d'aller jusqu'au bout de l'épreuve.

— Elle doit accepter sans réserve, Mike. Nous n'obligeons jamais une personne à subir un exorcisme. Les effets pourraient être trop dangereux pour le corps et pour l'âme.

— Attendez jusqu'à lundi, je vous en prie. Il me restera deux jours pour la persuader.

— J'espère que vous réussirez. (Il hésita un instant.) N'avez-vous rien remarqué de bizarre pendant que nous parlions l'autre soir ?

— Un courant d'air glacé et une odeur de cadavre.

— Ce sont des signes de possession incontestables. C'est ainsi que le démon m'avise de ne pas procéder à l'exorcisme.

— Alors, c'est sûrement Lynne qui a téléphoné, père. Vous voyez qu'il faut absolument que Janet soit exorcisée au plus tôt.

— Appelez-moi lundi matin de bonne heure. J'ai une conférence avec l'évêque à dix heures. Si vous ne l'avez pas convaincue d'ici là, il faudra que je l'avertisse que la séance est annulée.

— Merci pour ce délai, père. Si ce que je pense s'est produit, la vie de Janet et sa santé mentale en dépendent peut-être.

— C'est bien mon avis. Bonsoir.

Mike raccrocha et se hâta de composer le numéro de McCarthy.

— Allô, dit la voix cordiale du psychiatre.

— Espèce de Judas, fulmina Mike. Pourquoi m'avez-vous donné un coup de couteau dans le dos ?

— Que diable voulez-vous dire, Mike ?

— Pourquoi avez-vous persuadé Janet d'annuler la séance d'exorcisme ?

— Quand a-t-elle fait cela ?

— Ce matin. Elle a laissé un message téléphoné pris par la

femme de ménage du père Julian. Il était sorti et l'a trouvé à son retour.

— Je vous jure mes grands dieux que je n'y suis absolument pour rien, bien que je n'approuve pas la solution de l'exorcisme.

— Saviez-vous qu'elle envisageait d'annuler la séance ?

— Elle ne m'en a pas parlé. En principe, elle devait passer l'après-midi ici avec moi pour revoir les épreuves définitives de notre article. Quand j'ai vu qu'elle n'arrivait pas, j'ai appelé son appartement mais elle n'a pas répondu. Alors, j'ai pensé qu'elle avait décidé d'aller au bungalow avec vous.

— Elle doit être là-bas... en tant que Lynne.

— C'est probable. Quand le traitement d'une double personnalité atteint son point culminant, la seconde prend les commandes dans un dernier geste de défi.

— A moins que ce ne soit un démon.

— Si vous admettez la présence de ce genre de choses — ce qui n'est pas mon cas. Que comptez-vous faire ?

— Aller au bungalow et la persuader de ne pas se détruire, bien sûr.

— L'avez-vous appelée pour la prévenir de votre arrivée.

— Non. Il faut d'abord que je m'assure qu'elle n'est pas à Whashington. D'ailleurs, si je la prévenais, elle pourrait s'enfuir.

— Savez-vous où ?

— Non, mais elle m'a parlé de votre truc de vision à distance et m'a dit que vous l'aviez vue quelque part avec un homme pendant la période dont elle n'a gardé aucun souvenir au cours du dernier week-end.

— Ce n'est pas un truc, Mike, dit McCarthy d'une voix grave, je le regrette presque.

— Alors vous soupçonnez que l'homme était Roger Coven.

— Non. Je suis convaincu qu'il *ressemblait* seulement à Roger.

— Comment pouvez-vous en être aussi sûr ?

— Quand j'ai accepté de prendre Janet comme patiente, j'ai averti les Coven qu'elle était une « chasse gardée », et ils n'auraient pas osé profité de ses troubles d'ordre affectif. J'en sais trop sur leurs relations avec certaines personnes.

— Le sénateur Magnes par exemple.

— Bon Dieu ! Vous ne savez donc pas que cinquante pour cent des téléphones de Whashington sont placés sur tables d'écoute ?

— C'est bon, je veux bien croire que ce n'est pas Roger que vous avez vu mais avez-vous une idée du lieu ?

— Aucune, sauf qu'il ressemblait à une sorte de tunnel. Les parois étaient couvertes de lumières et le sol avait quelque chose de particulier que je n'ai pu déterminer.

— Continuez à chercher. Pendant ce temps, je pars pour le bungalow.

— Faites-moi une promesse, dit McCarthy sur un ton anxieux. Si Janet est là-bas, ce que je crois, jouez le jeu comme elle l'entend.

— Que voulez-vous dire ?

— Si elle est Janet, traitez-la avec douceur et ne lui rebattez pas les oreilles de vos histoires d'exorcisme. Attendez et voyez venir, laissez-la dire ce qu'elle a sur le cœur si elle le désire.

— Et si c'est Lynne que je trouve ?

— Même tactique... et laissez agir la nature.

— Qu'entendez-vous par là ?

— Vous pourriez faire une découverte que peu d'hommes ont la chance de faire, à savoir que deux maîtresses en un seul corps valent bien mieux qu'une. Et je vous envie.

Il aperçut le bonnet de bain jaune loin de la rive. Il n'eut pas besoin de ses jumelles pour reconnaître le gracieux mouvement de crawl avec lequel son corp ravissant fendait la surface de l'eau. Elle le vit, agita le bras et nagea jusqu'au ponton. Il lui tendit la main pour l'aider à grimper les barreaux de l'échelle.

— Mon chéri !

Son ton lui fit naître des picotements tout le long de l'échine. Elle se jeta dans ses bras et l'embrassa sur les lèvres. Quand il sentit sa langue explorer fiévreusement sa bouche il comprit que, si le corps qui se plaquait contre le sien était incontestablement celui de Janet, la personnalité qui le dominait était tout aussi incontestablement celle de Lynne.

— Mon amour, s'écria-t-elle en s'écartant après un long baiser voluptueux, nous aurons tout le temps pour *ça* plus tard.

— Pourquoi ?

Mike se rappela brusquement les recommandations de McCarthy : il devait lui laisser prendre l'initiative.

— Pourquoi quoi ! demanda-t-elle en ôtant son bonnet, libérant ses cheveux qui retombèrent en cascade sur ses épaules.

— Pourquoi pas maintenant ? Pourquoi plus tard ?

— Vous êtes bien pressé, dit-elle de sa voix de gorge. Quelle heure est-il ?

— Presque sept heures. Allez vous habiller. Je vais vous emmener dîner à la Taverne Milano.

— Pas ce soir, mon trésor. J'ai encore deux heures de travail sur cet article du *Journal*. Je suis venue ici pour ne pas être distraite mais votre visite est une distraction que j'apprécie.

Il crut un instant que Janet avait repris les commandes tant la voix et l'attitude ressemblaient aux siennes.

— Vous ne vous êtes pas annoncé, reprit-elle. Alors vous devez vous contenter de sandwiches au fromage et au piment avec une compote de pomme pour dîner. De plus, j'ai découvert un vin de sureau à Potomac Hights. Il a un bouquet merveilleux. Allez piquer une tête pendant que je me douche. Le dîner sera prêt quand vous sortirez de l'eau.

— Magnifique ! Je vais me changer.

En sortant de sa chambre il l'entendit fredonner sous la douche. Il plongea du ponton et nagea vigoureusement jusqu'à ce qu'il fût à une centaine de mètres de la rive puis il ralentit pour réfléchir à la situation. Lynne avait refait surface, il n'en doutait pas, bien qu'elle réussît à se comporter comme une Janet heureuse et amoureuse. C'était donc bien Lynne qui avait téléphoné au presbytère pour décommander la séance d'exorcisme. Il avait un peu honte de l'excitation qu'il sentait monter en lui à la pensée de ce que pourrait lui apporter le week-end avec la créature qui occupait le corps de la femme qu'il aimait.

En retournant vers la rive il la vit agiter la main devant la porte de la cuisine. Il se hâta de regagner l'échelle et attrapa au vol la sortie de bain qu'elle lui lança.

— Mettez ces fringues : vous prendrez votre douche plus tard, dit-elle. J'ai déjà versé le vin et il faut le boire glacé.

S'enveloppant dans le peignoir, il ôta son maillot et le laissa sur le ponton. La petite table de la cuisine était garnie de deux assiettes de sandwiches, de deux grands verres de vin rouge et d'un pot de compote de pomme.

— A nous, dit-elle en levant son verre, et à un week-end merveilleux.

— Est-ce une promesse ?

Il avait vidé la moitié de son verre bien que le vin eût une saveur étrange, un peu semblable au goût d'amande de certaines liqueurs italiennes.

— Il est fait par une famille italienne qui habite près d'ici. Ils le parfument avec une goutte d'huile d'amande.

Mike se souvint avec un certain effroi de ce que le père Julian avait dit de l'aptitude des mauvais esprits à lire dans les pensées.

— Mais je l'adore, reprit-elle et, quand vous vous serez habitué au goût, vous l'aimerez aussi. (Elle leva de nouveau son verre.) Désolée de vous précipiter, mon chéri, mais il faut que je me mette tout de suite au travail si nous voulons qu'il nous reste du temps pour nous amuser un peu.

Les sandwiches étaient délicieux, le vin lui parut plus savoureux au second verre et, quand il se leva pour l'aider à débarrasser la table, il eut l'impression qu'il lui montait à la tête comme aucune boisson ne l'avait jamais fait. Ses jambes étaient si molles qu'elles ne pouvaient plus le porter. Elle lui passa un bras autour de la taille et le guida en riant jusqu'à sa chambre.

— Allongez-vous, pendant que je termine mon article, dit-elle en l'aidant à se glisser sous le drap et à retirer son peignoir de bain. Dire qu'il a suffi de deux verres de vin de sureau pour vous défoncer.

Les mots pénétrèrent dans le cerveau embrumé de Mike assez profondément pour lui donner la force de se redresser sur ses coudes.

— Vous m'avez drogué, lui reprocha-t-il.

Elle se contenta de rire et elle le poussa d'une chiquenaude pour qu'il retombe sur le dos puis elle se pencha pour lui donner un baiser qui lui mit le corps en feu.

— Simplement un peu de hachisch dans le vin, avoua-t-elle. Je vous promets de vous donner une compensation avant la fin du week-end.

Elle disparut. Mike essaya de se lever pour la suivre mais ses membres refusèrent de remplir leurs fonctions, aussi dut-il se laisser engloutir dans un océan de langueur où il s'ébattait avec une superbe déesse nue qui avait réussi à prendre vie et à sortir du British Museum pour venir le rejoindre.

Les yeux embués de Mike ne pouvaient bien distinguer les chiffres du cadran lumineux de la pendule posée sur la table de chevet. Il pensa qu'il était près d'une heure. Ce qu'il distinguait bien en revanche c'était le bruit de voix qui venait du living-room, dominé de temps en temps par le rire de gorge qui marquait la présence de Lynne. Repoussant le drap qui couvrait son corps nu, il essaya de se lever mais, incapable de se tenir debout, il gagna la salle de bains en rampant juste à temps pour décharger son estomac. En retournant dans sa chambre, il aperçut le reflet du living-room dans la glace. La pièce était faiblement éclairée mais il put voir Lynne entourée d'une demi-douzaine de personnes. Une voix lui parut vaguement familière, celle d'un homme qui semblait donner des instructions car Mike entendit les mots « vingt-cinq kilomètres ». Cependant, avec sa vision affaiblie et son cerveau embrumé sous l'effet de la drogue qu'elle avait versée dans son vin, il n'aurait su faire la différence entre le rêve et la réalité. D'ailleurs les images reflétées dans le miroir étaient tellement vacillantes qu'il renonça à fixer son attention sur ce qu'il voyait et regagna son lit pour sombrer de nouveau dans l'inconscience.

Mike fut brusquement arraché à sa torpeur par une sensation de piqûre dans la fesse gauche et, avant qu'il ait pu se redresser, il sentit la légère douleur qui accompagne une injection intramusculaire.

— Voilà qui doit vous réveiller en un rien de temps, mon amour.

Lynne se tenait debout au pied du lit avec la seringue qu'elle venait d'utiliser.

— Heureusement que vous aviez de l'adrénaline dans votre trousse, ajouta-t-elle en jetant la seringue en plastique vide dans un panier à papiers pendant qu'elle commençait à déboutonner sa blouse. Armand m'a appris à m'en servir pour les gens qui sont trop défoncés par le hachisch ou par l'acide. Si vous n'aviez pas eu une ampoule dans votre trousse vous auriez probablement dormi toute la nuit.

— Que… quelle heure est-il ? bafouilla-t-il.

Sa vue et son esprit se dégageaient rapidement grâce au puissant stimulant du système nerveux central, mais les chiffres du cadran lumineux étaient toujours confus.

— Trois heures seulement, dit-elle en riant. Nous avons encore une bonne partie de la nuit devant nous.

Elle lança sa blouse sur une chaise puis détachant son soutien-gorge, elle le laissa tomber à ses pieds. Elle décrocha ensuite la ceinture de son élégant pantalon beige qui mettait sa taille et ses hanches merveilleusement en valeur. Ses yeux s'élargirent soudain devant la preuve évidente que Mike revenait nettement à la vie sous l'effet de l'injection. Elle émit un sifflement admiratif.

— Tu es un vrai mâle, Mike Kerns, dit-elle en retirant

un dernier semblant de vêtement. Pousse-toi, mon amour. Tu vas faire l'expérience de ce que les Français appelleraient *l'amour à la Tallman.* Et, crois-moi, tu vas connaître une nuit que tu n'oublieras jamais.

13

Le soleil radieux qui inondait la chambre réveilla Mike vers dix heures. Sa joue était appuyée contre un sein de femme dont le corps était encore plaqué contre le sien comme il l'avait été toute la nuit entre des moments d'ivresse merveilleuse. Se dégageant doucement pour ne pas la réveiller, il se dressa sur un coude et la contempla, image de la perfection avec son corps superbe nu comme le sien sous le drap qui ne la couvrait que jusqu'à la ceinture.

Il se pencha pour embrasser ses lèvres qui avaient été si gourmandes dans la nuit, mais il les sentit tendres et douces sous son baiser. Il vit alors ses yeux s'ouvrir et ses pupilles se dilater. Elle tendit les bras pour les lui passer autour du cou, puis quand ses seins touchèrent la peau nue de sa poitrine, elle se redressa brusquement et regarda autour d'elle avec l'expression de quelqu'un qui se demande où il est.

— Mike ! s'écria-t-elle. Qu'est-ce que nous faisons ici et dans cette situation.

— Vous êtes venue ici de votre plein gré, dit-il en se demandant si c'était Janet qui se trouvait là ou Lynne qui lui jouait un de ces tours macabres dont elle avait le secret. — Les preuves sont là sur cette chaise, sur le plancher où vous les avez jetées à trois heures du matin, ajouta-t-il en désignant les vêtements dont elle s'était dépouillée avant de se blottir dans ses bras.

Elle s'était assise sur le lit, le drap ramené sur sa poitrine dans un geste virginal qui aurait déclenché les éclats de rire de Lynne.

— Je ne me rappelle absolument rien depuis le moment où j'ai préparé mon petit déjeuner avant de partir pour aller rejoindre Randall qui m'avait donné rendez-vous dans son laboratoire.

— C'était *hier* matin, corrigea-t-il. Hier après-midi, le père

Julian a appris que vous aviez téléphoné dans la matinée pour annuler la séance d'exorcisme...

— Je n'ai rien annulé du tout.

— Je vous crois. Quand Randall m'a dit que vous n'étiez pas venue au rendez-vous, j'ai rapproché les faits et j'ai supposé que la personnalité de Lynne s'était une fois de plus substituée à la vôtre.

Janet frissonna.

— Je ne peux plus la freiner, Mike. Elle est capable de faire faire à mon corps tout ce qu'elle veut (ses yeux s'agrandirent soudain). Alors elle... vous...

— *Nous*, dit-il. Alors vous ne vous rappelez pas du tout ce qui s'est passé cette nuit ?

Elle secoua la tête.

— Rien... je me souviens vaguement d'avoir rêvé que nous étions ensemble quelque part.

— Que nous faisions l'amour ?

— Oui.

— Je crains que vous n'ayez pas simplement rêvé.

Il lui raconta que Lynne lui avait versé une drogue dans du vin du sureau pour le réveiller quelques heures plus tard avec une injection d'un stimulant psychique puissant.

— Vous dites qu'elle avait une réunion ici ? demanda-t-elle.

— Oui. Une demi-douzaine d'individus que je n'avais jamais vus ou que je ne me rappelle pas avoir jamais vus.

— Elle prépare quelque chose de terrible, Mike, et elle sait que si je suis tuée ou mise en prison elle pourra entrer dans un autre corps. Et je ne peux rien faire contre elle.

— Moi, je peux peut-être faire quelque chose, dit-il en la prenant dans ses bras.

— Ne me dites pas quoi. Elle pourrait me l'arracher de l'esprit et vous en empêcher. (Elle s'accrocha à lui.) J'ai peur, Mike, terriblement peur.

— Laissez-moi m'occuper de tout.

— Elle vous détruira vous aussi si vous essayez de lui barrer la route.

Elle semblait avoir oublié que le drap qui séparait en partie leurs corps nus était retombé mais Mike en était tout à fait conscient.

— Tu m'as fait confiance pour te remodeler ; maintenant fais-moi confiance pour te sauver, dit-il en cherchant ses lèvres.

— Tu es mon seul espoir maintenant. Aime-moi, Mike. Ne lui permets pas de me détruire.

Elle ne répondit pas immédiatement à son baiser tant étaient grandes sa frayeur et son anxiété. Puis, sentant ses mains glisser le long de ses reins, sa bouche s'ouvrit sous la pression de ses lèvres et il sentit son corps s'arquer dans une réaction aussi ancienne que le monde. Ce fut une communion à la fois douce et passionnée et, quand l'extase finale les unit irrésistiblement pour un instant d'éternité, Mike se réjouit de sentir que cet acte d'amour avait beaucoup plus de valeur que ses expériences de la nuit avec la créature qui se nommait Lynne.

Il était plus d'une heure quand ils se réveillèrent.

— J'ai une faim de loup, mon chéri, dit Janet en se dirigeant vers la douche, belle comme une déesse dans sa nudité.

— Dépêche-toi ou je vais aller te rejoindre, cria Mike, et si tu ne sais pas ce qui en résultera...

— Je jette l'éponge. Le système reproducteur féminin a des limites qu'il ne peut dépasser.

— Tu es faite pour l'amour et tes capacités pour ce genre de choses sont illimitées. Pour l'instant, que dirais-tu d'un steak aux œufs ? Il y a un restaurant à Indian Point qui en fait sa spécialité.

— Magnifique. Jette le pantalon et la blouse que portait cette créature dans le sac à linge sale. Je te parie un baiser que je serai prête avant toi.

— Je tiens le pari.

Cependant, quand il entra dans le living-room en polo et pantalon de toile, elle l'attendait, vêtue d'une robe d'été légère et les cheveux enveloppés dans un fichu.

— Tu as perdu, dit-elle, et tu peux garder ton baiser. Après la façon dont tu as profité de mon trouble, je n'ai plus confiance en toi.

— Je t'en prie, ne redeviens pas Lynne avant que j'aie terminé mon petit déjeuner, je ne serais pas à la hauteur.

— Tu es bien capable de relever tous les défis et je sais ce que je dis. Je me demande avec inquiétude si je suis de taille à épouser l'homme le plus viril du monde.

— Essaie, tu verras bien, mais j'ai comme une idée que tu feras l'affaire et je parle par expérience.

Ils retournèrent à Washington un peu avant la tombée de la nuit.

— Ne me demande pas de monter, Mike, dit-elle lorsqu'il arrêta la Porsche devant son immeuble. Je sais que je te permettrais de rester et, pour le moment, j'ai plus besoin de réfléchir que de faire l'amour, même avec toi.

— Je comprends, répondit-il. Seulement, promets-moi de téléphoner au père Julian ce soir. Il a besoin d'être fixé avant demain.

— Je l'appellerai dès que je serai chez moi. Crois-moi, mon chéri, je tiens à cet exorcisme autant que tu peux y tenir toi-même.

— Je viendrai te chercher pour dîner mercredi soir. Malheureusement, mardi, je suis pris par un banquet médical.

— Rassure-toi, je serai occupée demain soir et sans doute mardi aussi avec la correction de l'article du journal que je n'ai pas pu faire samedi.

En rentrant chez lui, Mike sortit de sa poche la feuille de papier froissée qui était tombée de la blouse que portait Lynne quand il l'avait jetée dans le sac avec le pantalon à nettoyer.

« Jour J... mardi, dix heures du matin », lut-il. Il reconnut l'écriture caractéristique qu'il avait vue sur la feuille d'autorisation de mammoplastie qu'il avait pratiquée sur Janet. Suivait une date, mais elle avait été effacée. Ensuite venaient les mots : « Vingt-cinq kilomètres de portée. »

Manifestement, Lynne avait jeté quelques notes sur la feuille qu'elle avait glissée dans la poche de sa blouse, sans doute pendant la conférence que Mike avait vaguement observée dans le miroir la nuit précédente. Il essaya de se rappeler la voix de l'homme qui avait prononcé les mots « vingt-cinq kilomètres » mais, bien qu'elle lui parût familière, il ne put faire aucun rapprochement.

Janet lui avait dit qu'elle était sûr que Lynne se préparait à commettre un méfait, et cette feuille avec ses notes énigmatiques était peut-être une clé. Mais, exception faite de l'heure et de la date inscrites sur le papier, Mike n'avait aucune idée de la nature du complot.

Il se demanda s'il allait appeler l'inspecteur Stafford pour lui demander conseil mais il renonça à cette idée. S'il consultait l'agent du F.B.I., il devrait lui révéler ce qui s'était passé au cours du week-end et notamment la conférence réunissant une demi-douzaine d'individus qu'il ne connaissait pas. D'ailleurs, bien qu'il eût parlé à Stafford de l'hypothèse de McCarthy concernant la double personnalité de Janet et du diagnostic totalement différent du père Julian, il était certain que l'inspecteur n'avait accepté aucune des deux théories.

Le père Julian l'appela une heure après son arrivée dans son appartement.

— J'ai pensé que vous seriez heureux de savoir que votre fiancée tient toujours à subir l'exorcisme, dit le prêtre. Je lui ai donné toutes les instructions quand elle m'a téléphoné. Alors, si vous êtes d'accord, nous nous retrouverons à votre bungalow le samedi de la semaine qui suit la fête du Travail.

— Soit une semaine plus tôt que vous ne l'aviez prévu.

— Oui. Une autre personne inscrite pour cette date a été blessée dans un accident et a dû être hospitalisée. Miss Burke semblait désireuse d'être délivrée de cette épreuve, aussi lui ai-je proposé samedi en quinze.

— Je conduirai Janet là-bas la veille au soir, promit Mike. Et le docteur McCarthy ?

— Je viens de le prévenir. Il est libre lui aussi. Il arrivera en voiture avec mes assistants et moi-même.

— Merci, père. Vous n'imaginez pas quel poids vous m'ôtez de l'esprit.

— Bonne nuit, mon fils. Je vais prier pour la guérison de votre fiancée.

Priez aussi pour que les crimes que prépare l'autre occupant de ce corps bien-aimé ne soient pas prévus pour une date antérieure à samedi en quinze, ajouta Mike en lui-même.

14

Voyant que la matinée du mardi s'était terminée sans incident, Mike poussa un soupir de soulagement. Dans l'après-midi, il fut occupé par la mise au point de l'article qu'il devait remettre ce soir-là au banquet du Club Pygmalion, un groupe de spécialistes en chirurgie plastique et maxillo-faciale qui se réunissaient tous les trois mois.

Son exposé était construit autour de l'opération qu'il avait pratiquée sur Janet et illustré avec des diapositives. La discussion se prolongea car certains des chirurgiens présents signalèrent le danger d'accusations pour faute professionnelle, inhérent à une opération faciale comportant une modification des traits d'origine. Il était plus d'onze heures lorsque Mike retourna dans son appartement. Il eut envie d'appeler Janet pour lui raconter sa soirée, puis il décida d'attendre au lendemain soir.

Le mercredi à sept heures Mike sonna chez Janet. Ne recevant pas de réponse, il descendit chez George Stanfield qui était sorti. Craignant qu'elle ne fût souffrante, il alla voir le gardien de l'immeuble qui le connaissait et se fit ouvrir l'appartement avec un passe-partout. Tout était en ordre mais Janet avait disparu ainsi que sa voiture dont la place était vide dans le garage.

Fou d'inquiétude, Mike retourna chez lui avec l'espoir qu'elle avait appelé entre-temps pour lui donner des explications. Son service de réponse n'avait enregistré aucun appel. Il téléphona aux services d'urgence de plusieurs hôpitaux pour vérifier si elle n'avait pas été victime d'un accident. Il envisageait déjà d'appeler la police quand son propre téléphone sonna. C'était Janet.

— Où es-tu ? demanda-t-il. J'appelle les services d'urgence des principaux hôpitaux depuis plus d'une demi-heure.

— Je suis au commissariat de la gare de l'Union. La police me retient.

— Pourquoi ?

— Le lieutenant qui m'a interrogé ne le sait pas encore très bien. Je ne comprends pas moi-même comment je suis arrivée ici.

— Lynne ?

— Probablement. Je... J'ai eu un trou à un certain moment de la journée et je ne me rappelle rien de ce qui est arrivé depuis le petit déjeuner.

— Dis aux agents que je suis ton médecin et que tu es sous ma surveillance ; je suis chirurgien de réserve des cadres de la police, alors je connais la plupart des huiles de ce département. Tout va s'arranger.

— Dépêche-toi, je t'en prie.

Un quart d'heure plus tard, Mike rangea la Porsche devant le commissariat.

En le voyant entrer, Janet courut se jeter dans ses bras en sanglotant.

— Oncle George est à Chicago, balbutia-t-elle. Si je n'avais pu te joindre, je serais allée en prison.

Un agent corpulent, typiquement irlandais, s'approcha d'eux.

— Bonsoir, docteur, dit-il. Lieutenant Gerald O'Flanagan.

— Je me souviens de vous, lieutenant. Vous assistiez à mes cours de secours d'urgence quand j'étais résident en chirurgie. Miss Burke est ma patiente et aussi ma fiancée.

— Elle fait honneur à votre talent et à votre goût, docteur. Maintenant, si vous pouvez la persuader de nous dire ce qu'elle faisait à cinq cents mètres du quai de la gare dans l'un des tunnels utilisés par les trains en provenance du Sud...

— Mais je ne le sais pas, gémit Janet. Je... je me suis trouvée là avec un gardien de la sécurité qui me projetait sa torche en pleine figure.

— Voilà. C'est tout ce qu'elle veut nous dire, dit O'Flanagan avec patience.

— Pas qu'elle *veut*,... qu'elle *peut* vous dire. Miss Burke a subi une violente commotion au moment de l'accident d'avion et elle est sujette à des crises d'amnésie depuis. Elles s'espacent lentement, mais elles sont extrêmement pénibles pour elle quand elles se produisent.

— Suit-elle un traitement psychiatrique ?

— Oui, avec le docteur McCarthy qui exerce à la clinique de l'Université. Il vous certifiera...

— Votre parole suffit, docteur Kerns. Je prends la responsabilité de libérer votre fiancée sous votre garde.

— Sera-t-elle convoquée à comparaître devant un tribunal ?

— La charge la plus grave que nous puissions retenir contre elle est l'infraction à l'interdiction de passer. Elle a de la chance, dans son état d'amnésie, de n'avoir pas choisi un tunnel où les trains circulent encore.

Mike signa le procès-verbal et ils sortirent de la grande gare qui retentissait jadis d'annonces d'arrivées et de départs mais où les haut-parleurs se faisaient rarement entendre à présent.

— Sais-tu où est ta voiture ? demanda Mike.

— Non-non, Mike. Mon dernier souvenir date de ce matin. Je me rappelle avoir rangé la vaisselle du petit déjeuner dans l'évier, puis plus rien. Nous avons travaillé jusqu'à minuit Randall et moi. Il a voulu me suivre en voiture jusqu'à mon immeuble mais je ne me souviens pas d'être sortie aujourd'hui.

— Il y a un garage près d'ici. Regarde dans ton sac si tu as un ticket de parking.

Le ticket était là ; il portait l'heure à laquelle elle était entrée : dix-huit heures trente. Quand elle regarda le bloc-notes sur lequel elle notait son kilométrage quotidien, elle constata qu'il y avait soixante-quinze kilomètres de différence entre le chiffre qu'il portait et celui qui était inscrit sur le compteur.

— On dirait que Lynne a fait des siennes, dit Mike en mettant la voiture en marche. Tu n'as aucun souvenir d'images que tu aurais vues dans une sorte de rêve entre midi et six heures trente.

— Aucun. Je ne revois que le dos d'un homme qui s'est enfui dans un tunnel latéral au moment où le garde m'a sommée de m'arrêter.

— Le garde a-t-il vu l'homme ?

— Je ne le crois pas. Mais moi je l'ai vu. C'était Roger Coven.

— Tu es sûre ?

— Absolument. Je revois nettement son visage.

— La dernière fois que tu as eu une de ces absences, Randall t'a « vue » avec un homme qui ressemblait à Coven. T'en souviens-tu ?

Elle fit un signe affirmatif.

— C'est sûrement lui cette fois-là aussi, ce que signifie qu'ils se sont déjà rencontrés, sans doute à propos du plan que Lynne envisage d'exécuter. Qu'allons-nous faire, Mike ? Elle serait capable de nous duper si nous essayons de l'arrêter.

— *Nous,* oui, mais peut-être pas le gouvernement des États-Unis.

Il stoppa la voiture près d'une cabine téléphonique.

— Veux-tu me suivre jusqu'au bâtiment du F.B.I. ? L'inspecteur Stafford a l'habitude de travailler tard. Peut-être sera-t-il encore dans son bureau.

— J'irai où tu voudras du moment que je suis avec toi.

L'inspecteur Stafford écouta en silence le compte rendu des incidents qui s'étaient déroulés au bungalow pendant le week-end. Bien entendu, Mike omit l'épisode concernant ses prouesses amoureuses avec Lynne et Janet. Quand il posa devant Stafford la note qui était tombée de la blouse que Lynne avait portée, Janet se pencha en avant pour l'examiner plus attentivement.

— C'est l'écriture de Lynne, dit-elle. Tu te souviens, Mike ? Tu l'as vue sur la feuille d'autorisation que je ne me rappelle pas avoir signée.

— Je l'aie reconnue immédiatement et je suis sûr que le professeur Leibowitz le confirmera, inspecteur.

— Nous avons souvent recours au professeur pour des expertises d'écriture. Nous lui montrerons cette note, dit

Stafford en tendant à Janet une feuille de papier de la même dimension. Voudriez-vous recopier ce qui est écrit sur ce papier, miss Burke. Ainsi le professeur pourra comparer.

Janet recopia la note et l'inspecteur Stafford la glissa dans une chemise qui contenait déjà une douzaine de rapports.

— Nous ne nous sommes pas précisément tourné les pouces, dit-il. Nous avons une déposition du père Julian O'Meara établissant sa conviction que miss Burke est effectivement possédée par un démon, sans doute celui de Lynne Tallman. Je dois tout de même avouer que c'est bien la première fois qu'un document de ce genre est classé dans un dossier du F.B.I.

— Alors vous l'admettez ? demanda Mike.

— J'admets que miss Burke a deux personnalités différentes et qu'elle est capable d'agir sous l'emprise de l'une ou de l'autre.

— Mais pas volontairement.

— Le docteur McCarthy a rédigé une attestation dans ce sens. Elle est également dans le dossier.

— Que faut-il pour vous convaincre, inspecteur ? demanda Janet, surtout après ce qui vient de se passer à la gare.

— Disons que je garde l'esprit lucide. Désirez-vous déclarer que vous avez vu Roger Coven dans le tunnel ce soir, et qu'il était sans doute avec vous jusqu'à l'arrivée de l'agent de la sécurité ?

— Non, intervint Mike. Elle ne se rappelle pas comment elle est arrivée là ni avec qui elle s'y trouvait. Elle se souvient seulement d'avoir vu Roger Coven disparaître dans un tunnel latéral un instant après l'arrivée de l'agent.

— Nous nous en tiendrons à cette déclaration, dit Stafford.

— Dans ces conditions, ne pouvez-vous arrêtez Roger Coven ?

— Tout bien considéré, nous ne pouvons pas plus l'appréhender pour s'être promené sur la voie que le lieutenant O'Flanagan n'a pu arrêter miss Burke ce soir.

Mike leva les bras au ciel dans un geste de frustration.

— Il est certain qu'il va se passer quelque chose, vraisemblablement un mardi matin à dix heures. Allez-vous vous contenter de rester là et de voir venir ?

— Nous allons certainement placer Coven sous surveillance, docteur, mais nous allons avoir du mal à trouver un juge disposé à croire que miss Burke est habitée par un démon. Et, en admettant que nous en trouvions un, comment pouvez-vous contrôler quelque chose — ou plutôt quelqu'un — qui n'a pas d'existence matérielle, sauf quand il utilise le corps de miss Burke à ses propres fins et sans qu'elle sache ce qui se passe ?

Une lueur jaillit brusquement dans le cerveau de Mike et, en même temps, une réponse possible à toutes les énigmes. D'ailleurs, cette réponse se faisait jour depuis que Janet s'était trouvée dans le labyrinthe de tunnels qui s'enchevêtraient sous la vieille gare de l'Union sans savoir comment elle était arrivée là.

— Écoutez-moi, dit-il, un événement important va se produire — probablement un attentat à la bombe car Lynne Tallman et sa secte se spécialisaient dans ce genre de crime.

— Mais quand ? demanda Janet. La seule indication que nous possédions est celle qui est portée sur cette feuille de papier : un mardi matin ; or un mardi est déjà passé depuis que la note a été écrite.

— C'est sûrement pour bientôt, sans quoi la réunion qui a eu lieu au bungalow samedi soir n'aurait pas eu de raison d'être, dit Mike.

— C'est logique, admit Stafford.

— Quel mardi matin Washington sera-t-il le plus peuplé et un attentat pourrait-il faire le plus de victimes ?

— Le mardi qui suit la fête du Travail ! s'exclama Janet. C'est évident.

— Continuez, docteur, dit Stafford d'un ton grave.

— Et où une bombe serait-elle mieux placée pour détruire le cœur même de Washington qu'à l'intérieur du labyrinthe de tunnels, partiellement inutilisés, situés sous la vieille gare de l'Union ?

— Je vois deux points faibles dans cette conclusion, objecta Stafford. Armand Descaux était l'expert en bombes de la secte de Lynne Tallman et, lui mort, je doute qu'un autre membre de la bande soit capable d'en fabriquer une assez puissante. D'autre part, une bombe prévue à des fins de destruction massive devrait être d'une dimension telle qu'il serait impossible de l'amener dans les tunnels de la gare sans attirer l'attention.

— Pas s'ils utilisent une petite bombe atomique.

— Peut-être, mais c'est un engin qu'il serait difficile de fabriquer.

— Peut-être pas si difficile qu'il y paraît à première vue, dit Mike. Vous avez pu arrêter Lynne Tallman à cause d'un conflit de pouvoir au sein de la secte entre elle et Armand Descaux, n'est-ce pas ?

— C'est ce que nous pensons.

— Descaux a utilisé de la dynamite dans le train d'atterrissage de l'avion parce que c'était la technique qu'il connaissait le mieux. Quand le démon de Lynne Tallman s'est emparé du corps de Janet, il n'a plus pu se fier à Descaux. C'est pourquoi il fallait qu'il se débarrasse de lui et, partant, qu'il trouve un autre expert en explosifs. Or, quand Janet est venue s'installer dans mon bungalow, il y en avait un pas très loin : Roger Coven.

Voyant que Stafford paraissait quelque peu sceptique, Mike ajouta :

— Coven est bien capable de fabriquer une petite bombe atomique, non ?

Au lieu de répondre, l'agent du F.B.I. se leva brusquement. Traversant la pièce il se dirigea vers un classeur, en sortit un dossier, et l'étudia un moment puis il l'apporta sur son bureau et le tendit à Mike.

Il contenait un article intitulé *Bombe A amateur*. Mike le parcourut des yeux et examina le schéma d'une bombe dessiné dans la troisième colonne. Il vit qu'il était extrait d'un hebdomadaire vieux de trois ans.

— Ce dessin a été adressé avec une lettre à la police d'Orlando, Floride, expliqua l'inspecteur Stafford. Il a été fait par un jeune lycéen de quatorze ans qui exigeait un million de dollars et le libre passage hors du pays, faute de quoi il menaçait de poser une bombe de ce genre.

— Je me souviens de cet article. Je me suis demandé à l'époque quelle part de vérité il contenait.

— En fait, le dessin et la description de la méthode étaient un canular, mais les possibilités impliquées étaient tellement terrifiantes que la commission de l'Énergie atomique a ordonné une enquête sur les difficultés que poserait la fabrication d'une bombe atomique à un amateur.

— Quelles en ont été les conclusions ? demanda Janet.

— Je vais vous les lire, dit Stafford en prenant une autre feuille dans le dossier : « Les fabricants de bombe amateurs pourraient probablement créer des armes d'une puissance d'un dixième de kilotonne (l'équivalent de la force explosive de cent tonnes de T.N.T.). Une bombe de cette nature serait assez puissante pour faire crouler les tours jumelles de 110 étages du Centre Commercial de Manhattan ou bien... (il s'arrêta un instant pour donner plus de poids à ses paroles) le bâtiment du Capitole. »

— Voilà leur objectif, s'écria Janet. Avez-vous une carte de ces tunnels ? Je parie que certains se trouvent très près du Capitole.

— Vous avez sans doute raison, reconnut Stafford.

— Vous ne vous rappelez pas si Lynne Tallman a jamais mentionné le Capitole quand vous étiez à Chicago ? demanda Mike.

— Non jamais.

— Quelques autres passages du rapport sont particulièrement intéressants, dit Stafford. Écoutez ceci : « Avec tout le plutonium qui existe, les terroristes ne devraient pas avoir trop de peine à s'en procurer. La C.E.A. renforce ses mesures de sécurité contre le vol, mais certains matériaux se perdent au cours de la fabrication des armes et il n'en est tenu aucun compte, de sorte que si un employé conspirateur décidait d'accumuler une quantité importante de plutonium en prélevant de petites doses de ce métal, la disparition pourrait passer inaperçue.

— En sa qualité d'enquêteur sur les pertes en plutonium pour la C.E.A., Coven a certainement accès aux matériaux, dit Mike. Cependant, il lui serait certainement difficile de fabriquer une vraie bombe atomique.

— Pas d'après l'article, dit l'agent du F.B.I. Il dit que les informations de base peuvent être recueillies dans les publications de la C.E.A. D'ailleurs, étant lui-même expert en énergie atomique, il n'en a pas besoin.

— Si ces informations sont si faciles à obtenir, il est surprenant qu'un groupe de terroristes n'y ait pas encore pensé, commenta Janet.

— L'information oui, mais pas nécessairement les matériaux requis, dit Mike. Roger Coven, lui, était bien placé depuis des années. Il a dû faucher des fragments de matériaux par-ci par-là jusqu'au jour où il en a eu suffisamment.

— Mais il a l'esprit trop pratique pour être un terroriste, objecta Janet. Ce genre de choses est bon pour les dingues... ou les démons.

— Je crois que vous avez raison, dit Stafford. Coven est un réaliste, et il serait plutôt homme à faire planer sur Washington une menace de destruction pour obtenir une rançon.

— Comment sortirait-il du pays ?

— Ce serait inclus dans les conditions. Plusieurs pays nous

haïssent tellement qu'ils lui donneraient asile s'il réussissait. Ils feraient même de lui un héros.

— Le démon de Lynne ne serait pas intéressé par une rançon, dit Janet. Son but est de créer la panique parmi les habitants et d'ébranler leur confiance dans le gouvernement et même dans la religion. En ce qui le concerne, il s'agirait d'un acte de terrorisme pur et simple. Si Roger y participe il utilisera l'attentat comme un test de ce qu'il peut faire plus tard — pour obtenir une rançon.

— D'après ce que nous savons de la bande de Chicago, il semble bien que miss Burke ait raison quant à leurs motivations, admit Stafford.

— Ce que je ne comprends pas, c'est qu'un individu occupant la position de Roger Coven prenne de tels risques, dit Mike.

— Je ne suis pas seule au monde à être possédée par un démon, Mike, lui fit observer Janet. Le père Julian dit que nous sommes des milliers et rares sont ceux qui veulent réellement se libérer du pouvoir de Satan.

— Votre exorcisme est-il toujours prévu pour le samedi qui suit la fête du Travail, miss Burke ? demanda Stafford.

— C'est ce que le docteur Kerns m'a dit. Il s'est entendu avec le père Julian dimanche soir.

— Donc, quelle que soit la forme de terrorisme envisagée, l'attentat aurait sûrement lieu mardi matin.

— Ce qui ne nous laisse guère de temps, dit Mike avec insistance. Vous avez assez de présomptions pour justifier l'arrestation de Roger Coven, inspecteur.

— Oui, s'il était un criminel ordinaire, mais Coven a des amis puissants à Washington et, jusqu'à présent, nous n'avons aucune preuve tangible. S'il a réellement des liens avec la bande Tallman, il a brillamment effacé ses traces. Nous ne pouvons faire état que de sa brève aventure avec Lynne Tallman qui remonte à plusieurs années. Si je l'arrête maintenant, son avocat pourrait demander que l'affaire passe immédiatement devant un tribunal de district et elle serait renvoyée ou bien il pourrait être libéré sous caution, ce qui lui permettrait d'exécuter le plan conçu. J'aime mieux le placer sous surveillance de sorte que, s'il pose cette bombe, nous pourrons le repérer et la désamorcer. (Il se tourna vers Janet.) Pensez-vous que votre personne physique mais commandée par l'autre personnalité soit nécessaire à l'exécution des plans de Coven, miss Burke ?

— Non !
— Pourquoi ?
— Roger Coven m'a abandonnée à la police, sachant que Lynne me laisserait probablement telle que je suis à présent. Il espérait peut-être même que je serais arrêtée du fait que j'étais incapable d'expliquer ce que je faisais dans ce tunnel. J'en déduis donc qu'il n'a plus besoin de moi ni de Lynne.
L'inspecteur Stafford ferma le dossier et le replaça dans le classeur où il l'avait pris.
— Encore un mot, miss Burke, dit-il en revenant à son bureau. Pensez-vous que Roger Coven se soit aperçu que vous l'aviez reconnu ce soir ?
— Je ne le crois pas. La torche que le garde portait m'a presque aveuglée. Si je n'avais instinctivement tourné la tête pour éviter le faisceau de lumière, je n'aurais pas vu Roger. D'ailleurs, je n'ai fait que l'entrevoir.
— Alors comment pouvez-vous être aussi sûre de son identité ?
— Il y a des lampes encastrées dans les parois des tunnels. J'avais l'habitude de les regarder quand je venais de Chicago pour voir oncle George et que les trains passaient dans les tunnels pour entrer dans la gare de l'Union. Le rayon de la torche du garde était reflété par le verre épais qui couvrait l'ampoule de ces lampes et, pendant un court moment, Roger s'est détaché dans le rayon réfléchi. J'ai pu voir qu'il avait momentanément fermé les yeux à cause de l'éclat de la lumière, c'est pourquoi je suis à peu près sûre qu'il ne s'est pas aperçu que je l'avais vu.
— Et naturellement, étant dominée par Lynne pendant que vous étiez dans le tunnel, vous ne vous rappelez rien de ce qui s'est passé avant que vous ne redeveniez Janet.
— Exact.
— Dans ce cas, vous ne risquez probablement rien du côté de Coven, dit Stafford. Je vous remercie tous les deux d'être venus ce soir. Je vais faire surveiller Coven et, s'il fait le moindre geste suspect, nous le pincerons. Nous allons aussi faire un tour dans le garage du bungalow Lane où vous dites qu'il se livre à des travaux sur la radio-activité.
— Pensez-vous que la bombe atomique — s'il compte utiliser cette arme — puisse être déjà en place dans l'un de ces tunnels ? demanda Mike. Nous savons qu'il y est déjà allé deux fois avec le démon de Lynne.
— Si elle y est, nous la trouverons, affirma Stafford.

Demain à la première heure nous allons commencer à fouiller la gare centimètre par centimètre ainsi que toute la zone située au-dessous. Entre-temps, nous observerons tous les faits et gestes de Coven.

Mike fit remonter Janet dans la Porsche et prit le volant.

— Je suppose que tu n'as rien mangé, dit-il en mettant le moteur en marche. Veux-tu que nous allions dîner quelque part ?

Elle frissonna.

— J'ai surtout envie de rentrer chez moi. Chaque fois que je repense à ce moment où je suis redevenue brusquement moi-même avec cette torche électrique qui me crevait les yeux, j'ai les jetons.

— Espérons que c'est terminé maintenant. Si nous allions au bungalow pour le week-end de la fête du Travail ? C'est assez loin pour que nous puissions trouver un peu de calme là-bas.

— Vingt-cinq kilomètres, c'est bien ce que Lynne a écrit sur le papier. Il doit s'agir de la portée de la bombe.

— Et le bungalow des Lane se trouve à plus de trente kilomètres de la capitale, de sorte que Coven n'aura qu'à aller là-bas pour être en sécurité.

— Et les millions de gens qui seront réunis à Washington le mardi matin ou sur la route dans un rayon de moins de vingt-cinq kilomètres ?

— Ne t'inquiète pas. Rappelle-toi seulement tout ce que tu as fait pour eux en reconnaissant Coven ce soir, ce qui va permettre à Stafford de le pincer.

Janet posa sa main sur le bras de Mike dans un geste suppliant.

— Reste avec moi ce soir mon chéri. J'ai tellement peur de ce que Lynne peut encore imaginer.

— Je n'ai pas l'intention de te quitter, dit-il en arrêtant la voiture devant son immeuble. Nous allons monter chez toi et tu prendras ce qu'il te faut pour quelques jours. Tu vas venir habiter chez moi jusqu'à ce que toute cette affaire soit réglée. Tu dis que ton oncle est à Chicago pour un congrès ?

— Il est au Canada en ce moment pour une dizaine de jours.

— Parfait. Il est difficile de se garer dans mon secteur alors il vaut mieux que tu laisses ta voiture ici.

15

Mike avait décidé de fermer son cabinet le vendredi à midi pour le long week-end de la fête du Travail où Washington se transformait en ville morte. Il ne s'absenta donc de chez lui que le vendredi matin. Sur la demande de Janet il l'avait enfermée dans l'appartement en sortant. Quand il rentra à midi, le déjeuner était prêt. Après un repas délicieux arrosé de vin rosé, ils allèrent au cinéma. La salle était presque déserte et ils purent se tenir la main et se serrer l'un contre l'autre comme deux collégiens qui se rencontrent en cachette. En rentrant après un long dîner amoureux dans un petit restaurant italien, Janet s'installa dans un fauteuil et ferma les yeux. Puis, au bout de quelques minutes, elle les rouvrit et se redressa sur son siège.

— Sais-tu ce que j'aimerais faire, Mike ? dit-elle.

— Je l'espère, répondit-il avec un sourire, mais dis toujours.

— Il y a longtemps, j'ai lu un livre sur la façon de se sentir bien dans sa peau et d'être simplement soi-même. L'auteur décrivait un moyen d'échapper à la monotonie de l'activité quotidienne. Depuis que je l'ai lu, j'ai toujours voulu essayer sa méthode. Il s'agit de tourner autour d'un rond-point.

— Ce n'est pas ce qui manque à Washington.

— Donc tu tournes en rond jusqu'à ce que tu sois poussé à choisir une rue qui s'écarte du cercle. Alors tu continues tout droit jusqu'au moment où tu vois quelque chose de différent, d'intéressant ou mieux, de passionnant.

— Pourquoi ne pas essayer ?

— Tu veux bien ? Simplement pour me passer un caprice ?

— Bien sûr, mais nous aurions intérêt à mettre quelques affaires de toilette dans un sac.

Quinze minutes plus tard avec un petit fourre-tout et une trousse à raser sur le siège arrière, Mike se mit à tourner autour de la place Du Pont pendant que Janet se laissait conduire les yeux clos, la nuque appuyée sur le repose-tête.

— Pas de coups d'œil, ordonna-t-il.

— J'attends l'inspiration, mais ne t'avise pas de m'emmener dans un motel où tu es sûr de ne pas être reconnu.

Il en était à son second circuit quand elle dit brusquement :

— Tourne à droite.

Il obéit docilement et se trouva sur l'autoroute 29 qui menait en Virginie.

— Où sommes-nous ? demanda-t-elle d'un ton somnolent une demi-heure plus tard.

— Sur l'autoroute 29 en Virginie, direction Warrenton.

— A quelle distance de Warrenton ?

— Une quinzaine de kilomètres.

— Bien. Je te dirai quand tu devras tourner.

— Tu es déjà venue par ici ?

— Fie-toi à moi et préviens-moi quand Warrenton sera en vue.

Un quart d'heure plus tard , Mike annonça :

— Nous y sommes.

— Tourne à gauche au prochain feu.

Mike suivit ses instructions et se trouva sur une route nationale quasi déserte.

— Nous sommes sur la 616, dit-il. J'espère que tu sais ce que tu fais et où nous allons.

— Fais-moi confiance.

Vingt minutes après, il vit les lumières d'un village. Une pancarte indiquait l'entrée d'un petit motel rustique situé un peu en retrait de la route au bord d'un étang que surplombait la silhouette dégingandée d'un vieux moulin à blé.

— Nous y sommes, dit Janet. Entre.

— J'espère qu'ils ont de la place.

— Ils en ont, dit-elle avec assurance. J'ai téléphoné pendant que tu étais dans la salle de bains juste avant que nous partions. Le village s'appelle Blisterburg.

— Je ne comprends toujours pas comment tu pouvais savoir que ce motel se trouvait ici à moins que McCarthy ne t'ait transmis son don de double vue.

— C'est plus simple. Je suis allée à l'Université de Virginie à Charlotteville il y a deux semaines pour me mettre au courant de certains travaux de parapsychologie qu'ils pratiquent là-bas. Je sors des sentiers battus chaque fois que c'est possible. En passant par ici j'ai trouvé l'endroit tellement joli que je me suis arrêtée pour déjeuner. Il y a un adorable petit restaurant dans le vieux moulin.

— Alors tout ce circuit autour du rond-point, c'était de la mise en scène ?

— Pas du tout, chéri. Dès que j'ai vu le coin j'ai pensé que j'aimerais venir ici avec toi — quand toute cette histoire de double personnalité serait terminée.

— J'espère qu'elle est terminée maintenant et que Roger Coven a mis les voiles quand il a vu que tu étais arrêtée.

— L'idée m'est venue qu'il pouvait encore avoir besoin de Lynne pour la mise au point définitive du projet qu'ils veulent exécuter, bien que j'aie dit le contraire à l'inspecteur Stafford. Si je garde mon corps ici, elle ne pourra être à Washington. Alors, oublions tout pendant quelques jours.

Ils s'inscrivirent sous le nom de Mr et Mrs Michael Karnes, l'ancienne orthographe de son nom, et on leur désigna un petit chalet aux murs en rondins sur la rive de l'étang. L'intérieur était immaculé avec un lit à baldaquin et un abat-jour rouge ; l'ambiance générale était celle d'un bordel de luxe de la Nouvelle-Orléans.

— Je n'avais pas vu les chambres quand je suis passée mais c'est merveilleux ! s'exclama Janet. Il y a même un fauteuil à bascule et une petite véranda qui donne sur l'étang.

— Sans parler de l'équipement de pêche dans le coin de la cheminée, dit Mike. Je parie que cet étang est plein de brèmes et de poissons-chats.

— Sans télévision, nous pourrons laisser le monde derrière nous. Je ne vais même pas lire un journal pendant que nous serons ici.

Ni l'un ni l'autre ne mentionna le fait le plus important. L'hôtel du vieux moulin se trouvait à une cinquantaine de kilomètres de Washington.

16

Le lendemain matin Mike pêchait devant la véranda de leur petit chalet, lorsque Janet sortit vêtue de son bikini blanc.

— Comment sais-tu que la baignade est autorisée dans cet étang ? demanda-t-il.

— Il y a un plongeoir là-bas près de la digue et j'ai vu des gosses nager quand j'ai déjeuné ici il y a quelques semaines. Ça mord ?

— Ces poissons sont trop heureux de vivre pour daigner regarder un hameçon. Attends-moi, je vais enfiler mon maillot.

Ils prirent un bain délicieux suivi d'un petit déjeuner excellent dans le restaurant désert mais charmant qui occupait le rez-de-chaussée de ce qui fut jadis un moulin à blé. Les œufs venaient d'être pondus par les poules qu'ils entendaient glousser dans la cour, le lard provenait de porcs comme ceux qui grognaient dans la porcherie voisine, les galettes étaient faites avec du sarrasin comme celui qui était moulu dans le même moulin avant la révolution américaine et le sirop était produit par les érables de Virginie.

Le coin était idyllique comme la saison. Ils mangeaient avec appétit, faisaient l'amour quand ils en avaient envie et somnolaient ou lisaient les romans rangés sur un rayon. Enfin, ils essayaient d'oublier le monde extérieur et leurs propres responsabilités envers lui et ils y parvinrent très bien — jusqu'au dimanche matin.

Quand Mike se réveilla, Janet était sous la douche. Elle en sortit avec ce regard résolu qu'il avait remarqué plusieurs fois dans ses yeux. Il comprit alors que ses pensées rejoignaient celles qu'il avait eues pendant une heure quand elle s'était endormie dans ses bras après l'amour.

— Je crois que nous savions tous les deux que cela ne pouvait durer, dit-il. Lynne ne peut faire sauter Washington si tu te trouves à cinquante kilomètres de la capitale, mais si nous retournons là-bas maintenant elle peut surgir et conduire l'inspecteur Stafford à Roger et à la bombe. Je vais régler la note après le petit déjeuner et nous pourrons être rentrés avant midi. Stafford est certainement resté en ville pendant le week-end, je l'appellerai pour savoir ce qui se passe.

— J'ai peur d'y penser mais, quoi qu'il arrive, j'aurai au moins eu une idée du bonheur que nous aurions pu connaître.

— Pas que nous aurions pu connaître, que nous connaîtrons.

— Que le ciel t'entende, mon chéri, mais je ne vois pas Roger ou Lynne abandonner aussi facilement la partie.

— S'ils l'ont fait, c'est grâce à toi.

— Et s'ils ne l'ont pas fait ?

— Je crains que nous ne soyons obligés de nous laisser guider par notre intuition.

Comme ils l'avaient prévu, Washington était désert et la circulation très fluide. Tous les bâtiments publics étant fermés, les touristes eux-mêmes délaissaient la capitale.

— Il est difficile d'imaginer que, dans moins de quarante-huit heures, cette ville va redevenir un asile de fous, observa Mike.

— Si elle n'est pas un tas de décombres radioactifs.

— Nous pouvons encore éviter la catastrosphe en nous réfugiant dans mon bungalow.

— Nous ne pouvons fuir, Mike. Si je n'avais pas accompagné Lynne dans l'avion en provenance de Chicago, cette nuit-là, l'Esprit du mal qui l'habitait ne se serait pas introduit dans mon corps, ce qui m'oblige à porter en partie la responsabilité de ses actes. Dieu veuille que le démon soit parti, mais nous ne le saurons vraiment que samedi prochain, n'est-ce pas ?

— Je crois que nous le saurons avant, dit-il en rangeant la voiture dans le parking. Si mardi matin, aucun nuage-champignon ne plane au-dessus de cet immeuble, nous serons sûrs que Roger Coven et le démon de Lynne Tallman seront allés commettre leurs forfaits ailleurs.

Arrivé dans son appartement, Mike appela l'inspecteur Stafford.

— Nous nous sommes absentés deux jours, miss Burke et moi, inspecteur, dit-il. Avez-vous des nouvelles de Roger Coven ?

— Rien. Quand il a disparu dans ce tunnel latéral laissant miss Burke se débrouiller toute seule, il s'est probablement dissous dans l'air.

— Avez-vous trouvé quelque chose dans la gare ?

— Nous l'avons fouillée de fond en comble. Nous avons même ouvert une boîte à outils découverte dans une charrette abandonnée au milieu d'un tunnel inutilisé. Le chef de gare va la donner aux mécaniciens la semaine prochaine. Et miss Burke ?

— L'autre ne s'est pas manifestée si c'est ce que vous voulez savoir. Nous espérons qu'elle aura pris le large, elle aussi.

— Nous avons tout de même appris pourquoi Coven s'est associé aux terroristes. Apparemment, malgré sa rapide ascension, il est furieux de n'avoir pas été cité à l'ordre du jour pour les services qu'il a rendus en démasquant les individus qui volaient le plutonium. En outre, il semble qu'ils n'aient pas été vraiment coupables, sauf peut-être le premier. Coven avait déjà mis une provision de côté pour lui-même et il dirigeait les soupçons sur d'autres.

— Qu'espérait-il réaliser s'il n'était pas lui-même un terroriste ?

— J'ai pu joindre George Stanfield au Canada et j'ai appris que le *Star News* avait envoyé un correspondant astucieux nommé Jenkins enquêter sur les faits et gestes de Coven. Comme je vous l'ai expliqué, le Bureau avait les mains liées en raison des relations influentes du personnage, mais le journaliste a fait équipe avec un ami qui travaille pour la commission Magnes. Ils sont sur le point de lever le voile sur l'affaire — Coven, Magnes, Rita, bien qu'elle semble s'être bornée à jouer le rôle de maîtresse du sénateur. Je suppose que Coven a eu vent de l'enquête et qu'il est entré dans une telle colère qu'il s'est juré de détruire tout le siège du gouvernement.

— Croyez-vous qu'il ait encore cette intention ?

— C'est toujours possible, mais moins probable maintenant qu'il sait que le F.B.I. et la police le recherchent et que, dès qu'il refera surface, nous l'épinglerons. J'ai aussi mis le professeur McCarthy au courant, et je lui ai demandé de passer le week-end au bungalow Lane.

— Il n'a pas dû se faire prier.

— Il doit m'appeler si Roger essaie d'entrer en contact avec sa femme.

— Vous n'avez pris aucune autre mesure ?

— Quel genre de mesures ?

— Ne pourriez-vous mettre la population en garde ?

— Et créer la panique — sans doute pour rien ? Le chef devrait ensuite passer le reste de ses jours à essayer d'expliquer ce qui s'est passé devant les commissions du Congrès — tout au moins jusqu'au jour où le président le saquera.

— Je crois que vous avez raison. Miss Burke et moi, nous allons nous terrer dans mon appartement jusqu'à ce que tout soit fini.

— Vous seriez plus en sécurité dans votre bungalow, quoi qu'il arrive.

— Vous n'imaginez tout de même pas que nous allons nous défiler aussi lâchement.

— Je pensais bien que vous réagiriez ainsi, mais je voulais vous offrir une porte de sortie. J'ai placé un poste de commande au bureau et je vous tiendrai au courant. Vous pouvez m'appeler ici nuit et jour.

— Je ne suis pas tranquille, Mike, dit Janet, quand il lui eut rapporté sa conversation avec Stafford. Tous ces gens vont rentrer dans la capitale mardi matin sans savoir que cette journée sera probablement la dernière de leur vie.

— J'éprouve exactement le même sentiment mais nous

sommes tous bloqués, à moins que Roger n'essaie de placer la bombe quelque part et que la police ou le F.B.I. puissent l'accrocher.

— Que feras-tu si Lynne réapparaît ?

— J'ai mon plan, mais je vais le garder pour moi. Non que je n'aie pas confiance en toi mais elle est capable de lire en nous et, si elle surgit, je ne pourrai m'empêcher d'y penser.

— Je crois que, maintenant, elle sait tout ce qui se passe quand je suis moi-même. L'attente au motel n'était pas tellement pénible, ici, où nous pouvons voir toute la ville autour de nous en sachant ce qui risque de se passer... (Elle frémit.) Je regrette presque de t'avoir persuadé de rentrer.

— Si tu ne l'avais pas fait, c'est moi qui t'aurais persuadée. Nous jouons le dernier acte d'un drame qui a commencé à l'aéroport Dulles. Et nous sommes obligés de rester sur scène jusqu'au baisser du rideau.

— Il aurait mieux valu pour toi que tu aies décidé de prendre un autre vol.

— Alors je n'aurais pas été là pour te sauver la vie et je n'aurais pas su que tu existais, sauf par la chronique nécrologique.

Elle ébaucha un sourire.

— Tu aurais pu épouser cette infirmière blonde et devenir un chirurgien riche et célèbre.

— Comparée aux perspectives qui s'ouvrent devant moi, la vie que j'aurais eue me paraît bien monotone. Nous allons regarder le match de football à la télévision jusqu'à l'heure du dîner, après quoi je te préparerai ma spécialité.

— Qu'est-ce que c'est ?

— Du corned beef au fromage.

La soirée fut calme et la nuit aussi. Mike appela l'inspecteur Stafford. Celui-ci n'avait rien de particulier à signaler sinon que McCarthy l'avait informé que Rita ne semblait pas savoir où était son mari ni connaître ses intentions. Cependant, sur les instances de Stafford, il acceptait de rester au bungalow jusqu'au mardi à midi.

L'inspecteur ajouta que McCarthy n'était pourtant pas resté inactif. Pendant que Rita était allée chercher du ravitaillement, il avait fait une incursion dans le garage que Roger avait aménagé en atelier. Exception faite de quelques outils, il était vide. McCarthy avait alors utilisé un compteur Geiger et découvert des traces de radioactivité, preuve que Coven s'était servi du plutonium dans cette pièce, vraisemblablement pour fabriquer une petite bombe atomique.

Vers cinq heures, le téléphone sonna. Mike décrocha et fut étonné d'entendre la voix du docteur Elmo Sebastian, chef du service de chirurgie plastique et réparatrice à l'hôpital de l'Université.

— Dieu soit loué, vous êtes là, Mike, dit Sebastian. Combien de temps vous faut-il pour venir à l'hôpital. Il y a eu un accident sur la route d'Annapolis et j'ai ici une blessée de la face, la fille d'un sénateur.

— Je ne suis pas de service, Elmo. D'ailleurs, je...

— Vous ne pouvez pas me laisser tomber. Je vous téléphone de la salle des urgences avec un poignet cassé. Je suis tombé en jouant au tennis il y a une heure, et j'ai la plus belle fracture que vous ayez jamais vue.

— Je ne...

— C'est une urgence, Mike, le résident est absent, et je ne puis me fier à un résident adjoint pour réparer le visage d'une fille de sénateur.

— Un instant, Elmo. (Mike couvrit le microphone de sa main et s'adressa à Janet.) C'est le docteur Sebastian, mon chef de service à l'hôpital de l'Université. Ils ont là-bas une fille de sénateur avec le visage écrasé à la suite d'un accident de voiture et il vient de se casser le poignet en jouant au tennis.

— Il te demande de venir ?

— Oui. Je suis le seul chirurgien disponible mais...

— Alors tu dois y aller. Ne t'inquiète pas pour moi. Je peux très bien rester seule.

— Tu en es sûre ?

— Mais oui. Si tu m'enfermes dans l'appartement, je ne pourrai pas sortir et *elle* non plus.

— C'est entendu, Elmo, dit-il à Sebastian. J'arrive tout de suite.

— Merci Mike. Vous n'aurez pas à vous plaindre de vos honoraires. Après le travail que vous avez fait sur Janet Burke, le sénateur s'imagine probablement que vous pouvez faire mieux que moi et, incidemment, il n'a pas tort.

— Je ne resterai pas absent plus de deux heures, dit Mike à Janet. En rentrant je m'arrêterai à la pizzeria du coin pour prendre une bonne pizza toute chaude et une bouteille de vin.

— Excellente idée, dit-elle en l'embrassant. Ferme bien la porte à double tour en sortant.

Le visage de la fille du sénateur n'était pas aussi abîmé que l'avait été celui de Janet. Néanmoins, il fallut trois heures pour retirer les éclats de gravier et la terre qui s'étaient incrustés dans les multiples blessures, couper les extrémités des lambeaux de peau arrachés et les suturer.

Après l'opération, Mike s'habilla rapidement, roula dans les rues presque vides et attendit avec impatience que sa pizza soit prête et empaquetée. Il prit l'ascenseur du garage pour regagner plus vite son appartement. Il prit ses clés, ouvrit la porte et entra pour constater que Janet — ou plutôt Lynne, il en était sûr — avait disparu.

17

Mike ne mit pas longtemps à découvrir la note qu'elle avait laissée sur la table. Il lui aurait suffi de voir les « e » et les « t » pour savoir qui l'avait écrite, même si son auteur n'avait pas griffonné un grand L au bas du message.

Mike chéri,

Je regrette de jouer un tour pareil au plus chic type que je connaisse. Si je pouvais devenir un être humain et être capable d'aimer quelqu'un, ce serait toi mais tu sais comment sont les Serviteurs du Seigneur. D'ailleurs, je hais le feu, et, demain avant midi, Washington ne sera plus qu'une masse de flammes. Si tu aimes vraiment ta Janet et que tu veuilles préserver son corps et le tien, viens ce soir dans ton bungalow. Mais n'espère pas nous convaincre, moi ou les autres, de renoncer à la destruction du nid de perfidie que Washington est devenu. Viens simplement dans l'intention de vous sauver, Janet et toi ; je te promets de quitter son corps si j'en trouve un autre facile à dominer et moins reconnaissable.

Telles sont mes conditions ; si elles te conviennent, tu viendras ce soir. Sinon tu mourras et, si j'étais capable de sentiments humains, je déplorerais le gaspillage de tes merveilleux talents.

A toi (quand il te plaira).

L

P.S. : *Je crochète des serrures depuis l'âge de cinq ans. Il m'a fallu moins d'une minute pour faire sauter le double verrou de la porte de ton appartement.*

Le jour touchait à sa fin. Mike ne perdit pas de temps à mettre au point le plan qu'il avait conçu depuis que Janet s'était fourvoyée dans les tunnels de la gare de l'Union. Il lui suffisait de s'arrêter à une pharmacie de nuit sur sa route. Il pensa un instant à appeler l'inspecteur Stafford, mais il écarta cette idée. Peut-être qu'en désespoir de cause, l'agent du F.B.I. essaierait d'arrêter Lynne et il ne réussirait qu'à prendre Janet, lui imposant toutes les souffrances que comportait un interrogatoire et peut-être une nuit en prison.

En entrant dans la cour du bungalow, il constata que toutes les lumières étaient éteintes et que la voiture de Janet était rangée sous un arbre. Mike en déduisit qu'en sortant de son appartement, elle avait pris un taxi pour gagner son immeuble où était garée sa propre voiture.

Elle vint à sa rencontre vêtue d'un mini-short et d'un bain de soleil car la nuit était étouffante.

— Mike chéri, s'écria-t-elle sans se donner la peine d'imiter la voix de Janet. J'espérais bien que tu renoncerais à me combattre.

— Comment aurais-je pu rester à Washington après l'invitation que tu m'as laissée.

Il s'approcha d'elle et l'étreignit longuement.

— Je ne suis pas assez stupide pour laisser ma vie dans l'incendie d'une ville.

— Nous allons assister à une explosion fantastique, dit-elle avec enthousiasme. Nous pourrons sans doute voir le champignon d'ici, mais Roger dit que nous serons en sécurité. La portée n'est que de vingt-cinq kilomètres et nous sommes à plus de trente, n'est-ce pas ?

— A peu près.

— Je m'apprêtais à remplir mon premier verre de la soirée mais, comme c'est ta maison, c'est à toi de faire les honneurs.

L'éclat de ses yeux était si vif que s'il avait eu des doutes sur l'identité de son interlocutrice, ils se seraient immédiatement effacés.

— Nous n'allons pas boire ce vin de sureau que tu m'as donné pour me plonger dans le cirage ?

— Pas de vin de sureau ce soir, répondit-elle en riant. Je ne tiens pas à te refaire une injection dans la fesse pour te réveiller, bien qu'elle ait eu sur toi un effet remarquablement stimulant.

— Je suis heureux que tu aies été satisfaite, dit-il en se

dirigeant vers la cuisine où se trouvait le petit bar. Tu aimes le bourbon ?

— C'est ce que je préfère. Verse-m'en une double dose.

— En attendant ton double, allume la T.V. Nous allons voir si Roger a été pris.

— Il ne l'est pas et il ne le sera pas. Roger connaît les tunnels de la gare de l'Union comme sa poche.

Dans la cuisine, Mike cassa l'extrémité d'une ampoule de chlorpromazine, un puissant tranquillisant qu'il avait acheté en route et la vida dans le verre de Lynne. Outre son effet narcotique, la substance avait l'avantage d'être pratiquement insipide.

— Comment se fait-il que vous ayez choisi Roger pour remplacer Armand Descaux ? demanda Mike en retournant dans le living-room, un verre dans chaque main. Il lui tendit celui qui contenait la chlorpromazine.

— La chance nous a favorisés, reconnut-elle en vidant la moitié du verre d'un trait. Humm ! Je suis contente que tu aies décidé de ne pas te sacrifier demain matin, chéri. Tu doses merveilleusement bien l'alcool. Ah oui ! Tu me parlais de Roger, je crois.

— En effet.

— Armand m'a trahie et il a essayé de me tuer en posant la bombe dans l'avion. Alors, j'ai dû me débarrasser de lui, assez habilement, conviens-en, ajouta-t-elle en riant.

— Aucun doute là-dessus. — Il était convenu qu'il avait intérêt à abonder dans son sens pour endormir sa méfiance. — Mais j'aurais cru que Roger Coven aurait été difficile à manœuvrer.

— Je n'ai pas essayé de le manœuvrer. Quand j'ai abordé Roger avec un plan de destruction du centre de Washington et du gouvernement fédéral, il venait d'apprendre que l'amant de sa femme faisait procéder à une enquête sur lui.

— Le sénateur Magnes ?

— Qui d'autre ? Quoi qu'il en soit, quand Roger a appris que Magnes allait le sacrifier pour sauver sa propre réputation, il était prêt à faire n'importe quoi pour se venger.

— Et tu t'es servi de sa colère pour tes propres fins.

— Naturellement. Ce que des gens comme toi et Janet ne comprennent pas, c'est que rien ne peut empêcher les serviteurs de Lucifer de mettre tout en œuvre pour démontrer sa puissance au genre humain.

— Comment ton esprit s'est-il emparé de Lynne Tallman à l'origine ?

— C'était facile, comme d'ailleurs pour les autres corps que j'ai utilisés. Vos prêcheurs font de grands discours sur l'immortalité, mais ils oublient que nous qui appartenons au royaume des ombres, nous sommes les véritables immortels.

— Et vous ne pouvez être détruits ?

Elle lui lança un coup d'œil méfiant.

— Tu as des intentions à ce sujet ?

Il haussa les épaules.

— Si je te détruisais, je ne ferais que détruire Janet.

— Et le corps que tu aimes caresser.

Elle avait retrouvé sa bonne humeur. Elle vida son verre et le lui tendit.

— Un autre double, chéri, et un pour toi aussi. Tu ne peux pas me saouler, alors inutile d'essayer, mais tu goûteras mieux le reste de la nuit si tu es bien en condition.

Il retourna dans la cuisine et versa une double dose de whisky dans le verre de Lynne, une dose simple dans le sien. Il hésita à vider une seconde ampoule de chlorpromazine dans la boisson de Lynne puis il se décida et mélangea rapidement les liquides.

— Hé ! Tu en mets du temps, cria-t-elle de sa voix rauque. Ce premier verre ne m'a presque pas fait d'effet.

— Celui-ci te fera de l'effet, promit-il. Je parie qu'après l'avoir bu, tu auras du mal à tenir sur tes jambes.

— Tu vas voir si je ne tiens pas sur mes jambes. Tu rouleras sous la table avant que je sois éméchée. Mais je n'ai pas l'intention de rester sur mes jambes cette nuit. Tu es un homme selon mon cœur, Mike Kerns ; bien que le mot cœur ne soit peut-être pas tout à fait approprié.

— Il n'y a rien de tel que d'être apprécié à sa juste valeur, dit Mike en levant son verre. A nous.

— Sais-tu ce que je vais faire ? dit-elle tandis que le niveau du whisky dans son verre baissait sensiblement. Quand je serai passée dans un autre corps, comme je te l'ai promis, je t'appellerai un jour pour que tu saches où je suis. Tu es vraiment un amant trop remarquable pour que je renonce à toi, Mike. C'est pourquoi j'ai laissé cette note. J'espérais bien que tu me suivrais.

— Je ne vois pas ce que je pouvais perdre en venant, dit-il d'un ton aussi désinvolte que possible. Si j'étais resté à

Washington, la bombe m'aurait réduit en cendres demain et je vous aurais perdues toi et Janet par-dessus le marché.

Dix coups sonnèrent à la vieille pendule et Lynne consulta la montre sertie de pierres précieuses que Mike avait donnée à Janet pour son anniversaire.

— C'est à cette heure-ci que Roger va installer une minuterie sur la bombe, dit-elle.

— Je ne comprends toujours pas comment tu as pu l'entraîner si loin.

— Il n'aurait pas marché si le sénateur Magnes ne l'avait trahi en faisant faire cette enquête pour avoir Rita à lui seul.

— Elle n'est pas des vôtres ?

— Rita ? s'exclama-t-elle avec son rire de gorge. Elle n'a pas assez de cervelle pour valoir la peine d'être possédée même par un démon inférieur. Elle ne peut servir à quelque chose que derrière une machine de sténotypie ou au lit.

Mike avait au moins appris que Roger Coven ne s'était pas enfui après l'incident du tunnel et que l'attentat était toujours prévu au programme. Et il n'avait aucun moyen de prévenir Stafford si la chlorpromazine n'agissait pas plus vite.

Lynne posa son verre presque vide.

— Tu sais que l'inspecteur Stafford va arrêter ta bien-aimée Janet quand je serai passée dans un autre corps.

— Ne peux-tu la sauver ? Une note écrite de ta main expliquant le rôle que tu as joué dans l'attentat établirait que ce n'est pas vraiment Janet qui a tout organisé mais toi dans son corps. D'ailleurs le monde entier connaîtrait ainsi ta puissance.

Elle fronça les sourcils et secoua la tête.

— Et, dans ce cas, tu pourrais filer le parfait amour avec elle.

— Tu avais promis...

Un éclat de rire l'interrompit.

— Quelle valeur peut avoir une promesse de démon ?

— Considère les choses autrement alors. Où serais-tu si j'avais laissé Janet mourir sur le sol de l'aéroport ?

Elle haussa les épaules.

— Je me serais introduite dans un autre corps : il y avait assez de monde dans le bâtiment.

— Mais tu n'aurais pas eu la chance d'habiter un corps de déesse moderne. Et si je n'avais pas amené Janet — et toi — ici, tu n'aurais pas fait la connaissance de Roger Coven ; alors tu n'aurais pas pu montrer au monde la puissance de ton maître Lucifer.

— Ne m'embête pas avec ça ce soir, dit-elle avec agacement. Demain, je ferai peut-être ce que tu demandes si tu es à la hauteur au lit. Remplis-moi mon verre, ajouta-t-elle en se levant. Je vais passer dans la salle de bains mais ne bois plus, toi. Tu me parais passablement éméché. Tiens, j'ai les jambes molles, qu'est-ce qui se passe ? C'est la première fois que ça m'arrive.

— Tu as bu trop vite. Couche-toi dès que tu seras sortie de la salle de bains.

— Bonne idée.

Elle avait la voix pâteuse et presque méconnaissable. Elle fit quelques pas en chancelant et s'accrocha à lui puis, brusquement, elle se redressa et s'écarta, pour lui faire face, une lueur de haine dans les yeux.

— Salaud, hurla-t-elle. Tu as mis une drogue dans le whisky. C'est ça, hein ?

Il fit un signe affirmatif.

— L'effet aura disparu dans quelques heures mais, en attendant, tu vas me dire où Roger a posé la bombe.

— Compte là-dessus.

Ses genoux fléchirent subitement et, s'il ne s'était vivement avancé pour la retenir, elle serait tombée. Cependant, il lui restait assez de force pour lui envoyer un coup de poing qui l'étourdit mais c'était le dernier sursaut du démon. Elle s'affala contre lui et il faillit tomber à la renverse.

Soulevant son corps inerte dans ses bras, Mike le porta sur le sofa et le tira au milieu de la pièce. Elle était complètement inconsciente et ronflait comme une locomotive. Il espérait que la terreur du feu qui, selon le père Julian, caractérisait les esprits démoniaques l'inciterait à lui indiquer l'endroit où Coven avait placé la bombe avant que les flammes les aient dévorés tous les deux.

Il sortit vivement pour aller jusqu'au hangar où il avait une réserve de vingt-cinq litres d'essence pour son canot à moteur et il porta le bidon dans le bungalow. Il ouvrit toutes les fenêtres pour que la maison n'explose pas quand il mettrait le feu à l'essence. Par mesure de protection supplémentaire, il décrocha l'extincteur et le posa à côté du sofa où était couché le corps endormi de Janet avec l'esprit momentanément inconscient de Lynne Tallman.

Après ces préparatifs, Mike commença à verser l'essence en

cercle autour du sofa arrosant le tapis et le sol jusqu'à ce que les vingt-cinq litres soient répandus. Il jeta le bidon vide et pria le ciel pour que Janet et lui sortent vivants de cette situation critique et avec le renseignement qu'il voulait obtenir. Ensuite, il alluma une allumette et la lança sur l'essence dont les vapeurs remplirent aussitôt la pièce.

Les flammes jaillirent et coururent le long du cercle d'essence si vite que Mike crut que le démon enfermé dans le corps de Lynne les faisait tournoyer. Même les avertissements du père Julian concernant la puissance des démons ne l'avaient pas préparé à sa réaction. Quand la chaleur des flammes enveloppa son corps à peine couvert elle ouvrit les yeux et poussa des hurlements de terreur en se mettant debout sur le sofa pour essayer d'échapper aux flammes.

Mike saisit l'extincteur et le leva pour qu'elle le voie.

— Où est la bombe, Lynne ? demanda-t-il. Dis-le-moi et j'éteindrai le feu.

— Tu ne le sauras jamais, cria-t-elle avec un éclat de rire démoniaque qui se transforma en gémissement de douleur quand une langue de feu vint lui lécher la jambe.

Il vit qu'elle se ramassait sur elle-même pour prendre son élan. Comprenant que poussée par la force surhumaine du démon, elle pourrait bondir par-dessus le cercle de flammes, il posa l'extincteur et l'empoigna avant qu'elle n'ait eu le temps de sauter. Son geste les entraîna tous deux sur le sol. Mike sentit une douleur cuisante à la cheville ; le bord de son pantalon prenait feu. Lynne se débattait dans ses bras avec une telle force qu'il se demanda s'il pourrait la maintenir plus longtemps.

— Où est la bombe ? répéta-t-il. Si tu me le dis, j'éteindrai le feu.

— Dans une cai...

Le mot qui aurait pu révéler l'emplacement de l'engin mortel fut étouffé par un cri d'horreur venant de l'extérieur. Levant les yeux, Mike vit Randall McCarthy se précipiter dans la pièce et arracher le double rideau accroché à la fenêtre avec l'intention évidente d'éteindre les flammes.

— Non, Randall, non ! hurla-t-il.

Mais il était trop tard. Le psychiatre avait déjà provoqué une rupture dans le cercle de flammes et, profitant du moment où l'attention de Mike s'était détournée d'elle pour se porter sur Randall, Lynne s'était dégagée et se préparait à bondir pour s'échapper par l'espace libre. Cependant, Mike réussit à la ressaisir et ils retombèrent tous les deux sur le sol. La main de Lynne frôla le double rideau qui commençait déjà à brûler et elle se tordit dans ses bras pour échapper à son étreinte.

Soudain un hurlement strident pareil à un cri de chat-huant frappa les oreilles de Mike — un son qu'il se rappelait avoir entendu trois mois auparavant à l'aéroport Dulles au moment où le 727 condamné avait enfoncé les parois vitrées du bâtiment. Au même instant, un courant d'air froid étouffa en partie les flammes qui léchaient le double rideau. Une force invisible poussa McCarthy contre la porte ouverte du bungalow et Mike sentit une odeur nauséabonde lui monter aux narines.

Il comprit aussitôt ce qui se passait car le corps de Janet s'affaissa dans ses bras. Poussée par la peur des flammes, Lynne s'était évadée de l'enveloppe de Janet. Mike espérait qu'elle l'avait quittée pour toujours.

18

Les flammes de l'enfer qu'était devenu le living-room se propageaient déjà dans le reste du bungalow. Elles mordaient les chevilles de Mike qui envoya d'un coup de pied l'extincteur rouler près de Randall McCarthy.

— Soufflez sur les flammes, dit-il au psychiatre en soulevant le corps inerte de Janet. Nous allons passer par la cuisine.

McCarthy saisit l'extincteur, arracha la goupille et envoya un jet de CO_2 sur le cercle de feu, ouvrant un passage à Mike qui put reculer jusqu'à la porte de la cuisine avec son fardeau. La brise fraîche du fleuve vint leur caresser le visage. Le dernier souffle de l'extincteur servit à éteindre les flammèches qui consumaient le bord du pantalon de Mike.

— Comment se fait-il que vous soyez passé par ici ? demanda-t-il quand ils se trouvèrent tous trois sur le bord de la rive.

— Rita était tellement énervée ce soir que nous sommes allés faire un tour. En rentrant j'ai vu que votre bungalow était éclairé. C'est pourquoi nous sommes venus vous faire une visite.

Soudain un bruit d'explosion se fit entendre suivi d'un jet de flammes.

— C'est le bidon d'essence qui explose...

Mike fut interrompu par un bruit de démarreur et un grondement de moteur.

— Que diable... ?

— Rita a dû mettre les voiles, dit Randall. Je l'ai laissée dans la voiture. Elle a sans doute été prise de panique à la vue des flammes et elle s'est enfuie.

— Enfuie n'est pas le terme qui convient, dit Mike. Si je ne me trompe, votre amie est actuellement la proie du démon de Lynne Tallman.

— Grands dieux ! s'exclama McCarthy. Qu'étiez-vous en train de faire ? Une tentative d'exorcisme ?

— J'essayais de forcer Lynne à m'avouer où Roger Coven avait posé la bombe atomique qu'il fabriquait depuis un mois. Avec l'aide de Lynne et des membres de la secte il va détruire Washington demain matin à dix heures.

Pendant que Randall le regardait médusé, la voiture dans laquelle Rita Coven l'attendait fit soudain marche arrière, puis elle se lança en avant, bifurqua pour s'engager sur la route et disparut dans un nuage de poussière.

McCarthy secoua lentement la tête d'un air stupéfait.

— Couchez Janet dans l'herbe de la clairière, dit-il à Mike, et voyez si elle n'a aucun mal. Ensuite, vous me raconterez toute l'histoire.

— J'ai dû endormir Lynne avec de la chlorpromazine versée dans son bourbon avant de mettre le feu dans le living-room, expliqua Mike. Alors naturellement, Janet est dans le cirage elle aussi. Les démons redoutent les flammes par-dessus tout, c'est pourquoi j'ai décidé de mettre le feu pour obliger Lynne à me dire où Roger avait placé la bombe.

— Vous parlez toujours par énigmes en ce qui me concerne.

Mike posa doucement Janet sur l'herbe à trois cents pas de la maison où les flammes commençaient à percer le toit pour former une boule incandescente dans le ciel. Un bref examen lui indiqua qu'elle était simplement sous l'effet de la dose massive de chlorpromazine.

— Il semble que Rita et Lynne aient mis les voiles, constata McCarthy.

— C'est Lynne-Rita maintenant. Quand vous avez rompu momentanément ce cercle de flammes en frappant avec le rideau, le démon de Lynne a quitté le corps de Janet et s'est introduit dans celui de Rita.

— Alors, que va-t-il arriver à Rita ?

— Ce que Lynne voudra qu'il lui arrive. Votre ancienne maîtresse est possédée par le pire des esprits du mal que le monde ait jamais connu.

— Je vous en prie, ménagez-moi, allez-y par petites doses, soupira McCarthy. Il est déjà assez pénible d'afficher son ignorance et de perdre une bonne baiseuse par-dessus le marché, c'est dur.

— Alors, vous n'en savez pas plus qu'avant sur l'emplacement de la bombe, dit McCarthy quand Mike eut terminé son récit.

— Tout ce que je sais c'est que Roger est sans doute en train de la poser en ce moment dans le labyrinthe de tunnels situé sous la gare de l'Union.

— Pensez-vous que Lynne vous aurait révélé où Roger a caché l'engin si je n'avais pas fait irruption ?

— Je ne suis pas sûr qu'elle connaissait l'endroit exact elle-même. En tout cas, je peux appeler Stafford quand nous serons en route et il recommencera à fouiller les tunnels. Pour être en sécurité si l'explosion a lieu, Roger doit être à plus de vingt-cinq kilomètres de la gare et Stafford devrait pouvoir le pincer.

— Autrement dit, Washington et la plupart de ses faubourgs seront détruits si Stafford ne découvre pas la bombe, dit McCarthy gravement. En tout cas, quelqu'un a vu votre incendie, ajouta-t-il tandis que le gémissement d'une sirène déchirait l'air.

— Dès qu'ils seront arrivés nous devrons filer sur Washington, dit Mike. Il faut absolument mettre la main sur Roger Coven et l'obliger à parler.

— Vous pouvez toujours le soumettre à l'épreuve du feu mais, s'il n'est pas plus bavard que votre démon de Lynne, nous ne serons pas plus avancés.

— Lynne était un esprit. Elle pouvait aller où bon lui semblait sans s'encombrer d'un corps, mais Roger Coven est un être humain. Alors, si nous le trouvons et que nous le ramenions à Washington, la perspective d'être réduit en cendres par sa propre bombe ne lui sera peut-être pas tellement agréable. Il suffit qu'il aille se mettre à l'abri avant dix heures demain matin.

Une voiture de police aux lumières bleues vint se ranger sous les arbres, suivie par une voiture de pompiers rouge. Le shérif Knott sortit de la limousine et s'approcha d'eux pendant que les pompiers déroulaient leur tuyau.

— Quelle malchance, docteur Kerns, dit Knott. Avec ce temps sec, je crains qu'il ne reste pas grand-chose de votre maison.

— Tant pis, shérif. De toute façon je songeais sérieusement à acheter un bateau que je pourrais habiter et amarrer non loin de la ville.

— Quelle est la cause de l'incendie ?

— J'ai eu la sottise de nettoyer le plancher à l'essence pendant le week-end, expliqua Mike. Le bidon était dans la maison, car je comptais terminer demain mais quelques chiffons imbibés d'essence ont dû prendre feu. Si le docteur McCarthy n'avait pas vu les flammes de la route, miss Burke et moi serions réduits en cendres à l'heure qu'il est. Nous avons été réveillés et nous essayions de sortir mais nous étions entourés par un cercle de feu. Heureusement, le docteur McCarthy nous a ouvert un passage avec l'extincteur.

— Comment va miss Burke ?

— Elle avait bu un peu trop de bourbon, aussi je doute qu'elle soit capable de se rappeler ce qui s'est passé.

Voilà qui est vrai au moins, se dit-il.

— Vous pourriez avoir des difficultés avec votre compagnie d'assurances, docteur Kerns, dit le shérif. Vous vous rendez compte que le fait de laisser des chiffons imbibés d'essence à l'intérieur d'une maison peut être considéré comme un acte de négligence criminelle.

— J'aurais honte de réclamer une indemnité. Heureusement, le terrain vaut à lui seul dix fois le prix que mon père a payé toute la propriété.

— Vous êtes venu ici dans votre propre voiture, docteur McCarthy ? demanda le shérif Knott.

— Oui. Mrs Coven m'accompagnait, mais elle avait une peur affreuse du feu. Elle est partie pendant que j'aidais le docteur Kerns et miss Burke à se sauver.

— C'est sans doute elle que nous avons croisée en venant, dit Knott. Elle roulait comme si elle avait eu tous les diables à ses trousses.

Vous n'êtes pas loin de la vérité, se dit Mike qui se garda bien de formuler sa pensée.

— Comme je vous l'ai dit, intervint McCarthy, le feu l'a épouvantée. Elle va probablement rentrer au bungalow quand elle sera calmée.

— Si elle rentre, appelez-moi. Le F.B.I. vient de lancer un ordre de recherche général à toutes les polices du pays pour son mari et j'aimerais savoir si elle a une idée de l'endroit où il se trouve.

— Nous sommes restés ici pendant tout le week-end, mais ni Mrs Coven ni moi-même n'avons vu trace de Roger depuis vendredi.

— Pourquoi le recherche-t-on ?

— Je n'en sais rien, mais l'inspecteur Stafford du F.B.I. tient absolument à ce qu'on le retrouve.

Du bungalow leur parvint le grondement de la pompe à incendie qui commençait à puiser l'eau du fleuve.

— Nous allons laisser les pompiers faire leur travail si vous le voulez bien, shérif, dit Mike. Je voudrais ramener miss Burke chez elle et il faut que je panse les brûlures de ma jambe en chemin.

— Partez donc, dit Knott. Je vais expliquer au capitaine des pompiers ce qui s'est passé et, demain, vous pourrez rédiger un rapport écrit sur les événements. Avez-vous besoin d'aide ?

— Non merci. Le docteur McCarthy conduira ma voiture pendant que je m'occuperai de miss Burke. Nous arriverons sans difficulté.

19

— Croyez-vous que Stafford réussira à attraper Roger ? demanda McCarthy quand ils débouchèrent de la piste sur l'autoroute.

— J'en doute. La police du district de Washington et le F.B.I. le cherchent depuis mercredi, jour où il a failli être pris avec Lynne dans l'un des tunnels souterrains de la gare de l'Union. Il doit connaître tous les coins et recoins de ce labyrinthe de tunnels et il a certainement une cachette sûre.

— Pour un psychiatre, je me suis complètement fourvoyé dans toute cette affaire, reconnut McCarthy, mais je ne pouvais croire aux démons et aux histoires de possession par les mauvais esprits.

— Vous y croyez maintenant ?

— Je pense que oui.

Janet gémit et s'agita soudain dans les bras de Mike.

— Vous êtes sûr qu'elle est bien ? demanda McCarthy.

— Elle est encore sous l'effet du cocktail que je lui ai fait boire mais son pouls est régulier et sa respiration pai...

Il s'interrompit brusquement car la respiration de Janet n'était plus du tout paisible. Avec une force qui lui rappelait celle de Lynne, elle se débattait dans ses bras.

— Les flammes ! hurla-t-elle avec la même voix que Lynne. Je ne peux pas sortir, je ne peux pas sortir !

McCarthy freina pour ranger la voiture sur le côté de la route pendant que Mike faisait appel à toute sa force pour maintenir Janet qui essayait de se dégager. Elle avait les yeux grands ouverts et son regard reflétait la terreur qu'avait éprouvée Lynne à la vue des flammes bondissantes. Puis soudain elle retomba dans les bras de Mike, sans connaissance.

— Que diable s'est-il passé ? demanda McCarthy.

— Je ne le sais pas mais j'ai une idée. Quelle heure est-il ? Je ne peux pas regarder ma montre avec Janet dans les bras.

— Dix heures et demie. Pourquoi ?

— Je vous le dirai après. Repartez et arrêtez-vous devant la première cabine téléphonique que vous verrez sur la route. Je dois appeler Stafford.

— Puis-je mettre la radio ? Je suis inquiet pour Rita surtout s'il est vrai que cette diablesse a pris possession de son corps.

— J'aimerais bien savoir ce qu'elle est devenue, moi aussi. Était-elle très ivre ?

— Pas au point de ne pas pouvoir tenir un volant et elle conduit à merveille. Ah voilà une cabine téléphonique. Je m'arrête ici.

— Je reviens tout de suite. Surveillez bien Janet. Si elle a une nouvelle crise, appelez-moi.

— Entendu. Prenez votre temps.

Mike appela le bureau de l'inspecteur Stafford. L'agent du F.B.I. répondit immédiatement.

— Où êtes-vous donc ? demanda-t-il. Miss Burke a disparu.

— Elle est avec moi.

Mike lui fit un bref récit des événements de la soirée depuis le moment où il avait lu la note de Lynne.

— Vous avez pris des risques terribles, dit Stafford quand Mike eut raconté l'épisode de l'incendie. Qu'est-ce qui vous a porté à croire que vous pourriez lui arracher un renseignement ?

— Le père Julian m'a expliqué que le feu est la seule chose

dont les démons ont peur, la seule aussi qui puisse les détruire. J'ai pensé que si Lynne était assez terrifiée, elle me dirait où Roger Coven avait placé la bombe. Mais le démon s'est échappé avant que j'aie pu l'obliger à parler.

— Avant que vous soyez tous deux brûlés vifs, vous voulez dire. Somme toute, vous n'avez rien appris ?

— Je me demande si elle connaissait l'endroit exact où il allait poser l'engin. Elle ne l'a pas revu depuis que le garde a arrêté Janet dans le tunnel.

— Nous savons où il se *trouvait,* gronda Stafford. Juste sous notre nez.

— Alors, il a réussi à poser la bombe ?

— J'en suis sûr comme je suis sûr aussi qu'il nous a encore roulés parce que tous les hommes que j'ai pu réquisitionner passent la gare au peigne fin.

— Le shérif Knott m'a annoncé que vous aviez lancé un ordre de recherche générale. Pourquoi avez-vous attendu aussi longtemps ?

— L'ordre a été donné dès que nous avons découvert le refuge de Coven. Toutes nos équipes locales sont occupées à chercher la bombe. Pensez-vous que miss Burke puisse se souvenir de quelque chose ?

— Pour le moment, elle est complètement dans le cirage, mais je vais remédier à cela dès que nous serons dans la salle des urgences de l'hôpital. Une injection de méthylphénidate hydrochloride la réveillera. Cependant, elle ne se rappellera sûrement rien car le démon qui s'était emparé d'elle s'est introduit dans un autre corps.

— Quand vous sortirez de l'hôpital, venez ici avec miss Burke et le docteur McCarthy. Si nous rassemblons toutes nos cellules grises, nous trouverons peut-être une idée valable.

— Nous serons là dans moins d'une heure, dit Mike. Au fait, où se cachait Coven ?

— Dans un appartement dont le sénateur Magnes se sert pour des activités extrasénatoriales. Une femme qui habite en face avait déjà vu Coven chez le sénateur. Elle nous a avertis qu'elle venait de le voir sortir déguisé et portant un paquet volumineux. Nous l'avons manqué d'une demi-heure.

— Ce qui lui a donné le temps de disparaître dans l'un des tunnels qui débouchent près du Potomac.

— Évidemment. Après l'arrestation de miss Burke, j'ai étudié le plan du réseau souterrain. Il y a assez de culs-de-sac sous ce sacré bâtiment et d'issues près du pont du chemin de fer du Potomac pour nous donner du travail pendant les prochaines vingt-quatre heures.

L'inspecteur raccrocha et Mike regagna la voiture. McCarthy écoutait la radio qui diffusait un air de rock.

— Vous vous rendez compte, grommela le psychiatre. La ville risque d'être détruite de fond en comble dans moins de douze heures et la radio joue encore ce genre de musique stupide.

— Mieux vaut un air de rock que la Marche Funèbre, dit Mike en s'asseyant sur le siège arrière. Janet s'est-elle agitée pendant mon absence ?

— Elle n'a pas bougé. Quand vous administrez un cocktail, il est corsé, mon vieux.

McCarthy s'apprêtait à remettre le moteur en marche quand la musiquc s'arrêta brusquement et la voix du speaker s'éleva sur les ondes : « Nous interrompons notre programme pour annoncer qu'un accident spectaculaire s'est produit au cours du week-end : une voiture roulant à tombeau ouvert sur la route 225, près de La Plata a manqué un virage et s'est précipitée dans un ravin vers 22 h 30. Les flammes montant du véhicule incendié ont empêché les témoins et la police de se porter au secours de la conductrice dont les cris déchiraient l'air pendant que le feu engloutissait la voiture. Les pompiers de La Plata sont arrivés sur les lieux. Ils essaient d'éteindre les flammes pour dégager et identifier le corps de la victime qui a certainement péri dans le brasier. »

Le visage de McCarthy était devenu couleur de cendre.

— Quelle mort affreuse pour Rita !

— Mais c'était la seule façon dont le démon de Lynne Tallman pouvait être détruit. A quelle heure a-t-il dit ?

— Dix heures trente, au moment précis où Janet s'est débattue pour sortir de la voiture. Je suppose que c'est l'ultime tentative de Lynne pour s'échapper dont nous avons vu le reflet dans le corps de Janet bien qu'elle soit restée inconsciente. Mais je ne vais même pas essayer d'expliquer comment un tel phénomène a pu se produire.

— Remettons-nous en route. La brûlure de ma cheville me fait horriblement mal. D'ailleurs Stafford nous attend dans son bureau dès que nous serons sortis de la salle des urgences.

McCarthy remit le moteur en marche.

— Stafford a-t-il des nouvelles de Roger ? demanda-t-il.

— Il s'est caché pendant le week-end dans un appartement

que le sénateur Magnes possède à Arlington, mais une femme qui habite de l'autre côté de la route l'a repéré.

— Je connais l'endroit. Il est peuplé de dragueurs et la femme en question épie les gens par les fenêtres avec des jumelles. Si elle n'avait pas reconnu Roger, il aurait pu rester là-bas un mois sans que personne l'interroge. La police est-elle sûre qu'il a déjà posé la bombe ?

— Stafford en est tellement certain qu'il a réquisitionné tous les membres disponibles de la police du district et du F.B.I. pour fouiller les tunnels de la gare.

— Avec les forces réduites dont il dispose pendant le week-end du Travail, les recherches peuvent être longues. Entre-temps, Roger qui connaît le Maryland comme sa poche ne sortira pas des sentiers écartés.

— Où peut-il aller ?

— Avec un faux passeport et des barbes différentes, il peut s'arranger pour changer d'aspect tous les jours. En empruntant une autre voiture à chaque étape, il peut atteindre Miami en trois jours et, de-là, prendre un avion de la Varig pour le Brésil. Un homme qui fait sauter Washington pour démontrer sa puissance et quitte le pays sain et sauf est capable de prendre n'importe quelle grande ville en otage pour demander une rançon.

— Alors, vous ne croyez pas que Coven soit un terroriste à tout crin ?

— Il n'est pas homme à commettre des actes insensés pour le simple plaisir de créer du désordre, dit McCarthy sans hésitation. A mon avis, il a été furieux d'apprendre que les agents du gouvernement avaient découvert qu'il accumulait du plutonium et surtout que Magnes allait le sacrifier pour sauvegarder sa propre réputation. C'est alors qu'il a décidé de se servir de la secte Tallman pour faire de Washington un exemple.

— Où prendrait-il tout le plutonium nécessaire à d'autres aventures de ce genre s'il s'échappe ?

— Roger a contribué à préparer des expéditions d'éléments fissiles à toutes les nations du monde qui en possèdent, expliqua McCarthy. L'utilisation que fait l'Inde des matériaux nucléaires que nous lui envoyons pour produire l'énergie électrique nécessaire au déclenchement d'une explosion atomique démontre que la plupart des nations veulent le métal uniquement pour épouvanter leurs voisins et en tirer des avantages politiques. Roger n'aurait aucune peine à leur voler assez de plutonium pour fabriquer une autre petite bombe. Avec quelques millions de dollars et ses capacités d'expert atomique, il sera accueilli en Libye à bras ouverts pendant qu'une demi-douzaine d'autres pays qui détestent les États-Unis se réjouiront de la destruction de Washington.

— Sans compter que les Russes pourraient logiquement choisir demain après-midi pour lancer une attaque atomique puisque tous les membres du gouvernement fédéral seront morts et que personne n'aura plus qualité pour appuyer sur le bouton rouge.

— Bon Dieu ! Je n'avais pas pensé à cela.

— Vous pouvez être sûr que Stafford y a pensé, dit McCarthy en arrêtant la voiture à côté du parking réservé aux ambulances. Voilà qui vous donne envie de bondir, n'est-ce pas ?

Mike le scruta du regard.

— Entrez avec nous, dit-il. Je vais faire panser ma cheville et injecter un stimulant à Janet. Stafford m'a dit de vous emmener.

— Pourquoi moi ? demanda McCarthy.

Mais il sortit de la voiture sans objection et alla ouvrir la portière arrière pour aider Mike à descendre avec son fardeau.

— Vous connaissez Coven. En outre, vous êtes expert en perception extra-sensorielle et en communication à distance ; alors, peut-être désire-t-il que vous adressiez un message à Roger pour l'informer qu'il est disposé à conclure un marché.

— Quel genre de marché ?

— A la place de Stafford, j'offrirais à Roger la possibilité de quitter librement le pays pour l'aéroport de son choix avec une valise pleine d'argent s'il indique l'emplacement de la bombe avant dix heures demain matin.

— Qui peut se fier à un accord conclu avec un agent de Lucifer ?

— Vous auriez raison si Lynne était encore en vie mais, grâce au ciel, ce jeu du diable s'est terminé quand elle a été réduite en cendres avec Rita — du moins je l'espère.

Janet commençait à se réveiller quand McCarthy reprit le volant pour sortir la voiture du parking de l'hôpital.

— Que s'est-il passé ? demanda-t-elle avec surprise. Qu'est-ce que je fais là en short et en bain de soleil.

— D'abord, quel est le dernier souvenir qui reste dans ta

mémoire ? demanda Mike pendant que Randall prenait la direction de l'appartement de Janet.

— Je me rappelle que tu as reçu un coup de téléphone de l'hôpital au sujet d'une fille de sénateur qui avait eu un accident. Tu m'as enfermée dans l'appartement pour que Lynne ne puisse pas sortir. (Elle fronça les sourcils.) Mais elle est partie...

— Définitivement.

— Je sens qu'elle n'est plus en moi, mais puis-je être sûre qu'elle ne reviendra pas ?

— Tu peux en être certaine.

Mike lui raconta ce qui s'était passé depuis son retour de l'hôpital.

— Pauvre Lynne, dit Janet. Bien qu'elle ait été un mauvais esprit, elle était plus intéressante que je ne le serai jamais.

— Provocante, oui, excitante même, mais le hachisch peut produire le même effet et je ne tiens pas du tout à recommencer l'expérience.

— J'éprouvais une sensation étrange à être moi-même et Lynne à la fois. Je ne me rappelle pas très bien, j'avais parfois l'impression qu'elle aurait préféré être moi et t'avoir que d'être ce qu'elle était.

— C'est ce qu'elle m'a laissé entendre, mais le pouvoir qu'elle possédait en tant que démon était un danger pour toi, pour nous et pour le monde ; aussi vaut-il mieux qu'elle ait été détruite.

Janet hocha lentement la tête.

— Tu as raison. Crois-tu qu'elle t'aurait vraiment dit où se trouve la bombe si elle était restée maîtresse de mon esprit et de mon corps ?

— Nous ne le saurons jamais comme nous ne saurons sans doute jamais non plus pourquoi tu t'es mise à crier et à te débattre juste au moment où l'esprit de Lynne était consumé par les flammes de la voiture incendiée...

— On dirait un rêve mais j'ai vu cette voiture au moment où tu dis que le speaker a annoncé l'accident. (Elle frissonna.) J'étais engloutie par les flammes et, pourtant, je voyais quelqu'un lutter pour s'échapper.

— Nous nous heurtons à d'autres impossibles, dit Mike.

— Pas cette fois, intervint McCarthy. Janet a pu voir cette scène bien qu'elle se soit passée à plusieurs kilomètres. C'est un cas de vision à distance.

— C'est donc que mon esprit inconscient était assez éveillé

pour recevoir les ondes E.B.F. que l'esprit de Lynne m'envoyait.

— Qu'entendez-vous par ondes E.B.F. ? demanda Mike.

— Ce sont des ondes électromagnétiques de très basse fréquence dans la zone de 300 à 1000 kilomètres, expliqua McCarthy. Certains chercheurs croient qu'elles peuvent porter des messages, d'autres pensent qu'il s'agit d'un principe différent, mais aucun de ceux qui ont pris part aux expériences en Californie et ailleurs ne niera que l'information puisse être reçue par presque tous les individus avec un peu d'effort. Les travaux de l'Institut de Recherches Stanford semblent indiquer qu'un certain type d'ondes électromagnétiques entrent en jeu. Certains des participants ont même pu décrire des scènes qui se passaient en Colombie au moment précis où elles se produisaient.

— Cela semble invraisemblable.

— Pas aussi invraisemblable qu'une autre série d'expériences où le receveur devait décrire un lieu une demi-heure avant que les observateurs ne le voient. Dans ce cas, plusieurs receveurs réputés pour leurs pouvoirs psychiques...

— Comme vous ?

— Les spécialistes en parapsychologie considèrent que je suis doué de pouvoirs exceptionnels dans le domaine qu'ils ont baptisé le phénomène *psi*.

— Continuez.

— Je vous disais donc que les receveurs devaient dessiner les endroits visités par les observateurs *avant* que ceux-ci les aient vus. Or, dans certains cas, leurs dessins étaient meilleurs que ceux qu'ont exécutés les observateurs sur place. Qu'en pensez-vous ?

— Encore un impossible et pourtant, l'impossible devient chaque fois plus facile à admettre.

— Si vous avez encore des difficultés à y croire demain — à condition que nous ne soyons pas chacun un petit tas de cendres radioactives — je vous enverrai la copie d'un article sur la recherche à l'Institut Stanford d'après le compte rendu des débats de l'Institut des Ingénieurs électriciens et électroniciens pour mars 1976.

Il était plus de onze heures quand McCarthy gara la Porsche devant le majestueux quartier général du F.B.I. Ils étaient attendus et un garde de la sécurité les conduisit immédiatement au bureau de l'inspecteur Stafford. Janet était allée changer de vêtements et elle s'était munie d'un bloc de papier et d'un stylo, instruments de travail inhérents au métier de journaliste. Stafford présenta le trio au ministre de la Justice, à Andrew Carter, chef du F.B.I. et à un certain Mr Horner, expert à la commission de l'Énergie atomique qui se tenait prêt à désamorcer la bombe si l'armée d'agents qui fouillait les souterrains de la gare de l'Union réussissait à la découvrir.

— Pas de nouvelles de Roger Coven ? demanda Mike à Stafford une fois les présentations terminées.

— Aucune. Les polices du Maryland et de Virginie sont sur le qui-vive, mais je crois qu'il a de l'avance sur nous, car la femme qui l'a reconnu ne nous a pas joints immédiatement. A mon avis, il a déjà dépassé la zone dangereuse.

— A combien estimez-vous le rayon de cette zone ?

— Vingt-cinq kilomètres, environ, dit l'expert de la C.E.A. Un vent fort pourrait pousser le nuage dans n'importe quelle direction et contaminer une zone plus étendue, mais la météo ne prévoit qu'une brise légère pour demain matin.

— Franchement, docteur, bien des faits me paraissent incompréhensibles dans cette affaire, dit le chef du F.B.I. Vous dites que miss Burke ne se rappelle rien de ce que faisait ou disait son *alter ego.*

— C'est exact.

— Dans certains pays, il existe des méthodes qui l'aideraient à rappeler ses souvenirs, dit l'expert de la C.E.A. et, personnellement, je n'hésiterais pas à les employer.

— Elles ne vous mèneraient à rien, dit Mike fermement.

— J'ai mis miss Burke sous hypnose, dit McCarthy. Je lui ai aussi administré du penthotal — ce que vous appelez sérum de vérité — en essayant de déterminer si elle pouvait se rappeler les actes de l'autre personnalité. Elle n'en avait aucun souvenir.

— Dire que nous sommes assis là à nous tourner les pouces pendant que toute une ville est menacée de destruction (Carter jeta un coup d'œil sur la pendule murale) dans moins de dix heures.

— Il y a peut-être un moyen de trouver Roger et de le faire venir avant, dit Janet.

Tous les regards convergèrent vers elle.

— Alors, vous vous souvenez quand même de quelque chose ? dit Carter rudement.

— Non. Mais le professeur McCarthy connaît bien Roger

Coven ; de plus, il est réputé dans les milieux parapsychologiques pour ses dons *psi* exceptionnels.

Le chef du F.B.I. haussa les épaules d'un air irrité.

— Nous ne sommes pas en train de tourner un film de science-fiction, jeune fille.

— Vous voulez attraper cet homme, oui ou non ? intervint Mike brusquement.

— Évidemment, mais...

— Alors écoutez ce qu'elle a à vous dire.

— Oui, Andy, écoutons-la, dit le ministre de la Justice. Nous n'avons rien à y perdre.

— Développe ton idée, Janet, demanda Mike avec douceur.

— D'abord, j'aimerais que le docteur McCarthy nous trace le profil de Roger Coven. Après tout, il le connaît depuis plus longtemps que nous tous.

— C'est juste, dit Stafford. Coven a été votre élève à Duke, n'est-ce pas professeur ?

— Pendant un an, répondit McCarthy. Nous avons essayé d'analyser le fonctionnement des ondes par lesquelles les informations se propagent à travers les courants *psi.*

— C'est la deuxième fois que j'entends ce mot en cinq minutes, dit le chef du F.B.I. Voudriez-vous nous l'expliquer, docteur ?

— C'est un terme général employé pour désigner les phénomènes de télépathie : la clairvoyance — lecture d'une lettre que vous ne voyez pas ; la prescience — connaissance des événements avant qu'ils ne se produisent ; la psychokinésis — déplacement d'objets sans les toucher, par la simple puissance de la volonté ; la guérison psychosomatique qui n'a pas besoin de définition. Les parapsychologues disent que les personnes douées de ces facultés possèdent un pouvoir *psi.*

— Jadis, ces dons étaient associés à la possession par les démons, dit le chef du F.B.I. d'un ton lourd de sarcasme. Le diable vous tiendrait-il dans ses griffes comme il tient miss Burke ?

— Le démon qui possédait miss Burke ces derniers mois a été exorcisé et détruit par le feu, dit Mike sèchement.

— Dans une autre vie, vous étiez peut-être un agent de l'Inquisition, docteur Kerns, dit Carter. Allons, professeur, reprit-il en se tournant vers McCarthy, continuez votre conte à dormir debout.

McCarthy rougit de colère mais il se maîtrisa.

— J'ai publié dans des journaux scientifiques les résultats de nombreuses expériences qui prouvent que je possède un pouvoir *psi,* mais ce pouvoir n'est pas nécessairement limité à quelques personnes. Ceux qui travaillent dans ce domaine sont convaincus que tout le monde le possède à des degrés différents et certains physiciens sont sûrs que les phénomènes associés au pouvoir *psi* pourront être un jour rattachés aux fondements mêmes de la théorie des *quanta.*

— Assez, s'exclama Carter en se dressant comme un ressort. Une ville entière est menacée de destruction et nous perdons notre temps à écouter les sornettes d'un universitaire cinglé.

— Je suis sûr que miss Burke pense à quelque chose dont nous avons parlé en route, dit Mike au ministre de la Justice pour marquer qu'il s'adressait à la personnalité gouvernementale la plus importante de la pièce. S'il en est ainsi, l'homme que Mr Carter vient de traiter d'universitaire cinglé est peut-être la seule personne qui puisse sauver Washington de la destruction.

— Nous sommes tous un peu nerveux, ici, docteur, dit le ministre et particulièrement les membres du bureau de Mr Carter qui seront blâmés si cette tragédie se produit. En ce qui me concerne, je tiens à entendre ce que miss Burke et le docteur McCarthy ont à proposer, et je vous prie tous les deux d'excuser son manque de courtoisie.

— C'est bon, dit McCarthy en essuyant la sueur qui perlait à son front bien que la pièce fût climatisée. Je n'ai pas plus envie que vous d'être incinéré demain matin.

— Si vous étiez Roger Coven, comment vous seriez-vous sauvé après avoir posé la bombe ? demanda Janet.

— Simple logique, dit le psychiatre. Ne sachant pas si j'ai été reconnu ou non en quittant l'appartement, je commencerais par supposer que j'ai été repéré et dénoncé à la police mais, connaissant Washington, je saurais que le message mettrait un certain temps à parvenir...

— Trop de temps, interrompit Stafford. Il ne nous est parvenu qu'une heure après le moment où la femme qui observait l'appartement a informé la police du district qu'un homme à l'allure suspecte venait d'en sortir. Elle avait déjà perdu vingt minutes avant de trouver quelqu'un qui voulût bien l'écouter.

— Je serais sûr qu'une fois le F.B.I. averti de mon départ, il lancerait un ordre de recherche à tous les postes de police, continua McCarthy. Je ne m'alarmerais pas outre mesure car je me serais exercé à l'art du déguisement avec du fond de teint, des perruques, des fausses barbes et tout un attirail de camouflage. Je m'arrangerais aussi pour changer de voiture chaque fois que j'en trouverais une dont la clé de contact est restée à l'intérieur et de préférence garée dans le parking d'un motel après la tombée de la nuit. Ainsi, sa disparition ne pourrait sans doute être signalée que le lendemain matin. En attendant, je filerais vers le sud. Roger connaît la région et, en restant hors des sentiers battus, il aura des chances de ne pas se faire repérer.

— Où irait-il ? demanda Mike.

— Il gagnerait probablement le Tennessee, du côté d'Oak Ridge. Il pourrait se réfugier dans l'une des cases isolées situées sur les rives des lacs et disparaître jusqu'au moment où il aura pu se procurer un faux passeport — s'il en a besoin, ce que je ne crois pas.

— Pourquoi ? demanda le ministre.

— A mon avis, il en a déjà plusieurs. Il y a quelque temps, un programme de T.V. intitulé « Soixante minutes » indiquait qu'un individu pouvait obtenir à Washington sans difficulté tous les documents nécessaires pour se créer une identité. Avec un faux passeport, il n'aura même pas besoin d'aller se réfugier dans le Tennessee ; il lui suffira de se présenter dans un aéroport international — Miami, Tampa ou La Nouvelle Orléans par exemple — et d'acheter un billet pour n'importe quel pays étranger aussi facilement qu'il en prendrait un pour New York ou Boston.

— Vous vous êtes trompé de voie, docteur, railla Carter. Vous auriez fait un parfait escroc.

— Merci, monsieur, dit McCarthy avec un large sourire.

— Coven était-il un terroriste ? demanda le ministre.

— Il se disait radical quand il était étudiant, si tant est qu'on puisse appeler radicaux les étudiants de l'Université de Duke qui ont participé aux manifestations contre la médiocrité des salaires du personnel des hôpitaux. Je ne sais s'il a renoué des liens avec le groupe de Lynne Tallman la dernière fois qu'il est allé à Chicago, mais il a eu une brève liaison avec elle avant d'aller à Oak Ridge. Et s'il est vrai qu'il accumulait des petites quantités de plutonium...

— C'est vrai, dit Stafford. Nous étions prêts à l'appréhender, mais nous voulions découvrir à qui il allait le vendre.

— Avez-vous informé ses amis du Congrès ?

— Oui.

— Alors, il savait qu'il était démasqué et il a probablement compris qu'il allait être livré aux lions. C'est pourquoi il a décidé de travailler à son compte.

— Comme terroriste ?

— Comme homme d'affaires — l'affaire de prendre des villes en otage pour obtenir une rançon, dit McCarthy. Et comment aurait-il pu mieux démontrer son talent en la matière qu'en prenant Washington ou — à défaut — en détruisant le cœur de la capitale américaine ?

— Ce qu'il va réussir à faire, dit Carter. Nous ne savons pas sous quel déguisement il se cache ni quel genre de voiture il conduit en ce moment ni quelle direction il suit.

— Le docteur McCarthy doit pouvoir vous donner ces renseignements, dit brusquement Janet.

— Ne nous faites pas languir, docteur, dit Carter. Nous disposons d'un temps trop court pour les grandes mises en scène.

— Je voulais dire que dans ses expériences de vision à distance, le docteur McCarthy a pu visualiser des endroits visités par des observateurs une demi-heure avant que ceux-ci les voient eux-mêmes.

— Je ne vois pas comment je réussirais à trouver Roger par la vision à distance, dit McCarthy d'un air songeur. D'habitude, il est très difficile de voir un objet qui se déplace.

— Il faut bien qu'il s'arrête quelque part, dit Mike. Alors pourquoi ne pas essayer de visualiser sa prochaine étape ?

— Avec ce renseignement, nous pourrions au moins diriger les équipes de recherches sur le secteur où elles ont des chances de le retrouver.

— Que faut-il faire ? demanda Carter. Nous asseoir en rond en nous tenant les mains en attendant que l'esprit se mette à parler ?

— Fermez-la, Andy, intervint le ministre. Vous êtes un excellent policier mais pour l'instant, vous êtes dépassé. Laissez donc le docteur McCarthy et miss Burke nous expliquer ce qu'ils veulent tenter.

— Le docteur McCarthy ne peut travailler dans une atmosphère hostile, dit Janet à l'inspecteur Stafford. Pouvons-nous utiliser le bureau voisin ?

— Bien sûr. Que vous faut-il ?

— Un magnétophone, quelques feuilles de papier blanc, un crayon — et du calme, répondit-elle. D'accord, Randall ?

McCarthy haussa les épaules.

— Je vais toujours essayer. Nous n'avons rien à perdre.

— Vous trouverez un magnétophone sur le bureau de la pièce voisine, dit Stafford. Le bloc de papier et les crayons sont dans le tiroir du haut. Bonne chance.

Il leur fallut quelques minutes pour s'installer. McCarthy s'assit confortablement devant le bureau. Janet prit un siège à côté de lui pendant que Mike se tenait un peu à l'écart près de la fenêtre. McCarthy prit le micro du magnétophone dans la main gauche de façon à pouvoir presser le bouton placé sur le côté quand il voulait parler. Puis, posant une feuille blanche sur le bureau, il tint le crayon dans sa main droite.

— Il me faudra peut-être un peu de temps pour capter les ondes E.B.F., dit-il. En sortant d'une atmosphère hostile comme celle d'à côté, il est difficile de se concentrer.

— Carter essaie de jouer les esprits forts, dit Mike. Oubliez-le.

Janet posa un doigt sur ses lèvres pour lui recommander le silence. Mike se cala dans son fauteuil et observa Randall. Le psychiatre resta immobile un long moment puis il murmura :

— Je commence à voir, mais il y a trop de bruit.

— Détendez-vous, dit Janet. Pendant les expériences de Stanford, vous entendiez toujours trop de bruit au début. A quoi ressemble la scène ?

— Je vois une route avec une étendue de ciel. Elle est coupée par une sorte de structure métallique.

— Un bâtiment ?

— Non. Cela monte régulièrement en courbe.

Sa main droite déplaçait le crayon sur le papier pendant qu'il parlait dans le microphone.

— C'est un pont, s'exclama-t-il. Un pont élevé.

— Pouvez-vous le localiser ? demanda Mike, oubliant la consigne du silence.

McCarthy releva la tête.

— Il s'efface à présent.

— Essayez de vous concentrer sur l'extrémité du pont, suggéra Janet. A quoi ressemble-t-il ?

— Je distingue quelque chose au milieu de la route. On dirait une petite maison avec une sorte de charpente au-dessus et des constructions de chaque côté. (Le crayon se déplaça de nouveau, esquissant les contours d'un autre dessin.) De ce côté de l'arche, près de la route, il y a une grande pancarte. Je distingue un T et un L et, au-dessus, quelques chiffres — un 0 et un 1.

— Combien de chiffres en tout ? demanda Janet.

— Trois, je crois, mais je n'en lis que deux sur le côté droit de la pancarte.

— C'est le pont à péage qui enjambe le Potomac au sud d'Indian Point et réunit les deux tronçons de la nationale 301, s'exclama Mike. C'est le seul pont que Roger Coven pouvait prendre pour gagner le sud du Maryland. Vous avez réussi, Randall ! Félicitations ! Pouvez-vous dire s'il l'a passé ou non ?

Le psychiatre secoua la tête.

— J'ai l'impression qu'il est dans les parages mais je ne peux pas voir plus loin. Appelons les autres.

L'inspecteur Stafford examina le pont à péage que McCarthy avait dessiné avec la route en pente et le schéma des poutres qui se détachaient sur le ciel éclairé par la lune puis le bureau de péage.

— Le pont du Memorial du Gouverneur Nice à l'ouest d'Allen's Fresh, dit-il doucement. C'est incroyable. On dirait un croquis du pont exécuté sur place.

— Écoutez la description, dit Janet qui avait pressé le bouton pour reprendre l'enregistrement au début. La voix de McCarthy s'éleva, commençant à décrire ce qu'il avait vu, mais Stafford ne prit pas la peine d'écouter.

— Il faut attraper Coven sur la rive virginienne du Potomac au moment où il passera le pont, dit-il. Un dépôt d'artillerie navale est situé juste à cet endroit et un groupe de voitures de la police routière peut se dissimuler à côté de la route.

— Vous ne croyez pas que vous devriez installer un barrage ? demanda Mike.

— Oui, mais plus loin, au point où les pistes qui desservent le dépôt d'artillerie traversent la nationale 301.

Il décrocha le téléphone :

— Appelez-moi le colonel Thorndyke, chef de la police routière à Richmond, dit-il à la standardiste. S'il n'est pas à son bureau, téléphonez à son domicile.

Il fallut quelques minutes pour réveiller le chef de la police de l'État de Virginie.

— Jim ? Henry Stafford de Washington. Je sais que ce n'est pas une heure pour téléphoner, mais nous sommes à peu près sûrs que l'homme qui fait l'objet de mon ordre de recherche se dirige vers le sud par la 301. Il doit être près du pont à péage du Potomac, probablement du côté du Maryland. Voulez-vous faire placer un barrage de voitures à la sortie du pont ?

Il y eut un bref échange de propos puis Stafford expliqua :

— Le ministre de la Justice est ici avec le chef. Nous allons demander à la Marine d'envoyer un hélicoptère de Quantico pour nous amener le prisonnier. Il faut absolument qu'il arrive ici au plus tôt. C'est une question de vie ou de mort. Merci. A charge de revanche.

Stafford se tourna vers le ministre :

— Pourriez-vous prendre contact avec la Marine, monsieur, et leur demander d'envoyer un hélicoptère de Quantico. Le pilote peut atterrir sur le Mail, près du fleuve. Les voitures de police se tiendront prêtes à escorter le prisonnier jusqu'à l'appareil.

— Un instant, intervint Carter. Allons-nous nous rendre ridicules en mobilisant la police de Virginie et la Marine sur la base d'un dessin du pont de la 301 que n'importe qui pourrait exécuter de mémoire ?

Il se tourna vers McCarthy toujours assis devant le bureau avec une expression de grande lassitude.

— Avez-vous déjà franchi ce pont, professeur ? demanda-t-il.

— Naturellement.

Carter leva les bras au ciel.

— Par tous les…

— C'est la seule voie d'évasion logique pour Coven, interrompit le ministre qui étudiait la carte routière. Mais en contournant le sud du Maryland par des routes secondaires pour déboucher sur la 301 près du pont, sans doute par la 232 et la 234, il aurait pu nous berner complètement.

— Il nous a bernés mais, maintenant, il est pris au piège. Je vois une voiture sur la route au-delà du pont. Elle est entourée de voitures de police.

La sonnerie du téléphone retentit.

L'inspecteur Stafford décrocha et écouta un moment, puis il reposa l'appareil avec un air satisfait.

— Roger Coven vient d'être arrêté par la police de Virginie au moment où il essayait de franchir un barrage après la sortie du pont de Potomac sur la nationale 301, annonça-t-il. L'hélicoptère est parti de Quantico.

Carter s'approcha de McCarthy et lui tendit la main.

— Je vous dois des excuses, dit-il. Quand j'étais shérif dans le Michigan, j'ai eu affaire à un certain nombre de prétendus voyants. C'étaient des escrocs et des charlatans pour la plupart. C'est pourquoi j'avais des préjugés. Peut-être que le don de double vue peut offrir des perspectives intéressantes, ajouta-t-il avec un large sourire. Si vous pouviez nous indiquer les banques qui vont être cambriolées avant que les gangsters n'opèrent, vous épargneriez bien des ennuis au F.B.I.

— Je crains que la parapsychologie n'ait pas encore atteint un stade aussi avancé, répliqua McCarthy, mais je suis à votre disposition chaque fois que vous aurez besoin de mes lumières.

— Qu'allons-nous faire de Coven maintenant qu'il est pratiquement entre nos mains ? demanda le ministre.

— Nous allons commencer par l'obliger à désamorcer la bombe, dit Carter. Après, nous verrons.

— Mais si c'est un terroriste convaincu...

— Roger n'est pas un terroriste. C'est un génie dans sa spécialité et aussi un parfait opportuniste. Pour l'instant, il en veut au gouvernement qui se préparait à faire échouer son projet de racket lucratif. A mon avis, il va vous proposer un marché.

— Il pourra aller au diable avec son marché, fulmina Carter. Nous le tenons par...

Il haussa les épaules et laissa sa phrase en suspens.

— Que voulez-vous dire, docteur McCarthy ? demanda le ministre.

— Quand la police amènera Roger, il va vous poser des conditions. A votre place, j'y souscrirais.

— Vous ne croyez pas qu'il va craquer à la dernière minute et qu'il nous dira où se trouve la bombe ?

— C'est possible, mais pourrez-vous attendre jusqu'à la dernière minute ?

Il y eut un silence. Ce fut Janet qui le rompit :

— S'il veut nous avoir par la peur, pourquoi ne pas prendre les devants en l'emmenant directement à la gare de l'Union pour l'interroger là-bas ? Il saura alors qu'il est assis sur le volcan.

— Excellente idée, approuva Carter. A part la chaise électrique, c'est le siège le plus dangereux où on pourra l'asseoir.

Tous se rallièrent à la suggestion de Janet. L'inspecteur Stafford appela la police de Washington qui attendait l'hélicoptère de la Marine pour lui donner des instructions. Dès que l'appareil atterrirait, Coven devait être conduit à la gare de l'Union située à quelques centaines de mètres au nord-est du Capitole.

20

La lune brillait sur la ville paisible tandis que Mike, Janet et McCarthy roulaient en direction de la gare de l'Union, l'un des monuments les plus imposants du centre de Washington.

— Quand je pense qu'une bombe qui pourrait nous anéantir tous est cachée quelque part là-dessous, j'en ai le frisson, dit Janet pendant que Mike rangeait sa voiture devant la gare.

— Je t'avoue que cette idée m'épouvante, répondit Mike.

— Et vous Randall ?

Le psychiatre semblait plongé dans une méditation profonde.

— Comment ?

— Je disais qu'il est impressionnant de savoir qu'une bombe est cachée sous ce bâtiment. Vous n'avez pas peur ?

— Bien sûr que j'ai peur, mais je suis trop occupé à essayer de voir cette bombe pour penser à autre chose.

— Vous en avez déjà beaucoup fait en permettant la capture de Coven, dit Mike, mais si vous pouvez en faire davantage, allez-y, je vous en prie.

Le buffet de la gare était ouvert. Mike et Janet commandèrent des hamburgers et du café pour eux-mêmes et pour McCarthy toujours absorbé dans une sorte de contemplation. Les fonctionnaires du gouvernement étaient installés plus loin.

Quand ils eurent achevé leur repas, un agent en uniforme entra dans la salle de restaurant et adressa un signe de tête à Carter. Tous sortirent pour se diriger vers le bureau du chef de la sécurité de la gare, situé à une extrémité de la grande bâtisse. Menottes aux poignets et flanqué de deux policiers, Roger Coven regardait par la fenêtre d'un air parfaitement détaché.

— Bonne nuit, messieurs, dit-il d'un ton sarcastique. Je m'étonne que vous ayez le courage de venir ici, mais laissez-moi vous assurer que vous êtes en parfaite sécurité (il consulta du regard l'horloge qui marquait trois heures) pour sept heures encore.

— Vous ne manquez pas de sang-froid, dit Carter. J'éprouverais un certain plaisir à vous voir derrière des barreaux.

Coven haussa les épaules.

— Je me suis déjà tiré de situations aussi épineuses. Un agent de la sécurité a bien failli m'attraper il y a quelques jours quand il nous a surpris miss Burke et moi.

— Pas miss Burke, Lynne, corrigea Mike.

— Vous savez, docteur Kerns, quand deux êtres habitent le même corps, il est parfois difficile de déterminer le moment où l'un se substitue à l'autre. Enfin, quand l'agent nous a surpris pendant que nous nous entendions sur l'endroit où il valait mieux placer la bombe que j'avais fabriquée, j'étais sûr que la personnalité de Lynne allait disparaître pour céder la place à Janet. Cependant, je ne savais pas si le changement de personnalités était intervenu avant que j'aie disparu dans un tunnel latéral, ce qui aurait permis à Janet de me reconnaître. Je suppose que c'est ce qui s'est passé.

— Je ne vous ai pas vu nettement, mais assez pour être frappée par la ressemblance.

— Quand le tunnel a été envahi par la police et les hommes du F.B.I., je me suis faufilé jusqu'à l'issue où les tunnels donnent accès à l'extérieur et j'ai gagné l'appartement d'Arlington.

— Le sénateur Magnes savait-il que vous vous cachiez dans son appartement ? demanda le ministre.

— Le sénateur est dans sa résidence de campagne où il s'efforce de réparer les brèches politiques, monsieur. Je savais qu'il serait absent jusqu'au milieu de la semaine ; alors, j'étais tranquille. Heureusement, l'appartement est toujours bien approvisionné en victuailles et en alcool. Aussi ai-je vécu très confortablement.

— Jusqu'au moment où une voisine vous a reconnu quand vous êtes sorti hier pour poser la bombe.

— Oui, c'est fort regrettable, dit Coven avec cynisme.

— Il est encore plus regrettable pour vous que le docteur McCarthy ait eu la vision du pont du Gouverneur-Nice avant que vous ne l'ayez franchi. S'il ne l'avait pas vu, vous auriez pu sortir du pays libre comme l'air — du moins pour un temps.

— Croyez-moi, je me serais échappé facilement une fois le pont passé.

— Il a de faux papiers, chef, dit l'un des policiers qui avaient conduit Coven à la gare. Il portait une fausse barbe et des moustaches postiches, et il s'est collé une couche de fond de teint si foncé qu'il aurait pu facilement passer pour un Arabe.

— Comme j'avais l'intention de me réfugier dans un pays arabe, c'était naturel, railla Coven.

— Le seul refuge que vous trouverez, c'est la tombe que vous vous êtes préparée ici, gronda Carter.

— Peut-être, répondit le prisonnier froidement mais je crois, messieurs, que vous auriez intérêt à écouter ma proposition.

— Nous n'écouterons rien du tout. Contentez-vous de nous dire où est la bombe.

— Vous écouterez ce que j'ai à vous dire, répliqua le prisonnier d'un ton aussi tranchant que celui du chef du F.B.I.

— C'est bon, Coven, dit le ministre. A quelles conditions acceptez-vous de nous révéler où se trouve la bombe et de la désamorcer avant qu'elle n'explose demain matin, vous entraînant dans la mort parce que je vous garantis que vous ne quitterez pas cette gare avant de nous avoir renseignés.

— Eh bien, voici mes conditions, dit Coven comme s'il parlait affaires avec un banquier. Vous déposerez cinq millions de dollars à mon compte numéroté en Suisse. Je vous donnerai le numéro quand l'accord sera conclu. L'ambassade de Genève peut se charger du dépôt.

— Vous vous moquez du monde ! s'exclama Carter avec mépris.

Mais Coven ignora l'interruption.

— Je veux aussi qu'un avion soit immédiatement mis à ma disposition. Quand le pilote sera à sept cents kilomètres du terrain, je lui donnerai le nom de la ville du Brésil où il devra atterrir. Je veux aussi qu'un passeport diplomatique et un billet d'avion pour Rio soient remis à ma femme, Rita...

— ... Rita est morte, Roger, dit Randall McCarthy. Mike a mis le feu à son bungalow en exorcisant le démon de Lynne Tallman et Lynne s'est alors emparée du corps de Rita. La voiture qu'elle conduisait est sortie de la route près de La Plata et elle a pris feu. Ni Rita ni le démon qui la possédait n'ont pu s'échapper.

Coven était visiblement choqué.

— Vous mentez, cria-t-il.

— Non, il ne ment pas, dit Mike avec calme. Avant que je ne l'aie chassée du corps de Janet, Lynne m'a dit que vous aviez posé la bombe dans la gare et, pendant que nous rentrions à Washington, nous avons appris que la voiture de Rita avait été réduite en cendres.

— Elle devait venir me retrouver à Sao Paulo, murmura Coven effondré. (Il se tourna brusquement vers Janet.) C'est vous qui êtes responsable de sa mort : vous et ce démon.

— Le démon a été anéanti aussi, dit Mike. Les démons ne peuvent échapper au feu quand ils sont enfermés. C'est vous qui avez causé la mort de Rita en vous associant avec la secte de Lynne pour détruire Washington. Allons, indiquez aux autorités l'emplacement de la bombe.

— Si vous le savez, railla Carter.

— Bien sûr que je le sais, riposta Coven. C'est moi qui l'ai placée, non ? C'est moi aussi qui l'ai armée avec les outils que j'ai utilisés pour la fabriquer dans le garage. Vous avez sûrement découvert la caisse quand vous avez fouillé dans le garage.

— La caisse à outils !

Le mot jaillit comme une fusée dans le cerveau de Mike. Il se rappelait les dernières paroles que Lynne avait prononcées avant l'arrivée de McCarthy « Dans une cai... » Le reste de la phrase allait de soi et s'associait avec le souvenir d'une phrase que Stafford avait dite après la première fouille des tunnels de la gare.

— Inspecteur, dit-il sur un ton pressant, vous rappelez-vous ce que vous m'avez dit après la première fouille de la gare ?

Stafford fronça les sourcils.

— Je ne vois pas, murmura-t-il. Ah oui, reprit-il. Je vous ai parlé d'une caisse à outils posée sur une vieille charrette... Voulez-vous dire... ?

Il s'interrompit brusquement.

— Avant que le démon ait quitté le corps de miss Burke, je lui ai demandé où se trouvait la bombe et elle m'a répondu : « Dans une cai... ». Elle n'a pas pu achever le mot, mais c'était sûrement « caisse à outils ». Si la seconde équipe de chercheurs était composée des mêmes hommes que la première...

— C'étaient les mêmes, dit le chef des gardes affectés à la sécurité de la gare.

— La caisse a-t-elle été examinée de nouveau hier soir quand je vous ai demandé d'entreprendre une nouvelle fouille ? demanda Stafford d'un ton cinglant comme un coup de fouet.

— Sûrement.

— Jusqu'à quel point en êtes-vous sûr ? L'avez-vous vue ?

— Non mais... (Le visage assombri du chef des gardes se rasséréna.) Alf Porter était chargé de veiller aux détails de la fouille mais il est rentré chez lui. Il avait la grippe.

— Appelez-le. Demandez-lui s'il a rouvert la caisse ou non.

Le chef de la sécurité décrocha son téléphone et composa un numéro :

— Alf, dit-il, vous rappelez-vous si vous avez examiné de nouveau la caisse à outils qui était posée sur la vieille charrette garée dans le secteur Treize ?

Le chef écouta un moment la réponse puis il couvrit le microphone de sa main.

— Il dit qu'il n'a pas vu la nécessité de rouvrir la caisse puisqu'elle était vide vingt-quatre heures auparavant.

— Ça suffit, dit Carter, au chef des gardes. Savez-vous où se trouve ce secteur ?

— Certainement. Il est situé directement sous le bâtiment du Capitole... Mais alors, la bombe... elle est sous le Capitole.

— Exactement, dit Carter. Venez, Horner. Le chef va nous montrer où est la charrette... avec la bombe.

— Un instant, s'écria Roger Coven. Le détonateur placé sur l'engin est extrêmement sensible et il vaut mieux que ce soit moi qui le manie.

— Allons-y alors, dit Carter. Le temps fuit.

— Je la désamorcerai en échange de ma vie, dit Coven au ministre qui, seul avait qualité pour satisfaire sa requête. Marché conclu ?

Le ministre ne voulut pas perdre de temps en tergiversations.

— Nous pourrions vous condamner à la peine capitale pour crime de haute trahison, dit-il, mais, en échange de la vie de quelques millions d'individus, vous serez condamné à la détention perpétuelle.

— J'accepte, dit Coven. Venez, Horner, vous pouvez m'aider.

Quand Carter, Horner, le chef de la sécurité, et Coven eurent quitté la pièce, le ministre s'épongea le front avec son mouchoir.

— Ouf ! soupira-t-il. En vous rappelant les paroles de cette... Lynne, vous avez sauvé plus d'un million de personnes.

— On peut dire que sa mort a été le meilleur acte de sa vie, dit Janet. Je placerai cette phrase dans l'article que je vais écrire pour le *Star News* sur les événements de cette nuit.

— Il n'y aura pas d'article, dit le ministre fermement.

— Vous voulez dire que vous tenez à jeter le voile sur toute cette affaire ? demanda Janet d'un air incrédule. Mais je peux gagner un prix Pulitzer avec une histoire pareille.

— Pas une ligne ne sera publiée là-dessus, dit le ministre avec fermeté. Si le public apprenait qu'un individu a été à deux doigts de faire sauter le cœur de Washington au nez et à la barbe du gouvernement, il ferait une pétition pour exiger la démission du président. Sans compter que si l'explosion s'était produite, les autorités américaines auraient été paralysées et les Soviétiques en auraient profité pour frapper un grand coup avec leur arsenal nucléaire.

— Qu'allez-vous faire de Coven ? demanda Mike.

— Je lui ai promis la vie sauve, aussi dois-je la lui laisser mais, avec un certificat médical signé de deux médecins, nous pouvons envoyer un malade mental dans un hôpital psychiatrique. Après tout, il faut être fou pour tenter une opération comme celle que Coven a mise au point. Ainsi, le docteur McCarthy et vous-même, pouvez signer le certificat sans hésitation.

— Et après ?

— Demain matin, j'organiserai une audience spéciale à huis clos devant l'un des tribunaux de la Cour suprême. Demain après-midi, Roger Coven sera en route pour l'aéroport de Raleigh-Durham à bord d'un avion du gouvernement.

— Pourquoi là-bas ?

— Peu de gens connaissent ce terrain et nous ne voulons pas qu'il soit trop fréquenté. Le gouvernement vient de faire construire dans les parages une prison et un hôpital pour les prisonniers très importants. Quand ses portes se fermeront sur Roger Coven, elles ne s'ouvriront plus jamais pour lui.

— A condition que nous signions le certificat. Mais quel sera notre diagnostic ?

— Mégalomanie, dit le ministre. Ne seriez-vous pas d'accord ?

— Je crois que je peux admettre ce diagnostic, dit McCarthy. Pour envisager la destruction de la capitale des États-Unis, il faut être aussi mégalo qu'un fou peut l'être.

— C'est bien mon avis, approuva Mike.

21

Les rayons du soleil se déversaient sur le dôme du Capitole, créant un ravissant dessin d'arbres et d'ombres dans le miroir de l'étang situé à l'est du Mémorial de Lincoln. Janet, Mike et Randall McCarthy sortirent du ministère de la Justice pour regagner la Porsche. Janet aspira à pleins poumons l'air frais pas encore pollué par les gaz des milliers de voitures qui allaient bientôt encombrer les rues en partie désertes après le long week-end de la fête du Travail.

— Il est difficile de croire que tous ces événements sont réellement arrivés, dit-elle. Peut-être vaudrait-il mieux les refouler dans notre inconscient et considérer qu'ils font partie du domaine du rêve.

— Jusqu'à ce qu'ils ressurgissent pour devenir des cauchemars, dit McCarthy. Au revoir, je vais appeler un taxi. J'ai besoin de dormir vingt-quatre heures après toutes ces péripéties. Et vous, que comptez-vous faire ?

— Le restaurant Sambo au coin de la rue reste ouvert nuit et jour. J'emmène une fiancée affamée engloutir un steak aux œufs avant que nous commencions à visiter les embarcations à vendre.

— D'accord pour le steak aux œufs, dit Janet, mais pourquoi visiter les bateaux ?

— Nous allons en acheter un pour l'habiter. Ne t'en ai-je pas parlé... ou était-ce à Lynne ?

Janet frissonna.

— Ne prononce plus jamais ce nom devant moi. Mais sais-tu ce que je crois ? Elle t'a aimé autant qu'une créature non humaine pouvait aimer.

Mike ne fit aucun commentaire. En tant que futur mari, il avait intérêt à laisser éteinte une ancienne flamme — même si cette flamme était un démon.

NOTE DE L'AUTEUR

Les lecteurs de mes précédents ouvrages savent que je me suis toujours attaché à décrire avec une exactitude quasi superstitieuse tous les faits se rapportant à la science ou à la médecine.

Un roman qui traite de la démonologie et de l'exorcisme et qui pénètre dans le monde fascinant des phénomènes *psi* en parapsychologie nécessite une étude approfondie de ces questions pour être à la fois vrai et vraisemblable. Il m'est impossible de donner ici la liste complète des ouvrages que j'ai consultés à cette fin. Je me contenterai donc de citer quelques-uns des plus importants.

Pour la description des opérations de chirurgie plastique, mon ami le docteur Kenneth L. Pickrell, professeur (emeritus) de chirurgie plastique et maxillo-faciale à l'École de Duke, m'a procuré une documentation détaillée. Dans le domaine de la démonologie et de l'exorcisme, ma source la plus précieuse a été *Hostage to the Devil* de Malachi Martin (Reader's Digest Press), histoire de la possession et de l'exorcisme de cinq Américains vivants.

En ce qui concerne les phénomènes de perception parasensorielle qui occupent une si large place dans les derniers chapitres de ce roman, j'ai eu recours principalement à l'ouvrage de Charles Panati : *Supersenses* (Anchor Press Doubleday) qui nous donne une idée de notre potentiel en la matière. Ces deux auteurs ont bien voulu m'autoriser à citer de courts extraits de leurs œuvres.

Grâce à deux émissions présentées par Jack Perkins, commentateur de presse à la radiodiffusion nationale, j'ai appris que des travaux passionnants sur la « vision à distance » avaient été entrepris par l'Institut de Recherches Stanford. J'ai aussitôt pensé que je pourrais éventuellement utiliser ces données pour mon livre et j'ai demandé un exemplaire de l'article qui avait servi de base à l'émission. L'Institut me l'a aimablement procuré. Il est intitulé : *A Perceptual Channel for Information over kilometer distances. Historical Perspective and Recent Research* par Harold F. Puthoff et Russell Targ. Expériences de l'Institut des Ingénieurs électriciens et électroniciens. Vol. 64 N° 3, mars 1976.

Les travaux de l'Institut Stanford décrits dans ce rapport sont absolument stupéfiants. Cependant, ils sont si soigneusement conduits, avec toutes les précautions requises pour éliminer tout risque d'erreur, qu'il n'est guère possible de mettre en doute l'authenticité de leurs résultats. Cette lecture est hautement recommandée à tous ceux qui s'intéressent au monde fascinant des phénomènes *psi*.

FRANK G. SLAUGHTER

MARITZA

1861. La comtesse Maritza Leclerc, jeune et belle veuve d'un comte français, née dans le sud des Etats-Unis, vit en France en compagnie de Celestina, une octavonne d'une grande beauté, qui lui est dévouée corps et âme. Lorsque la guerre éclate entre l'Union des Etats du Nord et la Confédération des Etats du Sud, Maritza décide de regagner son pays déchiré par la guerre civile pour combattre aux côtés des troupes confédérées.

Accréditée par le journal français « le Pays », qui lui demande de suivre pour lui les combats opposant le Nord industriel au Sud traditionaliste, elle débarque aux Etats-Unis avec le statut de correspondante de guerre, mais sa neutralité n'est qu'une apparence. Où qu'elle aille, quoi qu'elle fasse, son cœur bat pour le Sud, et sa fidélité absolue à la cause sudiste la fera rapidement passer du journalisme à l'espionnage. De bataille en bataille, toujours suivie de l'irremplaçable Celestina, elle découvrira le courage, la lâcheté, l'horreur et la grandeur de la Guerre, mais aussi la puissance de l'Amour. Trois hommes exceptionnels, aux destins opposés, se feront dans son cœur une guerre aussi féroce, aussi implacable que celle que se livrent sous ses yeux les tuniques grises du général Lee et les tuniques bleues venues du Nord, du général Grant. Lequel l'emportera ? Le colonel nordiste Thaddeus Morton, qu'elle ne pourrait aimer qu'en trahissant les siens ? Penn Darrow, le capitaine aventurier cynique et désabusé ? Le colonel confédéré Richard Mann, qui ne peut que lui offrir d'assister avec lui à la débâcle d'un monde condamné ?

FRANK G. SLAUGHTER

LA VICTOIRE DU DOCTEUR REED

Jeune épidémiologiste mondialement connu, le docteur John Reed, mis à la disposition de l'Organisation Mondiale de la Santé par le gouvernement des Etats-Unis, est un de ces « soldats de la santé » qui ont fait du monde entier leur champ de lutte contre la maladie.

Quand son propre frère l'appelle au secours, le docteur Reed n'hésite pas une seconde à aller le rejoindre dans un petit port du nord du Pérou. Car Guy, qui est à la fois un spécialiste du pétrole et un archéologue, a été atteint par une mystérieuse maladie quelques jours à peine après avoir fait la découverte archéologique la plus importante du siècle : une tombe vieille de plus de cinq mille ans.

Mais Guy n'est pas le seul à être atteint. Les hommes qui ont travaillé avec lui tombent à leur tour, et le mal se répand comme une traînée de poudre... Mais quel mal ?

Lael Valdez, la jeune photographe, la compagne de Guy, semble littéralement terrorisée. Le docteur Reed, pour sa part, pense avoir affaire à un micro-organisme venu du fond des temps, qui a disposé de plus de cinq mille ans pour accroître sa virulence à un point tel qu'en quelques semaines seulement, ce n'est plus le nord du Pérou, mais l'humanité tout entière qui est menacée de destruction...

HEINZ G. KONSALIK

LE CŒUR TRIOMPHANT

Une face moins connue du talent de Konsalik apparaît dans ces trois récits où il se révèle un conteur romantique. Il y met en scène trois héros qui ont pour trait commun d'être des poètes. Tous connaissent la souffrance, mais aussi des moments de bonheur inaccessibles au commun. Que leur génie soit affirmé ou méconnu, ils sont des êtres d'exception que leur sensibilité exacerbée rend plus vulnérables... au point de les conduire parfois au suicide.

L'amour, bien sûr, est présent et sous tous ses visages. Il est exaltant mais aussi déchirant. Tantôt il mène à la tragédie, tantôt il apporte l'épanouissement. Si le jeune auteur du « Chant des roses » connaît un destin impitoyable, tout comme ce poète qui sacrifiera fortune et confort à son art et sa passion amoureuse, le « Rêveur », en revanche, trouvera le bonheur, car il est là, sur terre, à sa portée.

Pour le poète au cœur tourmenté l'amour est un baume et, Konsalik le sait mieux que quiconque, une inépuisable source d'inspiration.

MARIE LOUISE FISCHER

COMMENT ÉPOUSER SON PATRON

Comment faire une longue carrière ? Comment réussir dans la vie ? Comment faire marcher les hommes ? Voilà qui est parfaitement simple. Il suffit pour cela de posséder quelques toutes petites qualités telles que l'intelligence, la beauté, la diplomatie, l'intuition… Pour que le résultat soit parfait, on doit toutefois y ajouter un manque absolu de scrupules, une absence totale de franchise et un rien de cynisme. C'est en tout cas l'image que nous donne d'elle-même Hilde, nouvelle héroïne de Marie Louise Fischer, en nous faisant le récit des aventures et des mésaventures de sa vie de secrétaire. C'est un roman vivant et plein de gaieté, mais… attention, mesdemoiselles, à la morale de l'histoire.

Achevé d'imprimer le 1er septembre 1981
sur les presses de l'Imprimerie Bussière
à Saint-Amand (Cher)

Presses Pocket
Presses Pocket
8 rue Garancière
75006 Paris
tél. 329 12 80

— N° d'imprimeur : 1777. —
— N° d'éditeur : 1211. —
Dépôt légal : 3e trimestre 1981.

Imprimé en France